魅丽文化 飞言情工作室

秒秒心动

低茶茶 著

江苏凤凰文艺出版社
JIANGSU PHOENIX LITERATURE AND ART PUBLISHING

图书在版编目（CIP）数据

秒秒心动 / 低茶茶著 . -- 南京：江苏凤凰文艺出版社，2022.12

ISBN 978-7-5594-6357-9

Ⅰ . ①秒… Ⅱ . ①低… Ⅲ . ①长篇小说 - 中国 - 当代
Ⅳ . ① I247.5

中国版本图书馆 CIP 数据核字 (2021) 第 220834 号

秒秒心动

低茶茶 著

出版统筹 曾英姿

责任编辑 张　倩

特约编辑 胡　月

装帧设计 殷　舍

封面绘制 阿　醒

出版发行 江苏凤凰文艺出版社

南京市中央路 165 号，邮编：210009

网　　址 http://www.jswenyi.com

印　　刷 湖南天闻新华印务有限公司

开　　本 880mm × 1230mm　1/32

印　　张 9

字　　数 240 千字

版　　次 2022 年 12 月第 1 版

印　　次 2022 年 12 月第 1 次印刷

书　　号 ISBN 978-7-5594-6357-9

定　　价 42.80 元

目录

CONTENTS

目录

CONTENTS

第一章

芝士霉霉

【1】乌龙告白

“吴缺吴缺，完美无缺！”

“凌枫凌枫，玉树临风！”

伴随着篮球场上热火朝天的角逐，场馆内的呐喊一波比一波声势浩大。观众席上满是文字醒目又暧昧的横幅，程秒秒看着这不亚于给当红明星应援的场面，心里有些发怵。

像是察觉到了程秒秒的心思，一旁的曲小桃凑到她耳边，说：“别担心，我和木子把学校历年篮球赛能找到的录像都看了一遍，经过严密数据核算，这儿绝对是今天最容易被吴缺砸到的位置！再说了，程秒秒你可是有‘霉运女神’的美称，没调料包的泡面都能被你买到，我就不信球飞过来砸不到你！”

程秒秒是澄海体育大学众所周知的“霉运女神”，买到漏水的雨伞或没调料包的泡面，在她经历过的倒霉事儿里根本不值一提。从小到大，程秒秒唯一顺利实现了的心愿，就是考上吴缺所在的澄海体育大学。可两年过去了，吴缺都要从这所学校毕业了，她还没能顺利地和吴缺说上一句完整的话。

澄海体育大学校队的球衣蓝白相间，程秒秒的眼睛追着“17号”跑了一个又一个半场。

吴缺在球场上永远是微微皱着眉头的表情，曾经程秒秒也以为他这样只是为了一酷到底，后来她偷偷地观察他千千万万次，发现他只要是不说话的时候，便会是这样的表情。而他本就话少，或许久而久之，他眉头的肌肉早已经产生记忆效应，所以眉眼间总给人拒人于千里之外之感。

哨声急促地响起，似是有人犯规，正要传球的吴缺循声转过头，程秒秒一直追随的眼神也跟着一顿，猝不及防地与他视线交会。

程秒秒的座位离球场不远不近，她也不太确定吴缺的目光是否停在了她脸上，但身体已经不由自主地紧绷，半秒钟的忐忑过后，她看见篮球已经脱离吴缺的手飞了出来。

篮球越来越近，越来越大，程秒秒的余光瞟到吴缺脸上的错愕，她心中忽然一喜，偷偷地攥紧了拳头，看着飞过来的球，笑着闭上了眼睛。

“呀——”

篮球飞过来的力度不小，砸到头上发出了一声闷响，周围的人也齐齐惊呼出声。

“怎么会……”

“你没事儿吧……”

各种各样的声音快速包围了过来，程秒秒甚至听到后排的女生不满道：“是吴缺抛过来的球吧，我也想被吴缺砸中啊……”

程秒秒的笑意僵在脸上，她慢慢地睁开眼睛，看着所有人都在朝坐在她前面的一个女生探头观望，曲小桃和李木子正面面相觑地看着她。

场上先朝这边跑过来的是凌枫，他没顾得上捡篮球，跑近后第一时间问她：“疼不疼？”他的神情急切，语气也颇为关心。说话间，吴缺已经走了过来。一时间观众席上众人的视线也都跟着赛场上这两个焦点转移到这边来。

“凌湘，不好意思，没事吧？”

嗓音清冽的男声如此之近，程秒秒听得真切，然而，吴缺不是在问她。她偷偷瞄了吴缺一眼后又将目光落在前面的背影上，一头柔软又好看的卷发，可以看到凌湘耳边的头发处还夹着一个精致的水钻发卡。凌湘弯着手臂捂着额头，俏皮地说道：“吴缺哥哥，你不会是故意朝我砸的吧。”

说完，她一只手托起篮球，用力抛向吴缺。

“你这小子，是不是因为我的粉丝比较多，怪我抢了你的风头，就拿我妹出气。”许是见凌湘没事儿，凌枫拍了拍吴缺的肩膀，开起了玩笑。

面对调侃，吴缺未置一词，接住篮球朝凌湘颔首，再次表示了歉意，面上一如既往冷静。

“吴缺哥哥，比赛结束了请我吃冰赔罪！”凌湘语气里不自觉地流露出娇媚和熟稔。

程秒秒坐在她后面看不清她的表情，但脑中大致浮现出一张明艳的脸。程秒秒在澄海体育大学篮球队的聚会照片上看到过她好几次。她不是本校的学生，却因为是凌枫的妹妹，倒是比本校的女生更熟悉澄海体育大学篮球队。

程秒秒走了神，没听见吴缺的回应，等她再抬起眸子，吴缺和凌枫正转身回球场，她怎么感觉吴缺回头扫了她一眼？

眼花了吧，程秒秒心想。与吴缺熟识的、被篮球砸中的、明艳动人的是前面的凌湘，又不是她。

与那个飞来的篮球擦肩而过，曲小桃表现得比程秒秒本尊都要遗憾，她瞟了好几眼前座，带着无比的悔恨压低声音在程秒秒耳边道：“早知道咱们再往前坐一坐……”

程秒秒在努力回想刚刚感觉到吴缺看她到底是不是幻觉，便随便附和了曲小桃几句。

说真的，除了看见球飞过来的那一瞬间有一丝窃喜外，程秒秒从来没对这个计划抱有希望，她太了解自己的运气了，就算是被篮球砸到这种看起来很倒霉的事儿，一旦有了特别的意义，一旦是她所希望的，就再也不会被她遇上。

这不是程秒秒第一次尝试与吴缺搭话。

早在她刚入学的时候，就偷偷溜进过篮球队的训练场地，想借口问路与吴缺“偶遇相识”，可她刚与吴缺碰上，楼道的水管就突然爆裂，吴缺第一时间敏捷地退后躲开，剩程秒秒一个人淋成落汤鸡。

后来，在饭堂遇见吴缺排队在她身后，她还没想好开场白，饭卡就掉进了饭堂窗口的紫菜汤里，她回头希望得到吴缺的求助。然而吴缺瞥了她一眼，默默地换了一个窗口排队，程秒秒被饭堂的阿姨数落了一中午。

下雨时，遇见没带伞的吴缺，程秒秒借来伞想与他同打一把伞，结果大雨就莫名其妙地停了；在跳蚤市场摆摊时，吴缺刚要在她的摊位前驻足，却又莫名其妙天降暴雨，吴缺快步躲进旁边的雨棚下，程秒秒在雨里收摊都来不及……

程秒秒从入学时开始喜欢吴缺，现在吴缺都快从大学毕业了，她还被堵在认识他的这条路上，她碰壁无数，头都碰麻木了，还没能完整地在吴缺面前做个自我介绍。

眼看吴缺就快毕业离校，曲小桃觉得程秒秒不能再执着于制造邂逅机会，便撺掇她直接在今天表白。

“篮球没砸中你也没关系，等会儿比赛结束你直接执行‘B计划’，冲上去告白，把你亲手做的东西送给他。”

程秒秒扭头看向自己左手边精美的礼品袋，心里却打起退堂鼓。

“如果爱，就一定要让他知道，你一生一次的青春里全是他的名字，这么浪漫的事儿，男主角不能不知道啊！而且，万一是死耗子碰上瞎猫……”曲小桃说个不停。

程秒秒不想再听她奉为圭臬的言情小说语录，伸手捂住了她的嘴巴：“我会去的！”

但程秒秒还是把告白这件事儿想得太简单。事情的发展完全不在她意料之中。或许是因为球队里两个主力都快毕业离校，这场比赛一结束，篮球社的学弟学妹们都围了上去，手里都拿着各种精美的礼盒，更让人无语的是，其中一人甚至和程秒秒用的同款礼品袋。

曲小桃忍不住吐槽：“都说了，千万别在校门口买包装袋。”

程秒秒呆呆地看着吴缺被里三层外三层地围起来，脚下还没有动，腰间突然就多了一股力量，曲小桃从后面推着她往前挤：“程秒秒，冲呀！”

“哎！”程秒秒被推到吴缺前面时，大脑还是一片空白，“我……我……”

她声若蚊蚋，完全被周围的声音淹没了，吴缺自然是没注意到她。正当她捏着礼品袋手足无措的时候，周围闹哄哄的人群忽然安静了下来。

程秒秒抬头，原来是吴缺拿过来一个电喇叭。他慵懒的声线通过喇叭传出来显得更加低沉，但说的内容让在场的人雀跃起来：“等会儿凌枫请全社团吃大排档。”

“喂！吴缺！我可没说啊，要请你请。”

凌枫伸手去抢电喇叭，周围的学弟学妹已经起哄欢呼，哪有人理会他的辩驳。凌枫和吴缺抢电喇叭闹作一团，程秒秒见吴缺的嘴角挂着浅浅的笑意，也不禁心情大好，一时间忘了自己挤过来的目的，吴缺的视线却突然转向了她。

“你……”吴缺手一顿，指向程秒秒，眼里的笑意还没有消散。程秒秒心里倏地一紧，吴缺补充道，“你也是篮球社的新人？怎么没见过？”

这下周围的人都安静下来，齐齐看向程秒秒。程秒秒下意识地摇了摇头，将礼品袋藏到了背后，支支吾吾：“我……我其实，其实有事找你说。”

“找我？”吴缺一脸疑惑。随即，他很不在意地问，“什么事儿？”

或许是这几年来跟吴缺主动告白的女孩子太多，篮球社的人早就见怪不怪，听到这儿已经开始调笑起哄。

程秒秒也知道仅仅自家学校里，公开向吴缺表白遭拒的人已不下二十个，而吴缺连她姓甚名谁都一无所知，她自然知道自己表白后大概率得不到回应。但她不想从十六岁暗恋到六十岁，那岂不是下半生都要耗在吴缺身上了？

所以，程秒秒还是决定要勇敢地说出口。

“我……我……”众目睽睽之下，原来短短四个字要说出来也这么难。情急之下，程秒秒想起之前准备的秘密武器，她从礼品袋里拿出一只毛绒小熊。

这是她买来的录音小熊，她之前已经用最得体的语气和言辞将表白录好了。程秒秒按下开关，想让里面的声音代替她继续说下去。

“吴缺，其实我……滋啦滋啦……”小熊“说”了几个字之后忽然就变成了“滋啦滋啦”的电流声。

“怎么会……”程秒秒尴尬地笑笑，忙关掉了小熊的开关，可是再打开时，出来的声音变成了土味神曲。

“如果让你重新来过，你会不会爱我……”再关掉再开，“鳌拜鳌拜鳌拜拜……”关掉再来，“杀马特杀马特，洗剪吹洗剪吹吹吹……”

程秒秒看着手中的小熊有些不知所措，周围的人都看着她笑作一团，她的脸涨得通红，看向吴缺。

他脸上的笑不知什么时候已经收起来，眉头又轻轻皱起，清冷的目光里看不出是不耐烦还是不屑，他淡淡地开口问道：“你到底想说什么？”

已经有男生吹起口哨，女生们则指指点点，窃窃私语。

“我……”周围嘈杂的声音让程秒秒更加无助，她试图在吴缺脸上看到哪怕一点点的鼓励和期待。

然而，吴缺冷冷的眼神没在她身上多做停留，只不耐烦地扫视着人群，分明在告诉程秒秒他希望这场闹剧赶紧结束。

“我喜欢你！”

“嘭”！

一声巨响与程秒秒脱口而出的告白同时响起，盖住程秒秒音量的同时吸引走了所有人的注意力，头顶忽然落下漫天彩色纸花，原来是有人放了花筒礼炮。

“吴缺、凌枫，毕业快乐！”

娇俏的声音分外惹人注意。说话间，一个穿着短上衣的女孩儿蹦蹦跳跳地冲到吴缺跟前，程秒秒看见她耳边头发上的发卡，是凌湘无疑，她神神秘秘地喊道：“三、二、一！”

话音一落，不知道从哪里钻出来几个穿着澄海体育大学校队队服的人，七手八脚地就把吴缺和凌枫抬了起来，一边欢呼，一边将他俩一次次地抛起来。

“怎么样，是不是超惊喜？”

凌湘咯咯笑着。程秒秒从周围人的议论中得知，这几个人是上一届的毕业生，都曾效力于校篮球队。他们的到来彻底消融了程秒秒内心的尴尬，点燃了这里所有人的热情。

面对这突如其来的“惊喜”，程秒秒哭笑不得，这“惊喜”倒是帮她解了围，只是……她刚刚鼓起勇气说出来的话恐怕再没有人听见了。

由于现场气氛热烈，人潮拥挤，程秒秒被人一撞，小熊玩偶脱手落到了地上。她刚想蹲下身去捡，身后又涌上来更多的人，她被挤得趔趄一下，等她低头再看时，小熊早已经没了踪影，也不知混乱中被踢到了何处。

狂欢的人群渐行渐远，但他们的欢笑声格外刺耳。程秒秒愣愣地看着被众人簇拥而去的吴缺和凌湘，仿佛她告白的事情已经过去了一个世纪，现在的聚光灯照在闪闪发亮的主角身上，她已经被遗忘在舞台角落里蒙了尘。

曲小桃也没想到事情会变成这样，她与赶过来的李木子对视一眼，一脸担忧地扯了扯程秒秒的袖子，说：“秒秒，走吧。”

闻言，程秒秒忍不住鼻子一酸，眼睛里起了雾，她已然看不分明吴缺的表情，只隐隐约约听见有人在打趣吴缺和凌湘……她的心在那一刻碎了一地。

“走吧。”程秒秒咬咬嘴唇，强忍住泪意，轻轻地吐出来两个字。说完，她挽上曲小桃和李木子的胳膊，往相反的方向走去。

【2】我不喜欢你，也没打算喜欢你

“你真要开始新恋情了？”曲小桃难以置信地问程秒秒，手指还跳跃在手机屏幕上“放技能”。

程秒秒将凳子拖到曲小桃旁边，说：“什么开始新恋情啊！我还是货真价实的初恋好吗？”

一局游戏终了，曲小桃转过头来，伸手摸了摸程秒秒的脑袋：“你就这么轻易地放弃吴缺了？”

“有缘无分啊，也表白了，结果人家弃之如敝屣，我还不放弃？我不要面子的吗？”程秒秒收起脸上的失落，翻个白眼，又凑到曲小桃跟前，看着她跟别人聊微信，说，“你手机里这么多男朋友，随便分我一个就可以了。”

曲小桃一边在屏幕上飞快地打字，一边说：“这些？要不是看他们打游戏技术还可以，大家一起玩得开心，我才懒得跟他们聊天呢。”

“好吧。”程秒秒看着小桃微信界面上“宝贝”“网络男神”“男朋友”“小可爱”“小哥哥”的备注，有些头大。

她托腮自言自语道：“我为什么这么倒霉啊，明明买的是只有录音功能的玩具熊，卖家给我发的却是自带音乐加录音功能的，刚才我找卖家理论，对方居然还说是我捡便宜了……”

程秒秒越说越来气，拿出手机来想让曲小桃帮忙想想怎么回击店家，手机却突然响了起来。看着屏幕上的来电头像，程秒秒赶忙按下接听键：“骆学霸，今天怎么有空打电话了？”

“刚写完论文从图书馆出来，想着你应该还没睡，就打个电话。”他的声音听起来有些疲惫，但依然清润。程秒秒看了看时间，算起来，美国现在应该是凌晨四点左右。

“骆学霸没必要这么拼吧，小心下次‘秃’然回国……”程秒秒故意加重“秃”字的发音，还揶揄着唱起来，“你会不会‘秃’然地出现，在街角的咖啡店……”

骆星辰直接忽略程秒秒的揶揄，他清了清嗓子说：“你生日那天哈勃拍下的宇宙图片很漂亮，我托人制成明信片寄给你了，算时间这两天应该快到了。”

“哈伯？”程秒秒一脑袋问号，“谁啊？你在美国认的亲戚？”

电话那边传来骆星辰的轻笑声，他无奈道：“是哈勃空间望远镜。”

“哇，什么望远镜这么厉害？！”程秒秒在骆星辰面前从来不会因为自己的无知而羞愧，毕竟两人从小一起长大，她的智商早已经来不及掩盖。

“哈勃是1990年发射到地球轨道的望远镜，可以拍到宇宙的图像……”骆星辰慢条斯理地耐心跟程秒秒解释，“对了，你知道吗？你生日那天，哈勃拍到了由一颗红巨星和白矮星组成的星云，看起来特别像两条鱼在亲吻，你不刚好是双鱼座吗，我就托人把这张照片制成明信片了。”

程秒秒这才听清“明信片”三个字，她一个激灵从凳子上坐起来，捂住手机听筒，压低声音问曲小桃：“小桃，你是不是说过早上去收发室顺便帮我拿了张明信片？”

“对啊——”曲小桃也倒吸一口凉气，面露难色，“我……我好像顺手放进你桌上那个礼品袋里了……”

“啊？！”程秒秒重重地拍了一下脑门儿。

那边骆星辰不明所以，不过以他对程秒秒的了解，这个小迷糊肯定是又出什么状况了，他皱眉，轻声问道：“怎么？弄丢了？”

“你听见了？”程秒秒有些难为情，立刻改口说，“也不是丢了，我知道在哪儿，我马上去找回来。”

“现在你那边都晚上了，明天再找吧。”骆星辰顿了顿，又安慰程秒秒说，“也不是什么特别重要的东西，大不了我再给你寄一张。”

程秒秒当然知道骆星辰不会那么小气量，一张明信片而已，但她想到的是自己表白用的小熊玩偶和礼品袋都落在篮球馆里，怕这些东西被别人捡到。那只小熊玩偶里还录有她的深情告白，礼品袋里的耳机套是她买来材料一针一线缝起来的。小牛皮原料不仅贵还特别硬，从没做过针线活儿的程秒秒，为了做这个耳机套不知道指头被扎了多少次……

表白无果她认了，但程秒秒不希望自己花心思做的东西落入陌生人的手里。

“不行！我要去找回来！”程秒秒就跟打了鸡血似的飞速换了鞋，对骆星辰匆匆说了句，“我先挂了。”

语音通话说断就断，骆星辰根本来不及做出什么回应，他看着手机上通话结束的标志，脑中一下子就浮现出程秒秒火急火燎的样子。洛星辰无声地笑了起来，抬头望向漫天繁星，这寂静的夜，似乎也不那么孤单了。

虽然澄海已经入了夏，但晚上八点多天色还是已经暗了下来。木子今晚有课，小桃又正在打游戏，程秒秒怕来晚了东西被人捡走，只得一个人借着校园里昏暗的路灯一路摸到篮球馆后门。

小桃曾经说过，因为篮球队那群人神经大条，常常忘了锁门，就算上了锁，为了方便，他们也会把钥匙藏在附近。

篮球馆后门的位置背光，里面也一片漆黑。程秒秒打开手机手电筒，想仔细看看门有没有上锁，却突然听到“吱呀”一声，门从里面被人推开。

程秒秒虽不是来做什么不轨之事的，但也被眼前突然出现的黑影吓得一哆嗦，手机手电筒的光一下子扫到那人的脸上。

吴缺忙抬手遮挡刺眼的光，语气里有一丝慌乱：“你怎么知道我在这儿？”

程秒秒本就被吓得心惊肉跳，待看清眼前的人是吴缺后更是有些心虚，她没多想吴缺话里的含意，直接否认道：“我不是来找你的。”

“哦？”吴缺恢复了淡定的语调，一边眉毛轻快地挑起来。

他深邃的眼眸在黑夜里熠熠生辉，程秒秒看了一眼就不自然地移开目光，说：“我，我是来找东西的。”

“这么晚了还一个人过来找，什么东西，很重要吗？”

“嗯，我的饭卡丢了。”程秒秒信口胡诌道。

她不想让吴缺知道，自己在那么狼狈过后还傻傻地回来找告白道具。可吴缺前言不搭后语地来了一句："你下午说的话，我听到了。"

闻言，程秒秒只觉头皮发麻。她一直以为自己那句卑微的告白。淹没在骤然而起的礼炮声中，没想到吴缺居然听见了。那他听见后还选择无视，拒绝的意思不是很明显吗？现在又提起唱的是哪一出？

据程秒秒多年倒霉出糗的经验，她早已经总结出一个避免尴尬的办法，那就是在别人开口嘲笑你之前，先开口自嘲。

于是，程秒秒撩了下刘海儿，不等吴缺再开口，便佯装轻松地笑着说："那个，我想我必须跟你道个歉。下午的时候，我头脑发热，冲动之下说了不该说的话，现在冷静下来，我明确说吧，我已经不喜欢你了。"

程秒秒一边斟酌言辞，一边观察吴缺的表情。吴缺脸上的表情变化很是精彩，眉头皱得紧紧的。程秒秒继续补充道："你大概不了解我，认识我的人都知道我这个人做什么都是三分钟热度，上大学两年，我的暗恋名单已经写满整整一页 A4 纸了，所以……"

"所以？"

吴缺的目光紧紧地盯着程秒秒的眼睛。程秒秒有些心虚地低下头，假装看手机，说："所以，我现在已经换了新目标了，你没必要为了我鲁莽的告白感到困扰，我……"

"困扰？"吴缺打断程秒秒，有些不可思议地说，"不可能。你想多了吧。我又不喜欢你，也不打算喜欢你，怎么会感到困扰呢？"程秒秒觉得吴缺意外地有些话多，但他说得完全没毛病，他连她的名字都不知道，怎么会因为她而感到困扰呢？

程秒秒头低了又低，不想让吴缺发现她脸上的失落之情。突然，眼前出现一把钥匙，被吴缺骨节分明的手指捏着，他漫不经心地说："你找完东西记得锁门，钥匙明天还给我。"

说完，吴缺提了提背包，一副迫不及待要离开的样子。程秒秒忙不迭接过钥匙，"谢谢"二字还没说出口，吴缺已经转身走开了。

程秒秒看着他的背影，嘴里漫过一丝苦涩，这一次，她是真的要和这段长久的暗恋告别了。

程秒秒机械地走到球场中央，脑中却一直回响着吴缺刚刚说的话。程秒秒与吴缺单独谈话的机会屈指可数，这是他第一次对着她一个人认真地说了这么多话。

“啪——”球场顶部的灯忽然一盏盏亮起来。程秒秒循声回过头，已经走远的吴缺不知道什么时候返回来了，他颀长的身形倚靠在门边，一只手利落地将墙上的开关一个个打开。

“不开灯怎么找东西？”

程秒秒愣了愣神，整理好情绪，中规中矩地向他道了谢。吴缺随意地点点头，又说：“走的时候记得关灯锁门，钥匙明天记得还我。”

说完，吴缺挥挥手转身没入黑夜中。程秒秒看着他再次离开，狐疑地皱了皱眉，她感觉今天的吴缺很不一样，可她又说不出来哪里不一样，只得敛了敛心神专心找东西。

好在篮球馆每天固定的清洁时间是清晨，下午的篮球赛后留下的垃圾还没被清扫，只有礼炮爆出来的纸花被人扫到一起堆在角落里。

球场上宽阔平坦，没什么障碍物，按理说有什么东西是很容易看到的，可程秒秒前前后后找了好几趟都没有看见小熊玩偶和礼品袋的踪迹。这时，她忽然想到下午的一幕，有人和她选用了一模一样的礼品袋……

该不会是她辛辛苦苦纯手工制作的耳机套被人拿错，误送出去了吧？程秒秒越想越沮丧，回到宿舍看见自己当初做耳机套剩下的材料后，就更加心疼，她手指白白被戳了那么多洞，到头来是为别人做了嫁衣裳。

程秒秒将吴缺给她的钥匙放到曲小桃桌上，说：“小桃，我没有吴缺的联系方式，你不是认识篮球队的学弟吗，能不能帮我转交一下？”

“你说是吴缺主动给你的钥匙，还交代你明天还给他？”小桃震惊得放下手机，双手搭上程秒秒的肩膀，语重心长地说，“那你这不是搭讪成功了吗？怎么当时不乘胜追击加他微信呢？”

“成功什么啊，吴缺都亲口拒绝了……”程秒秒嘟着嘴，神情无比沮丧。吴缺那句丝毫不留情面的“不喜欢你，也不打算喜欢你”，直接让她的心碎了一地。他都这么明显地跟她划清界限了，以至于她连再见吴缺的勇气都没了。

见程秒秒无精打采地爬上床躺下了，曲小桃便吐吐舌头不再八卦。过了一会儿，她拿着手机指着朋友圈里的一张照片，狐疑道：“今晚他们校队聚会，吴缺怎么没在啊……”

曲小桃向上铺探探脑袋，发现程秒秒双目紧闭，似是已经睡着了。她便只得作罢，自言自语嘟囔了两句，新开一局游戏，瞬间便将这事儿抛到了脑后。

其实，吴缺是参加了校队聚会的，只是进行到一半的时候，他突然说有事儿需要回家一趟。大家都知道他临近毕业，创办的篮球俱乐部又刚刚开始运转，杂七杂八的事情很多，便放他走了。但他们不知道的是，吴缺从 KTV 出去之后径直打车回了学校，在学校里耽搁了近一个小时才回到家中。

这是他名下的一所小公寓，只有吴缺一个人住。洗过澡后，吴缺坐在书桌前，打开书包，从里面拿出一个插画纸袋，将里面的东西一一摆到桌面上。

一个小礼盒，里面是一只浅咖色耳机皮套，还有一只小熊玩偶，是吴缺下午见过的，他用手拍了拍小熊玩偶上面被踩过的痕迹，拇指轻轻将小熊玩偶腹部的开关推到“播放录音”位置。

“吴缺，其实我喜欢你，从五年前就很喜欢很喜欢你，虽然你不认识我。哦，对了，我叫程秒秒，是你高中母校的学妹，现在在澄海体大游泳部……”

某人的声音在录音里不断重复，吴缺靠在椅背上，嘴角扯起一抹弧度，不经意间瞥见礼品袋底部卡着的一张卡片。这是一张看起来很绚丽的图片，吴缺手指微动，翻到背面，原来是一张明信片，收信人是程秒秒。

左栏祝福语只写了一句话：夜空中最亮的星。

吴缺瞟到右下角的寄信人，“骆星辰”。吴缺想到刚才在篮球馆遇见程秒秒时，她手机屏幕显示的微信聊天界面上，也是这个名字。

“这就是你的新目标吗，程秒秒？”

【3】我没带伞，坐这儿等雨停

“天哪，程秒秒，你眼睛怎么了？”

程秒秒刚从上铺爬下来，就被曲小桃抓住左右打量，她压低声音，讶异道：“你哭了？”

“没有啦！”程秒秒连忙否认。她摸了摸自己的眼睛，眼皮的确有点酸涨，像睁不开一样，她欲盖弥彰地补充道，“大概是昨晚没睡好。”

“真的吗？”曲小桃满脸狐疑，“昨晚你可是刚过十点就上床了，今早比我醒得还晚，怎么会没睡好？”

程秒秒知道什么都逃不过小桃的眼睛，便放弃抵抗，拇指和食指轻轻一搓，眨巴眨巴眼睛说：“就哭了这么一点点啦……”

“行吧。”曲小桃看着程秒秒肿得只剩一条缝的眼睛，轻轻叹了口气，然后递给她一个小圆盒说，“拿着，消肿的眼霜，试试吧。”

昨晚，程秒秒的确是哭了一下，大概真的像骆星辰从前常说的一样，她反射弧太长，明明所有的难堪都是下午发生的，她却在半夜醒来时越想越气，流了那么多眼泪。

“我又给你算了一卦，”曲小桃故作高深地捏着一张塔罗牌说，“圣杯八正位牌，你和吴缺根本就是缺乏爱情缘分。”

一旁看书的李木子插话道：“你上次用这副牌说吴缺是秒秒的真命天子。”

曲小桃将牌洗好，努努嘴说：“上次是上次，这次是这次嘛，告别错的才能和对的相逢，说不定今天程秒秒就能遇到对的人了呢……”

程秒秒一边仰着头按摩双眼，一边说：“什么对的人呀，我今天要在游泳馆上一天课，而且学生都是十岁以下的小孩儿。”

要不是因为等会儿还要出去做兼职，程秒秒才不会介意顶着肿眼泡宅在宿舍过周末。

“小桃，你这个眼霜用起来怎么感觉热热的啊？”

“就是要按摩发热才能消肿呀。”曲小桃又从柜子里拿出一个小袋子放到程秒秒的桌子上，“等会儿涂完眼霜，再戴上这个发热眼罩，我保准你出门的时候眼睛就彻底消肿了。”

310 宿舍只住了三个人，小桃是三个人当中唯一对护肤保养有研究的，程秒秒从来不知道两只眼睛还能这么折腾，待她强忍着不耐烦完成小桃交代给她的所有程序，在镜子前揭开眼罩后却傻了眼。

“小桃！”程秒秒发出惨叫声，她眼睛的确消肿了，但眼周一圈皮肤红通通的，像是放了一对煮熟的大虾。

李木子看着她的红眼圈，深表同情：“起了丘疹，应该是过敏了。”

“别看我。”曲小桃满脸不安，低头委屈巴巴地说，“我自己用起来没有任何副作用的，秒秒……”

程秒秒当然知道曲小桃不会故意整她。

“秒秒平时很少用这类化妆品，突然接触到比较刺激的成分就容易过敏。”

李木子是运动康复医学专业的，听她这样说，曲小桃脸上少了些愧疚，看着程秒秒忍俊不禁道：“红色大熊猫？”

笑归笑，曲小桃还是给程秒秒找出一副墨镜。墨镜是曲小桃去年到海边度假时买的，款式很是夸张，程秒秒戴上极为不伦不类，但总比顶着“限量版红色眼圈”出门要好。

鬼鬼祟祟地出了宿舍楼，程秒秒一路低着头靠墙走，害怕被熟人撞见。眼看就出校门了，程秒秒正要松一口气，不期然一下子撞上一个结实的身体。

“对不……”程秒秒抬头看见那张熟悉的脸，道歉的话堵在嘴边，忙将被撞歪的墨镜扶正，两步绕过吴缺一溜烟跑远了。

吴缺愣在原地，抬手捂住胸口被撞的地方。刚才，他远远就看见她鬼鬼祟祟的身影，走路东张西望，就是不看路，他故意走到她的必经之路上，不想她却跟撞上鬼一样，匆忙逃掉。

以前多次伺机故意撞他，现在故意躲他？搞什么鬼？他看着程秒秒落荒而逃的方向，微微皱起了眉。

程秒秒到了市游泳馆，还心有余悸。

以前她费尽心机制造偶遇机会没有一次成功过，如今顶着红色熊猫眼却能不偏不倚地撞进吴缺怀里。她真的怀疑自己头顶有一朵挥之不去的乌云，时时刻刻监视着她，不让她的生活里有一丁点好事发生。

程杪杪坐在游泳池旁的长椅上，抬头看着游泳馆明亮的玻璃穹顶，透过墨镜瞧，她头顶的天的确是灰色的。

“教练姐姐！”

一个稚嫩的声音在身后响起，天空突然恢复了正常色彩，墨镜被人拿掉，程杪杪没来得及抢回墨镜，来人已经看清了她脸上的“浓墨重彩”，发出咯咯的笑声。

程杪杪双手挡住眼睛，坐直身子，透过指缝看着眼前满脸坏笑的小孩儿，佯装生气，嗔怒道：“快还给姐姐！”

“姐姐，你不告诉我你的眼睛怎么弄的，我就不给。”

程杪杪不想给小孩儿猜来想去的机会，便老实说道：“用化妆品过敏了。”

这个调皮的小孩儿叫许粒。闻言，他乖乖地把墨镜还给了程杪杪，却笑得更大声了。他虽然站着还没有程杪杪坐着高，却摆出一副高高在上的架势，环抱着手臂，抬高下巴，老气横秋地说：“肯定是用了便宜货。”

对于许粒毫不遮掩的毒舌，程杪杪早已经习惯了，她重新戴上墨镜，往更衣室走去，同时催促许粒去换泳衣。

许粒却不依不饶，追着程杪杪说：“早说了让你当我的私人教练，反正我家别墅有游泳池，环境比这里好，你还能赚得更多，也不至于用劣质化妆品把脸搞成这样……”

他有些字都还吐不清楚，却喋喋不休，程杪杪开始脑补他是怎么把之前几个教练气得辞职的。她环顾游泳馆，狐疑道：“今天你家长没有一起过来？”

“都说了多少遍了，那不是我家长，是保姆！”

许粒的腮帮子鼓鼓的，程杪杪蹲下身子，顺着他说：“好好好，是保姆，今天保姆阿姨没来吗？”

许粒口中的“保姆”，程杪杪看见过很多次。

与上个从这里离职的游泳教练交接工作时，程秒秒了解到许粒是因为患有轻微的哮喘，他家人希望他能通过锻炼增强体魄，所以才送他来学游泳。在市游泳馆学游泳的孩子一般是七八人一个小班，或许是因为许粒身体情况特殊，选择了一对一的学习方式。

每周末程秒秒教学时，都有一个女人跟在许粒左右，时刻嘘寒问暖递水递毛巾，从这位保姆的穿着打扮和接送许粒的车，不难看出许粒的家境优渥。所以程秒秒也有和许粒一样的疑惑，为什么他家里人不请私人教练回家教或者送许粒去更高档的游泳俱乐部，而是来这人多得跟下饺子似的市游泳馆呢？

“今天保姆请假了。”

许粒提着装得满满当当的健身包跟在程秒秒后面，说话有些气力不足。程秒秒笑着要帮他接过来，许粒却满脸倔强，直接拒绝了。他鼓起腮帮子，露在半袖外面的白藕似的手臂使足了劲儿将包提得更高，说：“我……我自己可以。”

程秒秒见离更衣室只剩几步路，也就随他去了。

本以为以许粒的秉性，平时被伺候惯了，保姆不在身边，他肯定会要少爷脾气，不想在程秒秒询问他是否需要帮他换衣服时，他倒是规规矩矩地提着包独自进了男更衣室。

程秒秒眼睛上的红疹还没消，不过还好在游泳馆她可以戴上泳镜遮挡。她穿戴好后，等了好一会儿不见许粒出来，便有些心急。虽然程秒秒没有照顾孩子的经验，但此刻也意识到或许她不该让许粒一个人进去换衣服，许粒言行再怎么像个大人，他也只是个五岁的孩子呀。但他进的是男更衣室，程秒秒只能在外面干着急。又过了好一会儿，许粒终于出来了。程秒秒看着他戴得歪歪扭扭的泳帽和穿反了的泳裤，没忍住笑出了声。

“笑什么？”许粒不满地噘着小嘴。

程秒秒提醒道：“你泳裤穿反了，那个哆啦 A 梦在前面。”

许粒低头看了看，有些窘迫，但还是嘴硬道：“这是新款泳裤，图案在后面。还不赶快开始训练，上课时间都过了！”许粒转移话题，催促程秒秒。

程秒秒知道眼前这个小大人最好面子，便忍住笑意，跟着他前后下了泳池。

程秒秒从上个教练那里接手许粒的时候，他已经学会了基础的打腿和推水的动作，所以程秒秒现在主要教他自由泳的泳姿。

许粒家长的诉求是锻炼身体增强体魄即可，所以循序渐进适合长时间锻炼的自由泳再适合不过。虽说许粒身体不好，但或许是因为他手脚比例长，加上比其他同龄小孩儿心智更成熟，所以学起来很快，一堂课结束，他游得已经像模像样了。

平时两个小时的课一结束，都是许粒的保姆带他去冲凉换衣服然后再带他回家。今天他家保姆请假，自然这些都要靠许粒自己来做。然而到了下课时间还不见有人来接他，程秒秒就顺口问了一句："今天谁来接你回家呀？"

许粒却像是没听见一样，低着头一言不发地径直进了男更衣室。程秒秒觉得奇怪，但心想，许粒这么小，他家里是不可能没人来接他的，便放宽心去冲凉换衣服了。

从游泳馆出来，程秒秒看着外面密密麻麻的雨幕，欲哭无泪。

最近澄海的雨季到了，程秒秒出门时通常会往包里放一把雨伞，今天因为眼睛过敏，出门时只顾得遮丑，便忘了带伞，还偏偏就下了雨。

而且，雨越下越大，站在游泳馆门外的屋檐下，程秒秒正思忖着该怎么回学校，余光忽然瞥见左边几米远的地方有个瑟缩的身影。

"许粒？"程秒秒赶紧走过去蹲下身，想看看是怎么回事。许粒小小的身子缩成一团靠墙蹲着，肉乎乎的手抱着肉乎乎的膝盖，他的脸深深地埋在两膝间，听见程秒秒叫他的名字，也只是抬眸随意瞅了一眼，又低下头去。

见他如此，程秒秒有些不解，毕竟许粒平时总是飞扬跋扈的，像现在这样无精打采的可怜虫模样实在少见。

"没人来接你？"程秒秒刚问完，就收到了许粒飞过来的一记白眼。程秒秒知道自己这是"哪壶不开提哪壶"，她不好意思地吐吐舌头，悄悄地取消了手机上的打车订单，从包里拿出一张纸巾打开铺在地上，坐到许粒旁边。

"你干吗？"许粒动动屁股，往旁边挪了挪，满眼忧伤地看着程秒秒，"我自己一个人等就可以，不需要你陪。"

他嘴上这样说，眼圈却已经红了，有盈盈泪光在眼眶里闪烁。程秒秒眨巴眨巴眼睛，说："我没带伞，坐这儿等雨停。"

澄海市临海，夏季多骤雨，雨势大，但往往来得快去得也快。程秒秒陪着许粒在屋檐下坐了半个小时，大雨就渐渐停了，露出天边最后一线夕阳。

程秒秒望向许粒，他还是一言不发，沉默得像个洋娃娃。程秒秒看着他略带自然卷的蓬松发顶，不禁伸手在他头上轻轻揉了一圈。她原本以为许粒会像平时一样凶巴巴地让她离远点儿，不想许粒忽然抬起头，声音稚嫩而轻软地哀求道："姐姐……你能不能送我回家？"

他的眼睛一眨不眨地望着程秒秒，眸子里亮晶晶的，眼下还有未干的泪痕。程秒秒见他这副模样，忽地就想起来自己小时候收养过的一只受过伤的小兔子。他的请求，太难让人拒绝了。

许粒熟稔地说出一串地址，是位于郊区的别墅区，程秒秒看着打车软件上计算出来的高昂费用，咽了咽口水决定带许粒坐公交车。

"公交车上很臭，座位又硬！"许粒嘟着小嘴，不满地说道。

程秒秒看着满脸写着嫌弃的许粒，开始后悔自己突然泛滥了母性，她蹲下身子打算用自己仅有的知识量说服许粒坐公交车。

"一辆小汽车只能坐我们两个乘客，一辆公交车却可以容纳很多乘客，假如城市里每个人都不坐公交车，道路上将会多出很多小汽车，那就会多排放出很多很多有害气体……"

"那如果公交车只有我们两个人坐呢？"许粒打断程秒秒的长篇大论。

"那……"程秒秒一时语塞，恨此时骆星辰没有在旁边，否则他肯定可以三言两语击退眼前这个嚣张的小孩儿。

正当程秒秒思忖着要不要打电话场外求助时，一道男声划破暮色传来。

【4】我是许粒的哥哥

"许粒！"

程秒秒循声望去，一个西装革履的男人从马路对面三步并作两步跑了过来。

男人一双眼睛散发着锐利的光芒，将程秒秒上下打量了一番，朝许粒伸出了手。许粒却像是很害怕的样子，往后缩了一步，紧紧地揪住了程秒秒的袖口。

许粒的动作让程秒秒也警觉起来。她看了那男人一眼，将许粒护在身后，俯下身，压低声音问许粒："你认识他吗？"

"不认识。"许粒摇了摇头。

程秒秒心中警铃大作，一下子就想到了学校论坛里讨论度特别高的一个绑架事件，犯罪分子当街挟持女学生，被路人问起来，借口说女孩儿是精神失常从家里跑出来的，说自己是女孩儿的亲人来找她回家云云，难道现在犯罪分子又开始向小孩子下手了？

程秒秒试探性地向男人问道："你是？"

"我是许粒的哥哥。"果然，连说辞都一样！程秒秒心里又是一紧，她攥紧许粒的小手，不着痕迹地向后退了半步。见状，那男人从西装内兜里掏出一张名片，递给程秒秒。

"许穆清，目清律师事务所。"程秒秒半信半疑地扫了一眼名片上的内容，又将眼前的男人打量了一番，他神情庄重，衣着整齐，仅皮鞋和裤脚有几点泥浆，大概是刚才从马路对面跑过来时沾上的。

程秒秒思虑半晌，这男人的气质和气场看起来的确不像传说中开面包车绑架女学生的绑匪呀，而且仔细看的话，他的眉眼还真和许粒有相似之处，都是浅浅的双眼皮，偏圆的眼型，长睫毛在眼尾处略微下垂。程秒秒内心有些动摇，问："你真是许粒的哥哥？"

不等男人答话，许粒急切地扯了扯程秒秒的袖子，说："你好好想想，我哪里会有这么老的哥哥，我真不认识他。"

许粒急得眼泪都快溢出眼眶。

"也是哦。"程秒秒沉吟道，这个男人看起来差不多三十岁了，而许粒才五岁，相比说是兄弟，两人倒更像父子。而且许粒的表情看起来不像是说谎，他一个劲儿地说不认识那个男人，像极了那些被当街绑架的受害者。

程秒秒不再犹豫，牵着许粒的手转身就走，这儿经过的路人极少，如果再耗下去等对方的同伙来了就不妙了。

程秒秒想拉着许粒赶紧往人多的地方走，可刚走出去两米远，手长脚长的西装革履男就追了上来，气势汹汹地挡在程秒秒面前。

“这位小姐，你不要听许粒胡说，他只是闹小孩儿脾气不想回家。”

又来了，程秒秒想起这类骗局中经典的受害者有罪论，许粒刚刚还求她送他回家，又怎么可能不想回家呢？程秒秒庆幸自己头脑清醒，没有被眼前这个人的外表给骗了，她低声咒骂道：“没想到你是个衣冠禽兽。”

“什么？”男人似乎觉得程秒秒不可理喻，脸上露出一丝愠怒。

程秒秒看着他气急败坏的表情，有些害怕，一边将手伸进口袋摸手机，一边试图稳住对方：“你说许粒不想回家，那你知道他家在哪儿吗？”

男人说出一个位于市中心的小区的名字，和许粒说的别墅区完全对不上号。程秒秒顿时更加肯定，便与许粒交换了一个眼神，趁男人不注意拔腿就跑，一边跑还一边叫喊：“来人啊！有坏人绑架小孩儿啦！”

前面不远就有一个小广场，程秒秒的大嗓门很快就引来不少人的注意，可她怎么也想不到自己反倒被当作人贩子了。

“我弟弟叛逆，不肯回家，就被这个不法分子钻了空子……”那个男人拿出他的名片，指着程秒秒对她倒打一耙。围观的群众很快倒了风向，纷纷指责程秒秒，让她赶紧放了小朋友。

“这女的才是人贩子吧……”

“就是，你看她戴那么大一副墨镜，脸都挡住了，看着就不像是好人……”

听着周围的言论，程秒秒只得取下墨镜说：“我戴墨镜只是因为眼睛过敏了，你们可千万不要以貌取人，现在这个社会衣冠禽兽还少吗？图谋不轨的人最会包装自己了。”

眼前这个名叫许穆清的男人也不甘示弱，他看着许粒继续说：“我弟弟，姓名许粒，出生日期二〇一四年三月十一日，患有轻微哮喘，上周刚去中心医院检查过……”

他声音铿锵有力，噼里啪啦地说出一大堆话，再次提升了围观群众的信服度，连程秒秒都听得一愣一愣的。还好许粒反应快，他一把抱住程秒秒的大腿，大声哭道：“姐姐，这个坏人怎么会知道我这么多资料，肯定很早之前就开始跟踪我了，我好害怕……”

许粒作为舆论关注的中心，如此明显地表了态，围观群众见这小孩儿口齿伶俐、逻辑清晰，又对程秒秒这么亲昵，许穆清的言论自然是不攻自破，刚才支持他的人纷纷倒戈，叫嚷着要把他抓起来。

程秒秒趁乱报警，警察很快赶到现场。去派出所做笔录之前，程秒秒幻想着警察叔叔肯定会夸她是勇敢保护小朋友的女英雄，可当她看到警察提供的材料时，彻底傻了眼。

“你……你真是许粒的哥哥？”

“不然呢？”许穆清连眼皮都懒得抬，只用手理了理衬衫的衣领。

经过刚刚来自围观群众的愤怒“洗礼”，他身上的西服和发型已经不似原先那样板正和一丝不苟，领带也已经不见踪影。程秒秒看着他略显狼狈的样子，心中有了一丝愧疚：“不好意思，我之前不知道许粒家里的情况，所以才会误会你。”

“没事了。”许穆清好像赶时间，一直在看手表和手机，他敷衍地朝程秒秒点点头，没再多说什么。

程秒秒看到他鬓角飞出来的几缕发丝，和许粒的头发一样，也带着轻微的自然卷。

做笔录的过程中，程秒秒得知许粒的父母去年年底出了车祸，双双离世，在那之后，许粒的亲哥哥——许穆清便成了许粒的监护人。

许粒小小年纪就没了父母，程秒秒心想，难怪他每次听见她说“家长”两个字，戾气就会格外重。

与许穆清并排走出笔录室，程秒秒隔着玻璃看见坐在椅子上的许粒，他埋着头，小小的肩膀还在一抖一抖的，像是在啜泣，旁边有一个女民警半蹲着身子安慰他。那女民警见许穆清出来，伸手抚上许粒的头，轻声说：“跟哥哥一起回家去吧。”

“他才不是我哥！我没有哥哥！”

许粒抬起头，一双眼睛红通通的，他的嗓子似乎哭得有些沙哑。程秒秒听着有些心疼，她看向许穆清，他脸上倒是波澜不惊。

许穆清理好衬衣袖口，将西服外套搭在臂弯上，又看了一眼手表，说：“要么现在坐我的车，我送你回家；要么你在这里等着，我会派人来接你。”

这语气丝毫不像是在对一个五岁小孩儿说话。闻言，许粒努着嘴把头转向一边。

程秒秒偷偷瞄向许穆清，他竟也不着急，站在原地安静地等了一分钟后，对许粒说：“我默认你放弃选择权了，等会儿我会让人来接你。”说完，他竟真的头也不回地走了。程秒秒和一旁的女民警面面相觑。这人这么冷酷无情，连孩子要哄都不知道，难怪许粒会这么抵触他。

“呜呜……”许穆清一走，许粒就放声哭了起来。他眼巴巴地看向程秒秒，“姐姐。”

外面天色已晚，程秒秒本打算尽快回学校，被许粒这样可怜巴巴地望着，只好留下来等到许粒被接走后，才去就近的车站乘公交车。

市游泳馆离程秒秒的学校有一个多小时的车程，不过晚班公交车上乘客并不多，程秒秒选了个靠窗的座位，她本想拿出耳机听听音乐，却不知怎的就昏昏沉沉地睡了过去。

或许是昨晚没睡好，今天一整天又绷着神经，程秒秒从梦里惊醒的时候全身都在痛。她活动脖子的时候瞥见对面座位上的吴缺时，吓了一跳。她想到刚刚梦里的场面，不觉脸红心跳，像是偷了东西被当场抓住一样。

程秒秒捂住怦怦跳的心口，环视一周，车上只有他们两个乘客，她偷偷向吴缺瞥了几眼，发现他两只眼睛紧紧闭着，这才抬头大方地将目光落在他脸上。

吴缺一脸熟睡的样子，借着车内暖色的昏暗灯光，可以看到他脸颊上淡淡的桃红色。下一秒，程秒秒的视线落在吴缺抿着的两片唇上，她不自觉地吞了下口水，刚才在梦里，就是这张嘴吻上了她的唇……

程秒秒摇摇头，将脑子里旖旎的画面驱逐出去，心想，果然不能跟着小桃看太多偶像剧。

程秒秒拍了拍脑门，再抬眸时就看见吴缺已经睁开眼睛，他深邃的眸子正懒懒地盯着她。

“好……好巧啊，你也刚睡醒？”程秒秒极力掩饰自己刚才对吴缺的偷窥。

“嗯。”吴缺面无表情地点点头，扭头看向窗外，隔了几秒钟又回头，语气淡淡地说，“我们好像坐过站了。”

“不会吧！”程秒秒看着车窗外越来越荒凉的景色，颤抖着声音问司机，“叔叔，下一站是哪儿？”

“快到终点站了。”

司机大叔声音冷漠。程秒秒内心不祥的预感更为强烈，果然，下一秒就听见车上的广播机械地提示道：“枕林墓园就要到了，请各位乘客先下后上……”

“拜托，大晚上的谁会在这里上车啊！”程秒秒小声嘟囔。

因为澄海体育大学站离枕林墓园只有几站的距离，所以学校里流传下来的鬼故事绝大多数与这个地方有关。光是听见这个地名，程秒秒就已经起了满身的鸡皮疙瘩。她下意识地看向吴缺，毕竟这辆公交车上除她以外，就只有他一个乘客了。

“害怕？”吴缺将他两条无处安放的长腿伸到了过道上，半个身子都朝程秒秒转过来。程秒秒不敢与他对视，心虚地摇摇头说：“没有。”

“没有就好。”吴缺打开手机看了一眼，“这是末班车，我们回不去了。”

“什么！不是还不到晚上九点吗？”

司机像是听见了他们的对话，插话道：“这条线晚上坐的人少，从这个月开始就调整末班车时间了，晚上八点半最后一趟车。”

程秒秒拿出手机一看，已经八点四十分。

第二章

苹果酸醋

【1】他希望她知道，又希望她永远不知道

到站后，程秒秒下车刚站稳，公交车司机就发动车子绝尘而去。

明明是夏季，站台边的树却不应景地枯着，四周都黑沉沉的，似乎连站牌上的广告灯都比别处的要暗。此情此景，程秒秒总觉得背后吹来的风浸着股凉意，她不敢再往四处看，赶忙三步并作两步跟上了吴缺。

吴缺单肩挎着书包，站在灯下。程秒秒觉得有他的背影陪伴，似乎也没那么害怕了。

程秒秒低头用脚尖勾勒着他的影子。吴缺忽然转过头来问："昨晚我给你的钥匙，怎么要让别人转交？"他问得突然，程秒秒好一会儿才反应过来，他是在说她让曲小桃帮忙转交篮球馆钥匙的事儿。

程秒秒如实回答："我没有你的联系方式，就让室友帮忙还了。"

"那么重要的钥匙，让别人转交，丢了怎么办？"

程秒秒没想到，吴缺也会有这么严厉、如此吹毛求疵的时候。听他语气里满满的责怪之意，她只好低头，咬着下嘴唇，挤出一句："对不起。"

"下次你借的东西自己还。"

"哦，好。"程秒秒嘴上忙不迭答应，心里却觉得莫名其妙。眼看吴缺就要毕业离校了，她哪里还有机会向他借东西。

吴缺却煞有介事地拿出手机，递到程秒秒面前："联系方式给你，赶紧存起来。"

程秒秒看着眼前的二维码，愣了好一会儿才反应过来，拿出手机扫了一下，吴缺的微信名是简简单单的两个英文字母——Wu，头像好像是他喜欢的球星。程秒秒小心翼翼地在验证消息一栏输入全名：程秒秒。

吴缺听到手机的提示音，直接点开，好友验证很快就通过了。程秒秒望着跳出来的聊天界面，一时也无话可说。她之前几年想过很多次怎么和吴缺搭讪，怎么要联系方式，但从来没想过会是在这样的场景下。她抬头看向吴缺，加上微信以后他就转过了身，自顾自在手机上打着字，没再理会程秒秒。

程秒秒内心有些失落，加微信这件她祈祷了几年的事，其实也不过如此。在吴缺那儿根本是可有可无的事情，或许她在他列表里的命运就是，未来的某一天被他瞧上一眼，再因为他想不起来这是谁，皱着眉头随手删除掉。

吴缺拿着手机在发语音消息，应该是在想办法回学校。程秒秒知道吴缺朋友多，而且校队好几个队员都有自己的车，叫一个人来接他应该不是什么难事。但一天前，她才在他面前丢过脸，而且说起来他们并不熟，她实在不好意思开口让吴缺捎她一程，只得掏出手机尝试叫辆车。

然而，等到凌枫的车停在他们面前时，也没有司机接单。程秒秒眼巴巴地看着吴缺上了车，心中暗暗叫苦，但她不想让自己看起来太尴尬，便低下头假装不在意。

“还不走，等谁呢？”程秒秒抬起头，确认吴缺是在跟她说话后，瞬间眉开眼笑，颠儿颠儿地跑了过去，太好了，她不用一个人在墓地等车了！

吴缺坐在后排座，虽然程秒秒很想坐在他身旁，但吴缺脸上一副生人勿近的表情。程秒秒不想在他最后的印象里表现得太烦人。刚好，凌枫热情地指着副驾驶的位置招呼道：“小学妹，坐这里。”

程秒秒径直拉开车门，可还没落座，吴缺的声音不咸不淡地传来：“坐过他副驾驶位的女孩儿都会被他拉去酒吧喝酒，你想好了。”

程秒秒顿住，她早听过凌枫的花心传闻，听说他来者不拒，女友排起来可绕操场两圈。程秒秒尴尬地关上车门，走到后排座，打开车门上了车。

凌枫瞅着程秒秒的样子，笑着打趣道：“小学妹，后排座可能已经坐满别的‘人’了，你不觉得挤吗？”

车窗外的墓园隐约可见，程秒秒虽然知道凌枫是在故意吓她，但背上还是出了一层冷汗。她不着痕迹地往吴缺那边挪了挪，见吴缺没有嫌弃的意思，又悄悄蹭过去一些，直到手挨上了吴缺的衣角。

程秒秒坐好后，吴缺就没再说话。而凌枫一路上一直喋喋不休，一口一个“小学妹”地叫，程秒秒好几次接不上话看向吴缺时，他都闭着眼睛，也不知道是不是睡着了。

“小学妹，”凌枫又露出夸张的表情说，“我想起来了，你是昨天那个小熊玩偶学妹，对吧？”

上车这么久才被认出来，程秒秒不知道是该感到高兴还是悲哀。此刻在吴缺旁边，“小熊玩偶学妹”这外号听起来格外刺耳，程秒秒有些无地自容，她垂着头应了一声：“嗯。”

很明显，凌枫没有察觉到她低落的情绪，大笑着说：“你真是绝了，准备了那么好笑的表白方式，吴缺竟然没笑，他就是缺根筋……”

说着，凌枫自顾自地捏着嗓子唱起来：“如果让你重新来过，你会不会爱我……杀马特杀马特，洗剪吹洗剪吹吹吹……”

凌枫边唱边笑。程秒秒将头垂得更低了，她实在没想过精心准备的告白，到头来会变成别人口中最好笑的段子。

“别唱了，吵死了。”闭目养神的吴缺突然伸腿踹了前座一脚，“好好开车。”

但凌枫的话匣子并没有因为这一脚而关上，只是转移了目标，他清清嗓子，像是刚反应过来，说：“我说吴缺心眼儿，你不是说出来买夜宵吗？怎么跑到墓地去了，还和小熊玩偶学妹在一起。”

听凌枫这么说，程秒秒也好奇起来，她偏过头，见吴缺坐直了身子，理直气壮地回答道：“我想坐车去市区，但是坐反了。”

“哈哈哈哈……”凌枫笑得上气不接下气。程秒秒一边腹诽这人笑点太低，一边暗暗咧开了嘴角。

原来完美无缺的吴缺也会犯和她一样的傻傻的小错误。程秒秒偷偷抿嘴笑，以为不会被吴缺看到，却不知道自己的小表情早就让吴缺偷瞧了去。

吴缺看着程秒秒抿嘴偷笑，也不自觉地勾起嘴角。

凌枫说得没错，他出来本来只是想在学校门口的小摊买夜宵，谁知他等小贩做煎饼果子的时候，不经意间抬眼看见经过的公交车上，某人靠在窗口睡得口水都要流出来了。

吴缺也不知道自己当时是怎么回事儿，见程秒秒丝毫没有醒来下车的样子，脑中还没做出判断，人就已经跳上了公交车。

程秒秒不知做了什么美梦，笑得眉毛都弯起来，脸颊红扑扑的，眼睛下面零零星星还有几粒红疹。吴缺突然想到早上撞见她时她那副鬼鬼祟祟的样子，难道她不是在躲他，而是在遮丑？

程秒秒睡得很熟，吴缺肆无忌惮地盯着她数了数，她眼下一共有七颗疹子，他不知怎的就想到了看见人会时常歪着脑袋的小梅花鹿。

过去两年，这个女孩儿频频出现在他的视线里。他隐隐约约听见过她的室友叫她“霉运女神”，仔细想来，好像每一次相遇都是以她的手忙脚乱收尾。这是吴缺第一次在这种安静的场合仔细看她，明明这张脸不是他会喜欢的类型，但脑中蹦出来的第一个词是“可爱”。

虽然吴缺不想承认，但她昨天拿着小熊玩偶满脸通红地站到他面前时，他的确是紧张了。当时他的心跳快得让他感到陌生，他期待她说些什么，故意抢来喇叭为她制造说话的机会，却又不知道等她说出来该怎么回应。他不安的眼神乱飘，终于听她说出那句话时，现场的氛围却又是那么不合时宜。

吴缺收到过很多女孩子的表白，这一次和以往好像没有什么不同，他想借热闹的聚会将这个小插曲抛至脑后，却在聚会进行到一半时还是没忍住脱身回了学校，绕到篮球馆将那些被遗落的东西装进书包，没想到又意外地撞见了她。

“我现在已经换了新目标了。”她说得那样郑重其事。吴缺顿时觉得自己重新提起她下午那句告白的行为十分愚蠢，但他还是想问她一句：你说的是真话，还是小熊玩偶说的才是真话？

正想着，程秒秒却有了转醒的迹象，吴缺像是被撞破了什么，他不知道自己为什么慌乱，在她睁开眼睛之前，只得随意找了个座位坐下开始装睡，直到感觉到她灼热的视线才睁开眼睛。

这是他的小秘密，他希望她知道，又希望她永远不知道。

【2】白玫瑰和向日葵

本来，在篮球馆听吴缺亲口说出“我不喜欢你，也不打算喜欢你”以后，程秒秒就决定放弃暗恋吴缺，可她现在才知道，自己并没有随意控制喜不喜欢一个人的能力。

即使她为他红过脸、流过眼泪、尝尽窘迫的滋味，可一旦看到他，她的大脑、眼睛和嘴角都会不受控制地发出欣喜的信号。

连听到他做的傻事，程秒秒的第一反应都是：好可爱，不愧是吴缺。

这大概就是曲小桃说的“粉丝滤镜”。

程秒秒拉着曲小桃去花店挑花时，曲小桃嗅到她意欲重整旗鼓的气息，摇头晃脑地唱道：“可是女人，爱是她的灵魂，她可以奉献一生，为她所爱的人……”

面对小桃的揶揄，程秒秒无法辩驳，只得心虚地说：“我只是想在他拍毕业照的时候送一束花，他明天拍完毕业照应该就彻底离校了，以后我想奉献也没机会了呀……”

“你呀！”曲小桃恨铁不成钢地说，“该努力的地方不努力，昨天你好不容易加上微信，竟然一句话都不说，光送花有什么用？”

程秒秒吐吐舌头，她加上微信后将吴缺的朋友圈翻了一遍又一遍，总共就只有几条无关紧要的转发的信息，她什么话题都没想出来，找吴缺说什么呀？

她这也闻闻，那也嗅嗅，问曲小桃：“你说，送什么花好？”

“红玫瑰？”

程秒秒瞥向花店中央最显眼的红玫瑰，娇艳欲滴的红色，一眼就看出暧昧的暗示，她摇了摇头，这不符合她的气质。

“那白玫瑰呢？”

太过高冷洁白。程秒秒摇头：“也不适合我。”

“但是适合吴缺啊！”

“咦，”程秒秒转转眼睛，“有那么点儿意思。”

程秒秒还记得，高中的时候，学校篮球队的队服就是白色的。她高一时费尽心思进入学生会，就是为了将打扫操场的任务揽到自己身上，因为每个周五下午吴缺都会在操场练球，穿的就是校队的白色球衣。

吴缺有时候一个人在球场练习到天黑，程秒秒也拿着清洁工具在操场打扫到天黑。他白色的球衣在暮色里像一片隐约的月光。

不过大部分时候，程秒秒不敢靠吴缺太近，看不清他投每一个球时是什么表情，但可以这样远远地看着他白色的身影，听着他将篮球掷向篮板时的“砰砰”声，当时的她就很满足。

之后，她就这样光明正大地“偷窥”了他一年。每周五校队打完球赛，其他队员或自行回家，或相约聚餐，只有吴缺留在球场上，没有鲜花，没有欢呼，没有掌声，连程秒秒这个唯一的观众，他都从没注意到过。

那时候程秒秒就觉得，他像一朵长在高高的山上，触不可及的白色的花。

程秒秒捧起那束白玫瑰，脑海中浮现出吴缺微微皱眉的脸，他是她青春里的高岭之花，也是她不愿意醒来的美丽的梦。

花店店员重新挑了几枝新鲜的白玫瑰，拿到前台准备帮程秒秒打包。程秒秒忽然瞥见一旁包到一半的花束，那是几枝黄灿灿的向日葵。她眼睛一亮，对店员说：“等一下，我想换成那个。”

曲小桃看不上向日葵，觉得程秒秒没有品位，回宿舍的路上，她终于忍不住吐槽：“你不觉得将这一束向日葵抱在怀里拍照，拍出来会像几朵大菊花吗？”

“我还是觉得送吴缺向日葵比送白玫瑰合适。”程秒秒低头嗅嗅怀中的花束，没有迷人的花香，没有高雅的外形，虽然它知道长得再高也无法触碰到太阳，但每一天都朝着太阳的方向张望，就像她，明知不可能，还是想将名为“吴缺”的梦继续做下去。

回到宿舍，程秒秒将向日葵花束安顿好，正准备征求一下小桃的意见，看她明天穿哪套衣服好，手机突然响了起来。

是一串陌生的号码，程秒秒疑惑地接起来，对方的声音倒是有些熟悉。

“是程小姐吗？”

“是的。”程秒秒问道，“你是？”

“我是许粒的哥哥，昨天我们见过的。”

“哦，你好。”程秒秒想起来与许穆清并不愉快的相识经过。但她并不知道对方找她会有什么事，正想发问，就听见许穆清略带焦急的声音传过来。

“程小姐今天有见过许粒吗？”

“许粒？没有，今天没有游泳课。”程秒秒说完，才反应过来，有些惊讶地问，“许粒不见了？”

“嗯，监控显示他今天下午一个人去了游泳馆附近。”许穆清语带疲惫地回答。

程秒秒紧张起来，一个五岁的小孩儿走失大半天，任谁都感觉心揪不已，更何况许粒还是自己带的学生。她关切地道：“怎么回事呢？今天保姆阿姨没有陪着他吗？”

许穆清没有回答程秒秒的问题，他冷冰冰地说：“程小姐现在是否方便过来配合一下调查？澄海体大是吧？我派人去接你。”

他虽然问程秒秒方不方便，但话里话外都是不容拒绝的强硬口吻。程秒秒想起上次在派出所他对待许粒时那副高高在上的样子，不由得来了气：“许先生，你凭什么调查我，我又不是犯罪嫌疑人！”

“我又没说许粒是被拐卖或绑架了，又哪来犯罪嫌疑人之说？程小姐这样此地无银三百两的态度，让人想不怀疑都难吧？何况程小姐昨天带着许粒时，似乎就已经别有用心了。”

“我……”程秒秒向来嘴皮子不行，面对许穆清含沙射影的指责，立马沉不住气了，“好，我去，去配合调查，看看到底谁才是罪魁祸首。”

“最好如此，已经有人去接程小姐了。”

看来他早就安排好要找她问话，竟还假惺惺地打电话“邀请”一下，真是虚伪！

与许穆清仅仅第二次见面，程秒秒就又进了派出所。从几个民警毫无头绪的状态看来，或许叫她来配合调查，已经是最后的希望。但程秒秒觉得以许粒的心智，离家出走的可能性比被拐骗的可能性要大，而许穆清这个不近人情的哥哥，或许就是许粒会一个人离家出走的唯一原因。

“什么？你说许粒下午两点后就不见了？”

程秒秒得知许粒失踪几个小时后许穆清才发现，更觉得此人不可理喻，对许粒的同情又多了几分。

“今天周日，许粒不上学，保姆这两天请假，我下午临时有工作，我不知道他会一个人出门……”

许穆清自己好像也知道这样的辩白显得有些无力，话没说完，他双手抚上额头，将前额的几缕头发压得略微凌乱，眼睛里的血丝透露出焦虑和疲惫，他身上咄咄逼人的压迫感顿时消减下去。程秒秒对他的成见这才渐渐改观，试图站在他的角度认真帮他考虑许粒可能的去向。

“对了！”程秒秒忽地想起来什么，猛地拍了一下脑门儿。

许穆清抬眸看向她，程秒秒激动地伸手取下许穆清别在胸口的钢笔，在纸上写下一个地址：“你知不知道这是什么地方？”

塔夫区水景湾路缇香郡二期八栋，这是那天许粒要求程秒秒送他回家时说出来的地址，和后来许穆清说的家庭住址根本就是两个地方。当时程秒秒还觉得奇怪，现在想来，许粒既然能如此熟练地说出这个地址，对他来说肯定是很特别的地方。

“这是我父亲留下的别墅。”许穆清看着纸上的字迹皱眉道，“可是这处房产已经卖掉了。”

但这起码算是一条线索，许穆清难得地收起锐利的眼神，点头对程秒秒说了句：“谢谢。”

此时能调动的警力都去了机场和车站，许穆清等不及，发动车子，打算一个人前去，看到程秒秒不请自来地跟上来时，他有些惊讶，摁下车窗对她投去疑惑的眼神。

“我跟你一起去。”

对于程秒秒这样尚在象牙塔里的女孩子来说，这样未知的带着悬疑色彩的旅程是很有吸引力的，同时她肯定也想亲眼见证自己提供的线索是否会让事情柳暗花明。许穆清也知道，此时在她心里，对于冒险的兴奋感肯定是大于对许粒的担忧，但他还是让她上了车。

因为他没时间和她磨叽，也因为她眼里毫不遮掩的胜欲。

程秒秒还不知道自己的心思早就被许穆清看得一清二楚，她跟上来最大的原因就是找到许粒后，挫一挫许穆清的锐气，她看不惯许穆清脸上明显表现出来的精明世故，也看不惯许穆清在许粒面前冰冷冷的态度……

她此时还并没有完全接受许粒“失踪”的事实，笃定地认为平时能把她呛得哑口无言的许粒只是闹小孩儿脾气离家出走躲了起来。直到和许穆清驱车近一小时来到缇香郡别墅区，两人问了一圈都没有发现许粒的踪迹时，程秒秒才开始慌了。

这个地址是她不太富余的脑容量里仅有的一条线索，一无所获后，她的大脑便成了一团糨糊。

在希望又一次落空以后，许穆清虽不像程秒秒一样表现得六神无主，但脚下的步子明显慌乱了许多，他再一次敲开八号别墅的门。

虽然许穆清是这栋别墅上一任业主，但这家的女主人在他几次三番的询问下还是没了耐心，不再客套，开门就直接说：“我都说了没见过什么五岁小孩子啦，还要问多少次！自己家的小孩子自己不好好看着，你们现在的这些年轻小夫妻啊，带孩子的时候不用心，孩子丢了才知道着急。”

这女人劈头盖脸地骂了许穆清一顿，又嫌弃地看向程秒秒，明显是把她和许穆清当作“不用心带孩子的年轻小夫妻”了。程秒秒脸噌地红了，想要解释，但一抬头就看见许穆清焦急的表情。

现在不是纠结这种小事儿的时候，程秒秒将到嘴边的话咽了下去。

“孩子不见之前，透露出来想去的地方只有这一个，他半年前住在这儿的，有可能是想回来看看，能不能让我进去看看有什么线索？”

许穆清的姿态一次比一次低，他近乎乞求的口气让程秒秒有些动容，她没想到他对许粒的关切如此之深。

但开门的女人好像并不太领情，她站在门口，说：“我先生最近身体不好，要静养。再说了，我如果真看见你说的小孩儿，肯定会告诉你，总不可能骗你吧。”

说着，她就要把大门关上。许穆清上前一步，恢复了冷傲的表情，制止道：“小孩儿失踪我是报了案的，你现在不让我进去，晚点也会有警察过来查，你也不想被这儿的邻居瞧见你家里有警察来访吧？”

闻言，那女人终于松了口：“那你们进来吧。哎，当初就是看上这里清净，没想到这才住了几天啊，就碰上这样的事儿，真是晦气，早知道当初不买了……”

女人一边带着许穆清进屋，一边用刚好让几个人都能听见的声音抱怨着。

许穆清倒是对她的暗讽并不介意，抬脚就往屋内走，程秒秒赶忙跟上他的脚步，心想，原来有时候要黑着脸说话才能达到自己的目的……

【3】落魄贵公子

“汪汪汪！汪汪！”他们刚走过玄关，里面就传来一阵犬吠。

“后院有狗？”许穆清快步走过去。

“嗯，是养了好几年的看家犬，上个月搬家的时候也一起带过来了。”女主人见缝插针地夸道，“这狗啊，闻见生人的味道就叫起来了。”

“那今天我们来之前，这狗叫过吗？”

自从许穆清沉下脸，他说话时给人的压迫感也回来了，不知道是不是因为这个，女主人对他的问题回答起来也快了一些。

“好像是叫过几次。”女主人思索道，“但附近有生人的味道和声音它都会叫，也不一定就是你家小孩儿来过啊。”

许穆清不再发问，一路穿过客厅来到了后院，程秒秒跟着上前，果然看见院子里有一只黑乎乎的大狗龇着牙。见他们靠近，那狗叫得更厉害，只差扑上来了，它脖颈处拴着的细细的链条比起它硕大的体形显得有些让人忧心，程秒秒不自觉地朝许穆清身后躲了躲。

“元宝，坐下！”女主人呵斥一声。那狗停止了叫唤，但大嘴还是凶神恶煞地张着。许穆清像是发现了什么，一言不发地朝那只狗旁边的围墙走去。

程秒秒想跟上，却又怵那只狗，只得从一旁绕了过去，问许穆清：“你看见什么了？”

“这个。”程秒秒顺着许穆清指的方向看去，围墙上起了厚厚的青苔，唯许穆清指的那个地方的青苔有刚被破坏过的样子，而那痕迹……

“是脚印！”程秒秒反应过来。许穆清已经越墙而去。这围墙有一人高，程秒秒目测和学校操场的栏杆差不多，便跃跃欲试，谁知因为这墙体布满青苔，她刚翻上墙头，脚下一滑，就一屁股摔到了墙外。

“小姑娘，这边有后门……哎，一个个的怎么都这么急性子……”女主人的声音从围墙里面传出来。程秒秒欲哭无泪，她拍拍屁股站起身来，看向许穆清，还好他现在没空嘲笑她。

墙根处，对着那个脚印的地方，整整齐齐地摞着十几块砖头，差不多刚好是许粒站上去可以爬上围墙的高度。许穆清望着这些砖头，说：“许粒怕狗，应该是爬上围墙后，被那只狗吓得摔下来了……”

顺着这个方向，许穆清很快就在围墙外的山坡下面找到了昏迷的许粒。许粒的额角有一块鲜明的血迹，衬得他脸色更为苍白，许穆清将他抱上来时，程秒秒吓了一跳。

“叫救护车。”许穆清的声音有点颤抖。

程秒秒赶紧拿出手机打电话，却突然听见许穆清怀里的许粒哼了一声。

许粒眨眨眼睛慢慢转醒，却在看清抱着他的人是许穆清之后就挣扎着要下来，在许穆清怀里扑腾个不停。

“哼。”许穆清冷哼一声，望着怀里的小人说，“这么生龙活虎，我看也不用叫救护车了。”

许穆清放下许粒，他果然能跑能跳，径直奔向程秒秒：“教练姐姐，你怎么也来了？”

“不要试图蒙混过关。”许穆清摆出一副严厉的表情，“你一个人来这儿做什么？”

许粒回头充满敌意地看着许穆清：“我回家。”

“这儿早都不是你的家了！”许穆清指着围墙说，“你翻进去是想和那只狗住在一起吗？”

许穆清还没说完，许粒的眼圈已经红了。程秒秒也觉得许穆清话说得太重了，她实在不懂为什么这一大一小一见面就剑拔弩张。她向许穆清使了个眼色，说：“你车里有药箱吗？许粒的伤口需要处理一下。”

程砂砂是运动员，时不时就会磕磕碰碰的，是医务室的常客，所以对一些小伤的处理还是很熟练的。

“虽然只有几处外伤，但碰到头了，最好还是去医院做个检查。”程砂砂一边用棉签轻轻地帮许粒处理伤口，一边对许穆清说。

许穆清正靠在车门上打电话，他朝程砂砂点点头，示意听到了。

“林队，让你们浪费警力，不好意思了……下次我做东请队里兄弟们吃饭……”许穆清的声音断断续续地传过来，应该是在通知警察那边许粒已经找到了。

许粒也像是在听许穆清说话，一双圆溜溜的眼睛专注地凝着神，蘸过酒精的棉球碰上他额头上的伤口时，他“嗞”地叫出了声，引得许穆清看过来。许粒又赌气地转过头，躲开许穆清的注视。

“你为什么这么喜欢跟你哥作对啊？”程砂砂压低声音，朝许穆清的方向努努嘴。

“不要你管！”许粒的声音稚嫩，却格外倔强。

程砂砂叹了口气，想到许穆清对许粒说话时的态度，心想，她如果是许粒，也不会喜欢他，但是……

程砂砂轻轻地将纱布缠好，说：“但是，刚才找不到你，你哥很着急。”

闻言，五岁的许粒躲闪开眼神，嘟囔着：“我又没让他找我。”

回程的车上，一大一小两个人之间的关系依旧处于冰点，没人说话，程砂砂自然也只能沉默。缇香郡别墅群坐落在半山腰，山路迂回，转了几圈程砂砂就觉得眼皮越来越重，昏昏欲睡。不知过了多久，她在一阵急促的“噼里啪啦”的声音中清醒过来。

“天黑了？怎么下这么大的雨？”密集的雨点砸到车窗上，程砂砂觉得车玻璃都在晃动，一时间分不清是天黑了还是雨太大遮住了天空的颜色。

她往前探了探头，看见挡风玻璃上的雨刷器卖力地摇摆着，玻璃上的雨水还是跟决堤了似的往下淌，车灯的光束和前面的路都在雨幕中变得扭曲。

程砂砂感觉得到车开得很慢，旁边的许粒还在安稳地沉睡，但这样极端的天气中走在盘山公路上，程砂砂还是觉得心惊肉跳。她清了清嗓子，想提议停下来等雨小了再走，可还没来得及开口，就看见前方的视野忽地一暗。

“小心！”

程秒秒的声音被一个巨大的冲击力撞回肚子里，她的身体不由自主地撞向了车顶，霎时间只觉得头昏眼花，好一会儿才缓了过来。

“程小姐、程小姐……”

“教练姐姐……”

程秒秒睁开眼睛就看见昏暗的光线下，许穆清和许粒都注视着她，许粒的小手还在轻轻晃动她的肩膀。

“怎么回事儿？”程秒秒开口问道，觉得嗓子有些发紧。

“他把车撞到石头上了。”许粒冲许穆清翻了个白眼，颇有微词地说。

许穆清垂眸、抿唇，再次向程秒秒确认她是否有哪里不舒服。程秒秒试着活动了全身，表示自己没事，除了耳朵里还嗡嗡作响，没有觉得哪里痛。

“没事就好。”许穆清淡淡地说，“抱歉。”

车外仍是瓢泼大雨下个不停，许穆清的声音在雨声里若有似无，但程秒秒还是回应了一句：“没事。”

不是程秒秒不想计较，而是这种情况在她连续倒霉多年的人生里，压根儿算不上是事儿。遇到这种事，程秒秒向来会先反省是不是自己太倒霉拖累了车上所有人，而不是像许粒那样光明正大地责怪司机。

或许是程秒秒表现得太过淡定，在手机一直收不到信号拨不出救援电话时，许穆清两次回头问她：“你不怕？”

雨刮器已经彻底停止工作，雨幕遮挡了车内的视线，只剩下车顶昏暗的灯光。许穆清侧着脸，程秒秒意外地发现他鼻梁挺起的角度和许粒的如出一辙。她回答道：“不太怕，反正雨总会停，待在车里也没什么危险。”

程秒秒这样说，但也没想到救援队来的时候，已经是第二天清晨。她从车里醒来时，窗外已经露出了鱼肚白，她和许粒蜷缩在后排座椅上相拥而眠，身上盖着的是许穆清的西服。程秒秒支撑着僵硬得发紧的身体坐起来往前看，扫了一圈才看见车外靠门站着的许穆清。

他虽然还是一身衬衫西裤，但衬衫已经出现褶皱，两片领子随意歪着，发型也比上次他被“热心”群众围攻后更为凌乱，他指间夹着一支烟，背部略佝偻着。程秒秒又不禁想起许粒，他们两人身上的气质太像，即使落魄，也是贵公子式的落魄。

许穆清从车窗往里瞥了一眼，看到程秒秒醒了，立刻直起背，抬手将抽了一半的香烟在旁边的石头上摁灭，问：“醒了？”

他的声音在清晨湿润的山谷里显得有些沙哑。程秒秒点点头，说：“那个……我手机没电了。”

“车上有充电线。”

许穆清回到车里，取出充电线递给程秒秒。刚充上电开机，程秒秒的手机里就蹦出无数条消息，她先在宿舍群里报了平安，小桃应该还在睡觉，只有木子回复了一个“OK”的表情。

程秒秒看着时间，不由得轻轻叹了一口气。离吴缺拍毕业照的时间只剩不到一个小时了。

“有急事？”

“嗯，有点儿。”程秒秒先是一愣，然后老实回答。她不知道自己的紧张表现得有这么明显。

许穆清得到她的答案，没有继续问下去，而是安抚她说：“救援电话刚刚打通了，应该很快就会有人来。”

“嗯。”程秒秒点点头，不好意思再表现得太过急躁，车里于是又陷入沉默。

“呜——”冷清的空气里，后排座椅上的许粒突然发出一声梦呓。程秒秒和许穆清都被引得向后看去。许粒睡得很熟，看来让程秒秒蜷缩得腰酸背痛的座椅对他来讲还算惬意。

“你走开！”许粒这次的梦话说得清清楚楚，他莲藕似的手臂和小腿也跟着扭动了几下。程秒秒没怎么见过小孩儿睡觉，见到许粒在梦中激动到手脚并用也不会醒来，她觉得很是新奇，不禁笑出了声，抬头却看见许穆清满脸落寞。

他嘴角挂着苦笑：“他这副样子，应该是梦到我了。”

程秒秒想想，也觉得他的猜想八九不离十，便尴尬地收起了笑容。

程秒秒是独生女，她从小到大都很羡慕同龄人家中有兄弟姐妹的。她想，如果她有个哥哥或者弟弟，他们的关系应该会非常亲密才对，所以她很好奇许穆清和许粒的关系为什么会僵成这样，但转念想想许穆清绝不会是那种会跟她聊家常的人，便将疑问咽了下去。

她没想到，许穆清会主动开口："许粒跟你说过他很讨厌我吧？"

"没有。"程秒秒愣了一下，但许粒的确是从没主动向她提起过许穆清，否则第一次见许穆清时，她也不至于不相信他是许粒的哥哥。

"他讨厌我也很正常。"许穆清从烟盒里摸出一支烟，顿了一下重新塞了回去。他随手把烟盒放到一旁，长舒了一口气说，"我们不是亲兄弟。"

程秒秒有些惊讶，又听许穆清说："准确地说，我们不是同一个人生的……"

程秒秒稍微倾斜身子，想听许穆清继续说下去，前方突然传来了车声，一辆红色救援车和一辆灰色商务车前后从山路拐弯处驶了过来。

灰色商务车上下来一个穿着衬衫西裤的男人，他看起来比许穆清年轻几岁，但他举手投足的气场和许穆清相似度极高，程秒秒猜测应该是许穆清的同事。

果然，许穆清向程秒秒介绍道："这是我的助理小关。"

程秒秒向许穆清看去，虽然他的发型和衣着依然有些许凌乱，眼睛里的红血丝也还没有消退，但自从下车接洽救援，他身上那种落魄的感觉就已经一扫而空。程秒秒看着他脊背挺拔泰然自若地应对着前来的各色人物，和刚刚在车里娓娓道来的样子比起来，判若两人……

"小关，你先送程小姐回去吧。"许穆清说完顿了顿，又看向程秒秒，"澄海体大，是吧？"

程秒秒正在观察他，突然被问到，她愣了一下，忙点头应道："嗯嗯，澄海体大。"

她确实赶时间，也没有多做推辞，再次提醒许穆清要带许粒去医院检查头部后，就坐上许穆清助理小关的车赶回学校。

一到宿舍，曲小桃一连串劈头盖脸的疑问就砸了过来。

“为什么夜不归宿？和谁？男的女的？知不知道打不通你的电话我们都担心死了，差点儿跟辅导员报失踪了……”

程秒秒一边手忙脚乱地洗漱，一边向曲小桃叙述这一天的曲折经历。曲小桃直接过滤掉她描述的那些惊险场面，抓住自认为的重点，兴奋地说：“和成熟的大叔在车里共度雨夜，这也太浪漫了吧！我那天说什么来着，新的缘分很快就会出现……哎，程秒秒，那个律师大叔人怎么样？”

“瞎说什么？”程秒秒觉得曲小桃脑回路有问题。她昨晚的遭遇好惊险的，作为好闺密不是该关心她的安危吗，怎么能居心叵测地开启神婆般的胡扯模式？

不过要说对许穆清的第一印象，那真是百分百差评，毕竟她第一次见许穆清两人就闹进了派出所。然而，对于曲小桃的八卦问题，你是万万不能回避的，因为她会直接给你上纲上线。许穆清给程秒秒的第一印象，她现在能想到的形容词就是“目中无人”“不近人情”“笑里藏刀”之类的，但此时她脑中又闪过一些别的镜头，奈何脑子里词汇量不多，最终的评价是：“还行，虽然看起来有点像坏人，但应该是个好人。”

眼看毕业照的送花环节就快结束了，程秒秒想抓紧时间换身干净衣服，脱外套时，一个沉甸甸的东西从衣服兜里掉了出来，是一支钢笔。

程秒秒捡起这支带暗纹的黑色钢笔，想起来这是她写地址时从许穆清那儿拿过来的，没想到匆匆忙忙间竟忘了还回去。但眼下有更紧急的事情，程秒秒将钢笔随意地放到桌子上。

【4】四舍五入等于拥抱

每年毕业季拍毕业照时，澄海体育大学有个传统，在拍集体照之前，会有一个送花环节，原本是让亲友给毕业生送鲜花表达祝福，后来逐渐演变成毕业生在校人缘的试金石，收到的花就越多，朋友或爱慕者越多。

吴缺和凌枫作为这一届毕业生里的人气王，自然是收花收到手软，更何况凌湘特意为他们两人各准备了一束高调到可以用来求婚的红玫瑰，光是凌湘送的这一束拿在手上都费劲儿，所以大部分花只能摆在附近的草坪上。

凌湘拿着相机喊着让吴缺和凌枫靠近点。凌枫一把揽过吴缺的肩膀，一边朝凌湘的镜头笑着，一边在吴缺耳边念叨："你怎么一直心不在焉的，是不是在等那个小熊玩偶学妹？"

一直沉默的吴缺在听见后面那几个字后抬起了眼，说道："我只是不喜欢拍照。"

"那你那天在车上，当着小熊玩偶学妹的面，干吗故意说起我们拍照的时间？"

"有吗？我忘了。"说着，吴缺手插口袋就要走开。

凌枫赶紧又将他拉过来，说："我妹今天专门来拍你，至少给个面子，这些小女孩儿心理都很脆弱的。"

"是吗？"吴缺看向镜头，心里却在想别的事儿。

凌枫一说起关于女孩子的话题，就立刻好为人师起来："当然啦，一般女孩子的心思都要细腻一些，特别是凌湘比我们小了几岁，现在还心智不成熟，她们这个年龄吧，就特别在意她喜欢的人对她的态度。"

"凌湘今年大二吧？"吴缺突然没头没脑地问了这样一句。

凌枫还以为吴缺开窍了，忙不迭应道："是啊。"

如果没记错的话，程秒秒应该也是大二。吴缺这样想，却又后知后觉地烦躁起来，他已经不记得今天这个名字是第几次闯入他的脑海，毕业照的献花环节一开始，他一双眼睛就不由自主地在寻找那个身影。

他肯定程秒秒是知道他今天拍毕业照的，因为那天他的确是故意在她面前向凌枫确认时间，可是今天她没来。

吴缺烦躁地踢了一下脚下绿油油的草，再抬头时忽然在人堆里看见一束亮黄色的向日葵。

程秒秒抱着花四处张望了好久才看见站在大树底下的吴缺，她抬手理了理因为刚洗完而有些毛躁的刘海儿，内心忐忑地走过去。如果她今天能早点赶过来，便能在献花环节混在人群里将花送给吴缺，她知道给吴缺送花的人会很多，那样她就不必如此突兀地引起吴缺的注意，也不必如此紧张了。

“吴缺师兄，我……我来送花给你，但是……因为……因为有点事情所以来晚了，那个……祝你毕业快乐，前程似锦。”

程秒秒紧紧攥着拳说完这句话，额头汗涔涔的。她平时说话并不结巴，但一见到吴缺就有心悸的感觉，混乱的心跳一直让她无所适从。她总觉得出门前小桃帮她卷的刘海儿弧度很奇怪，便一直不敢抬头。直到手上一空，花被接走，程秒秒笑着抬起头，看见的却是凌枫的脸。

“小学妹，来给我送花啊？”凌枫摆弄着向日葵的花瓣，挑眉笑道，“小学妹送花也送得很别致啊，我第一次见到这么大的菊花。”

凌枫长着一双眼尾上扬的眼睛，他一笑起来，眼神便更加妖冶。程秒秒怯怯地道：“这是向日葵，我……送给吴缺师兄的。”

“没关系，送给我也不亏，来，我们合个影。”凌枫没有将花还给程秒秒的意思，说着就伸手要揽上程秒秒的肩膀。程秒秒吓了一跳，蹲下身子躲开。

“要拍照？”吴缺的声音在头顶响起。

程秒秒连忙站起身，抚平了衣摆，她以为吴缺刚才是在和凌枫说话，便端端正正地站着缄默不语。直到吴缺看着她的眼睛又问了一遍：“要拍照？”

“要！要！”程秒秒愣了一会儿才连连点头。

可惜她是一个人来的，根本没想到可以和吴缺合影。她拿出自己的手机，打开前置摄像头，打算自拍一张。吴缺却伸手拿走她的手机，递向凌枫，说：“让他拍。”说完，吴缺还顺手拿过来凌枫抱着的向日葵。

吴缺心里想着凌枫刚刚关于女孩子的言论，又微微弯起了腿配合程秒秒的身高，在程秒秒耳边轻声说了句：“谢谢，花很漂亮。”

他的声音近在咫尺，虽然语气依然是冷冰冰的，但程秒秒觉得自己那一侧的耳朵已经烫到快要烧起来。面对镜头她根本想不到要做出什么样的表情，整个人僵硬着，任由吴缺将手放上了她的肩膀。

镜头捕捉到程秒秒呆愣的脸。凌枫看着屏幕里吴缺微微翘起的嘴角，心中断定了自己之前的猜测。他看向凌湘，开始为自己这个妹妹感到可惜，同时心里又浮现出一个好玩的恶趣味想法。

“小学妹，加个微信吧。”拍完照片，凌枫一边把程秒秒的手机还回去，一边打开自己的微信二维码递到程秒秒面前。见程秒秒没有动作，他又指着凌湘说，“我妹肯定抓拍了不少我们的照片，我这个人很讲义气的，拍下来的照片我都会给返图的。你不加我微信好友，我怎么把拍到的你的照片给你呢？”

程秒秒一想，他说得很有道理，便打开微信朝他的二维码扫去，中途却突然被人挡开，吴缺冲程秒秒问道：“今天周一，你没课吗？”

“我……”程秒秒顿时有被抓包的窘迫感，今早的确是有两节马克思主义基本原理课，她已经让小桃帮她答“到”了。

“有课就赶快去上课，不然被抓住了小心老师期末卡你。”吴缺严肃地说，“照片，到时候我转发给你。”

凌枫像是被吴缺突如其来的正经吓了一跳，他心中却对吴缺幼稚的行为已经了然，故意抬杠道：“吴缺你少来了，你大二时整个学期的‘马原’课都没去上，现在还不是照样毕业了。”

“那是因为我其他方面优秀。”吴缺面不改色地应道。

“原来吴缺喜欢学习认真的女孩儿啊，早知道我进校后就努力一点了……”程秒秒趴在课桌上小声向曲小桃倾诉。

“真的吗？”曲小桃半信半疑，“可是我觉得像我们俩这样的脑子，即使努力了，也不见得有成效吧。”

“也是。”程秒秒回想起自己高中的时候，老师在课堂上都懒得讲的题，她要骆星辰给她来来回回讲好多遍才听得懂，当年她是走的体育特长生的路子考上澄海体育大学的，爸妈已经觉得是烧高香了。

但其实体校也有学习好的，比如同宿舍的木子。她所在的运动康复医学专业是澄海体育大学唯一一个学霸比较多的专业，李木子更是学霸中的学霸，光是程秒秒知道的，各类奖学金她这个学期就拿了四次了。

“神啊，都说傻人有傻福，我都这么傻了，为什么运气还这么差？”程秒秒正垂头丧气地感叹命运不公，口袋里的手机忽然振动起来。

程秒秒瞄了一眼屏幕，来电号码虽然没有备注，但是她有印象，是许穆清的。

她挂断电话，发过去一条短信：“在上课，不方便接电话，请问有什么事？”

信息很快发了过来：“有东西要拿给你，几点方便？”

看着这条惜字如金的短信，程秒秒立刻联想到许穆清低沉的嗓音和不容拒绝的口吻，她想了想，回复道：“十二点下课，刚好我也有东西给你。”

下课后，程秒秒没有和曲小桃一起去饭堂，而是径直回了宿舍，找到早上从衣兜里掉出来的那支钢笔，就按照约定时间来到校门口。

一出校门，她就看见了许穆清，他把车停在学校门口斜对面的树底下，人靠在车上。此时正是饭点，学校门口经过的人很多，不只是程秒秒注意到了许穆清，好多路过的女生都不禁向他注目，小声议论着。

许穆清的外形的确是会讨女孩子喜欢的那种类型，看上去霸道又矜贵，但程秒秒对他这副衣冠楚楚的样子没任何好感。她在几个女生的注视下硬着头皮走过去，打算还了钢笔就走人，不想她刚走过去，倒是许穆清先拿出一个纸袋。

他将四四方方的牛皮纸袋递给程秒秒，说：“我目测你的码数买的，不合适的话可以拿发票去换，当然如果你不喜欢款式，我可以重新买。”

程秒秒狐疑地看了那袋子一眼，应该是双鞋，不过……许穆清为什么要送她鞋子？

像是听到了她心里的疑问，许穆清没等她开口问，就解释道：“昨天你帮我找许粒，鞋子上沾了那么多泥巴，你们女孩子都爱美，肯定觉得很困扰吧。”

“那倒没事，我回头刷干净就好了。”程秒秒摆摆手，这个牌子的鞋虽然不是高端限量版，但绝对不便宜。她没打算收，便从口袋里拿出钢笔，对许穆清说，“你的笔，昨天忘记还给你了。”

许穆清接了笔，提着纸袋的手却没往回收，他难得笑起来：“我很少亲自给别人送东西，程小姐不会这么不给我面子吧。而且昨天若不是你提供线索，许粒也不会那么快被找到，这个就当是许粒给你的谢礼。”

程秒秒看许穆清一直坚持，而且她说不出什么拒绝的理由，想来一双鞋子对他来说就是一件小得不能再小的东西，她也就心安理得地收下了。

“看来许粒的面子比我的面子大。”许穆清开玩笑道。

程秒秒倒觉得新奇，原来许穆清也会笑着说话，所以即使他的玩笑没有那么好笑，程秒秒也笑了。

“吃饭了吗？要不要一起去吃？”许穆清今天大概是心情不错，让人感觉温和了很多。他邀请程秒秒一起吃饭的时候，程秒秒才恍然大悟地发现他今天没有穿那种板正的衬衫西服商务套装，而是一件浅灰色的棉麻衬衫加休闲裤。或许正因为这样，今天她在他面前才没有压迫感吧，程秒秒想着，回绝了他的邀请：“我刚才让室友帮我带饭了。”

“那你快去吃吧。”许穆清顿了顿，又问程秒秒，“这附近有什么好吃的餐馆吗？”

“这你就问到我的强项了。”程秒秒一下子来劲儿了，连说带比画地给许穆清指了好几家饭馆，“这几家都超好吃，都在路口那边，你开车过去就能看见了。”

“好。”许穆清点点头，“谢了，你先回去吧。”

今天的许穆清脸上一直带着笑，程秒秒反而开始觉得有点瘆人，他不会是笑里藏刀吧？程秒秒简单地道过别后转身回学校，走到校门口时回头看了一眼，许穆清竟还停在那儿看着她，太奇怪了！程秒秒加快脚步回了宿舍。

当天晚上，程秒秒洗漱过后躺在床上百无聊赖地刷着手机，突然眼前一亮，她猛地从床上坐起来，吴缺发朋友圈了！

简单的一句话：毕业了，不舍。配图只有一张集体照。程秒秒每个字都咀嚼过一遍后，又点开图片放大了看，吴缺即使是站在队员平均身高一米八五的篮球队里，也是扎眼的，照片里，他笑意淡然，眼神却很亮，他怀里——抱着那束向日葵！

程秒秒看着这张照片，躲在被窝里偷笑，他抱着她送的向日葵，四舍五入不就是抱着她了吗？

心花怒放过后，程秒秒打开与吴缺的对话框，小心翼翼地输入：吴缺师兄，毕业快乐，有我的照片麻烦转发给我。

信息发出去十几分钟，还没收到任何回复，程秒秒又发过去一张照片——是她手机里凌枫给他们俩照的那张，并附言道：我手机里就有这一张。

吴缺看着手机屏幕上弹出来的对话框，莫名有些烦躁，他干脆顺势躺到了地板上，任篮球滚到一旁。

“哟，你真在这儿啊。”凌枫的声音在空旷的球场里回荡，他走到吴缺身旁问，“学校里的东西都搬走了，还回来做什么？真舍不得啊？”

吴缺躺在球场中央，抬头看了凌枫一眼，缄默不语。

凌枫见吴缺的手机屏幕还亮着，顺势看了几眼，瞧见对话框上的名字时，有些好笑道：“我看你是舍不得这个小熊玩偶学妹，舍不得就直说啊，学妹这么可爱，怎么可以不回复学妹的消息……”

说着，凌枫一把抢过吴缺的手机。

“你干吗？！”吴缺一下子弹坐起来抢回手机，“别乱来！”

“哟，生气了？”凌枫松手，盯着吴缺的眼睛说，“我还在奇怪，我妹不管怎么明示暗示，你都不为所动，原来是喜欢小学妹这种软萌型的。”

“你别胡说八道，我只是……”吴缺说到一半，声音突然低了下去。他手臂枕在脑袋下面，眼睛望着屋顶的玻璃透进来的月光，脑中的一幕画面跟生根了似的赶也赶不走。

中午的时候，他拍完毕业照和几个同学在学校对面的餐馆包了一桌，当时一楼坐不下，老板娘带他们上楼，吴缺刚在靠窗的位置坐下，就看见程秒秒从学校里跑出来，奔向了一个男人……

他又突然想起那天晚上程秒秒对他说的话——“你大概不了解我，认识我的人都知道我这个人做什么都是三分钟热度，上大学两年，我的暗恋名单已经写满整整一页 A4 纸了……”

“所以，我现在已经换了新目标了，你没必要为了我鲁莽的告白感到困扰。”

她软软糯糯的声音在吴缺的脑袋里盘旋，吴缺有些懊恼自己怎么会把这种无关紧要的话记得这么清楚。他烦躁地站起身，捡起篮球扔向凌枫：“来斗牛。”

程秒秒躺在被窝里等吴缺回消息，在她就快要睡着的时候，手机终于振动了一下，她一下子睁开眼睛，满心欢喜地打开微信，却是骆星辰发来的消息。

“程秒秒，我争取到国内的假期实习机会了，下周五回国。”

第三章

抹茶奶芙

【1】兔子也有窝边草

程秒秒高中时的成绩之所以不是全班倒数第一，全靠骆星辰的辅导，是因为她常常用“十几年一起长大的友谊和楼上楼下的邻里关系”来要挟骆星辰给她讲题。

程秒秒没想到，几年过去了，她都上大学了，还要求着骆星辰给她补习。

咖啡店里，程秒秒一筹莫展地指着大学英语教材，对骆星辰说：“这学期末的大作业是一个五分钟以上的英语脱稿演讲，还得是原创的演讲稿。你知道的，我连作文都写得像是挤牙膏，一点一点憋出来，更别说英文演讲稿了……”

骆星辰看着程秒秒一个头两个大的样子，有些哭笑不得，他故意往身后的沙发上一靠，摆出一副事不关己的样子，说：“我刚回国，你就打算压榨我这劳动力啊？”

“谁让你要趁我考试周的时候回来，这么一个中英双语大学霸在面前，肯定要物尽其用才行……”程秒秒顿了顿，清了一下嗓子，有些心虚地说，“我室友听说我有个在国外留学的朋友，就拜托我让你也帮她写一份。”

骆星辰轻声一笑，问：“所以要写两份？”

“拜托了……”程秒秒双手合十，冲骆星辰虔诚地作了一揖，说，“你假期里的咖啡我包了。”

见骆星辰还是面露难色，程秒秒又将自己面前的星冰乐也推给骆星辰，咬咬牙说：“双倍。”

骆星辰摇摇头，皱着眉说：“倒不是这个问题，就是……这活儿不简单啊！”

“什么？”程秒秒有些生气，“你在国外写的论文不都是两万字起步的吗？你是不是不想帮我啊？”

见程秒秒面露愠色，骆星辰终于憋不住笑了，说道：“我的意思是，要模仿你的词汇量写一篇演讲稿，这实在不简单。”

“哼！”听出来骆星辰话里的揶揄，程秒秒佯装生气翻了个白眼，顺便将自己那杯星冰乐拿回来说，“挑衅甲方，你的双倍咖啡没有了。”

骆星辰将程秒秒的英文教材拿在手上随便翻了翻，不经意地说："这个假期，我只有十天时间能待在澄海，让你请咖啡的话估计也回不了本，你要不考虑请我吃点贵的？"

"十天？"程秒秒疑惑道，又忽然想起上次骆星辰在微信里说的事，于是问道，"十天之后你就要去 B 市实习了？"

骆星辰点点头，又问程秒秒："你今年不是也要去 B 市比赛？"

程秒秒若有所思地叹了口气，说："我去不去得成还不一定呢。"

"不是说学校选拔赛的时候，你发挥得还不错吗？怎么还愁眉苦脸的？"骆星辰看着耷拉着脑袋的程秒秒，忍不住伸出手指点了点她小巧的鼻尖。

程秒秒睫毛低垂，皱着眉头说："你又不是不知道我命中犯衰神，一遇到大一点的比赛就会出各种各样的状况，去年国家队的选拔赛我不也跟你信誓旦旦地说能出线吗，结果小组赛那天我就突然发了高烧……今年还不知道会不会时来运转呢。教练说，我如果不能克服这个问题的话，以后就不让我参加大型比赛了……"

程秒秒想到自己前些天告白出丑的场面，万念俱灰地说："而且今年的我好像还更倒霉了。"

说起自己的运气，程秒秒全身都散发着低迷的气息，就连刚刚张扬的马尾辫此刻都偃旗息鼓地耷拉着。

每次看见程秒秒这样，骆星辰都想要上前去抱抱她——小的时候，程秒秒不知道从哪里听说拥抱可以交换两个人的磁场，倒霉的人和好运的人拥抱就会拥有好运气，程秒秒拉着骆星辰乐此不疲地尝试了几天，但没有见到任何效果，后来也就作罢了。

骆星辰的爸爸骆维和程秒秒她爸程凯阳是同事，两个孩子从小就住同一栋家属楼的楼上楼下。前几年家属楼搬迁，两家人虽然没再继续住楼上楼下，也住在同一个小区，两家人走得近，骆星辰和程秒秒也建立了长达二十年的"老交情"。

程秒秒比骆星辰小五个月，连两家父母都经常说他们两个跟亲兄妹一样，但骆星辰不知道从什么时候开始，心里那种感觉渐渐变了……

也许是初中那会儿他不小心割伤手指，程秒秒火急火燎地给他吹气的时候；或者是高考结束，程秒秒兴奋地扑到他身上的时候；又或者是去国外留学后，每次遇到瓶颈，他总会婉拒朋友“出去喝一杯”的邀请，然后给程秒秒打一通电话，只为了听她前言不搭后语地讲一个笑话的时候……总之，骆星辰心思起了变化，有了只属于自己的小秘密，他知道了程秒秒于自己而言的重要意义，她绝不只是邻家小妹妹。

隔壁桌的男孩儿正在将伤心的女孩儿搂在怀里，轻声细语地安慰。骆星辰看见后，转过头，帮程秒秒整理了一下耷拉下来的马尾辫，试图让她开心一点，故意提高音量说：“你记不记得，你小时候最爱在各种乱七八糟的杂志上搜索转运的方法？其中有一个方法是每天早上起来喝一杯大蒜水……”

骆星辰还没说完，手上突然多了一道力气，他拿着教材书的手被程秒秒一把抓住。

“帮我挡挡……”程秒秒将脑袋藏在书后面，压低声音鬼鬼祟祟地说道。

骆星辰顺着程秒秒的目光看向收银台，两个身形颀长的男生正立在台前点单，其中一个穿着白色上衣的男生也正看向他们这边。骆星辰有些意外地碰上了他的目光。隔了这么远，骆星辰也感觉得到他眼神里审视的意味。

骆星辰不知道的是，吴缺看过来时，他的目光也同样充满敌意。

“你不是最不爱喝咖啡吗？”出了咖啡店，凌枫问吴缺。

吴缺将手中的拿铁咖啡往凌枫手里一塞，生硬地说：“给你喝。”

“哎……你这人最近怎么回事，哪根筋搭错了？”凌枫拿着两杯咖啡匆匆赶上吴缺的脚步。

程秒秒隔着咖啡店的玻璃门看着吴缺走远后，脸才从书后面露了出来，长舒了一口气。

“那不是你高中时最喜欢偷看的那个学长吗？”骆星辰不咸不淡地说道。

程秒秒实在没想不到骆星辰会认出吴缺，她刚刚放松喝下去的一口饮料差点儿又呛进了气管，问：“你认出来了？”

“当然，高中的时候，你常常鬼鬼祟祟地尾随人家，我和你走在一起的时候都提心吊胆的，怕被当成变态被扭送进派出所。”骆星辰状似漫不经心地开玩笑道，“这都多少年了，你怎么还这样？该不会你费尽心机跟学长考上同一所学校，两年过去，你除了尾随还是没取得什么实质性进展吧？”

被骆星辰一语戳中痛处，程秒秒幽怨地瘪瘪嘴：“要你管。”

程秒秒也不想像这样躲着吴缺，但是前些天她在微信上问吴缺要拍毕业照那天与他的合影时，吴缺发过来一张程秒秒这辈子都不想看第二眼的照片。

那天拍照的时候，吴缺意外地靠近，在程秒秒耳边说话，那一刻程秒秒全身的鸡皮疙瘩都起来了，偏偏这张照片就不偏不倚地捕捉到了那万分之一秒。

照片里，程秒秒被吴缺虚搂着肩膀，她缩着脖子身体僵硬的样子像一只半身不遂的小鸡崽，她呆愣的脸上还透露着几分诡异的红色，用小桃的话来说，这张照片上的她全身都写着“有贼心，没贼胆”几个大字。

收到这张照片后，程秒秒再不敢问还有没有其他的，她和吴缺的微信聊天记录到这里戛然而止。所以当程秒秒远远地看见吴缺时，那种尴尬的感觉又蔓延到心头，她便下意识地想躲开。

骆星辰轻声笑起来，他小声道：“不是吧？两年的时间都够别人谈恋爱谈到分手了……”

程秒秒恼羞成怒，从座位上站起身，说：“我回图书馆复习了。”

“我跟你一起。”骆星辰拿起桌上的英文教材晃了晃说，“你的演讲稿今天给你搞定。”

闻言，程秒秒终于眉开眼笑起来。

考试周的图书馆座位总是很抢手，起早来占座的小桃只占了她和程秒秒的座位，跟着程秒秒过来的骆星辰只得从走廊上搬了一把椅子，与她俩并排挤在一边。

澄海体育大学的学生大部分和程秒秒一样，四肢远远比头脑灵活，所以一到了这种文化课要考试的时候，一个个都抓耳挠腮，偏偏复习时也不得要领，只得用最为原始的方法：死记硬背。

当程秒秒从书包里掏出几本几乎全新的教材开始一行行一页页看时，骆星辰瞠目道：“你不会是要把这整本书都背下来吧？”

程秒秒看着眼前每个字都认识，但组成一句话就完全理解不了的教材，压低声音无奈地说道：“没办法，这学期老师都不给圈重点，这就意味着整本书都是重点。”

骆星辰哭笑不得，把程秒秒手中的几本教材拿过来翻了翻，把《体育保健学》和《运动生理学》两本放回程秒秒手里，说：“这两本你自己慢慢复习。”

程秒秒有些摸不着头脑，正要发问，骆星辰就晃了晃他手中剩下的两本书，说：“这两本我帮你。”

复习任务骤然减半，程秒秒的眼睛瞬间亮起来。她没有问骆星辰打算怎么帮她，毕竟按照从前的经验，骆星辰既然这样说了，就绝对会帮她安排得妥妥当当。

程秒秒拍了拍骆星辰的肩膀，碍于在图书馆不能大声喧哗，她喜不自胜地用口型说了一句：“好兄弟救我于水火之中！”

“没事，我就当复习中文了。”

骆星辰看起书来一门心思钻进去，效率极高，即使是他在国外没有接触过的马克思主义原理教材，他也能一边看书一边查资料认真做笔记。

小桃在一旁小声膜拜道：“他是怎么做到看‘马原’跟我看小说一样的？”

程秒秒点了点小桃的脑门，又指了指骆星辰，摆摆手说：“我们不一样……”

或许是见她们在一旁议论也丝毫影响不到骆星辰，小桃又开始撺掇程秒秒。她目不转睛地看着骆星辰，在程秒秒耳边低声说道：“我觉得这学霸哥比吴缺帅！你为什么要舍近求远呢？真是搞不懂。”

“你说什么呢？”程秒秒像是听见什么大逆不道的话，拍了一下小桃的头，偷笑着说，“你是不是春心萌动了？要不要我当红娘呀？”

小桃嘿嘿一笑说：“不了，像我这样见一个爱一个的还是比较适合网恋，就不祸害窝边草了。不过我还是觉得他比吴缺好多了，吴缺在你面前总是趾高气扬的，真不知道你图啥……”

“快闭嘴好好复习，不然你肯定挂科……”程秒秒拿起笔塞到小桃手里，堵住了她的话匣子。

程秒秒本以为骆星辰像小桃说的那样，看课本也能像看小说一样沉浸又入迷，她却不知道此时坐在她一旁的骆星辰目光已经许久没有移动，他的眼神停留在课本页面的空白一角，那里有一个程秒秒用歪歪扭扭的笔迹写着的名字——“吴缺”。

这个名字很快又在骆星辰耳边响起，小桃压着嗓音对程秒秒说：“秒秒，你知道吗？吴缺他们球队确定要去B市比赛了，而且听说吴缺很大可能会当选省代表团的护旗手呢……到时候你去了B市，就能跟吴缺在一个代表队里同吃同住了……”

“我能不能去B市参加比赛还不一定呢，教练不是说这次澄海市内部的选拔赛我如果不能进前三，就不给我留去B市的名额了吗……”

小桃打断程秒秒的忧虑，说：“秒秒，你就算发挥不好，也算咱们班女生里游得最好的了。你要是不行，那我们澄海体大不就没一个拿得出手的了？！”

虽然小桃这样说，但程秒秒一想到比赛还是心有余悸。她从五岁开始学习游泳，这十多年以来，她大大小小的比赛参加过很多，可越是关键的比赛，她就越容易出状况，连教练都经常数落她一个像样的奖牌都没拿到过。

“别闷闷不乐了，是不是这几天整天坐在图书馆复习，身体都不高兴了？咱们去泳池游几圈？”

晚上从图书馆回宿舍的路上，小桃硬是拉着程秒秒改变方向去了游泳馆。

【2】你嘴角的果酱我想要尝

夜里的泳池很安静，程秒秒和曲小桃在更衣室换上平时训练时穿的泳衣后，一前一后扎进了水里，水花在空荡荡的场馆里绽放。

程秒秒放松游了一个来回，“比赛”“吴缺”这两个在脑海里转了好多天的词语忽然就像是随着鼻息被呼了出来，在水里变成一个个的泡沫，慢慢上浮。

程秒秒在水底憋气，看着这一个个的泡沫陆续在水面消失不见，忽然岸边传来一阵急促的铃声。

“秒秒，你手机响了。”小桃的声音也从水面传下来。

程秒秒没有急着上去，而是一口气憋到了自己的极限，然后破水而出。她摘掉泳镜，大口地呼吸，这一瞬间，程秒秒才终于真切地感觉到所有的烦恼都离她而去了。

她游向岸边，手机上显示是骆星辰打来的电话，应该是他已经到家报平安的电话。程秒秒正要去接，电话却自动挂断了，下一秒就收到了骆星辰的微信消息：“我到家了，复习秘籍明天给你。”

程秒秒甩了甩手上的水，给骆星辰回复了一个“谢谢”的表情图。

准备放下手机的时候，程秒秒才注意到微信有两条未读消息，发信人是“William”。威廉？程秒秒心想自己不认识叫这名字的人，她狐疑地点开信息内容。一条是语音信息，一条是视频信息。

“教练姐姐，你今天怎么不来了？新教练是个没有腹肌的男人，我不喜欢，他教的泳姿我一点都游不快。”听完语音信息，程秒秒点开视频信息，是许粒在游泳池里练习的画面。

原来是许粒，程秒秒想起来第一次去游泳馆给许粒授课的时候，他就问她要了微信号，她以为一个五岁小孩儿也不会经常用微信，加上好友以后她便连备注都没改。

这些天她忙着复习考试和准备比赛的事，就向游泳馆那边请了假，让游泳馆给许粒安排了别的教练，没想到这个小家伙还有意见了。

程秒秒看着屏幕上的信息，自动脑补出人小鬼大的许粒吐槽的模样，不禁咧开嘴角。她见小视频里许粒的动作的确是有点不规范，便叫曲小桃过来：“小桃，你能不能帮我拿着手机拍一段视频，我要给我的小不点儿学生指导一下。”

对着镜头，程秒秒指出了许粒泳姿上存在的一些问题，然后亲自在泳池里示范了一遍，程秒秒将拍好的视频发给许粒后，又附上了一大段话解释她为什么请假，还勉励许粒在她不在期间要好好练习。

“打腿动作是从髋部开始发力，嗯……就是屁股上面发力啦……而不是膝盖，力量一直传到脚，膝盖随着髋部运动自然弯曲，不要在髋部运动之前就弯曲膝盖，这样只会产生阻力，你就游不快了哦……”

刚回到家的许穆清把在沙发上睡着的许粒抱进房间，关掉客厅电视正在播放的动画片，他正要起身去洗漱，茶几上许粒的手机忽然响起了提示音，许穆清点开新消息就是这一则视频。

屏幕上，程秒秒戴着泳帽和泳镜，但光是看着她咧开的嘴巴，许穆清的脑海里已经自动浮现出她笑起来时眼睛的形状。他有些意外，原来他对这个女孩儿的印象已经有这么深刻了。

看得出视频是晚上刚拍的，泳池的水很清澈，在灯光下折射着粼粼波光，女孩儿的身材并不突出，但胜在比例匀称，普普通通的运动型泳衣反而恰好衬出她的长手长脚。她笑着钻出水面，许穆清忽地觉得那些水花有些晃眼，他退出视频，正打算将手机放回原处，语音消息又来了。

“我不是故意请假不去教你的，只是最近暂时没时间去兼职了，姐姐在准备重要的比赛……”

许穆清听完语音消息后，鬼使神差地回复了一个“加油”的表情。

可对面的回复速度极快，他刚发出去，新的语音信息又跳出来：“这么晚还不睡觉？要打屁股了！小孩子不早早睡觉长不高哦……”声音里满是哄小孩子的腔调。

紧跟着这段语音后面，又来了一个“怒气冲冲”的表情。许穆清一时哑然失笑，将手机放回了原处。第二天许粒拿着手机来质问他，是不是偷看他手机了的时候，许穆清只好面无表情地矢口否认。

“当然是你自己睡迷糊的时候回复的，我没有时间看你手机。”

许穆清一口咬定事不关己，许粒也只好带着自我怀疑回了房间。许穆清却又时不时想起那些信息，在吃饭的时候，他终于忍不住开口问助理小关：“最近澄海有什么大型的游泳比赛吗？”

全国大学生运动会每四年一届，像程秒秒这样的体校学生在参赛时会被分到更为专业的乙组，赛场上遇到的对手也都是高水平的专业运动员。由于学校的名额有限，澄海体育大学游泳部的教练们决定搞一场澄海游泳队的选拔赛，谁的成绩更优秀，谁就能拿到去 B 市的参赛名额。

程秒秒平时训练时的成绩不错，原本她去 B 市参赛已经是板上钉钉的事儿，但接连几次在各种比赛中失误后，在教练眼里她早已经不是被派去参赛的最佳人选。

选拔赛在即，程秒秒虽然照常参加训练，但心里还是难免有些郁闷和担忧，平时五十米自由泳训练时，程秒秒总能保持在二十五秒以内，可今天好几次都落在了班里另一个女生齐悠后面。

“程秒秒，你压力不要太大了。”曲小桃游到程秒秒身边，和她一同趴在泳池边上。她捏着程秒秒的脸说，“你永远都是我心中的游泳女神，五十米自由泳是你最擅长的项目了，对你来说都是小意思……”

“可是前几次比赛都……”之前遇到的各种突发状况在程秒秒脑海里挥之不去。

曲小桃伸手堵住程秒秒要说出的话，开口安慰道：“之前都是运气不好，今早我不是拿塔罗牌给你算过一次吗？牌面都显示你最近运气爆棚，期待的事情都会有好结果的！”

程秒秒知道这些天小桃为了让她振作起来想了不少办法，她正要谢谢小桃的好意，一个不和谐的声音突然从一旁传来。

今天训练时一直领先于程秒秒的齐悠正在一旁斜睨着她们，冷冷地说：“你们不知道吗？运气是实力的一部分。”

“你这个人怎么说话呢？”曲小桃立刻就跟齐悠理论上了，一副哈士奇护食的架势。

“我又没说错，一次两次失利可以拿倒霉当借口搪塞过去，次数多了，这个理由听起来就有些好笑了……”齐悠趾高气扬地看了程秒秒一眼，“之前那些比赛，学校把名额都给了你，占用了我们其他人的机会，这次教练总算是清醒了。”

说完，齐悠就率先上了岸扬长而去。

曲小桃一脸不忿想要追上去，程秒秒赶忙将她一把拉住，说："算了，她说就说了吧……况且她说的话也没什么错，我的确是浪费了机会。"

"秒秒，我不许你这样说自己！"小桃抬手捏上程秒秒脸颊的肉。她挑挑眉，压低声音道，"我的游泳女神程秒秒，小的请你吃雪糕，吃不吃？"

程秒秒的表情还没阴转晴，嘴巴就先咧开："好！"没有什么烦恼是一根雪糕解决不了的，一根不行就两根！

程秒秒喜欢吃甜食，但每年夏天的集训都特别多，不仅要训练体能，还要控制饮食，偷偷摸摸吃上一根雪糕能让程秒秒高兴好久。

曲小桃和程秒秒一前一后猫进小超市，环顾一周没有发现教练的身影后，她们迅速从冰柜里挑出两根雪糕结账。

"干杯！"两人兴奋地拿着冒着冷气的雪糕在空中碰了碰。

程秒秒特地挑选了夹心有两种口味的，看着诱人的巧克力脆皮，她一口咬下去，正打算细细品味双倍快乐的时候，身后忽然有人大叫了一声她的名字。

"程秒秒！"

程秒秒手一抖，手中的雪糕掉到了地上，连被她咬进嘴里的那一口，也因为她突然而至的紧张，咕噜一下整块儿顺着她的咽喉滑了下去。冷气刺激得程秒秒剧烈地咳嗽起来。

好不容易平复了呼吸，程秒秒看着从后面追上来的人，结结巴巴地说："吴……吴缺师兄，你……你找我？"

"嗯。"吴缺扬了扬手中的一小沓册子，说，"今年大运会，我要帮老师带队，这里的小册子是要拿给你们游泳部的老师的，刚好路上就遇见你了，想着你下午能不能顺便给你们老师带过去。"

"能，当然能。"程秒秒连忙应声。

吴缺的眼神落在了地上那根雪糕上，他状似随意地扬了扬下巴："是我给你吓掉了吧？一起去小超市重新挑一根？"

"啊？"程秒秒有些愣神。

吴缺已经往小超市的方向迈开长腿，他回头示意程秒秒跟上："刚好我也要去小超市买水，你喜欢吃什么口味的？"

"我……我不……"程秒秒一时有些无措。本想说"不了吧"，腰却被小桃从后面一推，她身子不稳，一头撞上了吴缺的后背。

"什么？"吴缺回过身，就对上了程秒秒慌乱的眼神。

吴缺不知是刚参加完什么活动，T恤外面套着他平时很少穿的白衬衫。程秒秒一抬头，目光就正好落在吴缺宽松的领口里。作为一个篮球运动员，吴缺有些偏瘦，领口里的喉结和锁骨都清晰可见，程秒秒的眼神匆忙掠过，大脑死机了。

"我……我说……"

"她说她不挑口味。"小桃忙接了程秒秒的话。

看着程秒秒亦步亦趋地跟着吴缺进了小超市以后，小桃脸上露出满意的笑容。她捡起地上的雪糕，自言自语道："士为知己者死，雪糕兄，你也算是死而无憾了！程秒秒她会记住你今日的贡献的！"

午后的气温攀升，冷柜一打开就冒出冷气，吴缺骨节分明的手伸到一堆花花绿绿的包装中，挑中了一个抹茶芝士味的甜筒。

吴缺捏着甜筒问："这个味道喜欢吗？"

程秒秒点点头，正要伸手接过，背包里响起电话铃声，她冲吴缺抱歉地笑笑，回头打开双肩包，从几本书下面找到了铃声大作的手机。

是骆星辰打来的，程秒秒这才想起来，骆星辰和她约了今天来学校给她送复习秘籍。

"我到你们学校西门口了，不是说今天请我吃你们食堂的铁板烧吗？人呢？发微信也不回，复习秘籍不要了？"

程秒秒看了一眼手机屏幕，果然有好几条十几分钟前的信息。听着骆星辰威胁的语气，程秒秒忙道："大哥大哥，我错了……你在西门是吧？你直接进来就是食堂了，我现在就在食堂一楼的小超市……"

程秒秒一边在电话里给骆星辰指路，一边向门口东张西望，视线却忽然被一个甜筒挡住了大半。程秒秒顺着往上看去，就是吴缺露在衬衫外面的小臂，还有他脸上略带清冷的笑。

电话那头的骆星辰还在说着什么，程秒秒却忘了言语，她看着近在咫尺的甜筒和捏着甜筒的修长手指，忽然有些鬼迷心窍，鬼使神差地张嘴咬了一口，奶油的香甜立刻在舌尖化开。但下一秒程秒秒就反应过来不对劲儿，吴缺递甜筒给她是要让她自己拿吧？可是她刚才做了什么？她忍不住咬了一口？

程秒秒愣在原地，吴缺拿着甜筒的手似乎也凝固在了空气中，他也很尴尬吧？救命啊……

好在骆星辰及时出现在门口。

“吴缺师兄，我朋友来找我了，我……我就先走了……”程秒秒像是抓住了救命稻草，拘谨地朝吴缺挥了挥手，她转过身后，满脸都是绯红。

“等会儿，你的东西没拿。”

程秒秒回头就看见吴缺捏着那一沓小册子对她摇了摇，她又三两步回到吴缺身前，接过那沓小册子。吴缺的声音在头顶响起：“是要交给张教练，别记错了。”

“知道了，师兄放心，我下午去训练的时候就带给老师……”程秒秒头也不敢抬，说完就立即转身，想要逃开这令人窒息的现场，可身后的书包被一把拽住。

“还有这个。”那个缺了一口的甜筒重新被递到程秒秒面前。程秒秒看着甜筒边缘那处属于她的齿痕，脸瞬间更热了，她一把接过甜筒，丢下一句“谢谢师兄”就拽着骆星辰飞也似的逃走了。

程秒秒的背影消失在通往食堂的楼梯口，吴缺憋了许久的笑意终于在脸上化开。

吴缺小时候养过一只猫，那猫从小到大都是个小迷糊。吴缺喂猫的时候，时常看见它吃着吃着打个哈欠，结果就迟钝地忘记吃东西，粉色的小舌头露在外面许久才会反应过来……如此想着，吴缺喉头微动，问店员：“刚才那个口味的甜筒，还有吗？”

“抹茶芝士吗？”店员扫了一眼冷柜说，“没有了，这个口味不好卖，好久没进货了，刚才那是最后一个……”

隐约的失落划过心头，吴缺不嗜甜，这一天，他却突然想尝尝那种口味的奶油和果酱。

【3】另有人被她奉作神明

其实程秒秒以前很少吃抹茶味儿的零食，她总觉得这种口味大多带着些苦涩的口感，但今天这个甜筒，她莫名觉得甜。

程秒秒盯着甜筒，忽然想到一个问题——为什么吴缺将甜筒递给她时，要先拆掉包装呢？

“看什么呢？再不吃都化了。”骆星辰的声音打断了程秒秒的思路。他作势要来抢甜筒，“不吃给我吃。”

“不行！”程秒秒站起来，将甜筒举得高高的。她冲铁板烧的窗口扬扬下巴说，“你看，我们的铁板烧好了，你快去取餐……”程秒秒见甜筒真的快化了，她在心里盘算了一下，还是一口一口地吃了起来。

食堂二楼是澄海体育大学的特色餐厅，有不同风味的窗口，之前骆星辰就经常听程秒秒说这里的铁板烧有多好吃，也一直期待着来和她一起吃。现在骆星辰端着刚出炉的套餐，铁板上的肉还滋滋作响，他却像是闻不到一丝香味。

骆星辰端着铁板烧，远远看着坐在窗边的程秒秒，她心无旁骛地品尝着手里的甜筒，沉浸在自己的幸福当中，脸上有掩饰不住的雀跃。

骆星辰很熟悉程秒秒这种表情。他们上小学的时候，程秒秒很喜欢班上的数学老师，所以即使她对数学一点也不擅长，她还是每节课都举手回答问题，若是某一天她被数学老师奖励了一颗糖，程秒秒也会把糖放在兜里揣上好几天，实在忍不住的时候再吃掉。她剥那些糖果的时候，也和现在一样，神情雀跃又小心翼翼……

后来升学了，没有了程秒秒喜欢的数学老师，她本来就可怜的数学成绩就更是雪上加霜。骆星辰给她补课的时候，也想过用那种奖励糖果的方法，但程秒秒的积极性还是不高，骆星辰以为是她人长大了，这样的奖赏已经失去吸引力。可现在他远远看着程秒秒，忽然明白过来，她的世界里，早已经有另外的人被她奉作神明。

下午的训练开始之前，程秒秒提早到游泳部的老师办公室前等着，将吴缺交给她的小册子交给了张教练。

“程秒秒，你还真是狗腿。”小桃和程秒秒并排往泳池走着。她打了个哈欠，埋怨程秒秒，“为了完成吴缺交给你的使命，你竟然连午觉都不睡了。”

“这些可都是关于大运会的资料，与我们游泳部的荣誉息息相关的……”程秒秒嘴硬，可没说两句她就突然停了下来。

小桃见程秒秒一张脸痛苦地皱成一团，连忙问道：“秒秒，你怎么了？”

程秒秒双手捂着腹部，感觉到肚子里面翻江倒海似的异样动静。想到中午刚吃完甜筒就吃了油腻的铁板烧，她眉头一皱，就把书包往小桃手中一塞，说：“我去上个厕所，等会儿老张来了，你帮我请一会儿假……”

小桃本以为程秒秒很快就能归队，可直到训练进行到一半的时候，她才看见程秒秒拖着虚弱的步子走回来，教练老张的脸已经黑得不能再黑了。

“程秒秒！”张教练的声音中气十足，一下就让程秒秒本就虚浮的步子颤了两颤。

“到……”程秒秒嘴唇苍白，声音小得跟一只病弱的奶猫似的。小桃不禁向她投去同情的目光，但是再借曲小桃几个胆子，她也不敢在老张训话的时候插嘴。

或许是见程秒秒实在打不起精神，老张降低了声调，但语气依然严厉：“能游吗？能游就下水，明天就是选拔赛了，有什么困难都要克服，除非不想参加比赛了。程秒秒，你和齐悠留在这个大泳池练习，其他人跟着小班长一起去小泳池练起跳。”

“知道了……”程秒秒咬着嘴唇哆嗦着下了水。

“手臂动作给我加快，做到位了……打腿的节奏不要乱……”

教练的声音和哨声在岸边响个不停，但程秒秒就像是掉进了一团棉花里，手脚软得不听使唤，好不容易游完了一个往返，钻出水面之后，她举手想要请假去医务室，却被隔壁泳道的一只手臂挡了下去。

齐悠摘下泳镜，修长的手臂“不小心”撞上了程秒秒。

“不好意思啊，我没看见你在这儿，我刚游完教练说的两个往返，还以为你早都游完上岸了呢。”

她话里的嘲笑显而易见，但程秒秒这时候没心思跟她理论。然而对方貌似不满足只羞辱她一句，她拉着程秒秒说：“你知道吗？我男朋友他们宿舍的人昨晚还在打赌你这次比赛之前会不会有意外状况，你猜怎么着，他们四个都觉得你会出事……哈哈哈……”

程秒秒的脑袋越来越沉，齐悠的话落在她耳朵里也成了只言片语的碎片在旋转。终于在一阵耳鸣过后，程秒秒的喉头传来灼烧感，胃里翻江倒海，哇的一口一股脑吐了出来。

听见齐悠一声尖叫以后，程秒秒彻底晕了过去，再次醒来的时候，她已经躺在医务室的病床上，正在挂水。

曲小桃和李木子都守在一旁，见她醒过来，小桃立马将游戏正打到一半的手机扔到一旁，问：“你饿不饿？你这肚子里的东西应该被你吐完了吧……”

李木子推了推眼镜，拦住想要去买夜宵的曲小桃：“秒秒是急性胃肠炎，她现在肠胃很脆弱，吃不了外面卖的那些东西的，今天挂的电解质溶液和这瓶葡萄糖能保证她不会再晕倒了。”

急性胃肠炎……听着这个名词，程秒秒想起几年前她也得过这病，想不到这次卷土重来了。她费劲儿地从床上坐起来，问小桃：“你说我吐了？”程秒秒有些记不清了。

“说起这个……”小桃突然哈哈大笑起来，前仰后合地对程秒秒竖起了大拇指，“程秒秒，真有你的，你知道吗？你晕倒之前吐了齐悠那个戏精一身……”

“啊？”程秒秒终于回忆起来她晕倒之前听见的齐悠的那一声尖叫。程秒秒叹了一口气，齐悠平时本来就不喜欢她，以后肯定更难相处了。程秒秒转念又想到了比赛的事，她忙问李木子，“木子，像我这种情况，明天能恢复体力吗？”

李木子放下手中的书，对程秒秒说："你今天晚上好好休息，不沾油腻辛辣，明早再吃点儿清淡的粥之类的，应该能恢复个七八成。"

"七八成……"程秒秒想起几年前那次得急性胃肠炎的时候，好像前前后后反复了四五天才好起来。想到这里，程秒秒的眉头皱得更紧了。

像是料定了程秒秒今晚会紧张一样，骆星辰的消息这时候从手机里跳了出来："今晚早点休息，明天的比赛不用太担心，我相信你。"

程秒秒简单地回复了一个"好"，没有多说什么。她如果把生病的事情告诉骆星辰，那她家里人也很大可能就知道了，并不严重的病情，她不想让爸妈为她担心。

骆星辰很快又回了消息："你把你的'马原'课本翻出来看看，要注意右下角。"

程秒秒不知道骆星辰葫芦里卖的什么药，她让小桃帮她把书包里的课本拿出来。一翻动，程秒秒立刻被书页的右下角吸引了注意力。

厚厚的"马原"课本，将近三百页的纸张，每一张的右下角都画着一张火柴人漫画，书页快速一翻，那火柴人便像动画片一样一帧帧动了起来：一个梳着马尾的火柴人在几条波浪线的泳池中奋力前行，甩开了所有对手，冲向了终点线。观众席上，另一个火柴人举起了一面小旗子。程秒秒盯着最后一页的那面小旗子看了好一会儿，才认出来上面写着几个字：程秒秒必胜！

程秒秒又翻着看了几遍，总算是重新笑了起来。

"哇……程秒秒，你有这种好东西也不分享出来。"小桃从程秒秒书包里拿出另一沓 A4 纸，像是发现了宝藏。

那是骆星辰给她的复习秘籍，一本"马原"课本，被他提炼成这些 A4 纸上脉络清晰的思维导图。骆星辰用简洁好记忆的语言，把书里的内容制成这份私人订制的秘籍，每个长概念后面还有提示程秒秒该怎么联想记忆的小贴士。

中午骆星辰将这份复习秘籍交给她的时候，她没来得及细看，现在一看才知道，这些思维导图有二十多张纸，骆星辰竟然一晚上就梳理出来了，怪不得中午见他的时候，觉得他眼下有些淡淡的乌青。

“秒秒，这种好东西，你姐们儿我要拿去复印一份不为过吧？”

小桃是北方人，有时候说起话来，语气和表情都像春晚上的小品演员一样自带笑点。程秒秒忍俊不禁：“当然可以。”

“那我现在就去复印店了，不然一会儿该关门了……”小桃风风火火地将二十多页 A4 纸理好，又转头问木子，“木子，你要不要？”

木子翻看了几页，像是认证了这份笔记的靠谱性，她点点头说：“好，那你也帮我复印一份，这样我就能省出更多时间复习专业课了。”

“好嘞。去去就回。”小桃拿着“复习秘籍”，回头拉开了医务室的隔帘，拉到一半，却停住了动作。程秒秒觉得奇怪，她抬眸看过去，帘子外面正立着一个挺拔的身影。

“吴缺师兄？”

吴缺虽然已经从学校毕业，但因为球队的那些师弟对他很是信服，大运会在即，老师也就乐意叫他回来帮着带队组织训练。下午的时候，吴缺被老师抓着一起去参加饭局，程秒秒生病的事他也是在饭桌上听来的。

“这孩子平时训练的时候都是顶好的，虽然体力一般，但是水感好，爆发力也好，是我最看好的门生，但就是不知道这姑娘怎么回事儿，每次一遇到大赛就出状况，比赛规模越大，问题越大，她自己愁，我更愁，生怕她这样发展下去成了迈不过去的心理问题。这不，明天就是选拔赛，这孩子今天又得了胃肠炎……”

游泳部的张教练说起这件事很是头疼，虽然他没有指名道姓，但吴缺听着便知道是在说程秒秒。

吴缺提着东西来到医务室外面，才开始纠结该不该来，该不该把东西放下就走，可隔在眼前的门帘被“哗啦”一声拉开，就听见程秒秒软糯的声音叫了他的名字。

吴缺心里闪过一瞬间的做贼心虚，但看见程秒秒一瞧见他后脸上浮现的那抹粉色，他立刻让自己放松了神情，若无其事地说：“听说你病了，我怕是下午请你吃的那个甜筒惹的祸，就来看看你。”

程秒秒没来得及细想吴缺是从哪里知道她生病的事，小桃已经开始对她挤眉弄眼。

"看！你慢慢看！我和木子要出去复印考试资料了……"小桃说着就动手将坐在椅子上看书的李木子拉了起来，光速钻出了门帘。

"哎……我们走了谁照顾秒秒啊……"

"谁在那儿谁照顾呗。"

小桃风风火火地拉着木子走了，淡蓝色的门帘在吴缺腿边晃动着，听到门外小桃的声音飘进来，让程秒秒看着吴缺的眼神更加拘谨，偏偏吴缺像没事人一样，长腿一迈就在床边的椅子上坐下了。

难不成他还真打算留下来照顾她？程秒秒脸上一热，不自然地移开视线，目光落到了吴缺提来的塑料袋上，隐约可以看见里面是几个方方正正的盒子。

不像小桃在这儿时一直叽叽喳喳地说些有的没的，吴缺话少，言简意赅，程秒秒心情紧张，也只是吴缺问她什么她答什么，简单说过病情以后，两人就都沉默下来。

【4】心肝贝贝，你别误会

或许是想打破尴尬，吴缺开口问道："你吃饭了吗？"

"还没有。"程秒秒摇摇头，又指指头顶挂着的药水瓶说，"木子说了，大部分东西我还不能吃，不过挂的这些药水可以保证我的营养摄入……"

程秒秒把李木子刚才对她的解释说了一遍。吴缺却看着吊瓶里透明的药水若有所思地说："那也不能空着肚子吧？"

程秒秒不明所以地看着吴缺将刚刚放到一旁的塑料袋拿了起来。

吴缺坐在床边的椅子上，一双长腿在前方交叠着，他将塑料袋放在膝盖上打开，从里面拿出两个纸盒子递向程秒秒："心肝贝贝、南瓜宝宝，你想吃哪一种？"

"啊，什么？"程秒秒的大脑对吴缺口中蹦出来的几个词失去了判断能力，她紧张得下意识攥紧了手，右手手背上扎着针头的地方瞬间传来的痛感又让她暂时冷静下来，“吴缺师兄，你……你刚刚说什么？”

“我说，心肝贝贝粥和南瓜宝宝粥，你想吃什么口味的？”吴缺一脸无辜地晃了晃手中的两个纸盒，“听说急性胃肠炎恢复期间要忌口，只能吃清淡好消化的，这种小孩儿吃的东西应该能吃。”

程秒秒这才看清楚两个纸盒的封面，原来是两盒婴儿辅食，上面写着“宝宝即食粥”，还分别标注着口味，红色的那盒写着“心肝贝贝”，黄色的是“南瓜宝宝”。包装盒上还展示着粥的样子，很明显图片成功地诱惑程秒秒的肚子发出了“咕噜”的声响，毕竟她吐了以后好半天没有吃东西了。

“这个吧。”程秒秒指了指黄色的那一盒。

“南瓜宝宝啊……”吴缺一边拆包装盒，一边若无其事地重复着这几个字。

他喃喃自语的声音轻飘飘的，程秒秒觉得有一片羽毛在她的耳垂边轻挠似的，耳垂毫不意外地红了，但她心中暗暗松了口气：还好没有选那一盒“心肝贝贝”。

吴缺拆开包装盒以后就起身忙活起来，保温水壶、一次性餐具一一被从塑料袋里拿出来。程秒秒看着吴缺将这些东西统统摆在病床对面的小桌子上，不禁疑惑，吴缺准备得这般充分，哪里像是临危受命，他是特意来看她的吗？

医务室里这张小桌子高度只到吴缺的大腿处，他倒水热粥的时候不得不弯着腰，偏偏他腰窄腿长，即使是穿着宽松的T恤，也难掩这好身段带来的气质。他手中明明拿着的是保温壶和一次性的塑料碗，动作却高贵得像是在城堡里喝下午茶。

在这种氛围里，靠坐在病床上的程秒秒也不自觉地端正了坐姿，她肆无忌惮地欣赏吴缺的背影，感觉赏心悦目的同时，不禁心猿意马地猜测起吴缺的来意，心中溢出不真实的幸福感。

吴缺端着热好的宝宝粥重新坐回床边的时候，程秒秒忍不住开口试探道：“吴缺师兄，你是怎么知道我病了的呀？”

一次性碗和勺子在吴缺的手中显得有些迷你，他两根长长的手指小心翼翼地捏着勺子在碗里搅拌着，头也没抬地说：“下午和几个老师一起吃饭，你们张教练说他有个得意弟子病了，他本来晚上要来看你，但是他喝醉了，路都走不稳，就只好托我过来。”

“是张教练让你来的呀……”程秒秒心里有些失落，但很快又捕捉到另外的信息，“张教练真说我是他的得意弟子吗？”

“当然。”吴缺抬头，脸上虽然没有笑，但语气轻快地说，“张教练在饭桌上说了不少夸你的话。”

“真的吗？我怎么有点不信。”程秒秒想起下午张教练发飙的样子还心有余悸。

“不然为什么张教练都醉成那样了，心里还记挂着你，特意嘱咐我来看看有没有人照顾你呢？”吴缺一本正经地说。

“也是哦。”程秒秒看着热气腾腾的宝宝粥，刚才心里那一点失落感也瞬间一扫而空，感动道，“张教练真是刀子嘴豆腐心。”说着，程秒秒就伸出没有扎针的左手去接吴缺端着的碗，心想，就冲着张教练的关心，她也要振作起来准备迎接明天的比赛，但手还没碰到碗，吴缺已经抢先舀了一勺粥送到了程秒秒嘴边。

“嗯？”程秒秒动作一顿，身上的神经重新紧绷起来。

吴缺的神情倒是再自然不过，他看了一眼程秒秒右手上的针头说：“左手怎么吃饭，你想表演身残志坚吗？要是被张教练知道了，没准儿还会说我不关爱你们游泳部的种子选手呢。”

吴缺说得一本正经，而且满脸真诚。程秒秒也不想暴露出心中那点儿小心思，便伸头吃掉吴缺喂到嘴边的粥，故作镇定地说：“谢谢吴缺师兄。”

虽然是一口一口地被男神喂饭，但这场面因为吴缺正经的表情和正经的理由显得并没那么暧昧。他们一人喂，一人吃，并没有说什么多余的话，程秒秒有点小失望的同时也心安理得起来。婴儿辅食的量小，她很快就吃掉一碗，吴缺又帮程秒秒热了另一碗，程秒秒也来者不拒地一口口吃了。

两碗粥下肚，吊瓶里的药水也挂完了，医务室里的护士打着哈欠进来给程秒秒拔了针，又叮嘱了几句饮食上要注意的事项。这个犯困的护士出门的时候，程秒秒明显观察到她在看到吴缺的时候双眼亮了一下，继而看向程秒秒的眼神里也多了些明显的羡慕。

对此，程秒秒没有解释什么，而是心中偷偷地乐了那么一下下。

走出医务室，程秒秒才发现外面已经下过一场雨，地面湿漉漉的。

小桃和木子还是不见人影，程秒秒这才显出抱歉的神情："吴缺师兄，耽误你这么长时间，真是不好意思。"

出来的时候，医务室墙上的挂钟已经指向十二点多了。

"这么晚了，师兄住哪里呀？还方便回家吗？"程秒秒知道吴缺已经从学校宿舍搬走了。

"不回家了。"吴缺朝前方浓黑的夜色看了一眼，又低头看向程秒秒，"我有个师弟，他们宿舍里有张空床位，我可以去睡一晚。"

"真的吗？我们宿舍也只住了三个人，有个空床位……"程秒秒只是没话找话，但还没说完就意识到这句话有歧义，忙解释道，"我不是那个意思，不是要邀请你来我们宿舍，我是说我们学校人多，很少有宿舍还有空床位，就……就觉得很幸运。"

夜色中，身旁传来了吴缺一声轻微的笑，他慢条斯理地说："嗯，的确很少见，幸运得很。"

程秒秒知道自己的解释只起了反作用，干脆放弃了。不过刚才吴缺轻微的笑声和那种带着稚气的话语倒是很少见，程秒秒有点遗憾现在不是白天，否则她就能看看此时吴缺脸上的表情，他这样轻轻笑起来，肯定很好看。

现在她抬起头，只能看见昏暗的路灯在吴缺脸上投下的淡淡光晕。

"怎么了？"注意到程秒秒的目光，吴缺也偏过头。

两人步调一致，刚好走出上一个路灯映照的范围，下一个路灯还有些距离，他们中间的光线又暗了下去。有了夜色的隐匿，程秒秒的胆子也渐渐大了起来，她摇摇头，淡定地说："没什么，就是想问一下你那个师弟住在哪一栋？"

他稍稍沉默了片刻，然后说："十四栋。"

程秒秒想了一下，笑着说："我住十栋，我刚好顺路。"

"我知道。"

吴缺的声音顺着夏夜的风传过来。程秒秒不知道吴缺是在说他知道她住十栋，还是知道去十栋和十四栋顺路，但她也没有细想。这是第一次只有他和她两个人同行的夜晚，在这不远不近的一段路上，她不想浪费哪怕一秒钟。

或许是没有别人多余的目光作祟，又或许是忽明忽暗的灯光下看不清对方的脸，程秒秒一改往常看见吴缺就说话结巴的毛病，说了许多有的没的，以至于后来每每回忆起来这一小段时间，她都想不起来她到底说了些什么，只记得那天吴缺和她碰巧穿了同一个牌子的烂大街的白色板鞋。

下过雨的路面湿漉漉的，灯下水光隐约，像是偷了天上的星星，她每跟着吴缺踏出去一步，星光就随之晃动。到程秒秒宿舍楼下，吴缺把剩下的婴儿粥递给她："剩下的你都拿回去吧，在学校附近要买这些还挺难的。"

程秒秒接过袋子，又向吴缺道了谢，这才转身进了宿舍楼，她一脚刚踏上阶梯，身后又传来了吴缺的声音。

"程秒秒。"

程秒秒的脚步顿住，嘴角不自觉地上扬起来。吴缺会叫住她明明是意料之外的事情，她却像是在心里期待了许久，花了半秒钟控制好表情，她才回过头。

吴缺站在几步远的地方，微微侧着身子，似乎也是走出去几步以后才转过身的，他朝程秒秒挥手："明天比赛加油。"

路灯下，吴缺的影子被拉得长长的，程秒秒从前费尽心思接近吴缺，似乎最近的时候也只能碰到他的影子。而这一刻，聚光灯下的他终于为她回了头，程秒秒忽然有了一种感觉：或许她可以再努努力，再踮起脚够一够。

"嗯！"程秒秒脸上的笑再也控制不住，绽放开来。

回宿舍的楼梯上，程秒秒更是觉得每一脚都像是踩在云端，一个劲儿傻笑，自然是没有注意到楼下吴缺的身影——他并没有继续往十四栋走，而是原路返回了医务室，他的车还停在那儿。

或许是病中身体虚弱，也或许是某人的身影让夜晚也变得温柔，比赛前的这天晚上程秒秒意外地睡得很香甜。

第四章

柠檬多多

【1】不是你们想的那样

第二天一早，程秒秒坐上学院安排的去比赛场地的大巴，路过十四栋时，她往窗外张望了一会儿，并没有看见脑海中浮现的那个身影。程秒秒不禁又开始猜测他是还没起床还是已经走了……

“看什么呢？”一旁的曲小桃将一盒早餐奶一口气吸光以后，用手戳了戳程秒秒，也往窗外看了看。

“没什么。”程秒秒垂眸笑了笑，不打算把昨天发生的事情和盘托出。她从书包里拿出保温杯，里面是她热好的婴儿粥，“心肝贝贝”口味。

这次选拔赛是在离澄海体育大学不远的交通大学的新校区举行，交大虽然不是专业的体育学校，但因为是澄海市的一流大学，它今年新建的游泳馆比程秒秒他们平时训练的游泳池气派多了。

“看看人家学校！咱们学校那游泳池都多少年没修整了，瓷砖都坑坑洼洼的了……”

“就是，扶手都生锈了……”

进入场馆以后，小桃和周围几个男生你一句我一句地说着。今天带队的是张教练，这些话他们也顶多是小声嘟囔几句，这时候张教练一个眼神瞟过来，几个人就立刻噤了声。

张教练是退役的运动员，虽然现在已经到了快要退休的年纪，但依然震慑力十足，他往这边看了一眼后，对程秒秒招了招手。

“不是吧，老张又要做什么？你现在病还没有完全好呢。”小桃同情地看向程秒秒。

程秒秒回想起吴缺昨天说的话，低声对小桃说：“没事儿，老张是刀子嘴豆腐心，不会为难我的。”

果然，程秒秒走到张教练跟前时，他虽然脸上的表情和说话的语气依然严肃，但说的是对程秒秒关心的话：“今天身体怎么样了？能坚持比赛完吗？”

“能。”程秒秒即使身子还有些虚，也还是坚定地冲张教练点了点头。

“行，你还记得今天的比赛意味着什么吧，身体没问题了就好好游。”

程秒秒当然记得教练之前说过的，想要去B市参加大运会的名额，就得在这场比赛中国拿到前三的成绩，不只是跟澄海体育大学的同学比，还要在全澄海市的游泳运动员中脱颖而出。

张教练看着程秒秒的眼神又让程秒秒想起吴缺说的话，她不敢直接问张教练是不是真的拿她当最得意的门生，但还是鞠了一躬说：“教练，谢谢你记挂我的身体状况，还特意让吴缺师兄来照顾我，我一定不会辜负你的期望。”

说完，程秒秒感激地看向张教练。张教练的眼神里却有些不解：“吴缺？篮球队那个小伙子？”

“对啊，吴缺师兄，他昨天到学校医务室来看我了，说是教练你让他来的。”看着张教练眼里的疑惑，程秒秒补充道，“吴缺师兄说……说你是喝醉了以后，才拜托他的……”

“哦，我想起来了……”张教练的脸上闪过一丝窘迫，“什么喝醉了，没有的事，我从来不贪杯，只是昨天临时有点事才托那个小伙子去看你的，不是喝醉了，你们这些小孩子可不要到处乱说。”

张教练正了正神色，又问程秒秒：“吴缺还跟你乱说别的什么没有？”

“没有了。”程秒秒忙摇摇头。

“行了，归队吧，一会儿要做赛前热身了。”张教练不想再多说什么，将程秒秒打发走了。

听说交大的学生也是最近才开始搬进新校区的，这个游泳馆也是刚刚投入使用，到处都是崭新的，灯光亮得晃眼。程秒秒往回走时，对面正是大片大片的鲜艳的椅子。

今天的比赛只是澄海市的内部选拔赛，观众并不多，程秒秒一眼就看见了观众席前排的几个人。她最先看见的是穿着白色T恤的吴缺，然后是坐在他旁边的凌湘，然后是凌湘一旁的凌枫。

不知道他们是什么时候看见她的，程秒秒看过去时，凌枫正冲她挥着手。程秒秒还能隐隐约约听见他在喊：“小熊玩偶学妹，加油。”

“小熊玩偶”这四个字在程秒秒的记忆里是带着屈辱的，她听到后就下意识地看向吴缺。吴缺显然也看见她了，他不像凌枫那样动作夸张，只是轻轻抬手打了个招呼。程秒秒也抬手回应了一下，不敢多看他，便匆匆钻回了队伍里。

在教练的带领下，他们排好队做热身动作。程秒秒有些心不在焉，她的眼睛虽然是看着前方的教练，但脑子里浮现的一直是本该位于身后的画面：穿着白裙子的凌湘和穿着白 T 恤的吴缺并排坐在一起，连冲她打招呼的模样看着都那么般配。

他们身上的白色，像是一场纷纷扬扬的大雪，程秒秒心中在前一晚刚刚萌芽的情思，又在这一刻渐渐被白雪覆盖。程秒秒想起来，凌湘就是交通大学的，吴缺是特意来陪她看比赛的吗？

在专业运动员中，程秒秒的耐力一般，一直以来是扬长避短主攻短距离的赛道，五十米的赛道甚至都不用往返，不过半分钟的时间，比赛结果已经出现在场馆的大屏幕上，程秒秒看着上面排在第四位的自己的名字，鼻头忽然一酸。

程秒秒不知道自己是怎么从场馆里出来的，她脑袋里只有一个念头：没拿到前三名，她去不了 B 市了。

交大的游泳馆外部设计的是一个圆柱形，从场馆出来便是一个环形的走廊，栏杆上的蓝色油漆是新刷的，味道还没有完全消散，程秒秒双手撑着下巴倚在上面，比赛时的场景又涌进脑海。

她下水后，身体僵硬又无力，甚至回想起五岁的时候第一次被扔进游泳池时的感觉，她害怕，就像是一个人被扔进了无边的黑暗中，却还能感受到来自岸上某一处的目光。这不是简单的“没有发挥好”，程秒秒有些懊恼自己的懦弱，怎么会仅仅因为看到了吴缺和凌湘并排坐着就如此失魂落魄，她以前又不是没有看到过。

这里是环形走廊的一个风口处，程秒秒身上的水还没有完全擦干，即使是披着浴巾，这会儿经风一吹，两条腿凉飕飕的。她吸吸鼻子，仔细将眼角的眼泪抹干净，裹紧浴巾打算回场馆去，张教练的一顿数落肯定是躲不过的，迟早要回去面对。

一回头，她就看见环形走廊的另一头走过来一个身影，他颀长的身形走进炽热的阳光中，衣服白得发亮，程秒秒下意识地躲开他的视线低下了头。

“一个人在这里做什么，身体不舒服吗？”吴缺的声音淡淡的。他脚步渐近，在程秒秒身前投下一片阴影。

又来了，又是这种突如其来的关心。程秒秒刚刚已经想明白，正是因为昨天莫名其妙被吴缺照顾了一通，被他温柔地关心，她就有些忘乎所以得寸进尺了。其实抛开她暗恋他这层关系，他们也只不过是有着点头之交的校友而已。吴缺说的这些话，大概是出于礼貌的寒暄。

程秒秒没有抬头，也学着吴缺那样，不痛不痒地淡淡回答：“没有，只是上场比赛游得很差，出来透透气。谢谢师兄关心。”

说完，程秒秒就想要从一旁的小门溜走。吴缺却突然转了身子，不动声色地靠在了前方的墙上。他懒懒地贴着墙，抬手放在额头上，看上去像是在借这一点阴影来躲阳光，却也正好挡住了程秒秒的去路。

程秒秒抬头便看见吴缺清晰的下颌线，从他指缝漏出来的阳光让他半眯着眼睛，他平时总是有些阴郁的眉眼此刻多了些慵懒和惬意，像童话故事里计谋得逞后的狐狸。他缓缓地转过头，看着程秒秒说：“你带病上场，已经游得很好了，而且这不是选拔赛吗？赢得去大运会的名额就好了，干吗还哭了？”

闻言，程秒秒抬手摸上眼角，她明明已经擦干眼泪了，嘴硬道：“我没哭。”

“那你的眼睛是被风吹得这么红的吗？”吴缺将目光聚焦到程秒秒脸上，似乎是在仔细打量。

“嗯。”程秒秒没好气地低下头，跨步从吴缺身旁绕过去，“外面风大，我要进去了。”

这次吴缺倒是没有挡路，但程秒秒刚迈出去半步又猛地停下来，她问吴缺：“你刚刚说的话是什么意思？我又没有拿到前三，怎么会得到去大运会的名额呢？”

“拿到前三才能去大运会，你们张教练跟你说的吧？”吴缺发出几声细碎的笑。

“难道不是吗？”程秒秒抬头问吴缺，这会儿换她正对着阳光，也不得不眯起了眼睛，视野里一片灿烂。

吴缺稍微站直了身子，说道：“也是，教练为了让你们好好训练，一般都会故意这样说。”

听他这样说，程秒秒像是抓住了救命稻草，她努力睁大眼睛：“难不成张教练是骗人的，我现在已经获得大运会的名额了吗？”

“嗯，这个嘛……我也不是你们游泳部的，知道得也不准确，你还是去问张教练比较靠谱。”吴缺意味深长地说，他皱了皱眉，然后摆摆手，“外面风大，进去吧。”

程秒秒见事情有转机，来了精神，见吴缺要走，她忙伸手拽住他的衣角。

“嗯？”吴缺转过头，挑了挑眉，“你不进去了吗？”

程秒秒悻悻地笑了笑，咬着牙还是捏紧了吴缺的衣角：“吴缺师兄，你知道什么就给我透露一些吧……行吗？”见吴缺一脸难办的样子，程秒秒又忙做发誓状，“我保证就算你跟我说得不靠谱，我也不会去找师兄麻烦的，你也知道我们张教练的脾气，我现在可不敢去问他……”

程秒秒满脸写着委屈。吴缺低头对上那双泛红的小鹿眼，喉咙里又轻轻发出几声笑，他慢条斯理地说：“我之前随便瞄了几眼你们游泳部的文件，参加大运会的名单你们张教练早就报上去了，这次的选拔赛不过是给那些甲组的普通学校选人做参考。”

“真的吗？”程秒秒难以抑制内心的激动。她拽着吴缺衣角的手也一时忘了松开，眼巴巴地看着吴缺，问道，“那师兄你瞄到申报名单上的名字了吗？有我吗？”

吴缺又笑，这份文件其实并不是什么机密，自从程秒秒在朋友圈里透露出对参加不了大运会的担心后，吴缺就在留意。他在看到那份文件后，本来想找个机会告诉程秒秒大可不必担心，但又不想表现得太过明显，便假装碰巧遇上她，托她转交这份文件，谁知道这傻孩子竟然没有注意文件上写的什么。

“我记得有你那个叫什么桃的朋友，至于你嘛……”吴缺的语速很慢，微皱着眉头像是在努力回忆。程秒秒屏气凝神等了好一阵子，才听见他说，“我想起来了，你的名字排在第一个。”

吴缺好整以暇地说完，本想好好欣赏一下程秒秒的反应，可下一秒一个重量就猝不及防地撞上了他的胸口。

大悲大喜的程秒秒不知道自己这一瞬间到底是出了什么问题，她惊喜过头，竟直愣愣地冲上去抱了吴缺一下。抬头看见吴缺一脸错愕后，她只好尴尬地松开手：“我、我太高兴了……”怕没有说服力，程秒秒又咧开嘴露出一个笑容，抬手比了个“耶”。

与此同时，她听见身后传来几声倒吸凉气的声音，一回头便看见另一边的侧门口齐刷刷地站着四个人，小桃、骆星辰、凌湘、凌枫。程秒秒一一望过去，他们每个人脸上的表情都十分精彩。程秒秒捏紧了手心，这种场面大概是她的幻觉吧，她眨眨眼，可再睁眼时，那四个人还是直愣愣地站在那儿……

凌枫戏谑的笑声打破了沉默。程秒秒忙解释道：“不……不是你们想象的那样……”她看向吴缺，希望对方也说几句解释的话，可吴缺倒是一副淡然的样子，随意地耸了耸肩。

吴缺是无所谓，但程秒秒做贼心虚似的冒了一头冷汗，试图在这四人目光的审判之下坦白刚刚发生了什么：“……吴缺师兄跟我说了一个好消息，说我即使没进前三也能去参加大运会，我高兴过头了，就……就独乐乐不如众乐乐嘛，所以就分享了一下喜悦。”说着，程秒秒走向小桃，机械地抱了小桃一下，用行动解释：看！我对每个人都是这样的。

抱完小桃，程秒秒又接着抱了一下骆星辰。一旁的凌枫不怀好意地笑道：“你这是要普天同庆？”

程秒秒没有理会他的戏谑，继续按照顺序走到凌湘前面。凌湘比程秒秒想象中要温和许多，甚至对她笑了一下主动伸开了手臂，程秒秒轻轻抱了抱她。分开的时候，凌湘撩了一下颈间柔软的头发，对程秒秒说：“恭喜你啦！”

凌湘笑得真诚，程秒秒也回应她一个笑容：“谢谢。”

“既然是普天同庆，那来吧……”凌枫上前走了两步，做出一副任由程秒秒抱的样子。

毕竟之前抱的小桃和骆星辰都是她很熟的朋友，即使不熟的凌湘也是女孩子，现在轮到凌枫，程秒秒犹豫了一下。但骑虎难下，程秒秒只好硬着头皮走向凌枫，刚要来个毫无感情的拥抱时，一只手臂伸过来将凌枫扯了一个趔趄。

“吴缺心眼儿，你干什么，耽误人家小学妹传递喜悦了……”凌枫捏着嗓音委屈巴巴地说道，脸上却露出看好戏的笑容。

吴缺没有理会凌枫。将他拉开以后，吴缺微皱着眉对程秒秒说：“不用跟谁都解释得这么清楚，不然反而让人误会，懂了吗？”

其实吴缺皱眉的时候，眉眼是有些凶的，程秒秒愣了一下，木讷地点点头：“知道了。”她知道了，他不喜欢别人误会他们的关系。

比起程秒秒傻到家的应对，吴缺似乎只用一句话就直截了当地撇清了关系，然后扯着还想开口打趣的凌枫走开，凌湘自然也跟着他们走了。程秒秒终于放松下来，但十分沉默。

小桃和骆星辰你看看我，我看看你。终于，小桃先开了口，她捡起地上掉落的浴巾帮程秒秒披在肩上，笑着说：“你比赛结束那会儿我正要上场，就没来找你，刚游完了看见骆星辰也在到处找你，我们就一起来了，路上遇到凌枫他们找吴缺……”说到这儿，小桃识趣地闭了嘴，然后转移话题，“你刚才说的大运会名额是怎么回事？”

“吴缺师兄说他看到了文件，我们游泳部参加大运会的人选其实已经定下来了，你和我都能去。”

【2】原来他还记得

程秒秒再次转述这个消息的时候已经十分平静，倒是小桃和她刚听见这个消息时反应一样，一激动给了她一个熊抱。见程秒秒情绪不高，小桃又搂着她往前走：“咱们也赶快回去换衣服，说不定老张现在到处找咱们呢。”

这个时候，程秒秒才注意到一旁从刚才到现在都一言不发的骆星辰，他额前的发梢稍稍潮湿，T恤前胸那里也湿了一小块儿。

“你怎么了？怎么累成这样？”程秒秒问他。

“没怎么，天热。”骆星辰淡淡地回了一句，面无表情地仗着腿长优势走到了前面。

骆星辰要比同龄人冷静且心思细腻，所以在其他人口中他一直以来都是“高冷”和“不好相处”的代名词，但程秒秒和他在一块儿时一直保持着小时候那一套嘻嘻哈哈的相处模式，很少看见他摆出这样的冷脸。

“他怎么了？”程秒秒不解地问小桃。

小桃翻了个白眼：“秒秒啊秒秒，你真不知道他怎么了？”她压低声音道，“人家刚才满头大汗地赶过来，听说你没发挥好，急得赶紧到处找你，却看见你在这儿和别人搂搂抱抱，心情能好吗？”

程秒秒着急地辩解道：“我和吴缺师兄真的不是在搂搂抱抱。”

“啧啧……”小桃拍拍程秒秒的肩膀，“看，这就是骆星辰伤心的原因啊，你思考的重点永远是你的吴缺师兄，有没有考虑过这位兄弟的感受？”

骆星辰走得飞快，此时已经远远走在前面，程秒秒看着他的背影，突然有种说不上来的感觉，她真的了解这个和她共同度过童年和青春时光的男生吗？

程秒秒本来早就做好被张教练数落的准备，不想归队以后，张教练压根儿就没出现，带队的助理师兄过来说：“张教练家里临时有点事，由我带大家回学校。”

师兄说完，队伍里马上开始窃窃私语起来，几个胆子大的男生起哄道：“高师兄，我们能不能不坐集体大巴回去？反正交大离咱们学校也不远。”

“就是，而且交大的泳池这么豪华，我们还想多玩儿一会儿。”

“我家就在附近，刚好可以顺便回家一趟……”

越来越多的人附和。平时张教练在的时候，他们是不敢造次的，但高师兄性格温和又腼腆，根本管不下这么多人，最终只好妥协：“那你们想要自行安排的人要注意安全，其他要坐大巴回校的同学和我一起。”

程秒秒和小桃自然是选择自行安排。小桃摩拳擦掌地说：“听说交大有一个湘菜特色窗口，咱们等会儿去尝尝。”

“行。”

程秒秒见骆星辰一直闷闷不乐，心中也有些过意不去。她主动对骆星辰说：“骆大神，谢谢你今天特意来观看我的比赛，我请你吃饭，交大食堂随便你吃，管饱的！”

“不吃了，我明天乘飞机去B市，要早点回家收拾行李。”

闻言，程秒秒一时有些无措，骆星辰还从来没有对她赌气超过十分钟，难道他真像小桃说的那样，介意她和别的男性朋友接触过多？

小桃显然没有听到他们说了些什么，她翻阅着一个公众号的图文，给程秒秒看：“这攻略上说麻辣纸包牛肉是最好吃的，我看这分量我们三个人吃刚好。”说完，她又突然一顿，“啊，我差点儿忘了，你的胃肠炎还没好，今天不能吃辣的和油腻的，早上出门之前，木子特意叮嘱我让我看好你的。”

“胃肠炎？”一直避免和程秒秒对视的骆星辰突然对她瞪起了眼睛，“什么时候的事？怎么没听你说起？”

程秒秒忙解释道：“不严重的，昨天已经去过学校医务室了，医生也说不严重。”说着她转了一圈，“你看我这不活蹦乱跳的，你回家后千万别说漏嘴被我妈知道了，我不想接受爱的教育。”

骆星辰狐疑地将程秒秒上下打量一遍，又说：“就算不严重也不能吃辣的，你现在年纪还这么小，不好好把肠胃养好，以后想吃好吃的都吃不了。”

“知道了。”程秒秒努努嘴，“但是骆大神你不能因为跳过级，就忘了你和我是同岁吧？还说我年纪小呢……”

“生命不在于长度，在于深度。”骆星辰说完这句话好一阵子，程秒秒才反应过来这是在变着花样说她肤浅呢，又气急败坏地回呛了几句，两人之间的气压终于重新归于正常。

骆星辰以监督程秒秒吃饭为由留了下来，找到交大的新食堂后，小桃点了纸包牛肉，香味四溢，程秒秒看着自己餐盘里的白粥和清炒萝卜丝，悲从中来。

“别看了，我陪你吃萝卜丝。”骆星辰餐盘里的东西和程秒秒的一样。

“是啊，秒秒，你先养好身体要紧。”小桃吃了一口说，“不然我就端到别的桌子上去吃了。”

程秒秒只好暂时收回了视线，认命地喝了一口白粥。这时，她突然觉得衣角被人扯了一下，一转头，程秒秒就看到一张粉雕玉琢的小脸。

“许粒，你怎么在这儿？”

许粒没有回答程秒秒的疑问，而是踮起脚看了一眼程秒秒餐盘里的东西，然后一张小脸都皱了起来：“教练姐姐，你破产了吗？没钱吃饭了吗？”

程秒秒一愣，还没来得及解释，就见许粒又颠儿颠儿地跑向斜后方。程秒秒顺着看过去，就看见坐在不远处一张桌子旁的许穆清，他朝她点了点头。

“谁啊？”小桃低声问道。

“这个小孩儿就是我在游泳馆兼职带的那个学生，叫许粒……”

程秒秒还没说完，小桃忽然眼睛一亮说：“那边那个就是上次的雨夜大叔咯？”小桃还想说什么，似乎是注意到饭桌上还有骆星辰，又生生把话咽下去，轻咳了几声。

许粒这时候也过来了，他从那边端来一个餐盘，踮着脚坐上了小桃旁边的空位。座位对他来说有点高，许粒坐上去后又艰难地挪了挪屁股。

小桃见状想要伸手帮忙，却被他拒绝了：“我早都不是三岁小孩儿了。”

“那你几岁？”

许粒伸开小小的手掌：“五岁。”

一桌人都忍住没有笑。

许粒坐稳后又往程秒秒碗里瞧了瞧，然后老气横秋地叹了一口气，把他的餐盘往程秒秒面前一推：“教练姐姐，即使成了灰姑娘，也不能不吃肉啊，会没力气的。”

程秒秒看着他推过来的鸡腿和叉烧，有些哭笑不得。她把餐盘推回许粒面前，耐心地解释道：“姐姐身体不舒服，吃不了肉，不是吃不起肉。”

“身体不舒服啊……”许粒眼睛转了转，说，“我知道的，我妈说过女孩子身体不舒服会流好多血，那更需要吃肉！”

许粒语出惊人，隔壁桌的人纷纷投来好奇的目光，程秒秒差点儿被萝卜丝噎住。

“许粒！”一声无奈的呵斥响起，腰身细长的许穆清走了过来。他看上去颇为头痛，朝程秒秒递来一个包含歉意的眼神，然后对许粒说，“你闭上嘴少说点话，就没人把你当三岁小孩儿了。”

“我再怎么话多，也没你话多，你不知道你刚才站在台上讲话的时候底下有多少人睡着吗？那些小姐姐倒是很乐意跟我玩……”许粒说话时，有些字还咬不清楚，一连串机关枪一样的话被他软软糯糯地说出来，即使配上白眼也没多少杀伤力。

程秒秒觉得很是好笑，她知道许粒吃软不吃硬，忙打圆场解释道：“许粒，谢谢你的好意，但是教练姐姐是肠胃不舒服，吃了肉会不消化，病情会加重的。”

“好吧。”许粒不情愿地拿回自己的餐盘，还不忘叮嘱程秒秒说，“那你病好了记得多吃点补回来哦。”

“好！”程秒秒这时候还不知道许粒为什么会对让她吃肉这件事这么在意，直到后来许穆清跟她说了关于许粒妈妈的事儿……

因为许粒的到来，许穆清也不得不坐到程秒秒他们隔壁桌。有他在，许粒明显情绪低沉了许多，程秒秒见他好几次抬起头想说什么，但看看许穆清，又缄默地埋头啃鸡腿。

一旁的骆星辰也有意无意地朝许穆清看，对程秒秒也是欲言又止。程秒秒面对餐盘里的白粥和萝卜丝本就难以入口，在这样诡异的气氛之下，她更是没什么胃口，几个人中只有小桃对着自己的纸包牛肉大快朵颐。

这会儿到了饭点，食堂里的人也渐渐多了起来，程秒秒和骆星辰先去把餐盘放到了回收处，不想等他们回来的时候，座位上已经坐了人，对面许穆清旁边还站了一个女生正与他合影，竟然是凌湘。而坐在程秒秒和骆星辰座位上的两个男生，正是吴缺和凌枫。

见到程秒秒和骆星辰一同走过来，吴缺主动从座位上起身，还拉着凌枫起来：“走，我们先去打饭吧。”

吴缺对她这样避之唯恐不及，程秒秒失落的同时又松了一口气。可是她刚坐下，吴缺突然在她一旁弯下了腰，他从地上捡起一张卡，轻轻放到程秒秒面前。

“你的校园卡。”吴缺修长的手指在卡片上的大头照上点了两下。那是程秒秒刚入校时拍的照片，还留着乖巧的齐耳短发，吴缺的指尖不偏不倚地落在照片的脸颊上。

程秒秒看着，脸上忽然一热。吴缺收回手，程秒秒的视线也被牵引过去，吴缺低头看着她，居高临下地说：“可别再弄丢了，上回好不容易找到的。”

当天下午，程秒秒和小桃回到学校，小桃打开一局游戏，说：“没想到许穆清是交大的‘杰出校友’，今天还在交大演讲了，怪不得凌湘要找他合影。”

“哦。”

“哦什么？”小桃瞥了程秒秒一眼，说，“你怎么从吃完饭开始就心不在焉的？魂儿丢了？”

“没什么。”程秒秒的回答依然漫不经心。小桃也不再和她聊天，专心投入到游戏当中。

过了好一阵子，程秒秒突然一拍脑门：“哦，我想起来了！”

她突如其来的动静吓了小桃一跳，小桃问：“你想起什么了？一惊一乍的。”

“就是……哎……也没什么，一件小事。”程秒秒捧着保温杯，抿了一口里面温热的粥，嘴角弯起一抹浅浅的弧度。

她想起来了，她在篮球馆向吴缺告白失败的那天晚上，她偷偷溜回篮球馆找落在那儿的礼品袋，那个时候她遇到吴缺了，为了搪塞，她骗他是去找饭卡。

没想到，吴缺他还记得呀……

【3】吴缺喜欢秒秒

吴缺告诉程秒秒的小道消息准确无误，选拔赛后的周一学校就发了关于全国大学生运动会的通知，程秒秒和小桃都在澄海代表团名单上，期末考试后针对大赛的集训也就顺理成章地开始了。

木子不是体育生，暑假早早就回了家，宿舍里只剩下程秒秒和曲小桃。虽然集训的时候偶尔会有半天零碎的假期，但因为小桃家在外省，回家并不方便，程秒秒索性也就一直留在学校与小桃做伴。

从前训练时就辛苦，集训的日子更是让人感觉枯燥与疲累，小桃主攻长距离赛道，训练量比程秒秒的还要大些，每天晚上回到宿舍以后，小桃连她最爱的游戏都只能勉强坚持打两局就呼呼睡去。平时程秒秒自然是和同学们一样抱怨训练辛苦，但每天夜里，她又觉得这些日子无比珍贵，集训的时间，学校里的人变少了，她似乎总是能遇见吴缺。

从前尽管他们在同一所学校，但吴缺在篮球部，程秒秒在游泳部，“两部”之间也少有往来。而这一次，吴缺作为应届毕业生担任了校队的领队，还被选为澄海代表队的护旗手，他们会在同一个队伍里一起去B市参加比赛。

并且在开幕式上，她还会穿着和吴缺一样的队服走在吴缺的身后。而一个月以前，她还以为吴缺一旦毕业，她就再也见不到他了，她没想过，她还能离吴缺如此之近。

其实比起和吴缺近距离的接触，程秒秒似乎更喜欢这种感觉——她知道他就在不远的地方，近得像水面上那些影影绰绰的人，只要她想，她可以在自己的小世界里游刃有余地想着他，也可以钻出水面去见他……

这天，程秒秒在训练的泳池里打破了自己五十米的最高纪录，破水而出的时候，她还没来得及确认成绩，便看着岸边杵着的人愣了神。

“吴、吴缺师兄。”上一秒脑海中想着的人突然出现在眼前，程秒秒取下泳镜，想确认自己是不是眼花了。

吴缺的一双腿在她仰视的角度下变得更长了，程秒秒几乎看不太清他的脸，不过这时候吴缺突然半蹲下来，视线一下子与她拉近。

“我们老师找张教练有点事，联系不上他，我过来找找。”吴缺说话时，眼睛在周围扫了扫，“张教练好像不在？”

程秒秒也跟着环顾了一圈，她对吴缺摇摇头说：“最近这些天张教练很少来盯我们训练了……”

说来也怪，日常训练的时候，张教练可是出了名的严格，可这次大赛在即，他反而时常缺席，基本上训练全靠几个助理师兄负责监督，程秒秒和小桃都对此犯过嘀咕。

“你好好训练吧，我去找你们师兄问问。”

吴缺正要起身，一个身影急匆匆地推开玻璃门，正是上次带队去交通大学比赛的高师兄，他一脸焦急：“张教练他……”

高师兄说得急促，几乎所有人的视线都落到他身上，程秒秒的心也悬起来。高师兄却突然憋得满面通红，他喘了几口大气，才继续说：“张教练家里出事了，他、他爱人失踪了，现在很需要……需要同学们帮忙。”

“什么？！”

程秒秒“唰”地抓着栏杆爬上岸，其他几个正在训练的队友也迅速聚集过来，七嘴八舌地问了起来。

高师兄本就腼腆，此刻被众人闹哄哄地围住，顿时有些手足无措，不知从何说起。这时人群中一个清亮的男声响起：“大家先安静下来，听听你们师兄怎么说的。”

说话的人正是吴缺，他声音并不大，却让现场安静了下来。高师兄对他投去一个感激的目光，接着扶了扶鼻梁上的眼镜，解释道：“其实，师母得病有一段时间了，是阿尔茨海默病。我们去交大比赛那天，教练他突然离开也是因为师母在养护院出了事儿……”

“阿尔茨海默病，是老年痴呆吗？”小桃蹭到程秒秒旁边，小声说道。程秒秒呆呆地点点头，周围本来叽叽喳喳的同学们此时也陷入了沉默。

“虽然这件事我早就知道了，但是张教练一直嘱咐我不要告诉你们，怕影响你们赛前的训练。”高师兄垂着眸子说，“但是这次……师母已经一整天找不着人了，张教练都快崩溃了，我这才自作主张把这件事告诉你们。虽然张教练肯定不想因为他的私事耽误你们的训练，但或许我们人多力量大，能帮上一点忙……”

高师兄说完，立刻有几个声音附和道：“怎么不早说？”

“就是，我们这些人体力不比老张好多了，这种事他早该跟我们说，我们一天半天不训练又不会影响什么……”

高师兄见大家如此积极地回应，脸上终于露出了腼腆的笑容，他捏着手机激动地说：“事不宜迟，我现在就建个微信群，愿意帮忙找人的同学互相拉一下进群……”

虽说平日里同学们一个比一个吊儿郎当，但在这个关头，大家格外团结，一群人主动分成小队，被高师兄安排到各个片区去找人。

“你们女生比较心细，就负责养护院附近几条街道。”

剩下的女生就三个：程秒秒、小桃、齐悠。程秒秒有些头大，上次她不小心吐了齐悠一身，两人的关系已经是雪上加霜。

高师兄让她们三人拉一个小群，小桃顿时就白眼飞上了天。齐悠自然也不乐意，她丝毫不客气地回了小桃一个白眼后，就上前对高师兄说：“我还是跟上一队一起去车站那边吧，不是说养护院附近教练自己已经找过很多遍了吗？反复找同一个地方也是做无用功。”

高师兄显然还没看出来这几人之间的不对付，他有些为难地说：“可是就剩下你们三个了，那几条街就靠两个人的话，人手有些不够……”

“没事儿，我和秒秒两个人就够了。”小桃不甘示弱地站出来。

高师兄似乎终于察觉这剑拔弩张的气氛，他有些尴尬，正迟疑着，一道身影突然上前，说道：“这样吧，算我一个。”

程秒秒差点儿忘了，吴缺还在这儿。他说完没等高师兄答复就颇为自然地站到了程秒秒身边，低头露出一个淡淡的笑。

高师兄见吴缺主动请求加入，显然十分高兴，向吴缺道谢后，他扶了扶鼻梁上的镜框，转头对齐悠说：“现在可以了，齐悠同学，你可以上一队那边了。”

可刚才还一口咬定不和程秒秒她们一组的齐悠，这会儿却突然改变了态度，往程秒秒跟前一站，说道：“可是上一组的同学好像都已经出发了，我现在也赶不上他们了，我还是按照师兄分配好的和她们一组吧。”

齐悠友善地拉起了程秒秒的手，眼睛却看向吴缺的方向。

程秒秒对这样的眼神从来都不陌生，像她看见吴缺的每一次，眼里满是藏不住的爱慕和向往。但吴缺不会多留意这样的眼神，他迅速进入了状态，说：“我刚查了一下地图，养护院那边还挺远的，刚好今天我的车在学校，你们在这儿等我一会儿，我去把车开过来，咱们走环城高速过去。”

见吴缺行事这样有条不紊，高师兄也放心地留下程秒秒她们几人去和张教练会合。他们两人一走，齐悠拉着程秒秒的手也立刻松开了，不过她脸上还挂着笑，问程秒秒：“那是校队的吴缺吧，你们认识吗？”

程秒秒还没想到该怎么回答这个问题，小桃立刻挡在了两人中间，对齐悠横眉说：“你突然愿意跟我们一组，就是为了吴缺吧？”

齐悠用不算和善的眼神回应，算是默认。小桃便挑衅地笑了几声，看着齐悠一字一顿地说：“那我告诉你，你没戏！”

小桃是班里个子最高的女生，再加上她略显粗犷的北方口音，齐悠的气焰似乎也被压下去几分，不过她还是在略微迟疑后迅速嗤笑着反问道：“你凭什么说我没戏，除非吴缺是你男朋友，不过这用脚指头想都是不可能的。”

“看不出来，你脚指头倒是比脑袋聪明一点。”小桃呛道。

眼看现场又充满了火药味，程秒秒忙上前拉开小桃，心想，多一事不如少一事，现下她们还要一起完成找师母的任务，可不是斗嘴的时候。但程秒秒还没开口劝阻，就被小桃一把拽了过去。小桃搂着程秒秒的脖子，对齐悠说：“你没戏，因为吴缺喜欢的人是我们秒秒！”

“小桃！你……”程秒秒刚一开口，就被小桃捂住嘴拉到一边。

“我们先去换衣服咯。”小桃得意地朝一脸惊讶的齐悠挥挥手，拉着程秒秒往更衣室走去。然后她吐吐舌头，小声说道，“就喜欢看她吃瘪的样子。”

齐悠这会儿的确是愣在了原地。程秒秒无奈，戳了一下小桃的腰说：“那你也不能随便胡说吧，要是这话传到吴缺师兄那里怎么办……”

“你就放心吧。”小桃狡黠地笑着说，“齐悠再蠢也不会当着我们的面向吴缺求证吧？而且你家吴缺那么高冷，程秒秒你又这么可爱，用情至深地追在他身后，这么多年才拿到一个爱的号码牌！齐悠这种想要跟他搭上话就更没戏，今天一过，她哪儿还有向吴缺求证的机会，顶多在背后散播几句流言蜚语……”

正说着，齐悠这时也走进了更衣室，小桃忙住了口，还一个劲儿地朝程秒秒使眼色，但程秒秒没有理会，还是走向齐悠。她要跟她说清楚，倒不是在意齐悠怎么想，而是她并不想让吴缺以后有误会她的机会。凭她对吴缺的了解，吴缺肯定讨厌极了那种在背后造谣的人。

可是，程秒秒想好的内容还没说出一个字，倒是齐悠先开了口，她将程秒秒上下打量一番后，语气不屑地道：“你们刚才说的，我可不信，吴缺怎么可能会喜欢你，绝无可能，少骗我了。”

吴缺绝不可能喜欢你……

这样的话，程秒秒曾经也亲口对自己说过无数次，可是从别人口中说出来，却是这样刺耳。

“你凭什么这样说，我们秒秒……”小桃骂骂咧咧地上前应战，想要把程秒秒护在身后。程秒秒却一言不发地将她挡开，这时小桃才发现程秒秒有些不对劲儿，平时总是软软糯糯的她此时两个拳头都攥得紧紧的，下巴微微颤抖，委屈又倔强。

“你凭什么说绝无可能？吴缺就那么不可能喜欢我吗？”这次的质问是从程秒秒的嘴里说出来的，她的音色一向没什么杀伤力，但这句话让刚刚还一脸不屑的齐悠收起了挑衅的眼神，一时说不出话来。

几声汽车喇叭声传来，小桃拉拉程秒秒的袖子，说：“吴缺好像取车回来了，我们快出去吧。”

或许是因为刚刚程秒秒突然一改从前温顺的模样把齐悠吓住了，所以见到吴缺以后，她倒是缄口不言，只是多看了吴缺车上副驾驶的位置两眼，便老老实实地坐到了后排。

程秒秒也看到了副驾驶位上放着一个大双肩包，占满了整个座位。齐悠和小桃依次上车后，程秒秒自然也是钻进后排，可她一只脚刚踏进车门，前面吴缺的声音突然响起：“你来前面帮我拿一下手机，我车上手机支架坏了，低头看导航不太安全。”

吴缺话里的“你”并没有具体的指代，但是后排其余两个人听见他说的话以后，都不由自主地看向了程秒秒。小桃眼里是调侃的笑，齐悠眼里是恍然大悟的落寞，似乎她心里已经把这简短的两句话默认作刚刚小桃那些话的佐证。

程秒秒上车的动作顿了一下，吴缺回过头来，眼神顺在程秒秒身上。他微微挑了挑眉，这样的无声催促让气氛显得更加复杂和暧昧。程秒秒忙下车打开副驾驶座的车门，看到座位上的大书包时，她又一时愣住了。

“包里没什么东西，你可以抱着或者扔到后面去。”吴缺一边设置手机上的导航，一边头也不抬地说。待程秒秒上车坐好，他就顺手把手机递给了程秒秒。他动作自然，倒是让程秒秒有些手忙脚乱。

那个占地儿颇大的书包还真没装什么东西，程秒秒拿在手里折了折放在膝头，然后就正襟危坐尽职尽责地当一个手机支架。

【4】喜欢你，从提心吊胆开始

澄海市是海滨城市，师母所在的养护院靠近一个海湾，在环城高速上遥遥可以望见蓝白相接的海岸线。这天天气很好，但或许是因为此行的任务有些沉重，车里没人聊天说笑，连音乐播放器都很沉默。只有吴缺问过几句关于张教练的事情，说了一下等会儿找人时的大概步骤，便安静地专心开车。

就在快要到目的地的时候，程秒秒手里握着的手机突然响起来，铃声是一首英文歌，程秒秒听过，但一时想不起来歌名。看着来电显示上陌生的名字，程秒秒这才反应过来要把手机递给正在开车的吴缺：“有人打电话给你。”

吴缺瞥了一眼屏幕，说：“你帮我接了，开免提。”

程秒秒照做，刚一接通，一阵闹哄哄的声音就传出来，一个焦急的男声说：“吴缺师兄，不好了，孟东和刘子两人刚才休息的时候打起来了，孟东脑袋撞出一个大口子……”

虽然不认识电话里提到的这两个人，但程秒秒也能听出来情况有些严重。正开车的吴缺攥紧了方向盘，皱眉道：“怎么回事儿？他们俩又打架？伤势严重吗？”

“还是因为上回那事儿，他们在休息间打起来的，没人注意到，等我看到的时候，孟东已经满头是血了……不过现在我们已经在医务室了，校医简单处理了一下伤口，建议我们去医院缝针。我想着你最近都开车来学校，想找你借车送孟东去医院，师兄你现在在哪儿呀……”说话人语气很焦急。

“我现在有事儿出学校了，赶回去需要半个小时。”吴缺的眉头皱得更紧，却安抚着电话那头的人，“你们别着急，先打个车送孟东去医院，等会儿我直接去医院找你们……”

等电话挂断，程秒秒看着吴缺小心翼翼地说：“吴缺师兄，你要是有事儿就先回去吧，我们几个过去就行。”

吴缺佯装轻松地笑笑说：“那我总不能把你们扔在半路上吧，别担心，球队那帮师弟都是暴脾气，打架也不是一次两次了，他们能处理好的……”

吴缺嘴上这样说着，眼睛却不住地看向导航上的路线，仪表盘上的车速也在加快，好在离养护院已经不远，几分钟后就到了目的地。吴缺停下车后对程秒秒说：“毕竟我们教练让我带队，现在有师弟受伤，也算是我的失职……本来还说跟你们一起去找人，对不住了。”

“没事儿。”程秒秒不想让吴缺为难，她笑着摆摆手目送吴缺。他连车都没下，又马不停蹄地掉头往回赶。

“怎么回事儿啊，吴缺那师弟怎么早不打架晚不打架，偏偏这个时候打架……”齐悠看着车子远去，她双手举过头顶挡着太阳，脚踢着路边的杂草不耐烦地说。

小桃不吐不快，不满地说：“齐悠，我真服了你了，你这人怎么一点同理心都没有。”

眼看两人又要斗嘴，程秒秒赶忙插嘴道：“赶快对着附近的地图思考一下怎么找人吧。”

大概的找人思路，刚才在车上的时候吴缺已经提起过，她们倒不用怎么费心思。只是现在天气正热，三个人负责仔细搜寻这一片的街头巷尾也十分不容易，忙起来之后，小桃和齐悠之间也就暂时休战了。

吴缺从医院出来的时候，已经晚上十点多了。孟东要留下住院，其他几个一起跟来的师弟吴缺也早早让他们回学校了，所以此时他一个人走到医院的地下停车场。

下午的时候，因他来得着急，忘了记住停车的位置，医院的停车场不小，看来要找到车子也不太容易。吴缺一边拧着眉走走看看，一边拿出手机拨通了程秒秒的语音电话。

“吴缺师兄。”电话接通，软软的声音传出来的同时，吴缺也看见了自己的车。这样的巧合让他的眉头突然舒展开来，答复的话也慢了半拍：“嗯，你们那边怎么样，人找到了吗？”

“还没有。”程秒秒的声音听着有些疲惫，“不过现在警察已经介入了，张教练刚才让我们都先回去休息。”

“嗯。”吴缺启动车子，连上耳机，停顿了片刻，看了一眼腕表才问道，“那你们现在回学校方便吗？”

耳机里迟迟没有回应，只听得见马路上的嘈杂声响。吴缺瞥了一眼手机，正要重新开口问一遍，程秒秒的声音又突然响了起来：“喂，吴缺师兄，你刚刚说什么，刚才我跟小桃在叫车，没听见……”

“叫车回学校？叫到了吗？”

“嗯。叫到了。”程秒秒那边又隐隐约约传来几声小桃的声音，像是在催促。但程秒秒的声音依然慢吞吞且小心翼翼的，“吴缺师兄，你还有别的事吗？”

吴缺顿了片刻说：“没了。”

挂断电话后，吴缺打开导航软件，重新编辑了目的地，既然用不着他去接人，剩下的选择自然只有回家。

澄海的空气质量在全国一直是排名靠前的，夏夜的风尤其干净清爽。吴缺打开靠近副驾驶位的车窗，突然瞥见了座椅上他的书包，空空如也的尼龙布包被叠成小巧的一团放在座椅中间。两边各有一片小小的褶皱，好像是下午被她抱在怀里时捏出来的。

他紧绷了一天的神经此刻突然如同这些被捏出褶皱的布料一样，变得柔软起来。吴缺的嘴角轻轻勾起来，他想起下午去游泳馆时不小心听见的话，她说，“你凭什么说绝无可能？吴缺就那么不可能喜欢我吗？”

一个红灯打断了吴缺的思路，但他脸上的笑意没有淡下来。他下意识看向副驾驶的位置，却意外注意到窗外路边的一个身影，在凝神盯着那个身影看了两秒钟之后，他果断地打了方向盘，将车停在了路边。

吴缺下车后就三步并作两步追上了人行道上的一个身影，这是一个头发花白的老人。吴缺不远不近地跟着她，并没有出声惊动，而是拿出手机拍了一张照片发给了程秒秒，并留言：“你确认一下这是不是你们师母，我这儿没照片。”

这段路是老城区拆迁后新修的，虽然灯火繁华，但人流量不多，这时街上好几家商铺已经准备打烊，吴缺的眼睛一直盯着老人离开的身影。

程秒秒迟迟没有回复消息。吴缺索性打了一通电话，倒是很快被接通，只是那边的声音有些嘈杂，程秒秒说话的声音都夹杂着呼呼的风声：“吴缺师兄，怎么了？”

“你看我微信上发给你的照片，这个老婆婆是不是你们师母，下午那张照片我就瞄了一眼，记不太清了……”

“你说什么？我听不清。”

程秒秒的声音混在呼呼的噪声里有些细碎。吴缺只好又大声说了一遍，程秒秒这才慌张地确认手机信息。在她看照片的空当，吴缺听着听筒里嘈杂的声响，不禁问道：“你在哪儿呀？还没回学校吗？”

“还在车上……”

车上？吴缺皱了皱眉，动静这么大，坐的是什么车？只听电话那边程秒秒的声音断断续续的：“刚才那边不好打车，我们就拦了一辆摩的。”

怪不得风声这么大……吴缺想提醒程秒秒注意安全，还没开口就听见程秒秒惊呼的声音：“就是师母没错，你在哪里看到的？”

“在香雪路这边……”吴缺报了地址说，“那你赶快联系张教练，我在这儿跟着，免得人丢了，我们保持联系。”

“好，我这就给张教练打电话，我们这边要绕去香雪路也不远，我跟司机叔叔说一下，我和小桃也过去……”

吴缺还想提醒程秒秒坐摩的时要戴好安全帽，但通话已经“嘟”的一声被切断了。吴缺悻悻地耸了耸肩，重新将注意力放到程秒秒的师母身上。

其实吴缺最开始并不太确定自己看见的就是张教练的爱人，毕竟张教练虽然也到了快退休的年纪，但整个人看起来都精气神十足，一点也不像年过半百的人。而眼前的女士头发已经花白，看着比照片上要苍老许多，或许是因为她的病情吧，她走路的姿势看着也十分吃力，她走得很慢，每走到一家店铺门口都会驻足抬头看上一会儿，就像是在找什么……

吴缺迈出去几步，想离得近一些看看师母在找什么。身后突然传来一声刺耳的金属撞击声，紧接着就是一阵骚动，吴缺回过头就看见行人都在渐渐围拢到街角处。

吴缺不想去看热闹，好不容易找到人，他不想跟丢，但这时身边一对情侣走过，女孩子正紧紧地挽着男生的手撒娇：“好吓人啊，地上好像流了很多血，还好我就只看了一眼，太恐怖了……”

男生亲昵地揽着女孩儿说：“平时我让你骑车一定要戴头盔，你还嫌我唠叨，你看出事儿的那辆摩的上两个女孩子都没戴头盔……”

情侣说着话已经走远，但吴缺的脑海里一直回响着他们刚才的对话。他回头快步跑向街角，那里已经三三两两围了一些人，吴缺挤过去，第一眼就看见了地上鲜红的血……

“吴缺师兄。”熟悉的声音突然在背后响起，吴缺回过神来，转身就看见了程秒秒，她探着头问，“你在看什么呢？”

“没什么，别看了。”吴缺一伸手捂住了程秒秒的眼睛，将她带着转了个身问，“就你一个人过来的吗？你那个朋友呢？还有张教练你联系了吗？”

程秒秒的注意力果然就被转移了，她指了指前面的便利店说：“小桃和我一起过来的，她去那边买水了，张教练我也联系过了，他正在往这边赶。对了，师母在哪里？”

“就在前面……”吴缺抬眸看去，街边那个蹒跚的背影此时却已经不见了踪影。

程秒秒也察觉到出了状况，跟着吴缺一起小跑到前面一家咖啡厅门口。吴缺环顾四周后，抬手懊恼地摸了摸后脑勺说：“刚才人还在这里。”

程秒秒也跟着四处查看，她目光扫过咖啡店内时，眼睛突然一亮，大声喊道：“在那里。”

在咖啡店的前台那里，师母好像正在和那里的店员说着什么，门口的人形广告牌刚好挡住了师母的身形，他们才没能第一时间发现。

“女士，我们这里真的不收这种老版的纸币，你可以扫二维码付钱……”

程秒秒他们一进来就听见店员在和师母交涉，系着围裙的店员虽然脸上堆着笑，但语气里满是不耐烦。程秒秒顺着店员的视线看到了师母手中紧紧攥着的纸币。

早已习惯电子支付的程秒秒已经很久没有用过现金了，更不用说师母手中这几张红色的一元钱和绿色的二角钱，她看着都觉得陌生。

“她点了什么，我来付钱。”吴缺拿出手机打开付款码。店员利落地扫码结账。

师母点的是一杯普通的蓝山咖啡，服务生把咖啡端上来以后，师母没有喝，只是不停地东张西望，像是在等着某个人。

程秒秒他们都有些不解，只好就坐在隔壁桌等着，顺便给张教练发了位置。

十分钟后，张教练风尘仆仆地推开了咖啡店的门，门口的风铃发出清脆的声音。师母第一时间循声望去，她那双一直没什么神采的眼睛此刻突然亮起了光，笑得灿烂：“你来了。”

“我来了。”柔和的灯光下，张教练的眼角有泪光闪烁。

这还是程秒秒第一次看见张教练如此柔软的一面，她本来以为教练眼角的这滴泪全因为师母的失而复得，直到后来程秒秒听了这个故事才完全明白。

师母原本是学校的图书管理员，那一年张教练刚从国家队退役到澄海体育大学任教。据说教练对师母一见钟情，但师母碍于自己比张教练大了十岁，迟迟没有答应张教练的追求。后来学校里开始传关于师母的风言风语，说师母从前其实结过婚的，但因为怀不上孩子才离的婚。

师母也终于在一封信里坦白不孕确实是因为她一直不愿再与男性交往。她还在信里告诉张教练，她第二天在一家咖啡馆等他，如果他还是想要和她结婚的话就来赴约；如果他不来，那便当他是沉默的拒绝。

隔天张教练西装革履准备前往咖啡店赴约，可不巧的是，这天一位学生在游泳池里出了事故，待张教练处理完这件事儿再赶去咖啡店时，师母早已经离开。张教练本想着以后有机会再解释，可他没想到第二天就听到了师母离职的消息。

20 世纪 90 年代没有现在通信发达，他们二人这一别竟然就是二十年，再相遇时他们都已经生了华发，满面风霜。虽然张教练向她解释了当年的误会，两人再续前缘，可是他们已生生错过了二十年最美的时光。

师母走丢的那天去的那家咖啡店，正是当年她惴惴不安在那里等待一天的咖啡店，虽然街道已经翻新，咖啡店也早已经换了不知几次招牌，但在病中的师母却能如此精确地回到过去的地方，再等一次。

而这一次，她等到了。

或许张教练真实的爱情故事会与此有些出入，但程秒秒他们可没有胆子当面向教练考证，只是在宿舍里为这段故事唏嘘和感动。

程秒秒还将这个故事记在了日记本里，这一页的末尾，她写了这样一句：“不知道二十年后的我们会是什么样，你是不是早已经将我忘了，我会不会还像现在这样执着地想着你？”

第五章

玫瑰航线

【1】日光学会跟着你

自从上次走失以后妻子的病情就趋于稳定，张教练也终于回归游泳馆，开始死盯赛前的集训，只是苦了程秒秒他们，集训的日程本来就紧凑，这下更是无暇顾及其他。

在集训快结束的那几天，骆星辰突然从B市回来了，他打电话给程秒秒索要上回帮她做作业时她许诺的咖啡和奶茶。但程秒秒那会儿刚训练完，回到宿舍趴在床上动也不想动一下。

“行吧，不过反正你就要去B市比赛了，我休完这几天假也还要回去，过几天到了那边再让你请我。”骆星辰听出程秒秒实在是有气无力，便作出让步。但他没想到，即使后来他们两人都到了B市，这咖啡还是没喝到。

在一天天紧张的训练中，程秒秒对于去B市的兴奋感早已经没有一开始那么强烈，反而比较期待路途中可以好好休息。出发这天，她和小桃两人把飞机和大巴上要用到的头枕都准备下了。

暑期的机场人满为患，大多都是年轻的面孔，但程秒秒他们一群人格外突出，只因出发时老师要求每个人都必须穿队服，于是在形形色色穿着靓丽的旅客中，他们以高饱和度的红配蓝赚足了回头率。

“这队服也太丑了吧，之前那种蓝白配色不是挺低调的吗，怎么突然换成了这种？”小桃在被一个帅哥注目后忍不住又吐槽起来。

程秒秒也无奈，说：“老师说红色喜庆，意味着比赛可以开门红，不过……”程秒秒的眼睛落在队伍最前面的身影上，“还是有人穿成这样都好看。”

“得了吧，你就是被吴缺洗脑了，自带粉丝滤镜。”小桃打趣地说，接着又看着吴缺的背影补充道，“不过你家吴缺的腿确实是长，你看他旁边那个师弟，和吴缺差不多高，腿却短了一大截。”

程秒秒被逗乐，与小桃偷笑成一团。

托运行李的时候，为了加快速度，队员们各自分散到不同的柜台办理，程秒秒和小桃暂时分开，不过排了一会儿队以后，她注意到吴缺与她中间只隔了一个队列。中间隔着人，程秒秒放心大胆地开始偷瞄他。

小桃时常揶揄她，说她的眼睛就像是智能的一样，总能在最短的时间内准确无误地定位到吴缺身上。

程秒秒的确很享受这种感觉，她看他的头发，看他的侧颜，她默默地在角落里注视着他，没有与他视线交会，也觉得很幸福。可是这回，程秒秒没想到自己的视线刚扫过去，就被逮了个正着。

吴缺不知道自己怎么会突然转头望向斜后方的，但在看到程秒秒的那一刻，他突然明白过来，原来从刚刚开始，他的目光就一直在寻找她。这种每时每刻想看到她的习惯，是从什么时候开始的？

与吴缺的目光撞上的时候，程秒秒心里有一种被抓包的窘迫感，她连忙转过头装作在东张西望，可转念又觉得自己这样有点欲盖弥彰。纠结了一会儿后，她假装不经意地再次望过去，吴缺已经没有看向这边。

庆幸之余又有些失望，程秒秒默默叹了口气，正要收回视线的时候，旁边队列里的一个穿着宽大卫衣的男人让她不禁皱起了眉头。

“你在做什么？”程秒秒眼疾手快地抓住了那个男人的手腕。这动静让周围的人都看了过来，前面一个穿着制服短裙的女孩儿转过来警惕地看着程秒秒。

程秒秒急忙指着那个男人对那女孩儿说：“我刚刚看到他把手机伸到你裙子底下，不知道是不是在偷拍。”

此言一出，那个卫衣男立刻吸引了周遭的目光，但他不慌张，反而趾高气扬地打量着程秒秒说：“你胡说八道什么，我刚刚只是在玩手机，你自己穿得这么老土，不会是嫉妒前面这位美女，所以才跳出来故意造谣吸引眼球的吧？”

程秒秒见他死不承认不说还反咬一口，更是生气，不过还好前面那个穿短裙的女孩儿并没有轻信这个男人的挑拨，坚持让那个男人交出手机接受检查。

“就是……你到底有没有偷拍，把手机拿出来让我们看看就知道了。”程秒秒拽着那男人的手腕不松手，紧盯着他手中的手机生怕他偷偷动什么手脚。

前几天，程秒秒才听小桃说有女生在地铁上遇到了猥琐的偷拍男，可因为没能抓到偷拍男的现行，照片被那人偷偷删了，没有拿到证据，所以无奈只能放走坏人。

周围的人都提出让这个男的交出手机看看，他的脸上这时才出现了慌乱，手上突然用力，将程秒秒甩开。

程秒秒虽然是运动员，但男女力气悬殊，程秒秒被他甩了一个趔趄，不过好在她直接撞到了旁边一个人身上，也不怎么疼。

“不好意思啊……”

程秒秒想要说声抱歉，一抬眸就看见吴缺正低头看着她，吴缺双手扶着她的肩膀，喉结动了动，轻声问：“站稳了吗？”

程秒秒屏住呼吸点了点头。

“我就在旁边，怎么这种事儿你还要一个人强出头？”吴缺指了指程秒秒队服上的徽章说，“我现在可是你名义上的领队，怎么，信不过我啊？这里交给我，你去叫安保人员。”

说着，吴缺的眼神从柔和散漫变得锋利，他走向前逼近那个男人。

看到一个比自己高大不少的男人站出来，那人脸上的表情瞬间变了，他假意露出和善的表情说：“这位兄弟，有话好好说，我同意让你们看手机，不过要等安保人员到场后才能看，你们要尊重我的人权。”

“人渣还要什么人权？”吴缺没有多说，直接上前凭借身体优势将那个男人控制住，伸手抢过了手机。

那个男人的手被吴缺以一种扭曲的角度别到了背后，疼得他用哭腔直呼“救命”，吴缺没有理会，将手机递给前面那个女孩儿说：“你检查一下手机里有没有你的照片。”

那女孩儿打开手机看完之后气得全身都在发抖，她径直走到偷拍男面前，“啪”地甩给他一个耳光，那偷拍男想要反击，可是他的双手都被吴缺扭到背后锁得死死的，只得深深埋下头。

有了手机里的证据，机场的安保人员过来以后立刻就了解清楚了事情的全部过程，前来的辅警将偷拍男带走，风波总算告一段落。

那个被偷拍的女孩儿笑着向程秒秒道谢：“谢谢你们，要是没有你和你男朋友的帮忙，我真的不知道该怎么办好……”

程秒秒听到她误会了她和吴缺的关系，脸上一热忙抬头看向吴缺，吴缺脸上倒是看不出什么表情，不过程秒秒想到上回她抱了吴缺被人误会后吴缺的反应，便还是决定解释一下。她摇摇手说：“不是的，我们是一个学校的，他是我师兄……”

“我看你们穿着情侣装，还以为你们是男女朋友呢。”女孩儿笑着说。

程秒秒刚要说这是队服，一旁却传来了吴缺一声笑，他的声音懒懒的：“要是情侣装这么丑，我可不穿。”他耸了耸肩看向程秒秒，“是吧？”

这什么意思？太难看的就不穿，难道好看的他就和她穿吗？这句话让程秒秒愣了一下，在吴缺目光的注视下，她吞吞吐吐地回答：“是、是吧，这衣服的确是太丑了……”说罢，程秒秒还补充了一句，“不过我看别人穿的情侣装都还挺好看的……”

“什么好看？”小桃这时候走了过来，她双手搭上程秒秒的肩膀，“我刚才正办手续呢，看见你们这儿聚了好多人，怎么回事？”

情侣装的话题被打断，程秒秒又把刚刚发生的事情绘声绘色地对小桃描述了一番，惹得小桃连连叹气说：“你们都太君子了吧，对这种变态就应该群起而殴之！”

因为刚才的事情耽误了时间，程秒秒和吴缺办完托运手续时已经差不多到了登机的时间，吴缺要组织大家一起去登机口，程秒秒和小桃便索性跟在了他身后。

经过大厅的时候，程秒秒又遇到了刚才那个女孩子，她老远就热情地叫住了程秒秒，笑盈盈地跑过来塞给了程秒秒两包粉色的软糖，然后神秘兮兮地凑近程秒秒耳边说了几句什么，后者脸上立即露出一片可疑的红色。

那女孩儿貌似很满意程秒秒的这种反应，她见小桃和程秒秒之间动作亲昵，又递给小桃一包同样的软糖，这才挥手告别。

“秒秒，刚才她跟你说什么呀？”小桃一边吃着软糖，一边问程秒秒。

“没什么啦。”程秒秒看着那两包软糖吞吞吐吐地说，“就是提醒我几句，让我注意一点，见义勇为也要小心坏人报复之类的……”

“怎么感觉不像……”小桃狐疑地看着程秒秒不自然的神色，正打算继续逼问，程秒秒却突然说要去上厕所。

“你跟着大部队先过去，我上完厕所过去找你。”说着，程秒秒就急匆匆地跑开了。

洗手间里，程秒秒左右看着镜子里的自己，脸上红得不是特别明显，她这才放下心来，结果刚才那女孩儿对她的耳语又回响起来。

“我看你跟你师兄有戏哦，软糖你和他一起分享吧，这糖的味道特别好闻，我和我男朋友初吻的时候为了避免尴尬，就互相喂了这个糖，给你参考一下。”

她说完甚至打气似的对程秒秒说了句：“加油！”想到这里，程秒秒打开水龙头，打算洗个脸冷静一下，这时包里的手机突然振动起来。

“请问 43A 的乘客程秒秒到了吗？如果飞机上有这位乘客的亲友麻烦联系一下她。飞机马上就要起飞了，我们即将关闭舱门。再不登机，按照规定，我们需要取出她的行李交由地面工作人员统一保管。”机舱内，笑容可掬的空姐在多次提醒过后也有了些许着急的神色。

“能不能再等等？我们正在给她打电话。”

面对小桃焦急的恳求，空姐依然再次摇摇头说：“我们是有规定的，真不能再等了，只能把她的行李先放下去了。”

“这可怎么办？”小桃急得抓耳挠腮，见吴缺放下了电话，忙投去询问的眼神。

“还是打不通。”吴缺皱眉道。

“刚才她明明就是去上厕所了，可我们去厕所找了也没人，这丫头到底干吗去了……”小桃说着，忽然想到了什么，急道，“她不会是遇到那个变态报复了吧？”说完，小桃又安慰自己，“不可能，不可能，你们不是说那个家伙已经被警察叔叔带走了嘛……”

小桃虽然很快就把这个可怕的想法抛开，但这个声音在吴缺的耳朵里挥之不去，他想起那个人被辅警带走时，看向程秒秒的恐怖眼神……

在空姐宣布要关舱门的时候，吴缺“噌”的一下站了起来：“把我的行李也放下去吧，我今天不走了。”

吴缺从过道一路跑过去，周围的乘客大部分都是同校的队友，一下子整个机舱都一片哗然。与此同时，程秒秒正坐在出租车的后座上，一串串眼泪从她眼角流出来，她哽咽地催促着：“司机叔叔，麻烦你再开快一点。”

刚刚骆星辰打电话来，告诉程秒秒，她妈妈从家里的楼梯上摔了下来。她当即就跑出机场去拦车，等坐上出租车后才回拨过去。电话里骆星辰说，现在只能确定她妈妈的手臂、右腿骨折了，至于其他伤势还在检查。

程秒秒紧紧攥着手机，生怕错过骆星辰再次打来的电话，却没发觉自己的手按在了关机键上……

【2】你什么时候见我算错过题

到了医院门口，程秒秒想要联系骆星辰，这才发觉手机已经黑了屏，一开机，接踵而至的未接来电提示，全是“吴缺”和“小桃”的名字。程秒秒一拍脑袋，当时在洗手间里接到骆星辰的电话后，她整个人都是蒙的，脑海里全是电视剧里那些与亲人生离死别的画面，一时间只顾得往医院赶，都忘了告诉小桃他们一声。

但程秒秒还是先打给了骆星辰，问清楚她妈妈现在在医院的哪个位置。

其实程秒秒从小就很害怕来医院，每回爸妈带她来医院时，她都会以各种借口磨蹭好久，可是这次她竟然只花了半分钟不到，就凭借导览图找到了CT室门口。

骆星辰在门口等候，程秒秒在看见他的一瞬间，好不容易止住的眼泪再次夺眶而出。

“秒秒……”骆星辰看着程秒秒，他站起身走过来，张了张嘴却什么话都没说。程秒秒知道，骆星辰虽然是个脑容量巨大的学霸，写论文时倚马可待，但到了这种要安慰人的时候，他倒是常常语塞，只会做一些像上回在她课本上画连环画一样的事情。

骆星辰从前解释过，他说人难过的时候，大脑的神经元会比平时活跃，会对所有的语言都特别敏感，他怕言多必失让听者更难过。

虽然程秒秒不认同他这个理论，但和骆星辰做了这么多年朋友，她倒也习惯了他这种拧巴的样子。看了一眼 CT 室紧闭的门，程秒秒顺势在一旁的椅子上坐下，她问骆星辰："我妈怎么摔的？"

"听说是打扫卫生的时候，梯子没有搭稳，出事儿后你爸下楼来找我妈帮忙，偏偏今天我妈他们科室开会，就只有我能跟着来医院了。"

程秒秒的性子随爸爸，她老爸程凯阳虽然一把年纪了，遇事儿也和她一样，不太拿得定主意，家里的大事儿基本上全靠老妈拍板，这回老妈出事儿，也不知道老头儿有多慌。

"幸好你在，不然我爸一个人肯定急得团团转。真想不到，你除了帮我竟然还要帮我爸……"程秒秒想说几句玩笑让自己把眼泪收住，但是说着说着，她的眼泪就像是断了线的珠子，越来越汹涌。一路上她给自己做的心理建设在这一瞬间全面崩溃，她终于忍不住抽噎起来："我妈千万别出什么事儿啊，我才二十岁，我还没有送过她一件像样的母亲节礼物呢，她教我煲的汤我还没有学会……"

所有的慌张终于都随着哭声一点点释放，程秒秒哭得泪眼蒙眬，模模糊糊地看见骆星辰在她前面俯身，注视着她。程秒秒抽噎着别过头："我知道我哭的时候很丑，你不用打击我了……"

话说到一半，程秒秒忽然被一道力气往前一带，接着就被紧紧地箍进一个结实的臂膀里。

程秒秒花了两秒时间才反应过来这是骆星辰在抱她，之所以感觉这么陌生，是因为程秒秒这一刻才突然发觉，她已经记不起他们两人上一回拥抱是什么时候。虽然她自认为对骆星辰熟悉到不能再熟悉，可这会儿被他抱在怀里，她才意识到他的肩膀原来已经比从前宽了那么多，力气也大到让她动弹不得。

他的声音在他耳畔响起时，多了些质感，也让程秒秒觉得有点生疏，他说："程秒秒，你别哭了，我从小就看不得你哭。"

"可是我就是忍不住了，那些电视剧里演的一到医院就是生离死别，我一想到就根本没法忍住不哭……"程秒秒抽泣道。走廊里一个小孩儿路过，听见程秒秒的话竟然不客气地笑出了声，程秒秒不服气地看了他一眼。

或许是察觉到程秒秒的情绪放缓，骆星辰的怀抱也适时地放松了些，他的手轻轻地放在程秒秒的后背上，有一下没一下地拍着，然后声音轻柔地娓娓道来："你看，我们小区的层高是两米八，阿姨的身高是一米六左右，假设阿姨踩着梯子上到顶了，那垂直下落的高度也只有一米二左右，嗯……大概比你们游泳池的深度还要低一些。这种高度，以阿姨的体重，重力加速度产生的冲击力是一百多公斤，而人类骨骼里较为脆弱的小腿骨扭曲负荷力大概是三百公斤，所以即使阿姨现在年纪大了可能骨质不太好了，这种垂直降落没有磕碰到尖锐物品的情况下，就算是骨折也很大可能只会是不太严重的闭合性骨折……"

听完骆星辰噼里啪啦的一席话，程秒秒的脑袋成了一团糨糊。不过虽然听不太懂，但不得不说骆星辰摆数据讲道理的样子很有说服力，她暂时也忘了哭，嘟囔着问了一句："真的吗？"

"当然，你什么时候见我算错过题？"

"说得也是。"程秒秒吸了吸鼻子，心情总算平复下来。

骆星辰最后拍了拍程秒秒的后背，几不可闻地轻轻叹了一口气，松开了程秒秒。

这时，旁边 CT 室的门"哐当"一声被打开，程秒秒被这近在咫尺的声响吓得又抓紧了骆星辰正在抽离的手臂。

程凯阳推着老婆出来，看到的就是程秒秒和骆星辰这俩孩子紧紧相拥的画面，而且，好像还是他家女儿主动的。

"叔叔，检、检查做好了？"骆星辰忙抽开手迅速站直了身子。

相比骆星辰慌张的样子，程秒秒倒是没觉得有什么，他们小时候可没少抱在一起打滚，她爸妈应该早都见怪不怪了才对。

"妈，你感觉怎么样？"程秒秒第一时间扑到妈妈身旁。见她坐在轮椅里被推着，程秒秒鼻头又是一酸。

"我没事儿，医生都说了没什么大问题，你今天不是去比赛吗？你爸怎么把你叫回来了？我明明让他别跟你说的。"说着，她妈看向她爸爸。

"妈！这种事儿怎么能瞒着我呢？我还是你女儿吗？"程秒秒这会儿见妈

妈说话时精气神十足，想象中生离死别的画面并没有出现，便笑着撒娇道，“而且你又冤枉爸爸，不是他告诉我的，是骆星辰打电话跟我说的。”

听了这话，张玲立马又改了口风：“我就说星辰这孩子年纪轻轻做事儿就靠谱，想得周到，早上也是他给我做的急救处理，医生刚才还说我这腿急救做得好，才没有让伤势加重……”

有骆星辰这样一个“别人家的小孩儿”做邻居，自家老妈夸他的话程秒秒早都听腻了，从前她都会为了面子反驳一番。这回，她笑着对骆星辰说：“谢谢你。”谢谢我身边有这么优秀这么好的你。

张玲腿部虽然有两处骨折，但都是轻伤，甚至都不用动手术，进行手法复位后打上石膏即可，程秒秒总算是放下心来。

“不过你现在这样赶回来，比赛怎么办？”张玲一刻也闲不住，自己身上没那么痛了以后就开始操心女儿的事儿。

“妈，你别担心，比赛过几天才开始，我在开幕式之前买机票过去就好。”说着，程秒秒拿出手机，又翻出刚才那一连串未接来电，她的手指在吴缺的名字上停顿了一会儿，最后还是滑向小桃的头像。

“你好，你所拨打的电话已关机。”

听筒里传来的是机械的女声，程秒秒看了看时间，看样子他们还在飞机上，等会儿一定要算着时间早点给小桃回电话，不然回头小桃又要数落她了……

她正如此想着，一通来电突然从屏幕上跳出来，竟然是吴缺，他没在飞机上吗？迟疑片刻，程秒秒起身走出病房，说：“我出去接个电话。”

“这孩子，我这儿还跟她说着话呢，什么电话还要出去接……”说着，张玲神秘兮兮地问一旁的骆星辰，“星辰，你和秒秒是从小玩到大的，虽说你现在出国念书去了，你们俩应该还是经常有联系吧？”

骆星辰的目光原本跟着程秒秒到了病房外，听见张玲问他话，又回过头来点点头说：“有联系的。”

“嗯，那就好，阿姨就怕你们两个生疏了。”张玲喜笑颜开地说着，又从床头拿了一个橘子塞到骆星辰手里，“这是你叔叔刚才买的今年的新橘子，你尝尝。”

程秒秒走到走廊尽头才接起电话，电话那边吴缺焦急的声音劈头盖脸地落下：“程秒秒，你现在在哪里？”

印象里的吴缺一直是气定神闲的，就好像他的世界里只有他一个人，他做什么事情都有着他自己的步调，这时吴缺的语气却带着和这种步调大相径庭的急躁。程秒秒忙回答：“我、我在医院。”

“医院？你怎么了？”

“哦，不是我怎么了，是我妈。”程秒秒忙解释了一遍，也为自己忘记联系他们而道歉，“我当时太着急了，忘了给你们发个消息说一下情况，后来手机又莫名其妙地关机了……”

程秒秒兀自解释着，没注意到听筒里吴缺的喘息声。她说完以后，那边好一会儿没有反应，她才试探地问道：“吴缺师兄？”

正当她以为电话已经被挂掉的时候，吴缺的声音终于重新响起来。他的语气像是末日电影里活到最后的主角，欣喜而疲惫，他说：“程秒秒，我今天也没上飞机，你订什么时候的机票，我们一起。”

“一、一起飞吗？”

“嗯，这样比较容易向大队伍那边报备。”

即便如此，程秒秒还是抿着嘴微微笑了一下，说：“行，我订了机票以后在微信上告诉你。”

“嗯。”吴缺说完又停顿了很长时间，而后莫名说了一句，“以后少让你的朋友操心，你知不知道你那个叫小桃的朋友刚才找不到你，都急成什么样了？我看她都快和空姐打起来了，我答应下飞机去找你，她才冷静下来。”

那画面，程秒秒可以想象得到。挂掉电话以后，程秒秒按照航班落地的时间设定了一个闹钟，一定要准时准点给小桃打电话赔罪，以表示她真诚的歉意。

她重新回到病房的时候，空气里的消毒水味淡了，一股酸酸甜甜的柑橘味让程秒秒打了个喷嚏。

“接的什么电话，这么高兴？”

面对妈妈的打趣，程秒秒忙咬了咬嘴唇，说：“没，就是一个朋友的，让我尽快重新买去B市的机票。”

张玲对此不疑有他，顺手递给程秒秒一个青橘子，说：“刚好，我刚才已经给你买好票了，明天的。”

“妈！”程秒秒将剥下来的橘子皮一下子扔进垃圾桶里，跺着脚说，“买明天的票也太早了吧，你今天才进医院，我明天就走像话吗？”

“不然呢？你要不比赛了在医院守着我吗？你是会给我做饭呢，还是会给我输液打针？”张玲以前做过保险销售，嘴皮子格外利索，她指着程秒秒说，“难不成我都骨折了，你还要留在家里蹭饭？那不是添乱嘛……”

程秒秒被说得哑口无言，她将一瓣橘子丢进嘴里，问道：“我的好妈妈，给我买了明天什么时候的票，能不能截个图发给我？”

“你问星辰吧，我让他帮忙买的，和他同一趟航班，他刚好明天也要回B市实习了。”

“什么？”程秒秒急促地咳嗽起来。

“怎么？不愿意跟我坐一趟航班？还是跟人约好了？”一直没说话的骆星辰用幽怨的口吻开玩笑道。

程秒秒看了一眼病床上虎视眈眈的老妈，忙摆摆手：“没有，就是这橘子太酸了。”

“怎么会酸呢？”张玲说，“刚才星辰也吃了，他说你爸买的这橘子特甜。”

“妈，你又不是不知道，骆星辰他从小舌头就不好，吃东西不辨五味的，连我上小学的时候，你给我做的黑暗料理便当，他都觉得是甜的……”

说完，程秒秒察觉到不妙时已经晚了……张玲果然抓住了其中的重点：“程秒秒，原来你长身体的时候我给你做的爱心便当，你都没吃啊？怪不得星辰这么聪明个子这么高，你越长越笨还不长个子！”

程秒秒吐吐舌头，反驳道：“那不是正好说明你的便当有增长智力的效果，你改天去申请一个专利吧，骆星辰，你回头教教我妈怎么写论文……”

程秒秒和她妈拌嘴从来不会占上风太久。骆星辰看着她们你一言我一语，他没有插嘴说话，默默地拿起那半个被程秒秒放回袋子里的橘子，他掰下一瓣放进嘴里，酸涩感立马在味蕾上炸开。

骆星辰也觉得奇怪，他的味觉时常会失灵，不过他不贪吃，倒也觉得无伤大雅，最让他想不明白的是，每次程秒秒说的难吃好吃，或是酸甜苦辣，只要她说过一次，他的舌头下次再尝到这种东西时，就能感觉到味道，莫名其妙的。

骆星辰有时候也怀疑，这种感觉，到底算不算味觉？还是只是一种心情或者是记忆？比如现在，他一回想起刚刚程秒秒接电话时屏幕上的那个名字，还有当她知道要和他乘同一航班时失望的表情，他口中的那种“味觉”就又扩大了几分。

【3】猫鼠游戏

程秒秒不敢违逆张玲的意思，既然票已经买了，她只好把骆星辰发给她的航班信息转发给吴缺：“我有一个朋友刚好明天也要去B市，我就买了和他同一趟飞机，明天下午的，师兄你要是觉得不方便，可以不用特地跟我一起，我一个人归队也没问题的。”

程秒秒再三斟酌措辞后将消息发出去，不出两分钟就收到了回复。

吴缺的回复只有简短的四个字：“我也一起”。

这是吴缺惯有的口吻，程秒秒看着这句话立刻脑补出吴缺一脸没什么所谓的样子，却不知道吴缺在打出这四个字的时候有着怎样复杂的心路历程。

朋友？什么朋友？吴缺看到程秒秒发来的消息时，第一时间就蹙起了眉头，他只知道程秒秒在学校里最好的朋友就是她那个形影不离的室友，但那个女生不是已经坐上去B市的飞机了吗？

这时吴缺突然意识到，原来自己对于程秒秒的了解少得可怜，他原本以为，她就像那只被他藏起来的小熊玩偶一样，只要打开录音播放的开关，就能知悉她所有的心事。

这个时候，吴缺看着程秒秒发来的消息，不自觉地将目光投向电视柜上的那只小熊玩偶，他将这只小熊玩偶捡回家后就一直摆在那里，旁边就是那个印着爱心图案的纸袋。

吴缺还记得纸袋里有张署名“骆星辰”的明信片，他会是和程秒秒搭乘同一航班的那个朋友吗？还是……吴缺又想起上回在交大食堂里遇见的那个带孩子的男人。他见过他不止一次，那次他在学校对面的餐馆里就看见那个男人在等程秒秒。

听凌湘说他是交大毕业多年的校友，程秒秒怎么会认识他？这种人看着就不像是什么好人……

吴缺实在想不通，他为什么要把这些无关紧要的人记得这么清楚，他懊恼地抬起手在小熊玩偶圆滚滚的脸颊上捏了两下，不想触动了录音开关，奶声奶气的提示音突兀地响起：“开始录音，悄悄话对我说吧。”

程秒秒买的估计是给小孩儿玩的低幼玩具，提示音过后还有一串小朋友的笑声，充满童真的嬉笑莫名让吴缺感到此刻心情不爽，受到了冒犯。他俯下身凑近，又将小熊两只耳朵在手心捏了几下，可不管他做什么，小熊都嘴角弯弯，眼睛圆溜溜地看着他。

这瞬间又让吴缺泄了气，他像是在这场无谓的较劲儿中败下阵来，松开了小熊的耳朵。吴缺对上那双玻璃做的眼睛，喃喃道：“如果我告诉你我好像是吃醋了，你会不会很高兴？”

此时的医院走廊上，程秒秒一个接一个地打喷嚏，她算着时间打通小桃的电话，决定在小桃开口责问她之前先抚慰好她的情绪：“你是不是一路上都在骂我？我打了两个小时的喷嚏了！”

不想小桃的声音蔫蔫的，反应颇为迟钝：“我骂你做什么？我在飞机上睡得可香了。”

“不是吧，臭桃子？”程秒秒笑道，“你最好的朋友我没有上飞机，你都不担心吗？我们的友情这么塑料吗？”

说到这儿，小桃像是立刻来了兴致，她停住连连的哈欠，声音也高了些：“有吴缺去找你我还担心什么？你说到这个我就不困了啊……”隔着这么远程秒秒都能听见小桃声音里熊熊燃烧的八卦之魂，她尖声说，“程秒秒，你知不知道吴缺为了你冲下飞机的那一刻有多帅，要不是你已经占了这个坑了，我都要被他圈粉了，男友力太足了……”

小桃绘声绘色地向程秒秒描述了当时吴缺是怎么为了她一个人撂下一飞机的人的。

“只恨当时我反应太慢，没能给你拍下来，吴缺他一听说你可能有危险，整个人走得非常决绝，头也不回，留给我们的就只有背影，妥妥的男主角前去拯救女主角的戏份啊！”

程秒秒已经习惯了小桃的言情小说式的夸张语言，但依着小桃的描述想象出来的画面依旧足够让她脸红心跳，

“会不会是因为我掉队了会影响整个队伍，他才下去找我的……”程秒秒嘴上这样说，但心里早已经不想承认这种可能性。她嘴角忍不住上扬，不断回想着刚刚与吴缺通话时的情形。电话刚接通的时候，他是在喘息吧？那个永远高高在上、永远冷静的吴缺是不是真的在为她紧张？

小桃的声音听着比程秒秒还要激动，她下了结论：“程秒秒，根据我多年追剧看小说吃瓜的经验，我觉得你这次应该是死耗子撞上瞎猫了！你这完全是要被吃掉的节奏！”

当晚，程秒秒就做了一个离奇的梦：一只奔跑的老鼠撞上一棵树晕了过去，却吵醒了在树上打盹儿的猫。猫懒懒地跳下树，用爪子将老鼠提起来晃了晃，老鼠睁开眼睛立刻吓得想要逃走，可它的尾巴被紧紧地捏在猫的爪子里，动弹不得。这个时候猫突然开口说话了：“吵醒我了还想跑？”

这声音分明是吴缺的，听得程秒秒心惊胆战，梦里的画面也在这时完全变了，树下的老鼠变成了她自己，她睁着眼睛颤抖地缩在树根下退无可退，看着面前长着猫尾巴的吴缺一步步向她逼近，然后像猫一样优雅地伸出手挑起她的下巴。他危险的气息近在咫尺，他的鼻尖在她颤抖的双唇上慢悠悠地轻轻掠过，然后说：“你，是我的了。”

程秒秒在老鼠即将被吃掉的瞬间醒了过来，她的心突突直跳，手抚上唇边时似乎还能感受到温热的气息——她竟然流口水了，太丢人了！

程秒秒对这个梦心有余悸，在机场与吴缺会合的时候，她心虚得不敢大方地直视吴缺，只拉着骆星辰往吴缺那边一推，心不在焉地为他们俩做介绍："这是我朋友，骆星辰……这是我同校的师兄，吴缺……"

"骆——星辰——"吴缺像是在记名字，将这几个字念出了声，然后对骆星辰点点头，"我们上次好像在交大见过，就是……就是我和程秒秒在交大游泳馆后门被你们几个人撞见的那次。"

程秒秒差点儿被这句话呛死，好端端的说这个做什么？用词还那么让人想入非非！她忙想上前解释两句，可骆星辰很快接话，她连插嘴的机会都没有。

"嗯，想起来了，秒秒跟我说过。那次多亏你告诉了她参赛名额的事儿。"骆星辰笑笑说，"这回秒秒没有跟队伍走，你也这么上心不想让她掉队，现在像你这样为每一个学弟学妹负责的师兄不多了，我替秒秒高兴。"

"是我把她从学校里带出来的，程秒秒她这么信任我，我也肯定不能半路把她弄丢了，是吧？"吴缺说完，回头看了程秒秒一眼。

程秒秒这时正在想办法将脑袋里一直循环播放的恼人梦境关停，猛地被吴缺这么一盯，她的脸登时又热了起来。她实在是没法心平气和地看吴缺那双眼睛，只好笑笑想要开溜："你们等我一下，我去买瓶可乐，口渴。"

可程秒秒刚往自动贩卖机的方向挪了两步，就被拽住了书包。骆星辰将她往回一拉，从包里取出一瓶矿泉水说："喝这个，饮料要少喝。走之前你妈叮嘱过我，路上要看好你的，说这一路把你托付给我了，我可不能辜负阿姨的信任，是吧？"

见他又搬出老妈来压她，程秒秒噘噘嘴，无奈地接过矿泉水，自然是没有察觉到骆星辰这话根本不是说给她听的。

程秒秒出门时向来不喜欢看路标找方向，这次有骆星辰和吴缺同行，她自然是觉得"双重靠谱"，只用埋头跟着他们走就可以了。只是程秒秒有些纳闷，骆星辰和吴缺明明是刚认识，可他们两人之间话格外多，两人一来一回，程秒秒竟一句话也插不进去。

"秒秒给我看了你们落脚酒店的地址，离我实习的天文馆不太远，坐地铁过去也就半个多小时。”

“不过可惜我们队伍这些天都是封闭式管理，要训练，比赛之前的每一天都空不出半小时。”

程秒秒不禁心塞地点点头。

临登机时，骆星辰和吴缺还在互相恭维。

吴缺夸骆星辰年轻有为，骆星辰自谦道：“我不过是天生脑袋比较好用，从小对物理和天文比较感兴趣而已，靠着天分一路顺风顺水算不得什么。我倒是很羡慕师兄你体魄强健，毕业了还能和学弟学妹一起参加体育比赛……”

“没有没有……我本来打算毕业就好好经营自己的俱乐部，不过是临危受命被老师叫来帮忙而已。不像你大二就已经可以争取到来B市天文馆实习的机会，相比你这么年轻就在努力工作，我不过是游手好闲……”

程秒秒看着这两个平时话都不多的人在她面前交谈甚欢，不由得迷惑起来，难道平时吴缺不愿和她多说话，是因为她还不够优秀？

骆星辰的座位靠窗，吴缺的座位靠过道，程秒秒在中间，她犹豫了一会儿刚要落座，骆星辰提起她的包，说：“你坐里面靠窗的位置，从这个时间算起来，可以在飞机上看到日落。”

程秒秒乖乖地换了座位，倒不是因为她多想看日落，而是骆星辰和吴缺两人惺惺相惜的样子实在是让她有理由怀疑，让她换座位只是为了他们两人能坐得更近而已。看着落座后依然互相虎视眈眈的他俩，程秒秒瞬间觉得自己在这趟旅程里有些多余。

随身的书包里还整整齐齐地装着她和小桃一起准备的头枕，程秒秒拿出来套在脖子上，一低头就看见了书包侧兜里塞着的粉色包装袋，是昨天那个女生送给她的软糖。

这糖除了包装粉嫩了一些也没什么特别的，但程秒秒一看见这糖就立刻想到那个女生把糖塞给她时说的话，脸上立刻闪过一丝不自然的神色，她将书包换了个方向，用手把侧兜挡了起来。

虽然那个女生说两包糖有一包是给吴缺的，但程秒秒完全做不到。脸不红心不跳地拿出来，至少现在还不是时候……

飞机起飞不多时，窗外刺眼的光线渐渐变得柔和，日落像骆星辰所说如期而至，橙红的余晖逐渐聚拢。有空姐推着餐车经过过道，程秒秒欣喜地发现餐车上有可乐，但在骆星辰的目光下还是只要了一杯白水。

“请问要鸡肉饭还是鱼肉饭？”送餐的空姐耐心地询问每一位乘客。

可到程秒秒这里，她不假思索地要鸡肉饭，空姐却面带歉意说：“不好意思，鸡肉饭没有了，请问鱼肉饭可以吗？”

程秒秒倒是欣然接受，但刚拿到餐盒，又有一只手递过来一盒饭。吴缺的胳膊长，他越过骆星辰，轻松地将饭盒放在程秒秒面前的小桌板上：“我的是鸡肉饭，我们换吧。”似乎是怕程秒秒不接受，他还补充了一句，“我吃什么口味都无所谓，反正都不好吃。”

程秒秒看着他递过来的那盒鸡肉饭犯了难，一时不知该作何回应。就在吴缺等着程秒秒把那盒鱼肉饭交换过去的时候，骆星辰笑出了声。他拿走放在程秒秒面前的鸡肉饭，重新放回吴缺的小桌上说：“吴缺师兄，你不知道，鱼肉饭才是她想吃的。”

在吴缺投来的疑惑的目光下，程秒秒也连忙点点头，解释道：“每次遇到这种二选一的飞机餐，我选的那个选项到我这里都会没有，所以我后来就故意选那个我不想要的。”

“还有这种事儿？”吴缺挑了挑眉。

程秒秒笑笑没说话，倒是骆星辰莫名接了一句：“她啊，就老是干这些奇奇怪怪的事情，有时候大张旗鼓说出来的喜欢也不一定是真的，我认识她这么多年也才勉强适应……”

“那还不是因为我运气太差了，这种心态你们这些不倒霉的孩子是理解不了的。”程秒秒“哼”了一声，打开餐盒。说起来，她对自己避免霉运的技巧还是颇为得意的，她兀自侃侃而谈，根本没有注意到吴缺的眼神里闪过一丝困惑和落寞。

配餐的水果是桃子，骆星辰将桃子擦拭干净后放到了程秒秒桌上：“你最爱吃桃子，给你了。你今天还算挺走运的，平时飞机餐倒是很少见有桃子的。”

程秒秒嘴里吃着饭，含含糊糊地道了声谢。刚说完，面前又多了一个桃子，程秒秒抬头看过去，吴缺挑眉说：“我对桃子过敏，你喜欢吃就给你吃吧。”

程秒秒哭笑不得地看着面前的三个大桃子，说：“可我也吃不下这么多啊！”

“慢慢吃。”骆星辰和吴缺的声音同时响起。

【4】你是光，你是万有引力

临近飞机降落，骆星辰突然问程秒秒：“你今天应该没有安排训练吧，等会儿要不要跟我去天文馆转转？”

他身子向程秒秒那边斜倾着，正好露出了一旁吴缺靠在椅背上的侧脸，程秒秒一抬头就被引开了目光，吴缺长长的睫毛下垂着没有动静，应该是睡着了。程秒秒没有多看，垂眸道：“可是我本来就掉队了，今天要不快些归队，我怕教练发脾气。”

见程秒秒犹豫，骆星辰说：“你不是说今天你那些同学也都是在自由活动吗？你晚些回去应该没问题……”骆星辰顿了顿，又说，“主要是今天刚好有个展览，是我策划的，这个展览的时间只有半个月，等你结束训练就看不到了。”

听骆星辰这样说，程秒秒有些动摇：“什么展览啊？我会不会看不懂？”她皱眉，“我可是看到物理公式就头大。”

“不会。”骆星辰立刻笑道，“只是一个关于天文学的简单科普展览，主要面对小孩子，不会有复杂的公式的。而且这次展览是和国内目前最好的全息投影公司联合策划的，现场很漂亮的，你肯定会喜欢。”

程秒秒来了兴致，正要开口答应，一旁“睡着了”的吴缺突然出声：“不行。”

吴缺人还懒懒地靠在椅背上，但他的头朝程秒秒这边歪着，看着程秒秒的一双眼睛像是刚睡醒一样眨了眨，他说：“我们住的那个酒店地理位置有点偏僻，如果不和我一起，你一个人走丢了怎么办？”

“这……”

程秒秒刚想说话，骆星辰已经坐直了身子，挡住了她看向吴缺的目光，他替程秒秒回了话：“等会儿看完展览我会送她回去的，吴缺师兄不用太费心。”

说着，骆星辰把手机递给程秒秒：“这是我之前截的图，从天文馆到你们住的酒店不远的。而且从机场去天文馆还更近，你就当是顺路去了。”

“这么近啊，那我晚上自己回去都可以的。”程秒秒在想，是不是因为昨天她从机场不告而别的事情，让吴缺误以为她是个动不动就会走丢的废物，怎么这么不信任她？

为了挽回自己的形象，程秒秒卖力保证道：“真的，我保证不会走丢的，晚上肯定会及时去大部队报到……”

程秒秒不知道她这一番解释，从吴缺的角度看来，倒像是费尽心思在央求他同意她和骆星辰去约会……

看着程秒秒一双颇为认真的眼睛，吴缺心里又是五味杂陈。他没好气地想到静静放置在家中的那个小熊玩偶，心想，自己就该随身带着一个布娃娃，心情不好就捏捏，有些熊，就是该受点惩罚。

尽管心中已经不爽地冷哼了一万次，但吴缺脸上还是显得云淡风轻，他重新靠上椅背，垂下眼睑，假寐之前轻飘飘地说了句：“随你。”

见吴缺闭上眼睛不再说话，程秒秒怕打扰他休息，和骆星辰讨论行程的声音也放低了一些。只是她不知道为什么，出机场的时候，吴缺满脸都写着不高兴，来的时候明明见他和骆星辰聊得很是投机，可这会儿他一个人走在前面一言不发。

这让程秒秒又不禁开始想他是因为什么不开心，思索了一会儿，一起拿行李的时候，程秒秒跟上吴缺，邀请他：“师兄，你要不要和我们一起去看展览，骆星辰带我们去不收门票的……”

“程秒秒！”吴缺打断她。

“嗯？”吴缺生硬的语气让程秒秒的声音有些发虚，她抬眸望着吴缺，两根手指不安地绞在一起，她是真的很怕吴缺讨厌她。

吴缺见她这副样子，又微不可闻地叹了口气，说：“我没时间去，今天要早点归队带队员们去熟悉训练场地。”

原来只是为队员的训练操心，程秒秒松了一口气，心想，吴缺是因为她耽误了时间，她等会儿去天文馆，还是买一个纪念品送给吴缺表达一下歉意吧。刚才她在骆星辰手机上看到的那些星球形状的滴胶挂件，好像还挺好看的……

正低头想着，程秒秒突然发觉身边骆星辰和吴缺的脚步都顿了一下，她也停住抬头望去，见一个举着自拍杆的女孩儿正在不远处朝他们挥着手。程秒秒视力不错，一眼就认出来那是凌湘，她是来接吴缺的吗？程秒秒看着前面的景象有些吃惊，因为朝他们挥手的不是凌湘一个人，而是一群人。

随着他们走近，那一小群人挥手挥得也越来越夸张，竟然还喊起口号：“吴缺吴缺，完美无缺。”他们甚至在人群中拉起了一条横幅……

这种场面，程秒秒只在微博新闻里看到过，是粉丝为明星接机，显然周围有些路人也被唬住了，以为是有明星出没，一个个跟风拿出了手机拍摄。吴缺作为他们之中长得最像偶像的人，自然成为被拍的对象。

程秒秒甚至听到旁边有人在说：“这是谁啊，最近出道的吗？”

“不知道，先拍下来再说，这是我第一次离明星这么近。”

程秒秒目瞪口呆，下意识地看向吴缺。吴缺也皱着眉，显然也不知道是怎么回事，他三步并作两步走到凌湘面前问道：“你在干什么？”

面对吴缺的质问，凌湘只是笑盈盈地将自拍杆横过来，手机屏幕上是正在某平台上直播的画面，她说：“我正在直播，下午和粉丝提了一句我要来接机。就有人给我出了这个整蛊的主意，找人来假扮你的粉丝团，让你体验一把当明星的快乐。怎么样？快乐吗？”凌湘调整角度，把镜头给对准了吴缺。

吴缺脸上有些不耐烦，他伸手就将直播的画面关掉。

“哎，吴缺哥哥，你怎么关了？我粉丝都说最喜欢看你了，整蛊还没结束呢……”凌湘嘟着嘴不满地说。

吴缺无奈道：“你怎么知道我航班信息的？”

“我哥跟我说的啊。”凌湘漂亮的眼睛眨了眨，“怎么？我不能知道啊？”

吴缺没回答，只是把横幅抢过来，斥责道：“你赶紧让这些人都散了……

你要是实在闲得慌，就去给你哥物色新女朋友，省得他也这么无聊……”

“谁说我是无聊，这不我刚好这几天也在B市参加英语演讲比赛，来接你还是我忙里偷闲呢。看我如此隆重地迎接你，你不请我吃一顿饭都说不过去吧？”说着，凌湘像是才看见程秒秒一样，又笑盈盈地跟程秒秒打了个招呼，“你也在呀，要不我们一起去吧，我连吃饭的地方都找好了，我们一起宰吴缺哥哥一顿。”

凌湘妆容精致，对程秒秒说话的时候也格外亲昵，这让程秒秒有些自惭形秽，她摆摆手：“我刚吃过饭了，而且我已经和朋友说好要去别的地方……”

凌湘看看程秒秒又看看骆星辰，暧昧地对程秒秒眨眨眼睛说：“我知道啦。”

程秒秒见她似乎是误会了，刚想要解释两句，可凌湘的重点又放到了吴缺身上，她声音娇软地说：“吴缺哥哥，你现在都是落单的孤家寡人了，还有什么理由不陪我吃饭？”

程秒秒的目光落在她环抱着吴缺的双手上，就连她对吴缺的撒娇都是那么自然，虽然吴缺会将她的手不着痕迹地推开，但她总会笑盈盈地再凑上去。凌湘和她哥哥一样有着好看的样貌，连程秒秒都觉得像这样一个女孩儿，她乞求什么，老天就应该给她什么，她想要得到一个人，也只是勾勾手指头的事儿。

程秒秒心想，不过凌湘想要的人是吴缺，或许要多费些心思，但总比她会有胜算得多……

吴缺是怎么答复凌湘的，程秒秒已经不想留下来细听，她向吴缺和凌湘告了别，匆匆和骆星辰一起离开了这热闹的现场。

这会儿正是下班的高峰期，地铁上人满为患，骆星辰帮程秒秒提着行李箱护着她上了车，虽然骆星辰尽力伸着手给程秒秒圈出更多空间，但两人还是被挤得越来越靠近。

骆星辰的妈妈刘仪是个有轻微洁癖的外科医生，一天会洗无数遍手、拖地要用消毒液，程秒秒每次到他们家，第一时间闻到的永远都是清洁剂的味道，所以骆星辰身上也总是有这种淡淡的皂香。

程秒秒还记得高一的时候，班里的座位每周轮换，女生们总是喜欢私下偷偷抓阄决定谁和骆星辰坐同桌。因为在一众活泼好动的青春期男生当中，骆星辰身上的味道是最清爽好闻的，直到后面骆星辰出国留学……

想到这里，程秒秒才念叨了句：“你们都是能在人群里发光的人啊……”

“什么？”骆星辰被后面上车的人挤得前倾了一下，没能听清程秒秒的话。

“没什么。”程秒秒垂下眸子，没有再说话。直到骆星辰提醒她快要到了，她才抬起头问道：“你觉得凌湘漂亮吗？就是刚才在机场接机的那个女孩儿。”

骆星辰似乎是不解程秒秒为什么突然问了这样一个问题，他凝了凝神，想了一会儿才认真点点头说：“漂亮，怎么了？”

“那如果她追你，要做你女朋友，你是不是会同意？”

这次骆星辰回答得比刚才要快，他摇摇头：“不会。”

“为什么？”

身后乘客的流动将两人之间的空间又压缩了一些，程秒秒的背靠在扶手上无法再挪动，骆星辰身上的皂香味又浓了一些。他低头看着程秒秒，反问道：“为什么突然说起她？”

距离如此之近，程秒秒透过骆星辰鼻梁上架着的镜片，可以看见他眼里的清澈和认真，程秒秒忽然觉得有些不自在，她别过头，喃喃地说：“我就是有些羡慕她，凌湘、吴缺还有你，我都好羡慕。羡慕你们与众不同，羡慕你们闪闪发光，我却只是一个连对口味的饭都很难吃到的倒霉蛋……”

“到站了。”

程秒秒的手腕被骆星辰握紧拉着出了车门，骆星辰一只手提着行李箱，一只手拉着程秒秒穿过人群朝出口的方向走去。

陌生而汹涌的人潮中，程秒秒突然回忆起过去，仔细算起来，骆星辰只比她大五个月，他却总是像现在这样，在她惴惴不安时成为她的后盾，在她摇摆不定时拉住她的手……

程秒秒的骨骼不知在几年前就已经悄悄停止发育，而骆星辰的手掌却明显要比以前大上一些，他紧紧地将她的手攥着，突出的指节硌得她有些疼。这微微的痛感让程秒秒有些无所适从，又让她不合时宜地想起许多事，比如在医院CT 室门口的那个拥抱。

“行李箱我自己来提吧。”程秒秒挣开那个紧紧攥着她的掌心，有些语无伦次，“我那个行李箱怪重的，不能一直让你一个人提着……”

程秒秒俯身去拿行李箱，头顶却突然响起骆星辰沙哑的声音：“笨蛋。”

“嗯？”

临近出口，人群已经稀疏许多，程秒秒抬起头就对上骆星辰那双极为认真的眼睛，他说：“你比她好，比我们都好。”

原来刚才到站前她的碎碎念他都听到了……程秒秒有些发愣，一时不知该作何反应。终于，骆星辰又笑起来，恢复了程秒秒熟悉的模样，他笑着说：“你刚才不是问我，如果那个女孩儿追我，我会不会答应吗？我说不会。”

程秒秒松了一口气，想活跃一下气氛，问：“怎么？现在又反悔了？”

“不是，我的意思是，如果是你来追我，我就会答应。”骆星辰微微俯身，重新拉起程秒秒的手，“这就是你比她好的最佳证明。”

骆星辰拉着程秒秒继续往前走，程秒秒却一时进退两难，骆星辰说的话让她觉得他们牵手更为奇怪，只是骆星辰像没事人一样大大方方的，她要再说什么是不是显得心虚了？

正犹豫着，口袋里的手机响了起来，程秒秒顿时如释重负地抽回手：“我接个电话。”

电话是吴缺打来的，程秒秒盯着来电看了一会儿还是摁下接听键。

吴缺没头没尾地说了句：“我已经到酒店和他们会合了。”

“哦。”程秒秒心想，刚才他和凌湘不是要一起吃饭吗，怎么这么快就回去了？但程秒秒还是忍住，问出了心中的疑惑：“是教练让你打电话催我归队的吗？”

“不是，就是这个酒店的地址和之前发在群里的有点不一样，我告诉你一声，免得你走错了。准确的地址等会儿我发到你微信上。”

“好，谢谢。”

电话那头停顿了几秒，传来几个男孩子的打趣，听起来像是有人在叫吴缺一起去吃饭。程秒秒听出其中一个声音是他们游泳部一位师兄的，看来吴缺真的已经归队了，那凌湘呢？

“程秒秒。”吴缺的声音打断了程秒秒的猜想，他的声音没什么异常，像是公事公办地问了句，“你、你们到了吗？那个什么天文馆……”

“刚出地铁。”程秒秒看了一眼前方的路标说，“马上到了。”

“嗯……那你晚上早点回来。教练说这边位置偏僻，晚上他要加强考勤。”

“好。”

电话挂断以后，程秒秒收到了吴缺发来的新地址，她和原来群里发的地址对比了一下，又觉得莫名其妙，新地址和原来那个地址明明只差了一个门牌号，吴缺到底觉得她是脑子不好使还是眼睛有问题？就这么怕她找不到地方？

程秒秒的注意力被吴缺这通电话吸引了大半，天文馆里，她走马观花地看了一路，直到骆星辰带她来到那个全息投影的展览上。

“哇，骆星辰，这真是你策划的？”

这间展厅关闭了所有的照明灯光，幽暗的空间里一束束投影的光线像是迷幻的极光，时而投出一片绚烂的星云，时而变成缓慢转动的行星。

或许是因为时间有点晚，展厅里只有他们两个人，黑暗之中，星云之下，程秒秒真的有一种身处无边无际的宇宙的错觉。

“当然。”骆星辰笑着说，“投影公司那边的负责人是我之前在夏令营里认识的一个师兄，我们组长就把这个小项目交给我了，不过我也只是负责这些图像和文案，技术上还是依靠师兄他们公司的支持。”

骆星辰话音未落，他们面前的全息景象又变成了两颗一大一小慢慢靠近的星球，伴随着画面的变动，还有一段音频传出：“天文学里有一个定义，叫‘洛希极限’……”

少年清冽的声音通过立体声的音响放大，变得低沉了些，程秒秒便拍了拍旁边的人，打趣道：“看不出来，你当声优也有模有样的。”

“没办法，当时时间紧，经费也有限，我就自己录音了。”

音响里的讲解还在继续：“……行星和卫星因为万有引力不断靠近，但它们之间有一个保持安全的最短距离，一旦超过洛希极限，巨大的潮汐力就会把这颗卫星撕碎。它粉碎崩塌化作星尘，逐渐聚拢在那颗行星的周围，演变成一个环，将那颗行星环抱，这便是星环……”

全息投影上那一颗美丽的淡蓝色星球在程秒秒面前燃烧、粉碎，最终变成发着光的星环。程秒秒突然鼻头一酸，皱眉道：“不是可以‘地球绕着太阳转，月亮绕着地球走’吗？怎么会这样？想靠近难道也有错吗？”

投影的光渐渐暗淡下去，黑暗之中骆星辰的声音渐渐靠近，近得像在耳畔，他的声音有些发涩：“用一次粉身碎骨，换一个永恒的拥抱，不也挺好的吗？”

这时，暗下去的光线又逐渐变亮，在空中汇聚成一个英文的句子——“因为你是光，你是万有引力”。

光线之下，近处骆星辰的眼眸也忽明忽暗，程秒秒不知道他们是什么时候靠得这么近的。过往她熟悉的骆星辰的样子，在这不断变化的光线下也变得陌生，唯有那双眼睛，正用刚才那种她招架不住的认真眼神看着她。

她看不清他的嘴唇是否在动，只听见他说：“因为你是光，你是万有引力。”

程秒秒的呼吸一滞，她下意识地捏紧了手指，她心里那个刚刚开始发芽的猜测顷刻之间发展壮大成一颗星球，像画面里那样发生了一场爆炸。她神情错愕地看着骆星辰，直到全息画面告一段落，展厅的灯光又一一亮起。

明亮的光线下，骆星辰的脸上不知何时已经带上稀松平常的笑意，他看着不知所措的程秒秒说：“怎么？最后那句话我都给你翻译成中文了，你还是不懂吗？程秒秒，你得补补课了，三年级的小朋友来参观，都不需要我翻译了哦。”

“什么嘛……原来你又是在取笑我，我看懂了啦！只是……只是理解得没你那么文绉绉而已。”

“那真是难得呀，单词量进步了。”

骆星辰带着程秒秒走出展厅，他笑着笑着眼神就黯了下去，手机上有一条刚收到的信息：“骆，你的计划顺利吗？告白成功了吗？”

“还不是时候，再等等吧。”

等她，慢慢熟悉他的浪漫。

第六章

酒酿月光

【1】月光在摇晃

“24 秒 37！”

听见这个成绩，程秒秒暗暗松了一口气，可没想到刚准备上岸，张教练捏着秒表就拦在了前面，脸色铁青，不怒自威：“程秒秒，前几天在澄海训练的时候，你好几次都突破 24 秒 30 了，你应该用最高的标准要求你自己！再游两个来回再回去休息，明天早上继续进行体能训练。”

“是。”程秒秒尽管回答得有气无力，还是迅速没入泳池中。

到了 B 市，他们的训练不比之前轻松，因为白天要抽时间排练开幕式亮相，训练的时间反而还延长了。

完成加练，简单吃过晚餐以后，程秒秒才觉得已经濒临枯竭的能量又回来了一点，她没有直接回房间，而是沿着餐厅后面的长廊来到一处花园。说是花园，其实这里一朵花都没有，只有院落中央的一个秋千架和一处喷泉能证明它原本的身份。

他们住的这个酒店不算老旧，但地理位置偏僻，估计平时住客也不多，有空来这里消遣的人就更少，因此这里才会荒废成现在这样。

这地方本来是小桃发现的，但她吃完饭就迫不及待地上楼睡觉了，程秒秒也不好意思让她陪自己一起转悠，毕竟小桃主攻长距离比赛，平时的训练强度比她还要更大些。

程秒秒坐在秋千椅上，随意地晃动。

随着比赛日期一天天临近，程秒秒心里的恐惧感也越来越强，到了 B 市后更是如此，她怕真正上场之前又会出现什么意外，她不想再次浪费来之不易的参赛机会。

会是什么呢？肚子疼？感冒发烧？还是比赛时因为紧张而抢跳犯规……程秒秒想了无数种可能出现的意外，试图用选飞机餐的那套方法预先规避风险，可是她始终不能保证万无一失。

她低头看着那些杂草，就像她现在的心情一样杂乱无章地在她脚下七歪八倒。忽然，一个人影进入视线，程秒秒抬起头，就看见吴缺像是在看动物园里打盹儿的动物一样歪头看着她。

“吴缺师兄。”程秒秒不知道他来这里多久了，有些担心自己刚才发呆的样子会看起来很蠢。

“嗯，我随便转转，没想到后面还有这样的地方。”吴缺四处看了看，而后将目光停在程秒秒坐的秋千上，“那秋千还能用吗？”

“能用。昨天我和小桃一起检查过了，就是铁链有些生锈，承重没问题。”说着，程秒秒还用力蹬了一下地面，让秋千荡得高了些。

暮色昏黄，晃动中的程秒秒看不太清楚吴缺的表情，但听见他发出几声细碎的笑：“你专门来荡秋千？”

“不是，就是这两天吃晚饭的时候，饭菜都是凉的，我肠胃不太好，吃完就出来活动一下消消食。”

程秒秒发觉自己不知从什么时候开始，和吴缺对话时不会动不动就紧张结巴了，不过想到不久前在机场凌湘对他亲昵的样子，她又泄了气，垂下眼帘。

良久，吴缺的声音才重新响起，他突然问：“程秒秒，上次你去的天文馆好玩吗？”

程秒秒不知道吴缺为什么突然问起这个，她随意点了点头：“还可以，有些展厅很漂亮……”

说到这里，程秒秒又回想起那有着星环的全息投影，她抬起头，看着暮色下伫立着的吴缺的身影。她想，她喜欢吴缺，但是靠近他，真的会像骆星辰说的那样受一次粉身碎骨的伤吗？

赛前的训练基地场地有限，同一个队伍只能共用一个器械训练室。这天早上程秒秒到器械室时，已经有一个身影在跑步机上，时间还早，整个空间都只有他一个人的脚步声和呼吸声，程秒秒犹豫了一下径直朝那个背影走过去。

“早上好，吴缺师兄。”

吴缺不知道已经来了多久，他身上的T恤前后都被汗水打湿了一大片，勾勒出前胸和后背上明显的肌肉线条，程秒秒的目光不敢过多停留。

“来得这么早？”吴缺调慢了速度，随意地回应了程秒秒的寒暄，声音里还带着厚重的喘息。

明明他自己来得更早，程秒秒没有过多纠缠这个问题，见四下无人，她还是把话题引到自己关心的地方：“师兄，队里前天新添了一个微波炉，说是专门给晚上训练比较晚的队员热饭用的。”

“嗯。”吴缺点点头，又说，“能帮我拿一下毛巾吗？在你身后。”

“嗯？好。”程秒秒将毛巾递给吴缺，犹豫了一会儿还是问出心中这个问题，“师兄，那个……那个微波炉，是不是你那天听到我说吃冷饭会肠胃不舒服才添置的呀？”

那个微波炉出现的时间，恰好是她和吴缺说完之后的第二天，程秒秒经过多方打听，知道添置微波炉就是吴缺向带队老师提议的。

听到程秒秒的问题，吴缺擦汗的动作停顿了一下，但他神色如常：“是啊，你上回犯胃肠炎我是见过的，得好好养着。”

纠结了两天的问题，程秒秒此刻终于得到了肯定的回答，但吴缺承认得这样轻飘飘的，又让她觉得像是一拳头落在了棉花上。是啊，这又能算得了什么呢？对于吴缺来说，不管是队伍里哪位队员跟他提起过肠胃不好，因为吃冷饭导致的问题，他应该都会想办法解决的。这并不是只对她的特殊待遇。

程秒秒有些后悔，后悔鲁莽地来当面询问吴缺，这样似乎显得太自作多情，她心中那好不容易燃起的勇气就这样再次悄悄消失了。

做过热身运动，器材室里人渐渐多起来，老张来盯着程秒秒做今日份的蛙跳。

程秒秒从五岁就开始泡在水里，她并不排斥泳池里的训练，但她身体素质太差，每次集训的体能训练都是她最怵的部分。但老张丝毫没有要放水的意思，他掐着秒表，不停地催促：“太慢了，这样根本起不到效果，打起精神来。”

程秒秒抽空抬头看了窗边的跑步机一眼，那边吴缺好像刚训练结束，正往这边走过来，程秒秒下意识地想要掉转方向——她知道自己蛙跳的时候表情不会太好看，可她刚回过身，不知道从哪里滚过来一颗小珠子，等她看见时已经来不及，一个蛙跳落地，她不偏不倚地踩在了珠子上，脚下一滑，踝关节就传来一阵剧烈的疼痛。

程秒秒摔倒在地，她疼得眼泪瞬间涌出来，眼前的人影也模糊起来，她只感觉到有人将她拦腰抱了起来。她听见老张在催人去叫队医，还听见他气急败坏地说：“这个东西是谁的？”

接着她听见齐悠颤抖着声音说：“是、是我的手链刚才突然断掉了，对、对不起……”

“都说了训练的时候不让你们戴这些东西，怎么就是不听……”

教练的声音也越来越小，程秒秒感觉自己被放到了训练室外面的长椅上，椅子很冰很硬，但送她来的人把手枕在了她的头下面。

“除了脚踝，身上还有其他地方疼吗？”这人的声音吓了程秒秒一跳，是吴缺。

“没、没有了……”程秒秒睁开被泪水模糊了的双眼，就看见吴缺正半蹲在她身旁，他发梢上还挂着细密的汗珠，眼神是程秒秒几乎没在他脸上见过的温柔。

他的声音也比平时轻，他慢慢安抚程秒秒：“你先不要抱着腿，轻轻放下来，小心……”吴缺的手扶着程秒秒的小腿，托着她慢慢把腿放平，他手心的温度很烫，湿热的触感从这一小块接触的皮肤慢慢传递到程秒秒全身，她的脸也红了。

程秒秒怀疑吴缺会魔法，不然为什么这一刻她突然就没那么疼了，不然为什么他总能一次次唤醒她的喜欢，一次比一次更热烈的喜欢。

急性扭伤让程秒秒获得了一天的休息时间，但她高兴不起来，毕竟第二天一早就要举行开幕式，当天下午就有女子五十米自由泳的预赛。难道这就是这一次老天要跟她开的玩笑？从前是每到决赛出状况，难不成这一次她连预赛都进不了？

“为什么倒霉的总是我？有谁能把好运气分给我一点啊！”程秒秒坐在秋千架上，喝一口苏打水就发上一句牢骚。

废弃的花园里寂静无人，她盯着旁边路灯下萦绕的小飞虫们，任由自己发泄情绪，不想竟有人笑着回应说：“我啊。”

程秒秒吓得差点儿从秋千上掉下来。吴缺眼疾手快地扶住了她的双肩，他看着她手上的桃子苏打水，挑了挑眉：“这是什么苏打水呀，喝了能醉成这样？”

“不、不是。”程秒秒神态有些窘迫，她这样前倾着身子被吴缺接住，现在进不能进，退也动弹不得，只得硬着头皮这样近距离地看着吴缺的眼睛央求，“能……能先把我放回去吗？”

吴缺将程秒秒推回秋千上坐稳，程秒秒刚松一口气，不想旁边的座位一沉，吴缺竟挤到她旁边坐下，他看着程秒秒的腿说：“脚不是还受着伤吗？就别在地上蹬了。”

说着，吴缺双脚撑地，借着他腿长的优势用力蹬地，程秒秒的双脚悬空，秋千也随着他的动作轻轻地晃起来。

吴缺摇得很慢，但程秒秒的心却跳得很快，她又想当逃兵，可脚上的扭伤让她不敢贸然跳下去，只得捏紧手心对吴缺说：“师兄，你想玩秋千就一个人玩吧。”

“怎么？我荡得不好吗？要不是看你脚上受伤还想玩秋千，我才不来当苦力呢。再说了，这种秋千椅本来不就是能容纳两个人吗？”

吴缺虽然这样说，但程秒秒偷偷看向他时，他明明都没有皱眉头，而是一脸乐在其中的样子。

“不是……”程秒秒的手稍微一动，就碰到了吴缺裸露在外面的小臂，她赶紧躲开，抓紧她这边的铁链，她的身体在晃动中反倒变得僵硬起来。不是不能两个人一起坐，而是靠得太近、太挤了……

犹豫许久，看着一脸淡定的吴缺，程秒秒还是不想露怯，她努力让自己镇定下来，没话找话：“师兄，这么晚了，你也是来消食的？”

吴缺耸耸肩说：“我也是随便转转刚好转到这儿了，你不是正在问有没有人能把好运气分给你吗？或许我就刚好是那个人呢……”

吴缺没说完，他的嘴唇突然就碰上了两片略带凉意的触感，他的呼吸停滞了一瞬。

程秒秒用手指和中指贴住吴缺的唇，堵住他接下来要说的话，喃喃地说：“不要那样说。”

吴缺垂下眸子看向她的指尖，她像是才反应过来，忙触电一样收回了手。

吴缺看着她小鹿般慌张的模样，嘴边无声地勾起一个笑，轻声问：“怎么？给你好运气你还不喜欢？”

“喜欢，但是……不想分走你的。”

程秒秒说得极为认真，她的眼睛在夜幕下也亮晶晶的，眸子里满是小心翼翼。吴缺的心像是被软软地戳了一下，他收起笑，认真地点头道：“好，我不说了。”

夜色宁静，B市的夏夜没有澄海那么多蚊虫，昏暗的路灯底下只有几只小飞虫在绕来绕去，秋千随着吴缺的动作前后摇晃着。程秒秒渐渐放松下来，她不敢看近在咫尺的吴缺，只好仰起头假装看月色：“今晚的月亮真好看。”

“是啊。”吴缺看着女孩儿扬起的侧脸说。

【2】少女的祈祷

程秒秒的扭伤恢复得比想象中要快，但只经过一夜的休息还是不能完全消除脚踝的不适。五十米自由泳的预赛就被安排在开幕式之后不久，张教练特意叮嘱程秒秒不用出席开幕式，让她直接进行赛前准备。

程秒秒是觉得有些可惜的，因为按照之前的排练，吴缺作为澄海市运动员代表发言时，她就站在他身后的……

“今天的预赛你不用太拼，以你的实力，拿到小组赛的晋级名额是没有问题的，你今天主要的任务是保证晋级的同时不能让伤势恶化，知道吗？”在比赛开始之前，老张对程秒秒说。

程秒秒挺放松，进更衣室的时候嘴里还哼着歌，一进门就撞见了齐悠。

齐悠和程秒秒都是主攻短距离泳池，这次又被分到了同一个小组，现在她们既是队友也是对手，程秒秒朝她只点点头算是打了个招呼。

不想齐悠却叫住了她：“程秒秒。”

程秒秒本来不想理会齐悠，她知道她最爱嘴上不饶人，程秒秒不想被她喝倒彩的话影响了比赛前的心情。但今天齐悠脸上的表情有些不太一样，程秒秒看着她脸上诚惶诚恐的表情，觉得有些奇怪：“怎么了？”

“秒秒……”齐悠略略垂眸，目光落在了程秒秒的左脚上，她咬了咬嘴唇，低声说，“昨天我的手链突然断了，滚出去的珠子害你摔倒了，对不起。”她的神情比从前任何一次对程秒秒冷嘲热讽时都要真诚恳切，“我发誓，手链真的是意外断的，曲小桃她好像是误会了，她以为是我故意害你的，昨天来找了我好几次……”

平时齐悠就爱针对她，程秒秒知道自己摔倒的原因后，别说是小桃，就连她自己都怀疑是不是齐悠故意整她，但以齐悠目前的样子来看，应该真的只是一场意外。

“嗯，我知道了。”程秒秒摆摆手说，“上回我生病不小心吐到你身上，现在我们就算扯平了吧……”

“好！”

齐悠和程秒秒都被分到了第二小组，临上场前，齐悠竟然还主动对程秒秒说了一句“加油”。或许是因为齐悠和老张这两个平时都是刀子嘴的人今天突然对她柔软了一回，程秒秒竟然以小组第一成功晋级，齐悠也游得不错，和程秒秒一起入围半决赛。

不知道是不是因为倒霉的事情提前来过了，连续几天的赛程程秒秒都格外顺利，脚踝上的伤渐渐好转，对后面的几场决赛没有产生任何影响，程秒秒一连拿下了四块奖牌，就连平时没有特意训练的接力赛都拿到了一块银牌。

小桃也一路顺畅地拿到了八百米和一千五米自由泳的亚军，程秒秒几乎每天都要和家里视频通话报喜，家里老妈手臂和右腿的伤也逐渐好转……这段时间可以说是程秒秒二十年来过得最顺心的日子：暴雨前出门没有淋到雨，踩上香蕉皮也没有摔倒，甚至能买到蛋糕店最后一块黑森林蛋糕……

程秒秒莫名觉得这样的日子顺心得有些诡异。小桃取笑她说：“这就是我们普通人的生活啊，你以前那是天赋异禀，或许老天开眼拿掉了你头上‘霉运女王’的王冠吧。程秒秒，欢迎你来到普通人的世界！”

十三天的赛程很快接近尾声，队里好多人的比赛项目都已经结束，带队的老师对程秒秒他们的管理也就没那么严格了，这天程秒秒和小桃一起溜进举行篮球比赛的场地，他们校队和B市的球队正在这里进行决赛。

“快来，这个位置视野不错。”小桃拉着程秒秒在观众席的两个空位上落座，原本她们约好提前来这里给吴缺加油打气，但老张非得让她们两个跟学弟学妹们分享比赛经验，这才错过了大半场球赛。

“感觉局势不太好啊。”程秒秒看着大屏幕上“60:58”的比分，再远远看向吴缺，从他深深皱起的眉头就可以知道这是一场硬仗。

“当然不容易，虽然我们校队在澄海能场场稳赢，但今天的对手也不简单，你看见他们那个8号了吗？听说今年已经进国家队了……”小桃说着，被她手机连连响起的消息提示音打断，她看了一眼屏幕，脸上露出不自然的神色。

“谁啊？”程秒秒凑过去看。

小桃却迅速将手机锁了屏：“没、没谁。”

“什么事儿啊，对我还遮遮掩掩的？”看见小桃眼神里的躲闪，程秒秒挑挑眉，“又是你的那些用来上分的男朋友吗？”

“差不多吧……”小桃模棱两可地说，“你赶快专心看你家吴缺打球。”

程秒秒平时看篮球比赛不多，为了看懂吴缺的每场比赛，她才愿意去研究球场上的规则和门道，但这两年她也只看吴缺在学校里的比赛，现在这一场算是比分焦灼最揪人心弦的比赛。

不过从刚才开始，程秒秒心中就有一个疑问。

通过场上个人得分的统计，吴缺的得分和刚才小桃指的那个8号球员不相上下，刚才他们两个在篮板下相遇时，吴缺也成功防守了那个8号两次……

之前，程秒秒只知道吴缺是校队里最厉害的，现在有了对比，她忽然知道了吴缺有着怎样的实力，所以她困惑，为什么吴缺不继续打篮球了？如果那个8号能进国家队，那吴缺也不应该止步于此才对。可他们都说这是吴缺最后一场比赛，说他打完这场就不再以运动员的身份参赛，而是开俱乐部买球队。

“笨啊你，开俱乐部当幕后老板躺着也能赚钱，当然比当运动员舒服。”小桃抬手弹了一下程秒秒的脑门儿，说，“你喜欢的人有开俱乐部的资本，你不是应该高兴才对吗？”

“或许吧……吴缺他当然干什么都可以。”他能如自己所愿做自己喜欢的事情，是程秒秒最喜欢看到的。这也是十六七岁的时候，程秒秒喜欢佯装清理操场远远看着他一个人在球场练球的原因。只是，那个时候拼命在篮板下练习的吴缺，现在真的不喜欢赛场了吗？

场上的比赛只剩下最后几分钟，但双方的分数仍然是你追我赶难分伯仲，程秒秒也紧张起来。因为是B市的主场，观众席上的呐喊大多都是支持B市球队的。程秒秒看着屏幕上的比分，忙拉着小桃站起来，两人扯着嗓子妄图在整齐划一的“B市球队加油”里找点存在感，她们牵着手大喊：“澄海加油！吴缺加油！”

“快看快看！吴缺要扣篮了！”

程秒秒瞄了一眼大屏幕上仅剩两秒的计时器，再看吴缺的动作，程秒秒觉得自己的心跳在这两秒都是停止的，她只能听见自己心里一直在喊吴缺的名字。

“进了进了！秒秒，绝杀球进了！”小桃激动地抱住程秒秒，“我们赢了！”

在最后一秒拿下关键的得分，让对手没有机会再反扑的绝杀，不只是程秒秒和小桃，连场上那些支持B市球队的人也都纷纷为这样精彩的进球而鼓掌。

程秒秒看向场上，想看到吴缺此刻胜利的表情，可预料中那些队员搂在一起庆祝的场面没有出现，她只看到吴缺落地后没有站稳，他蜷着身子滚到了一旁，脸上没有喜悦，只有痛苦。

上一秒还因为一个精彩的绝杀球而鼎沸的场馆，这一刻就因为这个球员的倒下而安静下来。程秒秒不顾前方拥堵的观众，顺着观众席的台阶一路奔了过去。

担架和医生都来得很及时，程秒秒跟上他们的时候，听见校队的一个人对医生说：“他可能是旧伤复发了，四年前，他右腿的跟腱就断裂过一次……”

程秒秒听见“跟腱断裂”这几个字，心脏像是陡然被人捏住。同为运动员，她深知这种伤势意味着什么，搞不好就会葬送了一个人的运动生涯，而吴缺竟然四年前已经受过这样重的伤。

医生正在做紧急处理，球队的人都围在一旁，他们个个人高马大，程秒秒看不到吴缺具体伤得怎么样，只能从缝隙里看见他的眉心皱得比以往任何时候都要深，他双唇紧闭，下巴和额角都是暴起的青筋，脸上还有豆大的汗珠滚落。

程秒秒的心彻底被揪起来，她看着汗珠流到吴缺颤抖的睫毛上，再也忍不住，捏紧手心横冲直撞地挤开了前面的人。

“吴缺师兄。”程杪杪半蹲下来，用纸巾慢慢擦掉落在吴缺睫毛上的汗珠。吴缺抬眸看了她一眼，他似乎是想给程杪杪一个微笑，可他眉头刚舒展开，又因为医生的某个操作而紧紧皱起来，喉咙里发出细微的“咝”声。

看着吴缺好看的唇因忍痛而发白，程杪杪鼻头一酸，眼眶里的泪水就忍不住滑落下来。

像程杪杪上次那种不严重的伤势基本都会在队内解决，而吴缺这一次直接被送到了当地的中心医院，程杪杪也跟着一起过来了。路上同行的那几个球队的人都用异样的眼神看着她窃窃私语，她只当作没看见。她终于明白小桃所说的，真的在意一个人时，他就是你的全世界。

“怎么还在哭？”医生给吴缺用过止痛的药物后，他脸上的表情轻松了许多，他看着一直止不住抽泣的程杪杪，无奈又好笑。

“我、我……”程杪杪低着头，断断续续地发出几个音节，“对……对不起。”

“为什么这么说？”

程杪杪声音哽咽：“那天……那天你说把好运气分给我，我好运真的来了，但是，倒霉的好像变成你了，都怪我……”

程杪杪还没说完，吴缺就笑出声来，他看着程杪杪红了一圈的眼睛，摊手道：“你觉得我是那么容易被影响的人吗？还是说……”吴缺漂亮的眼睛盯着程杪杪，“还是说，你觉得我很菜？以前都是靠运气活着？”

“不是，我当然不是这个意思……只是……”

“好了。”吴缺突然抬起手，他温热的手指轻轻覆上程杪杪的唇，让她噤了声，而后懒懒地说，“上次你不是这个样子打断了我说的话吗？怎么会奏效呢？别想太多了，总之，我不打算把自己的失误甩锅给这种理由。”

说罢吴缺才收回手，让程杪杪得以放松自己的呼吸。

“何况……”吴缺又看着他脚上的纱布说，“我这同一个位置之前受过更加严重的伤，这一次只是跟腱拉伤，已经足够幸运了……”

吴缺虽然语气轻松，但说起伤势，他脸上也露出明显的后怕。程杪杪想起那会儿听到的事情，她试探性地问道：“之前难道是跟腱断裂吗？”

话音刚落，病房门口就传来一阵仓促的脚步声。

程秒秒想不到凌枫和凌湘会来。凌枫一看见她就不怀好意地笑起来：“哟，小熊玩偶学妹，你也在呀，看来吴缺也不是很惨嘛，早知道我就不来了。”他看了吴缺的腿一眼，“你小子天天卖弄风骚招蜂引蝶，这下遭报应了吧……”

“哥，你说什么呢？”凌湘朝她哥翻了个白眼。然后，她泪眼蒙眬地来到病床边，轻声问道，“吴缺哥哥，你没事吧，严重不严重……”

“哎，你到底是我妹还是他妹……”

凌枫和凌湘本来就和校队的人熟悉，他们一来，病房里热闹了许多。程秒秒自觉无趣，待了一会儿就随便找了个理由出了病房。

她喜欢吴缺已经好几年，她偷偷看他，在日记本里写关于他的一切，她以为自己是这个世界上最了解吴缺的人，可是她竟然连他四年前受过那么严重的伤都不知道……

程秒秒缓步来到天台上，这里的空气比病房里的消毒水味好闻许多。一根绳子上晾满了白色的床单，风一吹，程秒秒看见床单的另一边还有一个小男孩儿，他拿着笔趴在地上正专心致志地写着什么。

程秒秒走过去，蹲下身问小男孩儿：“小朋友，你在这里做什么？”

“许愿啊。”小男孩儿把那张方方正正的纸递给程秒秒看，上面一笔一画地写着：希望爷爷脑袋里的肿瘤能快点消失不见。

“你不知道吗？这个医院有个传说。”小男孩儿兀自对着程秒秒讲述起来，“这个医院里所有有愿望要实现的人都会把愿望写在纸上，然后折成纸飞机，从这栋楼的楼顶放飞出去，愿望就会实现。”

“什么愿望都可以吗？”程秒秒颇为配合地提问。

“当然。”小男孩儿郑重其事地点点头，又垂眸说，“不过听人说有些愿望很容易就能实现，有一些就比较难，他们说我的愿望就很难，所以我每天都会来这里许一遍……”

听他说完，程秒秒被他那双纯真的眼睛触动，她蹲下身子，说：“能借给我一张纸吗？我也有一个愿望。”

“请把吴缺的好运气还给他，我不要了。”

程秒秒写上这一句话后，就学着小男孩儿把自己的纸飞机迎着风扔出去，不想风向突然改变，她的纸飞机拐了个弯一头扎进了楼下某个窗户里。

“这样的话，愿望还能实现吗？”程秒秒手撑在栏杆上往下看，看不到飞机飞到了哪里。

然而已经有人将纸飞机捡起来，吴缺望着纸飞机上那一行字，哑然失笑。有人在为他祈祷，他已经足够幸运。

【3】兔子小姐

几天之后，所有赛事都正式落下帷幕，澄海体育大学这次总计获得五十九枚奖牌，在所有代表队里名列前茅，带队的老师一高兴，就同意大家在离开B市前开一次庆功宴。

程秒秒这回一口气拿下四块奖牌，也成了风云人物，毕竟之前她在每次大赛上都拿不到好成绩，这一次大家就权当她是半路杀出来的黑马。

庆功宴上，同学们纷纷来敬酒，程秒秒不会喝酒，也不懂招架，在小桃的保护下，都用饮料搪塞过去了。

吃完饭，他们这桌又玩起了桌游，程秒秒记忆力和伪装能力都不太好，每次都是最先出局的。中途她去了一次洗手间，回来的时候，乒乓球部的同学正在玩游戏，程秒秒经过的时候，他们忽然集体大笑起哄。

“怎、怎么了吗？”程秒秒愣住了。

“是这样的，我们正在玩真心话大冒险。”一个瘦瘦的男生站起来，对程秒秒说，“上一个人的大冒险是抱一下第一个从这里经过的人，所以，就是你啦。”

“我？”程秒秒对于这样的状况有些手足无措，而且这些人她都不认识……

程秒秒想叫小桃来帮她解围，可刚往小桃那边看过去，就有一个穿着黑色T恤的男生拦到了她面前。那男生皮肤偏黑，笑起来一口牙显得特别整齐，他笑着对程秒秒伸出手："你好，我是乒乓球部的部长宋飞。"

"你好，我是程秒秒，游泳部的。"程秒秒看这个人挺和善的，就想着能不能让他帮忙说几句话，便问，"你们谁要大冒险啊，能不能换一个惩罚方式？"

"这次要大冒险的人就是我……"宋飞有些不好意思地挠了挠头说，"如果你不愿意的话，我倒是可以换惩罚方式，但是估计他们不会同意……"说着，他看向乒乓球部的其他队员。

他此言一出，那些人都继续笑着起哄："坚决不同意！前面我们的惩罚可都是乖乖照做了，可不能到你这儿就破坏游戏规则啊，部长！"

"就是就是，部长你不会玩不起吧。"

还有人开始安慰程秒秒："就是抱一下而已，我们部长很有分寸的，而且我们部长肯定会负责到底的，哈哈哈……"

这些人的笑让程秒秒有些不适，她后退了几步，可是四周的同学都是在各玩各的游戏，似乎没人注意到这里。

宋飞似乎是注意到程秒秒的不安，他忙笑着说："你不要害怕，我们部门的人就是比较热情而已。"他跟着程秒秒向前靠近了一步，又说，"其实我很早就注意到你了，你那场一百米自由泳的决赛我还到现场去看了，你的泳姿是那场比赛里最好看的……"

"谢谢。"程秒秒想笑着应对，但是笑不出来。

宋飞还在继续侃侃而谈："我家里有个妹妹也是学游泳的，她今年高三了，说不定明年她也上澄海体大，就成了你学妹了，要不这样，我们今天权当是互相认识一下，交个朋友，我代替我妹妹和你纯洁地拥抱一下。"

"抱一下！抱一下！"桌上其余人继续起哄。

本来就是单纯抱一下倒也没什么，但是在这种氛围之下，程秒秒只感觉到不适。可是这些人又都是同一个学校的，程秒秒不知道怎么办才好，一时眼泪都要急出来了。

眼看宋飞真的要抱上来了，程秒秒情急之下，下意识地闭上眼睛往后退了几步，结果还是落入一个臂弯里，只是……方向好像不对？

程秒秒小心翼翼地睁开眼睛，映入眼帘的是吴缺流畅的下颌线。

还没有反应过来怎么回事，程秒秒已经被吴缺松开。他站到程秒秒和宋飞中间说道："宋部长，你们整个部门的人一起欺负一个小女孩儿不太好吧？"

"是篮球部的吴缺师兄啊，师兄前几天不是伤了脚吗？我以为你还在医院里呢。"宋飞的表情带着些挑衅。

程秒秒听师姐说过，澄海体大的篮球部和乒乓球部前些年因为训练场地的问题起过争执，所以这两个部门的人向来不和。程秒秒见吴缺的脚踝上还缠着纱布，害怕他会吃亏，便拉了拉吴缺的袖子，小声说："吴缺师兄，算了，他们只是在玩游戏。"

"玩游戏？"吴缺像是没有听出来程秒秒话里的担心。他的手指轻轻落到一旁的桌面上，然后指着桌上一杯黑色的饮品说，"你们刚才玩游戏的惩罚不是喝黑暗料理吗？这又关人家女孩子什么事？"

"前几次的大冒险的确是喝黑暗料理，但是轮到部长的时候，我们规则换成了抱一下从这儿经过的第一个人。"刚才那个瘦瘦的男生站起来说，"这不是刚好这个游泳部的女孩儿第一个经过，部长要抱她也是愿赌服输遵守游戏规则而已，谁知道她这么玩不起。"

听见那人反过来说她的不是，程秒秒心里更加委屈，她一时气不过，想要站出来和他对峙，却被吴缺不动声色地拦了下来。吴缺的声音低沉，一字一句地说："她是女孩子，肯定没你们玩得开，毕竟小姑娘有她自己心仪的人就在现场，当然不愿意跟你搂搂抱抱。"

心仪的人？听吴缺说出这样的话，程秒秒突然感觉自己血压飙升，心跳得比刚刚生气的时候还要快。这时，站在她身前的吴缺突然向她转过身，他低头看着她，好看的眉眼里自信中带有一丝狡黠。他嘴唇轻启，轻轻的语调像是带着蛊惑的意味："你说，是不是因为喜欢的人在？"

程秒秒呆若木鸡，只得点了点头。旁边那些人见状又吹起口哨起哄，程秒秒摸了一下自己的脸，热得发烫。

"那你说，你喜欢的是谁？"或许就是想让吴缺下不来台，宋飞打破砂锅问到底。

吴缺却笑了起来，他拍了拍宋飞的肩膀，说：“宋部长，这还不明显吗？很显然不是你。”

其他部门也来了些看热闹的人，吴缺说完这话，他们都笑了起来。宋飞脸上有些挂不住，他不依不饶，指着桌上那杯黑色饮料对程秒秒说：“可是游戏还得玩下去，不抱可以，就按照原来的规则，你把这杯饮料喝下去。”

一开始，程秒秒还以为这个宋飞人并不坏，可这会儿她觉得他就像是只咬住人就不放的疯狗。程秒秒鼓起勇气，叉着腰，理直气壮地回道：“按照你们游戏的规则，是你受惩罚喝饮料才对，凭什么让我喝？”

“我是说，我们一人一杯，今天这事才算是过去了，不然就抱。”宋飞不占理，竟然摆出了泼皮无赖的架势。

“你！”程秒秒本想据理力争，但一低头又看见吴缺脚踝上的纱布，今天吴缺是来帮她解围的，她不想真的起争执把吴缺置于危险的境地。犹豫了一会儿，她咬牙道：“喝就喝，谁怕谁！”说着，程秒秒就去拿桌上的杯子。

吴缺的手却先她一步握住了玻璃杯，他偏过头低声对程秒秒说：“他们这里面兑了白酒的，你能喝？”

吴缺将那杯黑色饮料举到宋飞面前：“她这杯我喝了。”

说着，吴缺端起杯子将里面的不明液体一饮而尽。

这下在众人的围观之下，宋飞也不能再找碴儿，即便心有不甘，也只能皱着眉头喝下一杯同样的整蛊饮料。

“吴缺师兄，谢谢你。”

事情告一段落后，吴缺送程秒秒到他们游泳部所在包厢的门口，程秒秒仰着头对吴缺道了谢。

“没事儿，我只是看不惯宋飞那个家伙。”吴缺浑不在意地说，“他……”

“等一下……”程秒秒打断吴缺要说的话。她看着吴缺嘴角上的一小块黑色印记，笑着说，“你把头低下来一点。”

吴缺不明所以，但还是微微俯下上半身。程秒秒拿出一张纸巾，轻轻地印上他的嘴唇，然后把擦下来的污渍给吴缺看，啧啧道：“这都是什么东西啊？”

吴缺有些想笑，他直起身道：“反正你不会想喝，有白酒、有酱油，还有辣椒的味道……”

程秒秒光是听着都感觉到味蕾发苦，看向吴缺的眼神也就更为感激了，她小心翼翼地问吴缺：“那你现在嘴巴还苦吗？”

“嗯。”吴缺点点头。

“对了，”程秒秒忽然想到什么，对吴缺说，“你在这儿等我一下。”然后她兴冲冲地跑进了包厢。

今天的程秒秒穿了一件粉色的连帽裙子，帽子上有两只粉白相间的耳朵，她跑起来的时候就像背后背着只兔子一样，裙摆也左右摆动着。吴缺看着她跑过去的背影，舌尖轻轻碰到她刚才为他擦拭的地方，那里还残留着一丝甜味。

他没有告诉程秒秒，他选的那杯整蛊饮料是甜的，全是可乐和止咳糖浆的味道，哪来的什么酱油，哦，估计宋飞喝的那杯里有吧……

不一会儿，程秒秒便从包厢里跑出来，手里拿着一个粉色的小袋子。

“什么东西？”

“记得上回在机场，我们一起抓偷拍男的时候，那个不幸被偷拍的女孩儿吗？”程秒秒神秘兮兮地把粉色袋子塞到吴缺手里，“她给了我两包糖表示感谢，让我转交一包给你……就是、就是一直没机会，现在刚好，刚才那饮料太苦了，你吃点糖或许好受一点。”

“好。”吴缺骨节分明的手指撕开包装袋，然后从里面拿出一颗粉色的爱心软糖。他将糖果在指尖轻轻捏了捏，然后丢进嘴里说，“这糖的香味怪怪的。”

说着，吴缺把糖递给程秒秒。程秒秒也从袋子里拿了一颗喂进嘴里，笑道：“那个女生跟我说是玫瑰味的，我也是第一次吃。”糖果的确带着浓烈的花香，口味和普通的软糖一样，甜甜的。

“吃了嘴巴里的苦味有没有淡一点？”程秒秒问。

吴缺没有回答，只是一边嚼着糖，一边把糖的包装袋拿在手里看。程秒秒便说：“我看过了，包装袋上写的都是日文，我也看不懂。”

吴缺耸耸肩说："我妈以前在日本留过学，我小时候她教过我一些日文，我现在倒还能看懂一些。"

程秒秒见吴缺的脸色有些古怪，便问："那这上面写的什么？该不会是不能吃的东西吧？"

"接吻前和他一起吃，让爱更清新……"吴缺看着包装袋慢吞吞地念出这样一长串话，然后一本正经地看向程秒秒，"上面的广告词是这样写的，但是配料表之类的内容我就看不太懂了，不过看广告词，应该是能吃的……"

程秒秒的大脑有一瞬间的宕机，那些令人面红耳赤的用词，到底是什么奇怪广告词啊！怪不得这个糖的包装看起来那么暧昧，怪不得当时那女孩儿把糖给她的时候要说那样的话……程秒秒头脸发热，嘴里还没咽下去的糖也像是很烫一样，她一时咽也不是，吐也不是。

"要不，不吃了……"程秒秒话没说完，又看见吴缺拿出一颗糖扔进了嘴里。

"我嘴巴苦，反正是糖，将就吃点。"他说。

接下来，程秒秒还是努力尝试解释了很多遍她真的不知道这个糖是如此有内涵，好在吴缺好像不甚在意。

庆功宴后，各个部门又各自转场继续借着庆祝的由头组局，或许是一个多月以来的高压训练让大家都憋坏了，游泳部的几个人率先带头在酒店附近预约了一家私人影院。

这里供放映的新片子并不多，再加上男生和女生一直没能统一意见看什么电影，他们索性放弃了看电影，借着房间里的设备开启了KTV模式。

小桃是典型的麦霸，什么歌都能跟着唱几句。程秒秒则相反，她会唱的歌就那么几首，每次到了KTV总是唱一样的歌她也觉得没劲儿，便坐在角落里一个小电视机前面看刚才老板给他们找出来的片子《飞屋环游记》。

电影看完，程秒秒已经有些困了，平时这个时间她早都睡了，但是现在看看大家都还正在兴头上。程秒秒打了个哈欠，推开包间的门走了出去。

这个私人影院其实就是一栋民房改造的，每套房间里都配备了投影和K歌设备。程秒秒找到楼道尽头的卫生间，正撞见两个高个子女生从里面出来，程秒秒认得这两个女生是校女篮队的。

“今晚他们男生那边真能喝，我听说好像是孟东被他女朋友甩了，他今天喝了好多了，还一直拉着别人陪他喝，等会儿你要不要去劝劝他……”

听到这两个女孩子之间的对话，好像是篮球部那边的人也来这儿了，也是，这附近根本没多少娱乐场所。

澄海这段时间还正是盛夏，B 市却像是快要入秋了一样。程秒秒刚出来一会儿，就觉得身上有些凉，不过困意倒是一点都没有了。她顺着后面一小段台阶来到外面，不远处黑压压地立着几棵树，程秒秒见这儿没有灯，正打算返回，却看见树底下蹲着一个人。

程秒秒仔细看了几眼，待看清楚是谁后，立刻小心翼翼地走了过去。地上那个人还是没有动，程秒秒有些担心：“吴缺师兄，你怎么一个人在这里？”程秒秒靠近后，发现吴缺手上还拿着半根火腿肠……这样奇怪的场景让程秒秒想到刚才在洗手间门口遇到的那两个女生说的话，她有些紧张，“吴缺师兄，你是喝醉了吗？”

吴缺看向树后面漆黑的地方，他正在喂的猫被程秒秒的脚步声吓得躲起来了。但显然程秒秒没有注意到这窸窸窣窣的声音，本想将猫叫回来的吴缺在听见程秒秒的问题后，突然犹豫了一下。他在黑暗中露出一个浅浅的笑，把手上的半截火腿扔到猫咪逃走的方向，然后慢慢站起来，逐渐走近程秒秒。

“吴缺师兄？”程秒秒看着吴缺不太稳的步伐和他半眯着的眼睛，更加确定自己的猜想。所以当吴缺含糊不清地说自己没有醉时，程秒秒自然而然地上前扶住了吴缺，说，“他们怎么让你一个人喝成这样出来？你脚上的伤还没有完全痊愈，万一……”

话说到一半，程秒秒的手腕忽然被握进温暖的手心里。吴缺眨了眨眼，他另一只手在程秒秒后背一绕，将她背后的帽子盖到了她头上，眯眼笑道：“兔子小姐，你身上很冰。”

程秒秒感觉到吴缺的手掌还在她头顶停留了几秒，轻轻揉了揉，她愣了一瞬，才反应过来吴缺这么说是因为她衣服的帽子上面连着两只耳朵。

外面确实是有点冷，但吴缺的手心很热，程秒秒被他触碰到的地方迅速升温，她下意识地躲开，下一秒却看到吴缺开始解他胸前的扣子。

他还穿着下午闭幕式时穿的白衬衫。程秒秒看着他修长的手指一颗一颗解开纽扣，心又开始突突地跳起来，她忙阻止道："吴缺师兄，你喝醉了，我送你回你们部门的包间。"

但吴缺并没有停下脱衣服的动作，当程秒秒看见他里面还穿着一件半袖时，稍微松了一口气，然而她没想到吴缺直接将脱下来的衣服披到了她身上。

"兔子小姐穿白衣服好看。"吴缺这样说时没有特意忍着不笑，也没有对自己看向程秒秒的目光加以掩饰。他说："我不想回去，兔子小姐陪我。"

漆黑的夜里，他的眼睛灿若星辰。程秒秒觉得自己再一次沦陷了，她悄悄回握住吴缺的手，努力让自己镇定下来，然后问："你想让我陪你做什么？"

吴缺没有立即回答，他陡然靠近，俯下上半身，他的鼻尖几乎要贴上程秒秒的鼻尖，不知是不是他吃了太多糖的原因，他的呼吸里还残留着淡淡的花香。他懒懒地眨了几下眼皮，每一拍心跳似乎都能稳稳地对上程秒秒的心跳。

程秒秒感觉自己的手心出了汗，她闭上眼，不打算拒绝接下来可能会发生的事。就在她考虑自己这样算不算是在骗一个喝醉的人时，吴缺的声音响起，他说："我想荡秋千。"

程秒秒睁开眼睛，她的心情有点复杂。看着眼前这个和平时很不一样的吴缺，程秒秒突然想做一些平时没机会做的事情，她趁吴缺还俯着身，像吴缺刚刚对她做的那样，伸出手在他的头顶揉了揉，笑着回应道："好。"

这里离他们住的地方不远，一路上，吴缺都紧紧地拉着程秒秒的手，这让程秒秒觉得十分不真实，同时她又庆幸吴缺醉了，她可以肆无忌惮地看着他，时时刻刻确认此时牵着她的手的人就是吴缺。

夜深人静的小花园里，路灯似乎也暗了几分，程秒秒让吴缺坐在秋千椅上时，上方的铁链发出的吱呀声特别清晰。待吴缺坐好，程秒秒又再三叮嘱他扶稳铁链，这才在吴缺背后轻轻地推起来。

秋千刚荡出去，吴缺突然一伸腿将秋千制动。他回过头，明明是一张能任意摆布别人的脸，却摆出一副受委屈的表情，他拍拍秋千椅旁边还富余的位置，说：“兔子小姐坐这里。”

“可是……”程秒秒刚说出两个字，就毫无防备地被吴缺一把拉了过去，她身上披着的白衬衫在空中划出一个好看的弧度，带着她稳稳地落在了紧挨吴缺的位置上。

吴缺的脚随意地在地上晃着，就像程秒秒的脚受伤那天一样。程秒秒突然感觉有些紧张，她试探性地问吴缺：“吴缺师兄，那天你也是这样帮我荡秋千的，你记得吗？”

吴缺的动作微微顿了一下，但他马上抬起头看着程秒秒说：“兔子小姐还和别人一起荡过秋千吗？”

程秒秒盯着吴缺的眼睛看了几秒，发觉吴缺眼神里的迷茫，她才放了心。她看着吴缺，忍不住又伸手揉了揉他头顶柔软的头发，然后说：“没有哦，我只跟你一个人来过这里。”

话音刚落，空中忽然有几滴水珠落到了程秒秒的脸颊上。

“下雨了吗？”程秒秒抬头看天，还没看出什么名堂，耳边就听见哗啦一声，密集的水花瞬间铺天盖地地从天而降。

程秒秒不知道为什么秋千架旁那个沉寂已久的喷泉会突然喷发，她和吴缺慌乱地跑回酒店大厅的时候，值夜班的保安说花园里的喷泉已经很久没有通过水，但今天不知道为什么水闸突然裂开了。

程秒秒心想，原来倒霉的属性还是如影随形地跟着她呢，只不过……今天她就暂时不怪罪这奇怪的命运了，因为她已经得到了一个只属于她的秘密的礼物。

把吴缺送到他的房间，程秒秒倒了一杯热水给吴缺：“等会儿你把这杯水喝完就上床睡觉。”

吴缺没有伸手接水杯，他盯着程秒秒：“兔子小姐呢？不陪我了吗？”

刚才喷泉的水喷涌出来的时候，吴缺替她挡了一些水，他额前的发梢上还挂着些许水珠。程秒秒叹了一口气，把水杯放到床头，又抽了些纸巾，踮起脚帮他把头发上的水擦干，接着走到床边，将吴缺披在她身上的白衬衫脱下来，放到了床上。

再好的礼物，也没有一打开就抱着不撒手的道理。程秒秒低着头说：“兔子小姐该走了，你睡一觉起来就会忘记她的。”

程秒秒转过身，想在离开之前好好道别，可刚一抬头就被眼前的一幕吓红了脸：“吴缺！你脱衣服干什么？”

“湿了。”

吴缺眼神纯真，程秒秒反倒觉得是自己想得太多，她有些心虚地拿过刚脱下来的衬衫替吴缺披上，即便如此吴缺前胸大片的肌肤还是裸露在外。

平日在泳池里，班里的男生都只是下半身穿着泳裤，程秒秒也没有觉得怎么样。可是面对吴缺，程秒秒突然像是摇篮里的婴儿变得毫无抵抗力，她转过头，红着脸说：“你自己扣一下扣子。”

还没等吴缺回答，门口突然传来“嘀——”的一声，接着门口又传来几个男生的声音：“怎么回事，房间灯好像亮着，吴缺已经回来了吗？”

有人回来了！程秒秒看着面前醉眼蒙眬还半裸着的吴缺，他们俩如果这样被人撞见肯定怎么也解释不清了！没有多想，程秒秒在门口的人进来之前，拉着吴缺就闪进了厕所。

“嘘。”程秒秒示意吴缺不要出声。

“嘘——”吴缺学着她的样子“嘘”了出来，程秒秒忙伸手捂住了他的嘴。

“吴缺！”

外面的人喊了几声没有得到回应，就不再叫吴缺的名字，但厕所的门把手忽然被转动了一下，程秒秒又手忙脚乱地上前用力挡住。

“怎么回事？厕所门打不开了，我正着急呢……”一个醉醺醺的声音就在门外响起。程秒秒双手都用来挡门，眼睛紧张地盯着吴缺，生怕他发出一点声音。

吴缺这时候倒是很配合，他指了指自己的嘴巴，用双手在空气中比画了一个大大的叉，然后跟着程秒秒一起挡住了门。

程秒秒冲他点点头，不愧是她喜欢的人，即使喝醉了，关键时刻智商也是在线的！

不过好在外面同样是几个醉汉，门外的人许久推不开门后，另一个人便对他说：“孟东，那门锁可能坏了，我们去借用一下隔壁的卫生间。”

程秒秒看到希望，想着可以趁他们去隔壁上厕所的空当溜出去，可下一秒门外又响起一个人的声音：“你们俩去吧，我刚才在KTV上过了，这会儿头疼得不行，先睡了。”

行吧……程秒秒又开始期盼这个人能够赶快睡着，好给她溜走的机会。可万万没想到的是，她的倒霉属性在这个时候又发挥到了极致，那人的电话不合时宜地响起，好像是他的女朋友打的。

“喂，宝贝……”

即使男生已经醉得不太清醒，但小情侣打起电话来总是没完没了，程秒秒躲在厕所里听着外面的人从诗词歌赋聊到人生哲学，她还是没能坚持到这个人挂电话就先一步合上了眼睛。

程秒秒醒过来的时候，发现自己坐在厕所的地板上靠着门睡觉，还以为自己在做梦。但下一秒当她看见穿着白衬衫靠在洗手台上的吴缺时，所有的真实又梦幻的回忆都涌上了心头。

吴缺的衣服扣得整整齐齐，只露出一截脖颈和凸起的喉结，他倚靠在洗手台上，动作慵懒，未经打理的头发也略显凌乱，但他看着程秒秒的眼神十分清明，已经和昨夜大不相同……

程秒秒心下十分懊恼自己没能在吴缺清醒之前醒过来，在吴缺虎视眈眈的眼神注视下，她小心翼翼地从地上起来，想开口解释，却又不确定吴缺记得多少，万一他记得她趁他喝醉摸过他的头还拉过他的手……

她正犹豫着，吴缺先开口了，声音带着清晨特有的质感：“昨天晚上我喝醉了，是你送我回来的？”

听出来吴缺不记得昨晚所有的事情，程秒秒马上松了一口气，她点点头：“是，昨天我送你回房间，当时你朋友也突然回来了，你怕你朋友误会，就拉着我躲进了厕所，所以我们才在这里，记得吗？”

“嗯……好像是这样……”吴缺抬手捏了捏自己的后颈，左右动了动脖子，疲惫地说，“那谢谢你了，小兔子。”

听见这个声音，程秒秒心口刚落下的大石头又提了起来，她匪夷所思地看向吴缺。

吴缺却只是耸了耸肩，他抬手指向程秒秒的头顶，说：“我只是看见那个，想开个玩笑，不可以这样叫你吗？”

程秒秒摸摸脑袋，原来自己头上还盖着那个兔耳朵帽子。程秒秒又观察了吴缺一会儿，套路地问了一些问题，才确认吴缺的确是不记得昨晚的事儿了。一大早上，她的心情就像是坐了一路的过山车，程秒秒觉得自己的心脏经不起折腾了，她问吴缺：“外面你那几个朋友现在还在不在？我能出去了吗？”

吴缺点点头：“可以，他们现在还睡得跟猪一样。”

终于可以重获自由，程秒秒忙跟着吴缺蹑手蹑脚地出了厕所门。

“等等。”刚踏出去一步，程秒秒就被吴缺转过身来捂住了眼睛。

“怎么了？”程秒秒问。

“那几个流氓没有穿衣服。”

程秒秒忙闭上眼睛，心中却觉得有些好笑，吴缺说得这样大言不惭，看来是全然忘记了他自己昨天在她面前脱衣服的事情了……

原本程秒秒还有些担心该怎么和小桃解释昨晚她去哪儿了，但没想到昨晚小桃他们一群人在私人影院玩了通宵，压根儿没在程秒秒回房间之前回来，程秒秒也就轻松搪塞过关了。这件事儿，她只想作为自己藏在心里的包着糖纸的秘密，不想对任何人提起。

只是有一件事儿她还想不通，明明她坐在厕所冰冷的地板上靠着木板门睡了一夜，可她全身上下的肌肉都没有感觉到任何不适，甚至她睡梦中还记得自己睡得又暖又软……

【4】吃了你的糖，就是你的人

吴缺一夜没睡，本想白天在酒店补觉，却接到凌枫的电话，说是在一家有名的小众餐厅订了一桌菜。吴缺毫不犹豫地拒绝：“不去，困着呢。”

“得了吧，我又不是请你一个人吃饭。”凌枫的语气难得十分正经，“我上次不是跟你说我爸在B市认识一个叔叔，对我们Beast俱乐部以后的事情可能帮得上忙？这次我把赵叔约出来，我们一起吃个饭。”

凌枫口中的Beast篮球俱乐部是他们二人合伙筹备了大半年的项目，最近吴缺忙着在校队当外援，这段时间俱乐部的事务都是凌枫在打理。听他这么说，吴缺揉了揉太阳穴，应了下来：“你把地址发给我，我等会儿就过去。”

吴缺到了那个饭店时，在包间里等着他的却只有凌枫和凌湘两个人。

“赵叔呢？”

凌枫立刻嬉皮笑脸地说：“我跟赵叔约的是晚上，现在就咱们三个先吃一顿，反正我们也好久没坐在一块儿吃饭了……”

吴缺看着凌枫的表情，以及从他一进来就一直一脸期待地望着他的凌湘，立刻就明白了怎么回事。他皱着眉对凌枫说了句：“我昨晚真是没休息好，现在也没胃口，你们吃吧。”吴缺说着，就把包往桌子上一扔，顺势躺到了一旁那张大红木椅子上，“我先睡会儿，等会儿赵叔真要来了你再叫我吧……”

见状，凌枫只好冲凌湘耸了耸肩，用口型说：“你看，哥也只能帮你到这儿了。”

程秒秒收到吴缺发来的消息时，她正和小桃在逛B市著名的小吃街。回澄海之前他们仅剩这一天自由活动的时间，小桃休息了半天后，就匆匆拉着程秒秒去找B市的网红小吃店。

因为昨晚的事情，程秒秒一整天都心不在焉，她收到吴缺发来的消息时，一失手就把刚拿到手的一碗冰粉打翻在地。

“怎么了？”

在小桃赶过来看时，程秒秒手忙脚乱地把手机藏到了身后，慌张地说：“没、没什么，就是……就是吴缺他好像在约我出去。”

“想知道你在我心里的位置吗？去滁江公园等我，我会告诉你答案。”

这是吴缺发来的消息，仅此一条，没有多余的话。程秒秒不知道他为什么突然约她出去，难道他突然想起来昨晚的事情了？还是这段时间的相处中，吴缺终于有那么一点被她打动？

吴缺毕业以后，他们还能因为这场四年一度的比赛而多相处两个月已经很幸运。这次回了澄海，或许他们想要再见面是真的难上加难了。程秒秒看着短信，没有过多犹豫，决定前去赴约。

滁江公园位于 B 市远郊，程秒秒来到这里用了一小时的车程，出租车司机听出她的外地口音，好心对她说："小姑娘是来旅游的吧？现在天快黑了，你一个人去滁江公园恐怕不太安全，天黑以后那边要坐车回来也不太方便……"

"有人约我过去。"程秒秒的语气有些忐忑，但还是难掩心中喜悦。

司机笑着说："怪不得，那里风景确实是不错，听说年轻人都喜欢去拍照，不过现在过去可能赶不上去江边看落日了……"

"没关系。"程秒秒喃喃道。

如果有那个人在，什么样的风景都是好的。

司机一路开得很快，程秒秒到江边时，天边的晚霞还未完全散去。程秒秒想着，或许等吴缺来了他们还能一起看落日。可是等到天边最后一丝亮光隐去，游玩的人也都纷纷离去，吴缺还没有来。

再等等吧，吴缺既然特意发消息叫她出来，不论他想说的是什么，他总会来的，程秒秒这样告诉自己。她坐在江边的椅子上，看着星光渐渐代替晚霞填满天空，整个人既紧张又忐忑。等到连江面都陷入一片沉寂的时候，她的手机上突然跳出来一条微博通知。

上次在机场遇见凌湘直播，程秒秒就偷偷关注了她，不知是出于什么样的心理，她还把凌湘设置为特别关心。

置身只有风声的江边，这声提示音来得格外突然，程秒秒一点开，就认出了配图里的人，那是吴缺的睡颜，凌湘在一旁露出半张脸，笑得格外甜。

睡着的吴缺不知道做了什么梦，他不再像程秒秒熟悉的那样皱着眉头，好看的眉眼都舒展着，嘴角还隐隐带着笑意……

他笑得柔软，程秒秒却觉得自己心口的位置像是被刺了一下，他那样吝于给她一个笑容，和凌湘在一起时，他却连睡觉都是笑着的。程秒秒终于明白，吴缺不会来了。

吴缺说他会来告诉她，她在他心里的位置，可程秒秒现在知道了，她一点也不重要，是根本不需要他亲自来解释的那种不重要。无论她等多久，他永远都不会向她走来，这就是他的答案。

这些天吴缺对她说过的话，对她做过的动作，忽然间又一样样地在程秒秒的脑海里重现：她受伤，吴缺抱了她；她被戏弄，吴缺替她喝了整盅饮料；醉酒的吴缺摸着她的头叫她“兔子小姐”……

这些回忆是那么真实，历历在目，可是对于一个暗恋失败的人来说，最没用的就是这些模棱两可的回忆。程秒秒想，或许正是因为近来发生的这些事，让她有了某种错觉和奢望，而吴缺察觉到了她这种奢望，才会选择在今天用这样的方法终止她不切实际的幻想。

月光静静地洒下来，月亮明明还是那个月亮，可是不久前还和她一起在月光下荡秋千的人就这样悄然又残忍地从她的世界里告别了。

江面的风吹过来，带来一阵凉意，程秒秒感觉自己脸上冰冰的，抬手一摸才发觉自己不知什么时候已经流了满脸的眼泪。

时间已经慢慢过了午夜，程秒秒还缩在江边的椅子上，她带着这些年里她所有的喜欢来赴这场约会，没有等来男主角，她暂时还不知道该怎么离开，怎么收拾那些被人轻飘飘就遗弃的爱慕。

不远处就是一座江上大桥，程秒秒无聊地看着桥上彩色灯光的变化时，意外发现了一个杵在桥边的身影。隔着这么远，除了那是一个人影以外，什么都看不出来，但程秒秒看到那个人一动不动地看着江面，觉得他（她）或许也是一个和她一样被遗忘的人。这样的同病相怜让程秒秒多少感觉到了一点慰藉。

只是下一刻，视线里的那个身影突然就从桥上一跃而下。

程秒秒惊呼一声，她吓得从椅子上跳下来，可是环顾四周，漆黑的夜里没有什么路人，程秒秒能听见那个人掉进江中发出的扑通声。

“不是吧……”程秒秒呼叫几声无果后，迅速慌张地脱掉了脚上的鞋子，草草地拉伸了一下手腕和脚踝就迅速找了一处江岸下了水。

江水比她想象中要冰要深，漆黑的夜里，程秒秒感觉自己掉入了一个深不见底的深渊，但她还是奋力朝那个正在沉没的生命游过去。

程秒秒初中时期的教练在一堂课上告诉过他们，遇到溺水事件千万不要仗着自己会游泳而盲目下水救人，因为落水者在濒临死亡的时候会用力抓住一切能抓住的东西，救人者常常会被落水者缠住落入危险的境地……

但程秒秒在跳进水中时根本没想那么多，在用尽全力将那个人带上岸后才开始后怕。她没有多少时间喘息，上岸后尽快回忆起去游泳馆兼职时学的溺水急救技巧，给那个已经奄奄一息的人做心肺复苏。

在几次人工呼吸之后，溺水者的眼睛终于睁开了，借着月光，程秒秒发现她睫毛很长。

她咳着醒过来，程秒秒累得倒在一旁的草地上，说："虽然我不知道你为什么要跳江，但是我看见了，就必须救你。"

良久，那小姑娘停止了咳嗽，但也没回应程秒秒的话。程秒秒担心她的状况，又从草地上爬起来，便看见怔怔地躺在地上，睁着大而无神的眼睛静静地看着夜空。

她长得很清秀，一头齐耳的短发微卷，圆圆的眼睛里隐约还有泪花。程秒秒看着也不忍再说什么难听话，便顺势躺到她身边问道："怎么这么晚了还一个人在外面？也是有人约了你出来，又自以为是地不来赴约吗？"

一旁的人没有接话，但程秒秒还是兀自说下去，自言自语似的把今天的事情一五一十都说了出来。一番倾诉过后，程秒秒意外觉得自己心情轻松了许多，但是旁边的人一直一言不发。程秒秒有些不好意思，便说道："我说出来以后好像就没有那么难受了，你遇到什么不高兴的事，也可以跟我说说。"

那女孩儿还是没有说话，不过这一次她突然从草地上"噌"地站起身，程秒秒忙起身跟上，好在她没有再次往江里跳，不过她看着程秒秒，竟然二话不说就脱掉了宽大的上衣。

他里面并没有穿贴身的衣物，胸前虽然平坦，但也看得出有些肌肉，程秒秒愣了一瞬，结结巴巴道：“你、你不是女孩子啊……”

“我什么时候说我是女孩子了？”他一边用手拧着衣服上的水，一边说着，声音清亮，能听出来是少年的音色。

“那……你刚刚怎么没解释？”

“你也没给我解释的机会呀。”少年突然粲然一笑，他脸上的阴霾已然不见，仿佛刚刚那个跳江又被救上来的人不是他一样。

程秒秒有些好奇地问：“你……难道是不小心掉下去的？”

“当然不是，是蓄谋已久。”少年说完，还对程秒秒眨了眨眼。

这样沉重的事情被他嬉皮笑脸地说出来，就像是没什么大不了的事，这让程秒秒更不知道如何接话。但这次少年没等她问，就突然拉起她的手放到了他的胸口上：“你看这个。”

程秒秒没有触摸到他的皮肤时想要躲闪，但看到了他指的地方有一条疤痕从他的左胸口一直蜿蜒到手臂下方。

“我六岁时做的手术，后遗症折磨了我十三年，今天医生告诉我说我已经没救了，医生已经放弃了我……”他拉着程秒秒的手放在他胸口的位置，平视着程秒秒说，“但是今天，我离死亡一步之遥的时候，你又救活了我。”

程秒秒被他那双眼睛盯得心里有些发毛，她缩回手说：“今天无论是谁撞见了，都会救你的。”

“不是的，你不知道，连我家人都放弃我了。”少年的眼神突然一黯，却只是一瞬又恢复了笑容。他另寻话题，“我叫陆絮，你呢？”

程秒秒完全搞不清状况，明明不久之前他才从那样高的大桥上跳下来，可这会儿却又像没事人一样跟她撒着娇：“秒秒，你有吃的吗？我饿了。”

程秒秒打开自己的包说：“好像没有。”

“这是什么？”陆絮从程秒秒的包的侧面拿出一个包装袋。

机场遇到的那个女孩子给了程秒秒两包糖，吴缺吃了一包，现在剩下一包。程秒秒看着那个粉色的包装袋，又想起了吴缺，她伸手想把糖拿回来，却被陆絮抬手举高躲开了。

程秒秒把陆絮从水里救上来的时候，只觉得他特别瘦，加上他又长得清秀，她自然而然地把他当成是女生了。这会儿他站起来，程秒秒才发觉他竟然比她还高一点点，只是显得他更瘦了。陆絮把糖举高，笑着说："这不是吃的吗？我不能吃吗？难道是你刚才说的那个什么师兄送你的？"

"不是！"程秒秒被他这样一提醒，才发觉自己仍然还在意着这样一包没有任何意义的糖果。她有些懊恼，停住去抢糖的动作，"没什么，你吃吧。"

"这糖味道怎么怪怪的？不过还挺好吃……吃了你的糖，无以为报，是不是只能以身相许了？"

陆絮一边吃，一边还说个不停。程秒秒有些纳闷，现在身边这个喋喋不休的人，真的是她刚救上来那个看着天空一言不发泫然欲泣的人吗？这么短的时间里完全像是变了一个人……

他们回到城区已经是后半夜，陆絮对他的住址只字不提，一路上都跟着程秒秒。

"我在前面的酒店就下车了，你不回家吗？"程秒秒问陆絮。虽然从刚才开始陆絮就一直嬉皮笑脸的，但程秒秒想到他不久前跳江的举动还是有些担心。

陆絮噘起嘴，一脸委屈地说："可是秒秒，我现在很饿，就不能先请我吃点东西吗？"他说完，车内就传来两声"咕噜"的声音，是从程秒秒的肚子里发出来的。

这个时间，只有酒店附近一家二十四小时营业的便利店还开着门，程秒秒和陆絮各要了一份关东煮。

程秒秒身上的衣服还没有干透，这会儿吃了点热的东西，喷嚏便一个接着一个。陆絮不知从哪里借来一条毛巾，他一只手拿着一串丸子吃，一只手用毛巾将程秒秒的头发包住揉了揉："你可别因为救我自己病了。"

"没事儿，我身体好。"程秒秒说完这句话，就见陆絮的神情有些不对。想到刚才他让她看过的那一道长长的刀疤，程秒秒又忙说，"我不是那个意思，我是说我是练体育的，而且整天都泡在泳池里，抵抗力比较强。"

陆絮依然认真地帮程秒秒擦着头发，他嘴边带笑，眼神却有些黯淡："你知道吗？我从出生开始，超过二分之一的时间都住在各种各样的病房里，有些情况不太好的关头，哪怕是一场小小的流感都能要了我的命。”

闻言，程秒秒怔怔地抬起头，一时不知道该对陆絮说些什么。虽然她才认识陆絮才几个小时，此刻看着他那张清秀的脸庞，那双本该明媚的杏眼却染上了与他的年龄不符的绝望，程秒秒心中莫名涌起一股难过之情，难以想象，眼前这个还不到二十岁的男孩儿到底经历了什么样的人生……

“我今天去滁江的路上，出租车司机跟我说滁江是北方最大的河流，汛期的水量如果不加以控制能淹没大半个城市……”程秒秒抬手轻轻摸了摸陆絮微卷的头发，说道，“你今天跳进滁江，这会儿不也完好无损地在便利店吃关东煮吗？这说明你比大半个城市都要强壮，可千万不要轻易投降了哦。”

程秒秒学着骆星辰的样子说了一番大道理，陆絮听完就“扑哧”笑出了声，他那双比女孩子还要好看的眼睛弯成了一对月牙。

见他眼里的阴霾渐渐散去，程秒秒又把自己的关东煮往他面前推了推：“多吃点，我可是很抠门的，很少主动请别人吃东西，你得抓住机会。”

“真的是这样吗？”陆絮佯装惊讶道，“那我今天吃了你这么多东西，到时候一定得还。”

程秒秒摆摆手：“今天是我最后一天待在B市了，以后没机会找你要债的，放心好了。”

“我倒是觉得我们肯定还会再见面的，到时候你可别反悔哦。”陆絮这样说道。

程秒秒只当他是在开玩笑，便也跟着说笑了几句，没注意到陆絮的目光盯着她书包上澄海体大的校徽挂件看了许久……

第七章

桃花朵朵

【1】再也不想他

凌枫后来也真的约了赵叔出来小聚，吴缺虽然不用担心俱乐部的资金问题，但在人脉这方面，凌枫家里的背景更能帮到俱乐部，这也是当初他们二人一拍即合要一起开俱乐部的原因。

饭桌上，吴缺难免喝了些酒，回到酒店的时候，他又想起了他的“兔子小姐”。昨晚他也只是一时起意，将错就错地装醉，没想到发生的事情倒是出乎他的意料……

吴缺抿着唇，嘴角微微翘起，他没有直接回房间，而是情不自禁地走到了那个小花园，朦胧的夜色中，秋千架上空无一人。吴缺看了一眼腕表，已经是后半夜了，他不由得捏着眉心缓缓地摇了摇头，他今天是真的有点醉了。

吴缺又倚在栏杆上，对着那个空荡荡的秋千看了一会儿，越发觉得口渴，他信步走到附近的便利店，却在准备推开便利店的门时顿住了脚步。

便利店光洁的玻璃窗内，程秒秒和一个年轻清瘦的男孩儿并排坐在窗边有说有笑地吃着东西，程秒秒的头发不知为何还有些潮湿，而那个男孩儿正在用毛巾帮程秒秒擦头发……

吴缺看着眼前这一幕，醉意忽然醒了大半，他嘴边那若有若无的笑意也慢慢凝结成了错愕，他推门的手瞬间有些颤抖，这样的感觉对于吴缺来说是陌生的。在门完全被推开之前，吴缺还是转身躲进了街角的黑暗中。

偏偏他刚回到酒店门口，就撞见了一群人，是游泳部的几个女生，平时和程秒秒要好的那个小桃也在其中，吴缺本想避开，但那个女孩儿大声叫住了他。

“什么事儿？”吴缺若无其事地回头问。

曲小桃瞪大了眼睛绕着吴缺看了几圈，又神秘兮兮地问吴缺：“程秒秒没和你一起回来吗？还是……你把她金屋藏娇了？”

曲小桃说着还一脸坏笑地看着吴缺。吴缺有些莫名其妙，看到曲小桃那种玩味的表情之后，他突然觉得自己实在是耐心有限，他看着曲小桃，冷声道：“怎么？程秒秒说她和我在一起？”

“不然呢？不是你约她出去了吗？”曲小桃说完，看着吴缺无比难看的表情，像是明白了什么，她有些惊讶地捂了捂嘴。可没等她细问，吴缺就一言不发地走开了。

正纳闷之时，小桃转身又看见程秒秒从大厅进来。

“你们？”小桃看看程秒秒，又回头看看吴缺头也不回的背影，一时也不知从何问起。

“小桃，别问了，没什么的……你快跟我说说今天你们都去哪儿玩了？”程秒秒笑着转移话题，但明显是强颜欢笑，眼睛里有泪花在打转。

程秒秒一进门就看到了吴缺，然而他只是远远地瞥了她一眼就迫不及待地转身离开了，他真的这么急着和她划清界限吗？

程秒秒没有特别多的优点，她认为有自知之明能算得上是其中一个。明白吴缺用心良苦地告诉她的这份“心意”以后，程秒秒不想让吴缺连她这个优点也看不到。在小桃问她到底发生了什么时，她抱着小桃说：“小桃，我以后不想他了，再也不想了。”

但事实证明，程秒秒严重低估了这件事情的难度，即使她可以控制不去看吴缺，也难以控制自己不去想他。不过好在回程中吴缺并没有和他们坐同一趟飞机，听说他临时退了票，有事要留在B市。

回到澄海，距离开学还剩下几天时间，程秒秒刚好留在家里照顾还未康复的老妈。可不想她拿了四块奖牌回来的事情已经被传开了，她一回家，张玲就因带着伤的手张罗了几桌家宴，还请了一些他们的同事朋友，骆星辰的爸爸骆维就在其中。

程秒秒被程凯阳领着挨桌问好的时候，骆维见她便笑着说：“秒秒在那边比赛的时候，星辰那小子有没有去给你加油当后勤？”

“有啊，五十米自由泳决赛那天，骆星辰刚好休假，他还到现场给我加油了呢……”

其实骆星辰几乎每天都在微信上给程秒秒加油打气，只是比赛期间程秒秒没有多少时间和他聊天。后来自由活动那天，骆星辰叫她出去说是做东请她吃东西，但那天收到他的邀约时，她正在赶往滁江公园的路上……

想到这里，程秒秒心中的失落又被唤起，好在饭桌上的气氛十分热烈，大家都围着她这个“主角”问东问西的，程秒秒心中那份落寞还是被压制了下去。

只是夜深人静时，程秒秒还是会找出那天吴缺叫她出去的那条短信翻来覆去地看，她很想问一下吴缺，为什么非要用这样不近人情的方法甩开她。明明这次比赛过后，吴缺就彻底离校了，和她也不会再有什么交集，那时候他自然可以不再被她“纠缠”，他何必在此之前亲手把她微渺的梦想捏碎呢？

但每每想到那天吴缺看见她时急着躲开的眼神，她就把输入栏里的问句悉数删掉，或许从几年前她偷偷喜欢他的那一刻开始，就注定有这样的一刻她要学会将他忘记。

可是愈来愈烈的喜欢并不能说断就断，而且这注定是她需要独自经历的修炼，即使是开学以后，程秒秒也很少再和小桃他们说起关于吴缺的事。

小桃不解地问：“程秒秒，你最近有些不对劲儿，这学期开学以来，你每天都去图书馆看书到这个点儿才回宿舍，我们这专业有什么书可看的啊？如果是因为吴……”

程秒秒见小桃就要说出吴缺的名字，忙把顺手买回来的章鱼小丸子喂进小桃嘴里：“没什么，我就是去记记单词，我的英语四级不是还没过吗？”

小桃一脸的难以置信：“我们专业对英语四六级不是没有硬性要求吗？”

“嗯，就是随便学学，以后说不定要出国比赛呢……”程秒秒随口一说。其实她去图书馆也只是为了消磨时间，毕竟她报考这个学校就是因为喜欢吴缺。现在这个理由不在了，她突然觉得自己像一只无头苍蝇，而之所以选择学英语，是因为她在微博上看到凌湘拿了全国英语演讲比赛一等奖。

一想到这儿，程秒秒刻意转移话题，她拍拍小桃的肩膀：“说起来，你最近不也改邪归正了？这学期我几乎没见你打过游戏？怎么了？你之前不是一直念叨着这个月出新英雄吗？”

说起这个，小桃眼神似乎有些躲闪，她吞吞吐吐地说：“就是、就是突然不太感兴趣了，你和木子不是经常说游戏都是虚拟空幻的吗……”

程秒秒见小桃说话时神色不太自然，但想再问的时候小桃已经迅速闪进了浴室，程秒秒只好作罢。最近310宿舍的人似乎都有秘密，还不到十点，她们三人都各自上了床，以往天天熬夜打游戏的小桃早早睡了，之前每天雷打不动十点入睡的木子反而到深夜手机屏幕还亮着。

以往每个学期开学伊始，她们宿舍都会出去聚个餐，而这学期开学近一个月了，她们也没人提这件事儿，似乎每个周末都在忙各自的事情。程秒秒最近也有意识地让自己忙起来，更是有些自顾不暇。

除了重新回到游泳馆当兼职教练，程秒秒还找了一份水上乐园救生员的兼职。周六这天结束游泳馆的课程后，程秒秒到公交车站等车去水上乐园，身后还跟过来一个小跟屁虫。

“小许粒，你也等公交车吗？”程秒秒看着脸比之前还圆一些的许粒，情不自禁地揉了揉他自然卷曲的头发。

许粒皱着眉矮身躲开，他粉粉的小嘴嘟起来：“有人来接我，教练姐姐你去哪儿？如果顺路的话我不介意让你搭顺风车。”

程秒秒不顾许粒的反抗，还是蹲下身捏了捏许粒越发圆润的小脸蛋，笑着说：“许粒啊，你长得这么招人喜欢，说话就不要学你那个凶神恶煞的哥哥了，一点都不可爱……”

“我真有那么吓人吗？”一道男声从程秒秒身后传来。

程秒秒回头就看见一个男人立在那里，她愣了两秒才认出许穆清来。和前几次见面相比，他风格大变，穿了一件白色卫衣和浅蓝色的牛仔裤，清新的配色和他之前板正的黑西装商务风大相径庭。

“怎么？不认识了？又要把我当人贩子送进警局？”许穆清脸上带笑，也和程秒秒印象中的形象不太相称。

程秒秒摇摇头：“没有，只是……觉得你和之前不大一样了，一时间没认出来。”

“怎么不一样了？没以前那么凶神恶煞了？”

程秒秒知道他是听见了刚才她在背后说的话，也只好尴尬地笑笑说：“就是觉得你看着比之前年轻了些……不是……”程秒秒觉得自己用词不合适，想了想又说，“就是看着不像社会人，像大学生。”

许穆清听了只是笑笑，没说什么。许粒却冲着许穆清翻了个白眼说：“他自己一把年纪了还装嫩，没想到你还挺捧场。”

程秒秒因着许粒人小鬼大的表情笑起来，也同时感觉到许粒和许穆清之间的气氛不像以前那样剑拔弩张了。

许粒瞟了许穆清一眼后，乖乖上了路边停着的私家车。许穆清没有立刻上车，他打开副驾驶座位的门，看着程秒秒说：“公交车还不知道要等多久呢，要不和我们一起？”

程秒秒有些为难地说：“我去水上乐园那边，和你们不顺路吧……”

她话还没说完，许穆清就笑道：“刚好我们也去水上乐园。”

近期天气转凉，水上乐园的游客已经少了许多。上车后，程秒秒问一旁的许粒：“前段时间水上乐园搞活动，有很多表演，你去看了吗？”

“没有……”许粒白了驾驶座上的许穆清一眼，“我对那种小孩子的活动不感兴趣，今天也是我陪我哥去而已……”

前面传来一声轻咳，许穆清轻笑着说：“我前段时间在忙一个案子，没时间，这不刚好今天有空我就带他出来转转。”

虽然许粒又白了许穆清一眼，程秒秒还是察觉到车内的气氛比上一次见到他们俩时融洽了许多。程秒秒在许粒耳边小声开玩笑道：“你哥是不是为了讨好你才装嫩的？你和他现在关系不错呀。”

“他装嫩的确是为了讨好别人，不过……”许粒一本正经地冷哼了一声，说，“我可不是那么容易就能被讨好的人，他也就能骗骗你这样的。”许粒说着老气横秋地打量了程秒秒几眼。

程秒秒不甘示弱地伸手捏起许粒脸颊上的肉，笑道：“你这个小鬼，你才五岁，每天都这么毒舌，小心以后找不到女朋友哦。”

“我哥都快年过半百入土为安了，不也还没女朋友……”

程秒秒听着许粒稚嫩的声音说着不符合年龄的话，笑得前仰后合：“你看你现在这样说你哥，他都不发脾气了。”

“你不懂。”许粒一脸得意地说，“没有永远的敌人，只有永远的利益，我和他暂时达成了男人之间的约定。”

程秒秒又被逗笑了，问：“你们达成了什么约定？”

许粒高深莫测地竖起一根手指说：“男人最好的品质就是保守秘密。”

【2】多多吃肉

天气转凉后，水上乐园里游玩的人三三两两，颇为稀疏。许穆清说是陪许粒玩，他却不下水，许粒一人百无聊赖地躺在气垫上漂流。程秒秒以为他玩不了多久就会闹着走，没想到等到她下班的时候，许粒还在水上漂着。

许穆清坐在一旁的大伞下面，低头看着手机，他虽然穿着一身休闲装，但坐姿还是笔挺得像是在开会一样。

许粒看见程秒秒，他叫了一声，许穆清也抬头看过来，他的眼神在程秒秒的衣着上停顿了一会儿。程秒秒下意识地将套在比基尼外面的防晒衫拉高了些，解释道：“这是乐园规定的着装，必须穿成这样……”

许穆清没再多看，只是说：“什么规定，你是救生员又不是泳装走秀，这种规定你可以拒绝。”

程秒秒也知道许穆清的意思，平时园区里就总有男人用不怀好意的眼神打量她，因此她才在泳衣外面套防晒服的。

“我来之前和别人说好做够一个月的，不过天气转凉，下周这里就暂停营业了，我就不来了。”程秒秒说。

许穆清点点头，又说：“如果你很需要兼职，我可以帮你介绍。”

程秒秒道了谢，又摇头说：“我就是刚开学的时候空闲时间太多，想多做点事才过来的，等这里暂停营业，我也要回学校专心备考了。”程秒秒不好意思地挠挠头说，“我英语很差劲儿，还在考四级。”

两人正说着话，许粒也从水池中央游了过来，他一脸的不耐烦，一边揉着肚皮一边说：“我都要饿死了，快出去吃饭吧。”

天色的确是不早了，园区内除了许粒和许穆清已经没有其他游客，广播里也在催促游客离开。程秒秒看着许粒在水里泡得太久已经发白的小手，不明白为什么许粒明明不爱在这里玩，还在这里逗留了大半天，想来肯定是因为许穆清这个不太称职的哥哥为了省事才如此“放养”。

这样想着，程秒秒对许粒说话时也带了更多同情，她摸摸许粒的头，从随身带的包里拿出一袋饼干说：“现在这个时间园区附近的小吃都收摊了，你先吃点零食垫垫肚子。”说着，程秒秒和他们道了别往员工更衣室的方向走，不想却被许粒拉住了手指。

许粒扬起来的小脸上难得露出符合他年龄的娇憨，他拉着程秒秒的手左右摇着撒娇道：“教练姐姐，你不和我们一起吃吗？”

“我……”

程秒秒正为难，许粒又垂着眉梢露出委屈巴巴的表情，继续说：“今天人家过生日嘛，除了那个装嫩的木乃伊，都没有人陪我，我就是全世界最悲惨的小孩儿……哎，算了……过生日而已，成熟的男人不在乎任何纪念日……”

许粒松开程秒秒的手，垂头丧气地碎碎念着回到许穆清身边。许穆清轻咳一声，对程秒秒点点头：“不好意思，他就是小孩子心性。”他又低头对许粒说，“不是每个人都有义务花时间陪你的，知道吗？和教练姐姐说再见。”

“知道了……”许粒噘着嘴巴回应自家哥哥。说完，他幽怨地回头看了程秒秒一眼，依依不舍地说：“再见了。”

程秒秒见许粒眼中好像有了泪光，瞬间开始怀疑自己是不是太冷血了，她三两步追上去拉住许粒的手说：“反正我今晚也没什么事，刚好陪你过生日，不过我要先去换衣服……”

闻言，许粒脸上的阴霾立刻散去，他抬头冲程秒秒亮起一抹灿烂的笑容说：“教练姐姐真好！”

大半年以来，程秒秒第一次听见许粒这样直白地夸她，她竟然还不太习惯，怎么忽然感觉许粒的笑容里有那么一丝狡黠呢？再仔细看时，他那张粉雕玉琢的小脸上又尽是纯真，哎，五岁的小孩子又能有什么坏心思呢？

许穆清把车停到一家餐厅门口。三人下车，走向餐厅。一推开门，程秒秒看到餐厅里装点的玫瑰和角落里的钢琴，疑惑道："这里好像不太适合孩子过生日吧……"

许穆清不以为然地说："许粒也不见得喜欢那种幼稚的卡通餐厅。"

许粒也附和道："我确实是更喜欢这里。"

许粒虽然这样说着，但表情上多少还是看得出些不情不愿。程秒秒心想，或许他和他哥感情变得和谐的大部分原因都是来源于许粒的妥协吧，这么懂事的孩子摊上这样一个不了解小孩儿心思的哥哥也真是不容易。程秒秒主动走过去牵起了许粒的手。

侍应生很快查到了许穆清的预订信息，他彬彬有礼地带路："许先生、许太太这边请。"

程秒秒听见他的称呼，瞬间红了脸，对侍应生解释道："那个……搞错了，我不是……"

但侍应生好像没有听见她窘迫的声音，兀自在前面带路，只有许穆清轻声笑着回应道："不好意思，带许粒出来就是特别容易被人误会。"

程秒秒低头看见他们两人一人牵着许粒一只小手，三人这样一起进店的确是容易被误认成一家三口。程秒秒想起来上回去别墅区找许粒的时候，好像也被人误会了……但是今天是小许粒的生日，程秒秒不想说让他伤心的话，便无声地做了个凶巴巴的表情示意许穆清闭嘴。

许穆清竟也配合地向她挑了挑眉表示了解，两人隔空对视一眼，无声地笑起来。

大半天没吃东西，三个人都饿了，开胃的焗蜗牛和奶油汤都很快被解决了，主菜战斧牛排一上来，程秒秒也食指大动。但许穆清和许粒切牛排的动作既稳又优雅，程秒秒也不好意思像平时自己习惯的那样随意。或许是见她拘谨，许穆清和许粒切好牛排都同时向她的盘子递过来。

"这块没那么腻。"许穆清说。

“多吃肉。”许粒也奶声奶气地说。

程秒秒看着自己盘子里堆起来的一座“小山”，有些哭笑不得，她看着许粒说：“今天是你过生日，你应该多吃一些。”

许粒没说话，许穆清上下看了程秒秒一眼，应道：“他应该是看你瘦了，想让你多吃点。”

程秒秒从B市回来以后一直都胃口不佳，最近恢复训练后体重的确是掉了几斤，她不好意思地笑笑：“小许粒还是蛮体贴的嘛。”

话音刚落，她面前的盘子里又多了一块切好的肉，许穆清摆好盘，笑问：“只夸小许，不夸大许吗？”

程秒秒还没应声，许粒就一边嚼着牛肉一边鼓着腮帮子吐槽道：“你明明就是老许……”

“真有那么老？”许穆清问程秒秒。

程秒秒看了旁边正坏笑着的许粒一眼，也笑着说：“反正比我们在座的两位加起来都老。”

许粒鼓掌：“说得不错！”

上过甜点以后，许穆清叫来侍应生说了几句话。很快就有一个拿着小提琴穿着公主裙的女孩儿走到桌前，她笑容甜美地对程秒秒鞠了一躬，然后就架起了琴弓，悠扬的琴声立刻在玫瑰、灯光相互映衬的餐厅里响起。

虽然不知用意，但小女孩儿演奏的时候忘我地闭着双眼，长长的睫毛垂在粉嫩的脸上，让程秒秒不忍打断。

一曲终了，许穆清又附在小女孩儿耳边说了什么，小女孩儿便眨着眼睛走到程秒秒身前，像是有什么话要和她说。程秒秒微微俯身，那个小女孩儿却突然踮起脚在程秒秒的脸颊上轻轻地落下一个吻。

小女孩儿“咯咯”地笑着跑开后，程秒秒受宠若惊地捂着脸颊问许穆清：“怎么回事？”今天不是来为许粒过生日吗？怎么弄得她是主角似的？

许穆清让一旁的侍应生往杯中添了些香槟，然后双手交叉笑了笑说：“我本来是安排给许粒的，但是小姑娘应该是看不上他，就挑了一个最漂亮的亲。”

许穆清直白的夸奖让程秒秒感到有些不好意思。这时对面的许穆清又向她举起细长的高脚杯，说：“借此机会，也恭贺你在B市的比赛中获得了好成绩。”许穆清又抬了抬酒杯，“我挑了一支起泡酒，度数不高果味儿浓，你应该喜欢。”

程秒秒微微靠近酒杯，果然闻到清甜的果香，盛情难却，她端起酒杯轻轻地在许穆清的杯沿上碰了一下，说：“谢谢，不过你怎么知道我去B市参加比赛了？”

许穆清看向许粒：“小鬼告诉我的，他还在家看了地方台的赛况转播，看你登上冠军的领奖台，小家伙很崇拜你。”

“真的吗？”

程秒秒看向许粒。许粒却轻哼了一声转开了头，不满地说：“明明是老许自己比较崇拜你。”

程秒秒知道许粒年纪不大却最爱口是心非，便也没有继续追究下去。

离开餐厅之前，程秒秒特意在手机上订了一个卡通造型的生日蛋糕。虽然许穆清和许粒都觉得没必要，但程秒秒还是坚持：“小孩子嘛，无论你多早熟，生日总归要过得像样一点，怎么能连蛋糕都没有？”

吃完饭，许穆清开车，三人一起到店里去取蛋糕。进店后蛋糕还没做好，程秒秒又等了一会儿，待她提着蛋糕回到车上时，却看见许粒已经歪着头在后座上睡着了。

“上完游泳课又去水上乐园玩了一下午，应该是累了。”许穆清低声说。

“是啊。”程秒秒看着许粒的睡颜，轻手轻脚地将蛋糕盒子放在他身旁，然后对许穆清说，“那蛋糕你带他回家后再吃吧，代我对他说声生日快乐。”

“好。”

许穆清驱车送程秒秒回学校，程秒秒向他道谢。

“今天你愿意陪许粒过生日算是帮了我大忙了，送你回去是应该的。”许穆清说着，向副驾驶座上的程秒秒看了一眼，又说，“你最近是真的瘦了些，是在为拿了太多奖牌而烦恼吗？”

程秒秒不想透露她真正烦恼的事儿，便顺着许穆清的话开玩笑说：“是呀，每天出门前都要为戴哪块奖牌发愁呢……”

许穆清发出几声轻笑，随后又一脸正经地道：“不过不论是因为什么，还是要好好吃饭。”

程秒秒听他说得语重心长，觉得好笑：“你们兄弟俩为什么老是喜欢催我吃东西呢？和老干部似的，许粒都被你带得跑偏了。”

许穆清这次迟迟没有应声。驶出去一条街以后，车子缓缓停在红灯亮起前，许穆清才说：“你说许粒被我带跑偏了，不如说是许粒影响我了。”许穆清回头朝后座上熟睡的许粒看了一眼，说，“之前我爸和他妈妈出车祸以后，他妈妈留下半条命，但在医院也没能撑多久。那段时间他妈妈吃不了东西，每天只能靠营养液续命，等到临走的时候，已经只剩下皮包骨头不成人样了。许粒之前本来很挑食，但是从那以后，他就特别喜欢在饭桌上催人吃饭……”

听许穆清说完，程秒秒沉默了许久，她想起上次在交大食堂遇见许穆清他们时，许粒也是因为她餐盘里没有肉而闹了许久。

后排座位上的许粒歪着头睡得正香，程秒秒看着他肉嘟嘟的小脸，觉得鼻子有些发酸，原来小小年纪的许粒比她想象中要坚强很多……

下车时，程秒秒特意绕到后排把蛋糕换了位置，把许粒歪着的头扶正，睡着的许粒不会毒舌，自然卷的头发堆在圆圆的脸旁边，看着格外惹人怜爱。程秒秒又情不自禁地叮嘱许穆清：“你回家的时候开慢点，让他好好睡。”

许穆清从善如流地点点头：“我这个当哥的看上去就那么不靠谱？你要是实在不放心，不如和我们一起，等许粒醒了还能陪他吃生日蛋糕。”

“太晚了，我就不去了。”程秒秒看了一眼手机上的时间，说，“等会儿回来太晚都进不去宿舍了。”

“怕什么，有单独的空房间给你休息。”

许穆清这样说。程秒秒还是一口拒绝选择回学校，这次她直接让许穆清送她到了学校后门口。她宿舍离学校后门更近，只是这段路上的路灯时好时坏，这会儿又是黑漆漆的一片。程秒秒摸出手机，正想打开手电筒，身后忽然亮起一道光，沿路把前方照亮。

程秒秒回头一看，许穆清的车还没有掉头，车灯大大地开着，许穆清就立在一旁。见程秒秒回头，他抬手示意她继续往前走，车灯将他的影子勾勒得更为修长，延伸到程秒秒前行的方向。

许穆清看着程秒秒的身影渐渐消失在道路尽头，才转身重新发动车子。看着座位上被妥帖放好的蛋糕，他嘴角微微翘起，想起来许粒说的话。他们出门之前，许粒问他这次以他过生日为借口，那下次用什么。

那时候许穆清还没想过，但现在他突然觉得应该好好考虑考虑。

【3】“有一桃”和“姜达达”

程秒秒在大运会上的成绩不错，这个学期张教练就开始为她张罗更多的比赛。距离目前最近的比赛就是几个月后的全国游泳冠军赛，时间还早，她的训练也就不是很紧张，每天循序渐进即可，自然也不会像之前一样动不动就被拎出来加练。

只是最近小桃总是被老张训话，这天训练结束，程秒秒又在更衣室里等了许久，才见她一脸疲惫地进来。

“今天又怎么了？”程秒秒上前问。

小桃兴致不高，淡淡地说：“就是训练的时候有点走神，然后老张跟我聊了一下换教练的事儿。”

小桃主攻长距离项目，原本上半年就要换教练，这事程秒秒是知道的。但是最近小桃实在太反常，以往被留下这么久，小桃肯定早就开始哭天抢地要去饭堂吃饭了。现在程秒秒问她想吃什么，她竟然只轻飘飘地丢下一句：“随便。”

吃饭的时候，好不容易排队买到的铁板烧，小桃也只吃了几口就放下了筷子。程秒秒终于忍不住问道：“小桃，你最近是不是有什么事儿瞒着我？”

“没有。”

小桃迅速摇了摇头，但她不善说谎，不自然的表情早就暴露了她的此地无银三百两。程秒秒用疑惑的目光凑近盯着她，让她的眼神无处可躲，小桃这才叹了口气说："的确是有事儿，但是……"

"但是暂时还不能或者不想告诉我？"程秒秒帮她把话说完。

小桃抿着嘴唇点了点头，一脸愁容地说："也不是我不愿意告诉你，就是最近有件事儿我还没有拿定主意，所以……暂时先不说。"

小桃从来都是大大咧咧有事儿说事儿，程秒秒还是头一回看见她欲言又止这么为难的样子，不禁开始好奇到底是什么事让她如此失魂落魄。但小桃已经这样说了，她也就不再问，心想，不论是什么事儿，小桃以后肯定会告诉她的。

不想，当天晚上，她刚上床躺下，就有一只手伸到上铺来，小桃蹑手蹑脚地扯了扯她的袖子："秒秒，我有事儿跟你说。"

小桃神秘兮兮地把程秒秒叫去天台上，才附在她耳边说了几句话。

"什么？！你要让我假扮你去见你的网友？"小桃话里信息量太大，程秒秒被惊得不轻。

小桃似乎早就料到程秒秒会有这样的反应，她握着程秒秒的手，一脸诚恳地说："我想来想去，也就只有这一个办法了，秒秒你就帮帮我吧……"

"怎么只有这个办法呢？"程秒秒不解。

小桃这才低下头吞吞吐吐地说："他是B市电影学院摄影系的学生，我看过他的作品集，他平时拍的那些女孩儿都好漂亮，个个盘靓条顺瓜子脸，弱柳扶风惹人怜，而我……膀大腰圆的，看来看去，我身边就你长得最好看了，秒秒，你就帮帮我吧。"

"就因为这个？"程秒秒想说小桃的长相并不丑，但是不知怎的，程秒秒又忽然想起了吴缺，想起自己从前每次见到吴缺时那种不由自主的自惭形秽。她沉默了一会儿，问小桃，"你是不是……喜欢上这个网友了？"

小桃一直是个"网瘾少女"，之前也不乏和她一起打游戏的网友邀请她见面，但无一不是被她三言两语劝退了。程秒秒可从未见过小桃为一个网友如此伤神。

"是。我为了躲他都不玩游戏了，可是他还是坚持找我，我想过拉黑他，但是……"小桃垂头道，"我发现我做不到。"

程秒秒听了小桃的话，又联想到之前小桃各种反常的表现，好像一切都说得通了，她恍然大悟："你和他，是在B市比赛的那段时间认识的？"

"嗯。"小桃点头，"那个时候我也只当他是普通的一起开黑上分的朋友，可是后来他坚持要见面，就算我和他坦白我有好多个这样一起上分的男网友，他也坚持己见。我本来想着离开B市回澄海以后就好了，可我实在想不到他会从B市到澄海来找我……"

"什么？！你说他是特意从B市来的？"程秒秒又被震惊到了，她急道，"你们发展到什么程度了？他能从那么远的地方过来找你，应该是对你也很有感觉才对，你没有必要找人冒名顶替吧？"

小桃重重地叹了一口气，她平日里身上那股雄赳赳的气势早已不见。此时她软趴趴地倚靠在比她还矮半个头的程秒秒身上，声音低低的："正是因为感觉到他很重视我，我才会想找人代替我去见他，我怕他失望，更怕以后我连在微信上和他互道晚安的机会都没了，我很不想失去这段关系……"

程秒秒虽然很不认同这个办法，但见小桃如此坚持，程秒秒多少也能理解她的想法。不想让小桃继续烦忧，程秒秒暂且答应下来，想着总有机会帮小桃坦白。

约见的地点定在了学校附近的一个电竞网吧，程秒秒立马就犯了难："我对游戏一窍不通，肯定一开始就露馅了。"

"没关系，明天刚好有个漫展，我和他说不打游戏，去逛漫展。"小桃跟程秒秒细说起计划来。

第二天，程秒秒一大早就被小桃叫醒了，小桃给她设计了全套的妆发。程秒秒拽拽自己耳边卷曲的头发，说："我不太习惯，我还是觉得不如你自己去。"

小桃又拿出手机，指着手机屏幕上的图片，神情失落地说："你看，这些都是他的摄影作品，他拍的女生都是瘦瘦弱弱的，我这么壮，一点也不像游戏里那个跟在他身后的瑶瑶公主。"小桃又捏着程秒秒的下巴左右打量了一下妆容，"你这样小巧一点的女生才合适。"

程秒秒不玩游戏，不知道小桃说的瑶瑶公主是什么，但小桃的这种心情，她十分理解。她脑袋里浮现出吴缺和凌湘穿着白色情侣装在一起嬉笑玩闹的画面，心里瞬间也泛起苦涩，她努努嘴，想把这种心情压制下去。她不明白，为什么在不去想吴缺这件事情上她所有的努力都像是白费力气。

程秒秒不想让小桃也和她一样，心中盘算着，等会儿该怎么让事情往好的方向发展。

她们来到会展中心的时候，场馆内外已经有不少人。程秒秒遵守小桃与网友的约定在小广场的雕塑下等人，小桃则按照计划在不远处潜伏着时刻与程秒秒保持联系。

程秒秒忐忑不安，时刻都在往小桃的方向看，急得小桃一直在手机上给她发信息让她自然一些。

程秒秒正想打退堂鼓的时候，一个人影停在她身前将她罩住。她一抬头，便看见一个白白净净、戴着黑框眼镜、穿着蓝色牛仔衬衫的男生，他脖子上还挂着一个笨重的单反。

她在看他的同时，对方也在打量着她。程秒秒轻咳一声，试探着问道："姜达达？"

据小桃所说，他们平时聊天都称呼对方的网名，"姜达达"就是这个男生在游戏里的昵称。果然，对方粲然一笑，又低头问程秒秒："上分有一桃？"

这是小桃的网名没错，程秒秒忙点点头，害怕被看出端倪，两人对上暗号后，程秒秒就不敢再抬头直视对方。

趁着姜达达去兑换手环门票的时候，程秒秒忙拿出手机和小桃联系："怎么办？他刚才问了我几个关于游戏的问题，我回答得都不清不楚的。而且他还怀疑了，说我的声音和打游戏时不一样。"

小桃立刻给出对策："他再问你不懂的，你就随便点点头或者转移话题糊弄过去。"

程秒秒记在心里，进入展馆后，无论姜达达说什么，她都点头或者回以蒙娜丽莎的万能微笑，尽量少说话。好在漫展舞台上的表演很快便开始了，观者众多，人声嘈杂，他们交流的机会也变少了。

程秒秒四处看了看，刚才一直跟在不远处的小桃这会儿突然不见了踪影，她顿时有点发慌。姜达达注意到她的表情，提醒说："下个节目鹿小仙要上台了，你不是最喜欢他那首翻唱歌曲吗？别错过了。”

鹿小仙是谁？小桃没向她提起过这个呀……

程秒秒心中正暗暗叫苦，台下就起了一阵骚动。周围两个女孩子对着一个缓缓上台的身影大声尖叫着：“小仙真人真的好仙，听说这是他第一次参加线下活动，没想到他会来这种小漫展演唱……”

程秒秒从没听说过什么鹿小仙，但在这样的氛围下，还是踮着脚往台上望去，一个少年正在登台，他穿着古风的服装，绯红色的宽大袍子更衬得他腰身细长。他吹着横笛缓缓登台，轻盈的身形的确像是仙童一样，只是……程秒秒的目光停留在他的脸上，怎么会是他？陆絮？！

程秒秒又定睛看了几眼，确认那就是陆絮。震惊之余，程秒秒想起来自己还有任务在身，不能让人认出来，于是她赶忙转过身背对舞台。

“怎么了？”姜达达不解地问。

“这首歌我不想听，我们过去拍照吧，今天不是一张照片都还没拍吗？”程秒秒指着姜达达脖子上挂着的相机说。小桃跟她说过，姜达达和她约定见面后给她拍照片，可是今天他还连镜头盖都没揭下来过。

闻言，姜达达抚摸了一下胸前的相机，然后抬头对程秒秒说：“不太想拍。你跟我想象中的不大一样。”

程秒秒被他后一句话呛得不轻，她结巴道：“怎么、怎么不一样了？”

“我想象中，你应该比较高大一些，大概一米七五，头发应该是染过的，有些偏黄，然后眼睛是单眼皮，一笑就会露出门牙……”

程秒秒越听越觉得不对劲儿，他描述的这些不正好都和小桃相吻合吗？程秒秒狐疑道：“你看过小……不，你看过我的照片吗？”

姜达达表情无辜：“没有哦，你没给我发过照片。”

尽管如此，程秒秒心中仍有疑虑，然而又找不到机会和小桃联系，只得硬着头皮站在原地听了一会儿台上陆絮演唱的歌曲。

程秒秒之前听陆絮说话时就觉得他声音细腻，但是没有想到他唱歌时音色更为柔美，古风的歌曲很适合他，只听歌声，甚至会以为是女声，难怪她把他从滁江里救上来的时候也曾经以为他是个女孩子……程秒秒一面想着陆絮为什么会出现在澄海，一面努力不让自己的脸正对舞台，怕被他认出，当着姜达达的面被拆穿。

一曲终了，程秒秒确认陆絮已经下台去了后台，才敢大方地抬头。她对姜达达说："你在这里等我一下，我去一下洗手间。"

她要找机会和小桃会合，研究一下姜达达刚才说的话是什么意思。可是周围人山人海，程秒秒四处瞧都没看见小桃，只好先躲进洗手间，让小桃来找她。

程秒秒把大致情况告诉小桃，然后说："我觉得他之前可能见过你，这次已经把我们给识破了。"

"不可能。"小桃说，"我们之前没有交换过照片，在今天之前，我也只看过他拍的作品，没见过他长什么样。"

"但是……"程秒秒想说姜达达和她见面后很明显地和她保持着距离，但刚开口就听见会展中心的广播里出现了她的名字。

"程秒秒小姐，有人捡到了你的证件，现在暂存于一楼服务台，请程秒秒小姐本人确认后速来领取……"

同时听见广播的小桃也愣了一下，她问程秒秒："是在说你吗？"

程秒秒翻看自己的包，摇摇头说："我不确定，我今天出门的时候应该没有拿什么证件……"

"会不会是记错了？广播里叫的就是程秒秒呀……我帮你去取吧。"小桃怕程秒秒亲自去取会被姜达达撞见。

"但是如果是身份证，不是本人去取不会给的吧。"程秒秒思索了一会儿，决定亲自去一趟服务台。她对小桃说，"我快去快回，取回东西以后就回去找姜达达，不会露馅儿的。"

程秒秒到了服务台，却意外地看见了一抹红色的身影。

"陆絮？"

陆絮还穿着那件上台唱歌的时候穿的红色汉服，或许是化过妆的缘故，他脸上没有上次程秒秒见他时那么苍白。见到程秒秒后，他一双眼睛瞬间弯成了月牙："你看，我说我们还会再见吧。"

"是你来服务台找我的？"程秒秒问陆絮。

"对啊，刚才我看到你在台下了。"陆絮又眨了眨眼睛，"不过我可没有说谎哦，你的确是丢了东西。"

说着，陆絮把手里的一张卡片递给程秒秒。

"是这个啊。"在B市的时候，最后一天她一直找不到自己训练房的门卡，原来是那时候丢了。程秒秒接过卡片，顺便问了陆絮，"你怎么到澄海来了？"

"我本来就住在澄海，上次是恰好在B市治病。"陆絮轻松地笑着，不像是在说一场大病，他眼睛弯弯的，长睫毛在眼下投出一片阴影，"没想到医生没救回我的命，被你救回来了，我不得到处找你报恩？"

程秒秒被他的措辞吓到了，忙摆摆手说："没那么严重。"她想让陆絮不要把那件事儿太放在心上，但是这会儿还不是能坐下来聊天的时候。

"我现在还有急事儿，就先走了。"

程秒秒向陆絮道别，陆絮却一闪身挡在了她身前："什么急事儿？和男朋友约会？"

程秒秒知道陆絮应该是看见了和她在一起的姜达达，忙解释说："那不是我的男朋友，是我朋友的男朋友。"她大致把其中的关系对陆絮说明了一下，"所以我现在是'上分有一桃'，不是程秒秒，你不能再跟着我了。"

陆絮不依不饶道："那我就是'上分有一桃'的朋友，不是程秒秒的朋友，放心，我不会破坏你们的计划的。"说着，陆絮又对程秒秒眨了一下眼。

他的睫毛浓密又纤长，眨眼的时候确实是赏心悦目，程秒秒又想起刚才姜达达说小桃喜欢他翻唱的歌。她改变了主意，对陆絮说："那你跟我来，我有个朋友好像是鹿小仙的粉丝。"

【4】心跳归你管

曲小桃在会展中心乱逛，平日里那些她看到眼睛会发光的动漫角色，此时在她眼里也失去了光彩。程秒秒去了服务台以后，她一个人靠在洗手间外的墙壁上，垂下头。

和姜达达的初识同她之前与手机通信录里的那些人的认识并没有什么不同，她本以为这又是一场短暂的“网恋”，会以某一方的喜新厌旧为结局。某一天，姜达达却说他不想只是在游戏里和她是男女朋友。

曲小桃从没有踏出过这一步，她像只遇到突发状况的乌龟，缩进了自己的壳里，可是姜达达锲而不舍地来敲她的壳，现在还从B市远道而来想要把她从壳里揪出来……

视野里人来人往，曲小桃都无心去看，直到一声快门声响起，她抬起头，就看见了穿着牛仔衬衫举着单反的他。

曲小桃一紧张，一把抓住了旁边的消防栓，随着姜达达一步步靠近，她手也越握越紧，心里快速盘算着自己是不是哪里被他识破了。

“刚才看你靠在这面墙上，觉得构图很美，就按快门了。”姜达达走过来说，“不好意思，专业习惯，如果你介意的话我可以删掉底片。”

看来他找上自己只是偶然，曲小桃稍微放松了一点，但还是屏住呼吸不敢说话，怕姜达达听出自己的声音，她摆了摆手，表示自己不介意。

但姜达达并没有就此离开，他把照片调出来给曲小桃看：“那你希望我把照片发给你吗？我们可以加个微信。”

曲小桃继续摇头。

姜达达遗憾地叹了口气，就在曲小桃以为他终于要走开的时候，他又说：“请问你可以再帮我一个忙吗？”

曲小桃紧张得声音发涩：“什么忙？”

“我女朋友躲着不见我，你能帮我找找吗？”他推了推鼻梁上的镜框，笑起来的眼睛灿若星辰。

程秒秒和陆絮一起找到小桃的时候，就看见姜达达站在她旁边，两人还拉着手。一时没有反应过来，她看看小桃，又看看姜达达：“你……你们……”

小桃难得地娇羞一笑，一只手拍在姜达达的肩膀上：“他早就知道我们在换人骗他……”

小桃找出一篇B市大运会期间的报道，指着一张照片说：“那天不是有记者去游泳馆采访吗？当时那个摄影师就是他！”小桃又捏着拳头在姜达达面前比画了一下，嗔怪道：“那个时候我们不是就已经在一起打游戏了吗？你见到我了竟然都不告诉我！”

“那天你在游戏里给其他男生打辅助，我不高兴。”姜达达如是说。

他们俩你一言我一语，程秒秒也对他们之间的事儿了解得差不多了，小桃这才把她那几乎变成爱心形状的眼睛从姜达达身上移开，注意到了陆絮。

“秒秒，你怎么认识‘鹿小仙’的？”

程秒秒只是简单说了一下陆絮落水被她救上来的事儿，关于吴缺的部分她还是按下不表。

参观漫展之后，姜达达提议他们四个一起去吃饭。程秒秒知道姜达达第二天就要回B市，她觉得小桃和姜达达刚刚“相认”，现在肯定有很多话要互诉衷肠。程秒秒不想继续当电灯泡，便和陆絮一起自觉推辞了。

程秒秒目送小桃和姜达达手挽着手进了火锅店，只摇头说：“这恋爱的酸臭味。”

“怎么？羡慕他们？”陆絮说着，走到程秒秒身边弯起了他的手臂，“你想挽手臂也可以呀，随时借给你。”

程秒秒看了他一眼，只当他在开玩笑，笑着说：“臭弟弟。”

对于陆絮是“网红”的事儿，程秒秒也挺好奇。两人在奶茶店排队的时候，她忍不住问陆絮：“你为什么叫‘鹿小仙’？”

“姓陆，再加上随时都会双脚一蹬羽化登仙，所以就叫‘鹿小仙’咯……”陆絮说着说着，双眼突然翻起了白眼，双手也不停地抽搐起来，眼看他就要往后面倒去。

程秒秒吓得不轻，忙伸手将他一把拉住：“你怎么了？”

但陆絮似乎失去了意识，没有给出回应。想到陆絮之前跟她说过的病情，程秒秒急忙扶着陆絮，对周围的人喊道：“谁能帮我叫救护车？”

话音刚落，陆絮又突然“活”了过来，他哈哈大笑：“我帮你叫？”

程秒秒见他还在取笑她，气得一拳砸在他胸口上：“你真的吓死我了。”

“对不……”陆絮话还没说完，笑容就凝固在了脸上，他抬手捂住了左边的胸口，表情看起来十分痛苦。

程秒秒立刻想起他胸口处的那道伤疤，心里顿时“咯噔”一下，神情有些慌张：“我刚才是不是力气太大了？”

“好像是……”陆絮虚弱地点点头。

“那怎么办？”

陆絮捂着胸口弯着腰，露出来的手腕纤细又苍白，看着像一碰就碎的瓷娃娃。程秒秒越发后怕，正急得团团转的时候，陆絮又抬起头来，他脸上的阴霾一扫而空：“你怎么这么好骗？”

反应过来陆絮又是装的，程秒秒放下心的同时拉下脸来：“一点儿都不好笑，这种事儿怎么能用来开玩笑？”

见程秒秒真的生气了，陆絮接过柜台服务生做好的奶茶就追了上去：“好，我真的知道错了，以后再也不开这种玩笑了。”

“这样真的很吓人。”程秒秒正色说，“不只是我，刚才奶茶店里的人都被你吓到了。”

“对不起……”陆絮不住地道歉，他把奶茶吸管插好，递到程秒秒嘴边，然后一脸委屈地说，“听你的，以后我都归你管好不好？”

闻言，程秒秒差点儿被吸上来的一颗“珍珠”给噎住，她斜睨陆絮一眼：“为什么要说这种话？”

陆絮三两步走到程秒秒前方，然后转过身面对程秒秒，一边倒着往后走，一边抬手捂住自己的胸口，神秘兮兮地问程秒秒：“你知道心跳停止是什么感觉吗？”

程秒秒咬着吸管摇了摇头。

陆絮兀自说下去：“你知道吗？那天我跳进滁江，慢慢沉进水里的时候，我就感觉自己的心跳像是停止了，但是……”陆絮突然停下脚步，程秒秒差点儿迎面与他撞上，陆絮没有避让，他漆黑的眼睛看着程秒秒，“但是你抱住我的那一刻，我感觉自己的心重新开始跳动了，你说，我往后的心跳是不是应该都归你管？”

陆絮的眼眸漆黑又纯澈，程秒秒甚至能从他的眼睛里看见自己惊讶的表情。她平时不像小桃那样爱开玩笑，听见陆絮这样说话，她一时不知该怎么回应，只好学着小桃一样，故作轻松地说：“我可管不了那么多，高中生该让学校老师管。”

程秒秒不知道是不是因为自己学着开玩笑的表情太过滑稽，陆絮眯着眼睛笑起来，看着她说：“你从哪儿判断我是高中生的？”

程秒秒上下打量了陆絮一番，不服气地说：“从哪儿判断都像。”

“那比高中生还矮一些的是什么？初中生？”陆絮一伸手，摸到程秒秒头顶上。

程秒秒在女生里不算个头矮的，但陆絮的骨架生得细长，立在程秒秒面前就像一根电线杆。他按着程秒秒的头不放，力气虽然用得不大，程秒秒看着他纤细的手臂却不敢用力反抗。

等到陆絮自己放手，他说：“表个白还得看学生证吗？放心，我去年都考上音乐学院了，只是因为身体原因一直处于休学状态。你管教我不会有老师家长找你麻烦的，秒秒姐姐？”

或许是为了呛程秒秒，陆絮把“姐姐”二字咬得特别重，但程秒秒无心在意这个称呼。她听见陆絮把“表个白”说得像“买个菜”一样，忙说：“你可别乱说，我可没你这么大的弟弟。”

程秒秒加快了脚步，但陆絮也迅速跟上来。他微微弯腰，低头往程秒秒的肩膀上蹭了蹭，问：“那现在有一个不好吗？”

陆絮脸上还带着表演时的妆，圆眼配上上挑的眼线，活脱脱一只小狐狸。程秒秒连忙闪开：“我要回学校了，你不用回家吗？”

“你送我吗？你送我我就回家，不送我的话，我就送你。”

这还是一只黏人的狐狸，程秒秒无奈地摇摇头：“幼稚鬼。”

当晚十点多，程秒秒收到了小桃发来的信息，说她晚上不回宿舍了，程秒秒回复她一个“坏笑”的表情。原本她想等木子回来以后和木子八卦一下关于小桃网恋的事，不承想等到她熄灯上床睡觉，木子都还没有回来。

程秒秒看了看时间，睡前还是给木子打了个电话。

“秒秒，我今晚在亲戚家住，不回宿舍了，忘了告诉你们。”李木子的声音从手机听筒里传来，背景有些嘈杂。

“哦，好。”

木子的确是有个亲戚住在大学城附近，她平时节假日也时常去亲戚家住，程秒秒也就没有太在意电话嘈杂的背景里那个有些熟悉的男声。

直到第二天，木子一大早就一脸倦容地回到了宿舍，程秒秒看着她吓人的黑眼圈，一脸疑惑，自然也忘了分享小桃恋爱的事儿。

“你怎么了？看上去像是一晚上没睡觉一样。”

李木子推了推眼镜，说：“没什么，就是昨天一个亲戚过生日，人多，就玩得晚了些。”她说完就爬上床躺下了。

“是这样啊。”程秒秒见她实在困倦，也没有再说话，轻手轻脚地洗漱过后就坐车去了游泳馆。

许粒的课程上星期已经结束，但在程秒秒接手新学生之前，许穆清又来游泳馆帮许粒续了半年的课程。

“许粒对自由泳已经掌握得差不多了，如果不是要往专业方向发展，可以不用继续找老师教了。”

虽然程秒秒这样说过，但许穆清还是说：“让他每周过来游泳锻炼身体，有你看着我放心。”

连着几个星期，都是许穆清送许粒来游泳馆，今天程秒秒来了游泳馆却只有许粒一个人在等着。

“你哥呢？”程秒秒随意地问。

“他今天有事儿，不送我。”许粒回话的时候低着头，看着有气无力的。

许粒长得粉雕玉琢，全身上下都精致得像放在橱窗里的洋娃娃，他每次收起气焰的时候都格外惹人怜爱。程秒秒揉揉他松软的头顶：“怎么不高兴？”

“唉……”许粒重重地叹了口气，似乎很无奈地摇摇头，“没什么，小孩儿的事儿你们大人不懂。”

程秒秒忍不住笑出声：“我怎么不懂？你说说看？”

“你们又不会被要求家长陪同参加活动。”许粒小脸鼓得像气球似的。

程秒秒听明白了，便问：“你哥不愿意陪你去？”

程秒秒正想帮着许粒批斗许穆清两句，就看见许粒摇了摇头，答道：“这次我哥倒是愿意陪我去，可是活动要求是父母双方陪同的……”

说到“父母双方”，许粒的眼睛里迅速噙满了泪水，看得程秒秒的心也揪了一下，她放低声音问道：“是什么活动？”

许粒努力压制着哽咽，头也不抬地说：“是幼儿园和篮球馆合作的篮球推广活动。”

“篮球啊……”程秒秒喃喃着重复道。这两个字让她条件反射般地想起一个名字，但她只是怔了一瞬，很快便恢复了笑容，问许粒，“你想去打篮球？”

许粒点头：“之前我就是想学篮球，我哥非让我来学游泳。”

其实程秒秒也能理解许穆清的做法，许粒身体不好，通过学游泳来强身健体，确实比篮球更适合他，但从许粒失落的表情里看得出来他真的很想去参加这次活动。程秒秒安慰许粒：“可能你哥一个人陪你也是可以的，要不你让你哥和你们老师说说看……”

“算了。”程秒秒话还没说完，就被许粒打断了，他倔强地抬起头，像是看破红尘一样说道，“也没必要非得去，打篮球太野蛮，我不该喜欢。”

说着，许粒就提着他的健身包走进了更衣室。

他提着大包时，脚步还有些蹒跚。或许大家都默认孩子就应该是哭哭闹闹，决不善罢甘休的，所以一旦看到懂事的小孩儿，反倒心生怜悯。程秒秒看着许粒小小的背影顿时心生酸楚，心想，自己若是能帮忙，一定会帮他。

两个小时的课程，许粒大部分时间都咬着嘴唇不说话，程秒秒更加心疼了。所以，当许粒最后双眼含泪问她能不能和许穆清一起带他去参加活动时，与生俱来的母性便促使她毫不犹豫地答应了下来。

直至从游泳馆回到学校，程秒秒才后知后觉地反应过来自己太过草率，这又不是她独自带许粒去参加活动，而是和许穆清作为许粒的家长一起去。前几次被误会成一家三口的情况已经够尴尬了，而这次她竟然会同意直接去扮演一家三口……

程秒秒心想，若是许穆清来和她说，她是说什么也不会答应的，但现在已经做出承诺，自己也不能失信，于是只好在微信上问许穆清："许粒说的那个活动，我可不可以以他姐姐的身份去参加？"

"可以。"许穆清回复得很快，他还发了一个卡通熊在鞠躬的表情图，"你愿意来，真的很谢谢你。"

程秒秒有苦难言，只好哭笑不得地回复："我这是关爱祖国的花朵。"

和许穆清正聊着，手机里忽然跳出来一条信息，程秒秒顺手点开，信息开头便是"恭喜你报名成功"。

正当程秒秒以为是什么诈骗短信的时候，她便看见了落款处的名称：Beast 篮球俱乐部。

虽然程秒秒对吴缺在校外的生活了解不多，但她早知道吴缺经营的那个俱乐部叫"Beast"。之前在 B 市的时候，程秒秒就问过他为什么叫这个名字。他说赛场上的优胜劣汰就像自然界中的物竞天择，只有拥有怪物一样的实力才能站在金字塔的顶端，而他组建的队伍，一定要是最佳的、超 A 水准的。

但这条莫名其妙的短信，让她疑惑。说什么她成功报名了俱乐部的假期实习生，让她等待面试通知，可是她对此完全不知情。

程秒秒忽然想到之前某天听见小桃和李木子在说什么简历的事情。

她转头问小桃："不会是你们帮我报的名吧？"

小桃点点头："是我给你报的名，我就想着你之前那么喜欢吴缺，自从你们没有联系后，我再也没看到你娇羞的笑容了，所以听木子说他们俱乐部招兼职后，我就把你的资料简单填写了一下，给你报了个名，是想着可以给你们制造点机会……"

“我们没有机会了。”程秒秒直接打断小桃的话。

“怎么会呢？”小桃面露疑惑，“我上次不是也以为我和姜达达没有机会了嘛，正是多亏了你帮忙，我才有了甜甜的恋爱，这不……我就想着，也帮帮你……”见程秒秒的脸色不太好，小桃也说不下去了，警觉地问，“秒秒，你现在不喜欢他了？”

上次吴缺故意爽约的事儿，程秒秒还没有如实地把前因后果告诉过小桃，也不怪她还要乱点鸳鸯谱。程秒秒重重地呼了一口气，说：“小桃，不是我不喜欢他，是他说了永远不会喜欢我。”

程秒秒把那天她在滁江边等到夜深都无果的事情说了出来，包括在凌湘微博上看到吴缺的事儿，也一股脑地吐露了出来。

“我之前不想说，是因为觉得自己太丢人了……”程秒秒说着说着就趴在小桃的肩膀上呜咽起来，她积攒了这么久的情绪终于一次性爆发出来。

木子忙着一张张地给她递纸巾，不知道说些什么安慰的话才好。小桃义愤填膺，她咬着唇，狠狠地拍了一下桌子：“好家伙，没想到吴缺是这种人！太欺负人了，咱们不理他了！”

这时，一直没怎么插话的木子小心翼翼地把手机递过来：“我去搜了一下凌湘的微博，秒秒说的那张吴缺的照片好像已经被删了，找不到了，这件事儿会不会是个误会？”

木子一向心细又谨慎，以往有什么事儿，程秒秒和小桃都很是认可她的建议的，但是这次她们都对这个说法存疑。没过多久，她们就统一了意见，同仇敌忾地认为只是报名成功，程秒秒不去面试就好了。

借着这个机会，程秒秒提出她们宿舍很久没有聚餐，要去尝尝新开的那家牛肉火锅，木子和小桃欣然同意。三个人都是行动派，说走就走。不多时，她们三人已经在火锅店里的饭桌上有说有笑了，小桃也向他们坦白了之前和姜达达认识的细节，惹得程秒秒和木子都不住地调侃她。

“木子，你都不知道小桃她有多傻，姜达达在B市的时候就给她拍过照，她自己都不知道的……”程秒秒对李木子说着那天在漫展上发生的事情，笑得合不拢嘴。李木子放在桌上的手机突然振动起来。

李木子拿起手机看了一眼，脸上的笑立刻僵住了，她站起身道："我去接个电话。"

"怎么感觉木子最近也像是遇到什么事情了……"程秒秒看着李木子接起电话走出店门的声影，对小桃说。

小桃往程秒秒碗里放了两个肉丸，说道："或许是她现在还不太方便说，我们贸然去问的话她或许会为难，如果她真的需要我们帮忙，到时候自然会告诉我们的。"小桃挑挑眉说，"我们俩的事儿不也是瞒了这么久才坦白吗？"

"说得也是。"程秒秒放宽了心，又与小桃一起开了一瓶菠萝啤。

从B市回澄海以后，这是程秒秒过得最为轻松愉快的一夜，她和小桃回到宿舍还意犹未尽，又买了两罐啤酒上天台聊了许久，最后两个人挤在一张床上睡了一晚。

程秒秒不知道是不是每个少女都会有一两个这样的朋友，她暗恋无果时，她琐事缠身时，她胆怯不前时，哪怕是她觉得星辰暗淡的时候，只要她们在一起度过一个晚上，世界就又神奇地重新开始闪闪发亮。

程秒秒知道，这是幸事一件。

第八章

薄荷轻吻

【1】热夏

十月过去，澄海的夏季才慢慢结束，程杪杪早上出门的时候特意多穿了一件薄外套，从学校后门出去，就看见许穆清的车停在路边。

许粒看到她出来，摁下车窗冲她招了招手。

程杪杪一上车，许穆清就说："看来你这个外援我们请对了，看装束就知道实力很强。"

因为许穆清提前就告诉过程杪杪，许粒要参加的活动需要耗费体力，程杪杪索性就穿了一套运动装，头发也高高地束成马尾。她见许穆清仍然穿着衬衫西裤，便以为许穆清在调侃她穿着不合适。

"是要正装出席吗？"程杪杪从没参加过这种亲子活动。

"不是。"许穆清哑然失笑，解释道，"我穿成这样是因为下午要顺便去见个客户，像你这样穿刚好，专业又漂亮。"

许穆清的重点还是咬在了后面两个字上。他从后视镜里看过去，程杪杪正偏着头和许粒说话，她的侧脸还稍稍看得到一点婴儿肥，脸上没有浓妆，皮肤却没有瑕疵，只有鼻尖有一颗不太明显的小痣，看起来很可爱。

半年以前，许穆清绝对想不到自己有一天会盯着一个比自己小十岁的女孩子看，有时候他甚至觉得自己不太厚道，但许粒安慰他道："你好好打扮打扮，也就看不出来真实年龄了。"

其实不说半年前，前三十年前里他都从未把男欢女爱放入人生的必须选项。在他正该情窦初开的年纪，父母之间的纠葛与背叛早就让他对这种感情没有半点憧憬，后来家中的闹剧以他母亲的死亡终结，他父亲娶了一个年纪和他差不多大的女人，生下了许粒。

许粒在他那位母亲的影响之下，对他这个哥哥带着天生的偏见，许穆清也乐得自在从不回家。原本以为他这辈子都和家庭生活无缘，没想到一场意外把许粒塞进了他手里。

许穆清猝不及防，很是手足无措了一段时间，但他毕竟是整天在各种利益关系里权衡的人，很快就找到了对策。他对许粒说，让许粒帮他撮合个女友，他哪天结婚了就买回那栋许粒一直心心念念要回去的别墅。

这主意说不上多正当，但起了效果。最让许穆清意外的是程秒秒，他们三人在一起的时候，许穆清竟然也开始觉得真正建立一个家庭也不错。看着后视镜里程秒秒和许粒有说有笑，他不禁开始想象，如果贸然对程秒秒说，他想和她一起白头偕老儿孙绕膝，这姑娘会不会被他吓得直接给他一个耳光。

许粒给他的安慰还是起了不小的作用。许穆清心想，自己坚持去健身房锻炼、平时注意保养的话，明面上也能看得过去。慢慢来吧，这种事，徐徐图之，也不算过分。

活动在澄海体育馆举行，是幼儿园和一家篮球培训机构联合举办的，目的是在不同的游戏中以寓教于乐的方式教给孩子们篮球运动的基本规则，但更多的是培养亲子关系，所以设置的几个小游戏都是家庭合作的形式。

一番篮球运动的简单教学过后，各个家庭都被带到更大的场地，分组开始各个游戏项目。第一轮游戏是“家庭接力”，由小朋友和两个大人以接力的方式运球，从规定的起点越过一些障碍到终点，用时最短的家庭获胜。

听完主持人介绍的游戏规则，程秒秒便一边开始活动手腕脚踝，一边观察接力的三段赛程中障碍物的不同。她对许粒说：“小朋友的那段路程距离最短、障碍物也最少，你就专心运球，像刚刚那些老师教的那样，注意不要犯规……”

这边程秒秒正头头是道地分析战术，那边许穆清也一本正经地在旁边点头，直到程秒秒说完，他才笑出了声：“这么有斗志？”

“可能是运动员刻在骨子里的好胜心使然吧。”程秒秒嘿嘿一笑，摸摸后脑勺说，“是比赛就想赢。”

“那我们就赢。”许穆清挽起衬衫的袖口，露出小臂处的肌肉线条，摩拳擦掌地对程秒秒说，“我像你这么大的时候，还代表学校参加过篮球比赛呢。”

“真的吗？那你战绩如何？”

“不怎么样，好像第一场比赛就被淘汰了。”许穆清回答得诚实。逗笑程秒秒后，他又说，“不过这次我肯定行，就看许粒能不能好好表现。”

许粒噘起嘴，哼了一声："你们俩不要拖我后腿。"

许粒确实学什么都很快，经过刚才短暂的培训，他已经能平稳地运球行走，在大部分小朋友一不小心就将球脱了手的时候，他已经慢慢悠悠、平平稳稳地来到了许穆清身后。许穆清是"第二棒"，他接过球后也游刃有余地穿梭于障碍物之间。程秒秒看得出来他虽然有点手生，但运球姿势和速度都不错。而且，他一身衬衫西裤衬得手长脚长的，在一众休闲装的"爸爸"中间很快便脱颖而出，吸引了周围等待着上场的人的目光。

他安全将球传到程秒秒手中的时候，他们在小组中已然是遥遥领先，程秒秒没什么压力，轻而易举地就拿下了本组的第一名。

接下来的"投篮比赛"和"抢球大战"，程秒秒他们的得分都在所有家庭中表现抢眼，受到了所有大人和小孩子的瞩目。

中场休息时，许粒得意地拉着程秒秒的袖子说："我们班里那些淘气鬼现在可崇拜我了。"他凑近程秒秒的耳朵边，压低声音："偷偷告诉你，他们都觉得你是今天所有的妈妈里最厉害、最漂亮的。"

程秒秒脸上一热："你怎么没跟他们解释我是你姐姐，不是你妈妈。"

闻言，许粒兴奋的表情消失殆尽，脑袋立刻耷拉下去，小脸皱成一团："这样说的话，以后在学校里他们又会继续嘲笑我是没妈的孩子了……"

程秒秒无奈地在心中默默叹了口气，回想起当初自己是怎么被这小鬼三言两语忽悠得应下这差事的。

连着几个游戏的运动量都比较大，参与活动的各家庭成员已经三三两两地找地方坐下休息了，在主持人的调度下几个工作人员进来派发球赛的门票。

"什么票？"程秒秒顺口一问。

许穆清把拿到的三张门票都递给程秒秒："之前好像听到说，游戏环节结束会组织看一场球赛。"

程秒秒对篮球并不狂热的兴趣原本就只来自吴缺，现在她的生活里没有了他，球赛便是可有可无的事。程秒秒兴致缺缺，但门票上的一个单词还是让她的眼睛顿时瞪大——"Beast"。

“听说是这支球队的首秀，表演赛。”许穆清说。

程秒秒不是没有在网上偷偷关注过关于吴缺的事情，他以天价签约球员组建球队，短时间内就让一个刚刚创立没多久的俱乐部成为体育圈和财经界关注的焦点。新闻资讯里的每一行字都在告诉程秒秒，吴缺是一片大海，他正掀起属于他的惊天巨浪，没空关注她这只主动游进海湾里不愿意离开的小虾米。

上个月就有新闻说Beast俱乐部将会入驻澄海体育馆，将这里作为球队的主场，但程秒秒没想到事情会有这么巧。她看着门票，对许穆清说：“我对球赛没有兴趣，能不能不去看了？”

程秒秒低着头，许穆清看不到她的眼睛，但能感觉到她的落寞，他立刻回应道：“可以，刚好我下午的时间也有点紧张，球赛环节我们可以提前退场。”

派发完门票，游戏环节接着进行，还剩最后一个游戏“同甘共苦”。游戏规则和平常的“两人三足”类似，“爸爸”和“妈妈”两人各把一只脚绑在一起，从起点走到终点拿篮球，再运球回到一半路程的地方，将球投进小朋友拿着的筐子里，最终在规定时间内筐子里篮球数量最多的队伍获胜。

这个游戏难度比较大，但程秒秒他们之前的积分已经领先许多，最终的胜算还是很大的。

“程选手这就松懈了？”许穆清见程秒秒看到球赛门票后就一副心事重重的样子，便在上场之前特意跟她说说话，纾解情绪，“虽然咱们已经稳赢了，但程选手还是要打起精神来哦，你可是我们的王牌。”

程秒秒不知道为什么，她明明早已经决定不再喜欢吴缺，明明已经为忘记这段暗恋而修炼了那么久，但吴缺像是玄幻片里武林高手的武功，能杀人于无形，能于千里之外攻破她的防线。哪怕只是想到自己有可能正和他在同一栋楼里，她已经开始坐立难安。

许穆清说完，也正好轮到他们上场了。程秒秒接过绑腿的布条后就佯装出一鼓作气的样子，说：“这就让你看看运动员魔鬼般的身体协调能力。”

程秒秒挑挑眉，秀出小臂处的肌肉，惹得旁边一个小男孩儿露出艳羡的眼光，他发出惊呼：“哇，许粒，你妈妈好帅！”

许粒在这种目光下则是一脸的得意：“小场面。”

程秒秒和许穆清两人绑着腿一步步走到起点，慢慢找出了适应他们节奏的口令和步幅，步伐看起来就比周围的队伍稳健一些。

他们连续拿下所有游戏的冠军，上场时自然也收获了不少注目。许穆清偏过头问程秒秒：“最后一局了，程选手不打算低调一点吗？”

程秒秒哭笑不得：“现在低调也来不及了，不如好好发挥拿下大满贯。”

“正合我意。”许穆清声音清润，“那我先多谢赛场女神垂怜，让我不费吹灰之力就拿下人生唯一一个大满贯。”

程秒秒一心想着赢下比赛，许穆清也乐意配合她调整节奏和步伐，负责比赛中的投篮部分，两人果然势如破竹，游戏进行到一半的时候，许粒拿着的筐子已经快装满了。

看着许粒在一众小朋友羡慕的眼光中笑得格外真实和开怀，终于像一个符合他年纪的小小孩儿了，程秒秒也更加起劲儿。

接近结束的时候，已经有不少在一旁观战的小孩子主动为他们加油。

“赛场女神的人气名副其实。”忙着喊口令的许穆清还不忘抽空对程秒秒调侃道。

这个时候，场馆上方的电子广告屏幕突然变换了画面，不再是巨幅的运动饮料，取而代之的是一个对于程秒秒来说熟悉得不能再熟悉的身影。

其实，这样一身正装的吴缺对于程秒秒来说还是有些陌生的，他飞扬的发梢被梳了上去，照片里的他正站在话筒前，一旁的字幕显示着：Beast 俱乐部旗下首支球队正式入驻澄海体育馆，董事亲临现场预祝首秀成功。

程秒秒脑中还没来得及对广告牌上的信息作出过多反应，仅仅是看到这句话的时间，已经错过了许穆清喊的口令，她脚下半步没跟上，一下子就被拉扯得跪在了地上。

好在许穆清反应快，及时停下了脚步，问：“怎么样？摔到哪里了？”

程秒秒这才回过神来，自己又神不知鬼不觉地被吴缺影响了，她让许穆清扶她站起来，说：“没关系，膝盖磕了一下，不太痛。”

“确定吗？”许穆清关切地问道，“需不需要过去休息一下？”

“不用。”程秒秒不会逞强，她活动了一下膝盖，确实是没有问题。

许穆清扶起程秒秒说：“那我们走慢一点。”

“好……”程秒秒话音还未落，她刚迈出去半步，右脚脚踝处就传来一阵剧痛。

程秒秒心下一惊，传来痛感的地方就是上回扭伤的地方。

【2】他是潮汐，是海浪

运动员最害怕也是最难以避免的事就是身体落下反复的伤病。程秒秒年纪还小，但知道其中利害，她也顾不上在意是否麻烦了别人，忙停下步子对许穆清说：“我脚踝好像扭到了，应该没法继续了，你能不能送我去医院？”

许穆清见程秒秒神色隐忍，鼻尖也冒出细密的汗，也跟着紧张起来，他立刻弯下身子轻轻地将缠在他们两人小腿处的布条解开，说：“你不要动了，我背你出去。”

程秒秒犹豫了一下，但脚踝处的痛感比上次更为强烈，她不敢轻举妄动，便点点头：“谢谢你了。”

许粒见到许穆清背起程秒秒，也急急忙忙地丢下篮筐，跟了上来。

“教练姐姐，你没事吧？”许粒仰着小脸，看得出来他是真的为程秒秒担心。

程秒秒被许穆清稳当地背在背上，脚踝不受力后疼痛感也减轻了一些，她安慰许粒：“没关系的，就是脚崴了。”

许穆清一路把程秒秒背到停车场，交代道：“你在这里等我一下，我去把车开过来。”说着，许穆清蹲下身子轻轻将程秒秒放下，“能站稳吗？”

“可以的。”程秒秒点点头。

闻言，许穆清带着许粒急急忙忙过去开车。

程秒秒立在出口等着，手扶着一旁的柱子来减轻脚踝处的受力，等了一分多钟，一辆亮粉色的车发出颇为高调的引擎声从通道驶出来。

程秒秒听着这声音，不自觉地蹒跚着脚步往路边让了几步，但在那辆车从她面前驶过的那一刻，她忽然愣住了，副驾驶上坐着的不是木子吗？而开车的人竟然是凌枫！

他们俩怎么会在一起？程秒秒一时间以为自己看错了，她看着开走的车子出神，不想那抹亮粉色突然一个急刹停住了。

“是木子看到我了？”程秒秒心想。

但打开的是后排座的车门，一双长腿迈了下来，他还没抬头，程秒秒就认出来了，吴缺穿的正是刚才她在广告屏幕上看见的那张照片上的那套西装。

合体的西装穿在吴缺身上，比以往他穿的任何休闲装都更衬得他身材修长、比例完美。程秒秒一直不觉得自己会喜欢穿着太过正式的男人，但这一秒，她才忽然明白过来，只是因为那些人都不是吴缺。

他一步步走过来，皮鞋踏在地面上，莫名让程秒秒的心跳乱了，他脚步轻缓，抬手间却像是海浪正翻涌而来。

程秒秒或许早就该明白，喜欢一个人的心情是无论如何都无法用非自然的手段抑制的，喜欢他这件事早已经是她小世界里的潮起潮落，她以为可以让潮水退去永不再来，却不知道下一次的心动只会更加汹涌。

吴缺走至程秒秒身前，他还没开口说话，程秒秒就已经有了想要逃跑的冲动。她往后退了一步，因为暂时忘记了脚上的伤而痛得忍不住“嗞”了一声。

吴缺的目光落到程秒秒的脚踝处，他眉头皱了皱：“在这里站着做什么？前面是个弯道，你站在这里很危险。”不等程秒秒答话，他又问，“脚怎么了？”

他们明明两个月未见，吴缺却能省掉寒暄单刀直入地提问。程秒秒也努力让自己回答得轻松一些，她不着痕迹地说：“不小心崴了一下。”

但吴缺的眼神并没有就此从程秒秒的脚踝上移开，他继续追问：“还是上次受伤的地方吗？”

程秒秒正要回答，一辆车驶出来停在了他们旁边，是许穆清，他摁下车窗，对程秒秒说：“你站着别动，我下来扶你。”

许穆清下车绕到程秒秒身边时，才像是刚刚注意到一旁的吴缺，他问程秒秒："遇到朋友了？"说着，他主动对吴缺伸出右手，"我们上次好像见过。"

面对许穆清伸出来的手，吴缺像是没看见，他冷冷地说道："上次？我一点印象都没有。"说着，吴缺转身想走，却瞥见了程秒秒和许穆清手腕上戴着的同样的手环。

他早上过来时在电梯里也遇见过戴同样手环的人，是一家三口，好像听到说是来参加什么亲子活动的。再看看车里那个趴在车窗上不停地打量他的小孩儿，吴缺瞬间明白过来，他嗤笑一声，对程秒秒说："你不会是为了哄别人家的小孩儿而把自己的脚扭了吧？"

吴缺的语气不算和善，有种教训程秒秒的意味。这让程秒秒又觉得像是被刺到了一样，她刚想反驳，许穆清已经上前一步，同样语气冰冷地对吴缺说："秒秒她为了陪我们参加活动而受伤了，我自然是会负责到底的，你是秒秒的朋友的话，就应该关心她伤得如何，而不是在一旁冷嘲热讽。"

"负责？"吴缺的表情在笑，声音却冰冷沉静。他看了程秒秒一眼后，盯住了许穆清，一字一句地说，"她是运动员，是以后要在无数个赛场上拿冠军的人，你认为你能拿什么为她负责？"

一时间，程秒秒也被吴缺说的话镇住了，她从来没想过吴缺对她会是这样的评价，他说她是以后要拿无数个冠军的人。

接着，吴缺本打算离开的脚步停下了，程秒秒似乎听见他一声微不可闻的叹息。他看着她说："你如果是旧伤上添了新伤，更耽误不得，离这里最近的医院也有二十多分钟车程，挂号候诊也需要时间……"

程秒秒几乎没见过吴缺絮絮叨叨连着说这么多话的样子，她静静看着他，一时不知道他的用意。直到他指了指身后的体育馆大楼，背对着她蹲下身子："我们球队正在上面打比赛，随行队医和设备都是业界最高水准，跟我上去看看吧。"

吴缺的动作出乎程秒秒的意料，她下意识地往后退了半步，脚踝处又传来阵痛。这种痛感让程秒秒有种错觉，她像是被这相似的痛感带回了两个月前在B市的夏天，在她扭伤脚的时候，吴缺对她伸出了援手。

只不过那时候他手腕上戴着的荧光色运动护腕，此刻变成了一只在西装袖子下熠熠生辉的腕表。

“还愣着做什么？都告诉你伤势不能耽搁了。”吴缺回过头来，示意程秒秒过来让他背着。他瞧了扶着程秒秒的许穆清一眼，“怎么？怕你男朋友介意？”

没想到吴缺会误会她和许穆清的关系，程秒秒忙否认道：“不是的……我们不是……”

“不是就上来。”吴缺偏过头，从刚刚开始就一直向下抿着的嘴角，突然放松下来，微微上扬了一个小小的弧度。

程秒秒还愣在原地，倒是许穆清开口说：“我不知道你脚上有旧伤，你朋友说得有道理，去医院确实会耽搁更多时间，你就让他带你去专业的医生那儿瞧瞧，我和许粒在附近等你。”

吴缺的肩膀被西服衬托得更为有型，程秒秒被背起来的时候，不知道自己的手该不该往他的肩膀上放，犹豫之间，听见吴缺的声音说：“抓紧，你不想掉下去吧？”

吴缺只是把程秒秒的大腿虚虚地用手背扶着，确实不太牢靠，程秒秒在他迈步时感觉到了颠簸，双手忙抓牢了他的肩膀。

吴缺像是满意了，他走出两步，又突然停下来，回过头来笑着对许穆清说：“我想起来了，我们上次好像的确是见过的，希望下次还能见到。”

吴缺又小声提醒程秒秒：“我手占着，你帮我挥手跟人家说个拜拜，不然也显得不太礼貌。”

程秒秒不太懂吴缺刚才明明还阴沉着脸，现在他想起来和许穆清见过面至于又突然这么高兴吗？她不解地暗暗摇头，但还是照做，朝许穆清挥了挥手。

他们路过刚才那辆粉色跑车急刹停住的地方，程秒秒这才又想起来刚才看见木子的事儿，但现在车子早都开走了。程秒秒不能自己求证，想了想，她还是开口问了吴缺：“刚才，你下来的那辆车是凌枫的？”

“嗯。我的审美也不会那么浮夸。”

程秒秒又问：“我看见木子在车上，是吗？我室友，李木子。”

这次吴缺停顿了一会儿才回答道："嗯，他们是朋友。"

朋友？程秒秒觉得新鲜，她以前还从来没听木子说起过她和凌枫认识，而且……凌枫和木子这样的组合，她连做梦都没梦到过——怎么说呢，有些奇特。

但她转念一想，前些天她还在宿舍里和小桃一起当着木子的面细数吴缺对她"不厚道"的地方，而后她又联想到刚才吴缺见到她以后不太友善的态度，不禁脑洞大开，会不会是木子把她们一起吐槽吴缺的事儿告诉了凌枫，凌枫又告诉了吴缺？

想到这里，程秒秒在吴缺的背上突然感觉到一丝凉意。她身子一僵，但又不太确定木子和凌枫的关系有没有到无话不谈的地步，她兀自琢磨着。吴缺的声音突然响起来："乱动什么？"

"没、没什么……我就是比较担心脚上的伤会不会很严重。"

"现在知道担心了？"吴缺声音淡淡的，"你陪无聊的人来参加这种无聊的游戏的时候，怎么不想想有没有风险？"

程秒秒被说得一时想不到话反驳。吴缺又说："运动员最重要的就是自己的身体，平时多注意一点，就能晚几年退役。"听了吴缺的话，程秒秒想起上回吴缺跟腱受伤的事儿，那时候就有篮球队的人说他的跟腱断裂过不止一次。也许吴缺只是感同身受吧。

进了体育馆大楼，吴缺背着程秒秒引来了不少注目，吴缺步伐如常，程秒秒有点不好意思，一直垂着头。直到进了电梯，程秒秒才稍稍松了一口气。

"吴缺师兄？"程秒秒试图和吴缺说点什么，以缓解尴尬的氛围。

"嗯？"电梯里只有他们两个人，吴缺的声音很轻，在逼仄的空间里却像是比在耳边还要更近。

程秒秒的声音也软下来："你不打比赛了是因为跟腱的伤吗？"

吴缺沉默了一会儿，直到电梯门"叮"的一声打开，他才慢悠悠地说："有这方面的原因，但也不全是。"接着，他话锋一转，又提醒程秒秒，"下次不要因为要迁就莫名其妙的人而弄伤自己了，谁都不值得你这样做，知道吗？"

程秒秒不明白吴缺怎么就总以为自己是因为许穆清而受伤的，她明明是因为看见了他，想到了他，因为他而分心受的伤，这次是，上次也是。

她心里不禁想，如果她告诉吴缺，她摔倒是因为他的出现，他就是那个“莫名其妙的人”，他还会告诉她“不值得”吗？

程秒秒之前在网上看过很多关于他们俱乐部的消息。吴缺签下来的球员普遍是近一两年在各大赛事上崭露头角的种子选手，媒体不留情面地评价说这是一支用钱硬砸出来的队伍，更有甚者说幕后老板是地主家的傻儿子，人傻钱多。之前程秒秒看见这样的言论，本着一门心思偏向吴缺的原则，还会注册小号反驳回去，但现在被吴缺带到队医这里以后，她才开始考虑那些言论的真实性。

“你竟然把他请来了？！”程秒秒小声对吴缺说。程秒秒确认对面的队医托马斯听不懂中文，因为前段时间她还在国外的体育新闻上看到过他。他因为治疗一位受了很严重的伤的球员，让其重回巅峰状态拿下赛季 MVP 而被大家热议，被那位球星的球迷称作“神医在世”。

托马斯仔细检查了程秒秒的脚踝，接着让一旁的翻译告诉程秒秒她伤势并不太严重。

程秒秒松了一口气。吴缺在一旁也抽空回应了她的惊讶：“为什么不需要呢？他这样能让球员受伤接受治疗后焕发新气象的队医，是全世界运动员最需要的。”

需要是一回事，能请来又是另一回事了。程秒秒觉得自己崇拜的眼神在闪光，这就是她喜欢的人，他好像总是做什么都要做到最好。程秒秒忽然释怀，这样的他，不喜欢自己也没有关系，用小桃的话说，她曾经全心全意喜欢过这样的人，也是她的小小欢喜。

经过诊断，程秒秒脚腕上的伤的确是因为上次没有彻底治愈而复发的，翻译转达托马斯的诊断意见，要让程秒秒接受治疗的同时，静养十天。

“十天？”程秒秒哭丧着脸，“我最怕的事情除了看见蛇，就是向老张请假了……”

“不用担心，张教练那边我会帮你说的。你的伤势不一次养好的话很容易出现习惯性扭伤，在专业的诊断书面前，张教练肯定会同意你休息的。”

程秒秒差点儿忘了老张提起吴缺时总是赞不绝口，如果吴缺帮她说话，老张肯定不会数落她了。可是需要静养十天，程秒秒为难道："难道这十天我还需要过来治疗吗？"

托马斯的翻译给出肯定的回答，她说："程小姐，医生说你最好每天过来做一次理疗。"

"每天都要做？"程秒秒实在为难，她从宿舍过来的路途也不近，这都不算静养了。

她正想问问还有没有什么其他的办法，吴缺就像是知道了她在想什么，直接告诉她："你也不需要担心该怎么往返，凌枫每天会去接送你的。"

程秒秒更觉得匪夷所思："凌枫？"

吴缺挑挑眉，道："放心，他是闲人一个，而且他肯定会乖乖地给你当司机的。"谁让凌枫现在有把柄在他手上呢。

【3】想听你学猫叫

做理疗的过程比程秒秒想象中要久，吴缺的态度也让她捉摸不透，她在医疗室接受治疗的时候吴缺一直没有离开，他坐在窗边的单人沙发上，打开了墙上的电视机。

画面上正在直播的是一场球赛，Beast对战澄海球队的表演赛，从画面上看，现场的气氛十分火热，程秒秒甚至在观众席画面上分辨出一小片区域全是一家三口，正是那些一起参加亲子游戏的家庭。想来如果她不去在意关于吴缺的信息，这个时候她就正坐在观众席上看球赛，而不是躺在理疗床上了。

没想到避来避去，竟然反而阴差阳错地要和他共处一室，太久没倒什么大霉，程秒秒都快忘了自己最擅长的就是事与愿违。

吴缺坐姿随意，他衬衫外的领带不知道什么时候已经被他取下来，衬衫的领口微微敞开，从程秒秒的角度偷偷看过去，虽然看不清他的脸，却正好能看见他凸起的喉结和流畅的下颌线，窗边日落的光芒柔柔地洒在他身上，组成一幅绝美的剪影。

托马斯的按摩的手法专业、舒服，此情此景，程秒秒差点儿就忘了自己是在接受治疗，所以当托马斯按到她的痛处，她便在毫无防备的情况下叫出了声。

吴缺循声转过头来，和她偷看的目光撞个正着。

程秒秒做贼心虚，忙假装低头和托马斯交流，可是好巧不巧翻译姐姐刚刚出去了，程秒秒面对托马斯的问询是一知半解，只能用蹩脚的英语连说带比画。

头顶传来一声笑，程秒秒抬头一看，吴缺不知道什么时候走到床边，他手上把玩着电视遥控器，脸上还挂着事不关己的悠闲微笑。

程秒秒见他一副看好戏的样子，脸上也挂不住，立刻赌气抱起双手，放弃了和托马斯的交流。

吴缺这才“好心”地为程秒秒翻译：“托马斯刚才说你现在感觉到痛是正常的，不用太害怕。”吴缺的后半句话说得声音很轻，程秒秒一时甚至难以搞清楚这是托马斯的原话还是吴缺主动给她的安慰。

直播的球赛也正到了比拼最激烈的时候，Beast队的一名球员连续进了三个球，解说员异常激动，解说有些破音，程秒秒也不自觉地看向电视机屏幕。

让解说员赞不绝口的正是Beast的9号球员，此刻屏幕显示的正是他在和队友击掌庆祝的画面。

程秒秒由衷地对吴缺说：“你们球队的球员真不错。”她坚信吴缺能实现自己的梦想，最终组建起国内最强的球队，只是一直以来都没有机会对吴缺表达出来。

吴缺应该从来都不缺这样的赞美，他的反应也是意料之中的平淡。

“嗯。”吴缺应了一声，随后又盯着电视上的画面随意地说道，“9号陈烁，半年前我看过他一场比赛后就一直想和他签约，但没想到他那个时候因为家庭原因，已经打算放弃打球了。为了说服他继续打球，我还专门到尼泊尔去了一趟，把他从国外带回来……”

说完与陈烁签约的不顺，吴缺才又把话题转回球赛上：“这小子今天的表现确实不错，不过我觉得他还有上升空间。”

这还是程秒秒第一次听吴缺说起他组建球队过程中的事儿。程秒秒顺着他的话，不自觉地把自己心里一直存在的想法说了出来："你从来都眼光好，对自己要求高，自然对别人要求也高，挑的人肯定也都是最好的。"

这几句话吴缺听在耳中倒是受用，他抿了抿唇，收起嘴角的弧度。他看了一眼窗外，假装不经意地提醒程秒秒："你那个朋友还在等着你吗？第一次理疗的时间可能久一些，你可以让他不用等了。"

"对哦。"程秒秒本意也不想麻烦许穆清特意等她。

她拿出手机，微信上果然有几条许穆清发来的消息，是问她脚伤情况的。程秒秒一一回复后说："我治疗的时间还很长，你不是说下午还有事吗？不用特意等我。"

新消息很快来了，许穆清没有直接回答，而是说："等会儿你一个人带着脚伤回去不方便，我等着送你，毕竟你今天受伤都是因为我。"

此时，吴缺已经背对程秒秒，面向电视，可他像是后脑勺长了眼睛，看到了许穆清发的信息。他头也不回地对程秒秒说："一会儿理疗结束，我会送你回去。"

程秒秒并不懂吴缺为什么对她照顾如此周到，这只是两个月前的那次不欢而散后他们的初次见面。她其实很想问一问，她独自等在滁江边的那个夜晚到底是怎么回事。但时隔这么久，无论她多介意，有些话终究是不知道从何问起了。

她只能在吴缺帮她系安全带的时候，吞吞吐吐地问："吴缺师兄，其实，你可以不用对我太好的，现在……你也不是我的队长了……不是吗？"

昏暗的车里，程秒秒的眸子不安地注视着吴缺的眼睛，忐忑又怯生生的。

吴缺拉开了两人之间的距离，轻咳一声后说："托马斯的年薪不低，把他请来这么久他一直在休假，现在好不容易遇上你这个病例，刚好看看他水平究竟怎么样。"

其实这也解释不了吴缺为什么一定要送她回学校，只是无论吴缺怎么说，程秒秒总是信他的。

吴缺说替她向张教练解释请病假的事儿，程秒秒向老张请假时也免了一顿数落；吴缺说让凌枫来接送她去做理疗，果然第二天凌枫的车就准时出现在了程秒秒的宿舍楼下。

凌枫虽然没有开那辆高调的亮粉色车子，但楼下这辆浑身是艺术涂鸦的车惹眼程度也并不低，程秒秒脑海里又浮现出他和木子同框的画面。木子明明是连帆布包都只买纯白色的极简主义者，程秒秒实在好奇这两个八竿子打不着的两个人，是怎么成为朋友的。

“小熊玩偶学妹，好久不见，好像又长高了哦，不错不错。”

对于凌枫自带戏剧风格的打招呼方式，程秒秒实在没有过多的话可以回应，加上凌枫开起玩笑来她也总是接不上，两人一路上自然没什么话讲。

“好家伙，你们俩就纯粹把我当没有感情的司机呗。都是狠人啊，绝配。”凌枫无聊到把车内的音响开到了最大声音。

让人一言难尽的曲风，又让程秒秒一时没有注意到凌枫所说的后两个字。

连着好几天，凌枫按时接送程秒秒倒也没出过什么岔子，只是没有再遇到过吴缺。听凌枫说，Beast 首秀就出尽了风头，吴缺这些天忙得脚后跟不着地。

本来经过几次治疗后，程秒秒已经完全可以正常走路了，她也和凌枫提过不用麻烦他再接送自己，但凌枫坚持说：“吴缺那个小心眼儿早就想好，如果我不完成任务以后要怎么报复我……学妹你就当是积德行善，让我好好儿给你当司机……”

这不禁让程秒秒好奇吴缺到底拿什么要挟他的，但凌枫对此闭口不谈。

“想知道？让吴缺告诉你。”凌枫脸上露出坏笑，挑了挑眉说，“看你能不能撬开他的嘴。”

他的表情吓得程秒秒又不敢回应了，更不敢信他说的。而凌枫看见她低下头，笑得更大声了。

程秒秒正想质问他，可是还没有抬头，一个急刹车让她的头差点儿撞上车前挡风玻璃。凌枫的笑声也戛然而止，取而代之的是一声急躁的咒骂：“哪来的神经病！”

程秒秒抬头一看，让凌枫急刹车的罪魁祸首正站在车前，脸上还带着灿烂的笑容和程秒秒打着招呼。

“陆絮？！”程秒秒看着骑着自行车横在路中间的陆絮，一脸震惊。

“这神经病你认识？”凌枫停止了想要下车理论的架势。

陆絮似乎还很满意自己拦下汽车的行为，他一脸得意地走到副驾驶位的车窗边敲了敲。

“不好意思啊，好像是来找我的。”程秒秒对凌枫表示了歉意，然后她一脸疑惑地摁下车窗问，“陆絮？你干什么？”

“找你啊。”陆絮抬手摸了摸后脑勺，宽松的毛衣袖子随着他的动作滑落，露出他纤细白皙的手腕，这种脆弱感又让程秒秒生出后怕。

程秒秒看凌枫的表情不是很耐烦，忙问陆絮：“是有什么急事吗？”可是她也实在想不到陆絮会有什么急事需要用这种危险的方式在马路上拦她。

果然，陆絮说道：“没什么急事，就是连着好几天去你学校找你，都没有看到你，昨天在路上看见你坐在这辆车里，但是没能追上。”陆絮说着，眼神渐渐聚焦到凌枫身上，他问程秒秒，“这是谁呀？”

见陆絮对自己危险的行为仍旧毫无悔意，程秒秒叹了一口气：“没有什么急事你就早点回家吧，我最近每天都没有在学校，你不用特意来找我，在家好好休息。”她知道陆絮的心脏不好，身体情况不容乐观，哪里经得住整天玩这样的“速度与激情”。

但陆絮不为所动，他将双手撑到了车窗上，皱着眉头道：“你是我的主人，我当然要跟着你。”

“什么？”凌枫像是听到了什么不得了的事儿，瞪大眼睛来回打量着程秒秒和陆絮。

程秒秒也被吓得不轻，她瞪了陆絮一眼：“我……你……不要乱用那些奇怪的称呼好不好？”

陆絮移开视线，小声嘟囔道：“本来就是嘛，我都解释过了，我以后都归你管，就是要跟着你。好不容易找到你了，今天你去哪儿我就要去哪儿。”

“幼稚鬼能不能别闹了？我是去看病。”程秒秒苦笑。

“看病？那我更要跟着你了，你哪里病了，严重吗？”陆絮更来劲儿了，趴在车窗上一副赖着不走的架势。

后面来了一辆车，摁了一下喇叭催促着。程秒秒看着陆絮，想着能有什么办法先把他劝走，没想到她还没开口，一旁的凌枫突然发了话：“那小孩儿，你上车吧。”

程秒秒纳闷凌枫为什么突然对陆絮妥协，她转头便看见凌枫脸上一副不怀好意的等着看好戏的表情，顿时觉得凌枫肯定没安什么好心。但她来不及出言阻止，陆絮早已经得了便宜就卖乖地钻进了车里，还颇为嘴甜地巴结凌枫：“谢谢这位哥哥。”

“不用跟我客气。”

凌枫语气轻松，看着后视镜里陆絮像只乖巧的宠物眼巴巴地盯着程秒秒的样子，他嘴角勾起，想起吴缺下午应该是有空到总部来一趟的，他把这小孩儿带过去，多少能给那家伙找点不痛快吧。

谁让他最近总拿木子的事情要挟他做这做那呢！吴缺让他任劳任怨当司机，可没说中途不能载别人。

程秒秒看着凌枫脸上越发放肆的笑容，总觉得后背发凉。

一到体育馆，凌枫就开溜了，只留下陆絮寸步不离地跟着程秒秒。

连续做了好几天治疗，程秒秒轻车熟路地找到托马斯，有翻译在，沟通也不存在问题。只是陆絮一直在旁边问东问西的，程秒秒为了让他少说点话，主动打开了电视机。

但是屏幕上的画面完全不能让陆絮移开他的注意力，他人坐在沙发上，身子却朝着程秒秒的方向，一双圆溜溜的眼睛盯着程秒秒问：“你喜欢猫吗？”

“嗯。”电影是程秒秒随意找的，是关于一只流浪猫的故事。

“最近有个特别流行的小视频你知道吗？”陆絮笑起来，拿出手机找出一段视频说，“这个软件可以测试你在喵星上是什么身份。”

视频上的人对着镜头学几声猫叫后，就会自动生成不同花色的猫，还会随机出现不同的猫的身份，诸如猫王后之类的。陆絮先示范了一下，屏幕上跳出来一只布偶猫。

“你也试试看。”陆絮把镜头拿到程秒秒面前，屏幕上卡通的猫耳朵和粉色鼻头立刻爬上程秒秒的脸。陆絮小声提示道：“你学三声猫叫。”

程秒秒也好奇自己会召唤出什么猫，便对着镜头“喵喵喵”叫了三声，一只白色的猫缓缓浮现，是一只金吉拉猫，还有一行字提示道：“恭喜你召唤出隐藏品种。”

“金吉拉可是全网都很少有人能召唤出来的哦。”陆絮惊喜道，“秒秒你第一次玩就召唤出来了，你是幸运女神吗？”

“真的吗？”这还是程秒秒有生之年第一次被人夸“幸运”。

“当然。”陆絮拿过手机。没过一会儿，他就对程秒秒说，“你看，好多人点赞呢！当然，还有更多人说你可爱……”

“你把我的视频发出去了？！”除了朋友圈，程秒秒不太喜欢在社交媒体上发自拍。当她看见陆絮发出的视频点赞和评论都在不断增多后，有些尴尬：“你发出去的时候怎么不解释清楚，为什么这些评论都在猜我是你的女朋友？！”

收到凌湘发来的信息时，吴缺刚刚挂掉一通跨洋电话。他看着面前堆积如山还没来得及看的资料，头有些大——最近球队的热度虽然是有了，但俱乐部刚刚起步，每走一步的背后都牵扯出不少利益往来，都需要他亲自想办法打点，偏偏他的合作伙伴还是个甩手掌柜。

吴缺看见凌湘的微信蹦出来，心里更是烦躁，正要关掉界面时，那条转发过来的小视频封面却让他无法忽略。

“喵喵喵——”

小视频一点开，就传出程秒秒的声音，原本就软糯的声调因为学猫叫而带上了撒娇似的尾音。

“金吉拉……”吴缺眼角带笑，喃喃念出这几个字，视线却很快向下看到了发布人的名字，以及下面一连串让人恼火的评论。

凌湘这时候打来电话，吴缺犹豫了一下还是接通了。

“吴缺哥哥，你终于肯接我电话了，最近有那么忙吗？”

吴缺没有回答她的问题，而是开门见山地反问她："给我发那个视频什么意思？"

"没什么意思呀。"凌湘轻笑一声，"那个视频是一个翻唱博主发的，我看到好像是你认识的女孩儿，就发给你看看……"

"行了。"吴缺冷冷地打断凌湘的话，"视频我看了，你想说什么我也知道，我有自己的判断力，不需要你替我解读。"

吴缺毫无温度的声音把凌湘也吓到了，虽然吴缺从来没有回应过她的爱慕，但也从来没有用过这样的语气对她说话。几秒钟的愣神过后，她还是重新调整好心态，说道："吴缺哥哥，你是工作上有什么烦心事儿吗？听我哥说……"

"不要跟我提你哥。"吴缺再次打断凌湘的话，"你在B市用我的手机给别人发信息的事情，你哥应该不知道吧？"

电话那边一阵沉默。

"你也不用问我是怎么知道的，你只需要知道我是看在你哥的分上忍着你，但是我不是没有底线的人，最好不要一而再再而三地试探。"

吴缺扔下最后这句话就利落地挂掉了电话。凌湘看着慢慢暗下去的手机屏幕，心也渐渐沉到了谷底。她知道吴缺冷血，但她一直以为自己就是命中注定会将他暖热的那个人，她从来没想过自己会亲自感受吴缺最为冷漠的一面。

【4】你轻轻一个吻

吴缺推门进入理疗室的时候，程秒秒正专心致志地看着电影，陆絮把沙发搬到了她的床边，歪在上面睡着了。

程秒秒连着好几天没有看到吴缺，还以为吴缺早已经忙得忘了她。看见吴缺进来，她甚至有些惊讶："吴缺师兄，你怎么来这里了？"

话脱口而出后，她才又想起这里本来就是吴缺的地盘，他会来不是再正常不过的吗？

"你的治疗是不是还有几天？"吴缺像是想不起来程秒秒是为什么过来的

一样，他随口问着的时候，眼睛一直盯着窝沙发里熟睡的陆絮。

吴缺看上去没有那么意外、吃惊，他只是带着些审视的意味打量着陆絮，也并没有开口问程秒秒那是谁。尽管如此，程秒秒还是觉得吴缺的目光带着若有似无的寒意朝她扫来。

程秒秒脊背发冷，不知为何突然有种自己做错了事的感觉，她心想，或许是因为不该让陆絮坐了吴缺的沙发？

程秒秒伸手戳了陆絮的胳膊好几下，才将他叫醒。

"怎么了？"陆絮睡眼惺忪地盯着程秒秒，像只刚睡醒的长毛猫。他眨眨眼睛，颇为自然地把下巴抵到了程秒秒伸过去的胳膊上。

程秒秒忙缩回手，她看了吴缺一眼，总觉得吴缺的眼睛要把沙发扶手盯出一个洞了。她轻咳两声提醒陆絮："你快起来吧，这个沙发好像是有人专用的。"

吴缺站在几步远的地方，把陆絮的小动作尽收眼底，他脸色不太好，长腿迈出几步，走到陆絮前面像一尊铜像一样立着，眼神也越发凌厉。

奈何陆絮并不像程秒秒一样有眼色，他随意打了个哈欠，指着吴缺，小声问程秒秒："他是这里的老板吗？"

说是小声，其实陆絮的音量让吴缺听见绰绰有余。程秒秒眼看着吴缺脸色越来越黑，她一边对陆絮点点头，一边对吴缺表示歉意："不好意思，我朋友今天要跟着过来，我以为你不会过来，所以没有提前问你能不能带人来……"

"没关系。"吴缺这样说着，可是他的表情一点都不像没有关系的样子。

程秒秒再次催促陆絮："我之前真不知道这个沙发不能让别人坐……"

陆絮却依然和她不在同一个频道似的，他恍然大悟地睁开惺忪的睡眼："这就是你上次说的那个师兄吗，在滁江……"

程秒秒眼疾手快地捂住了陆絮的嘴。

那天在滁江与陆絮相遇，正是她心情最为难过的时候，她把陆絮当作一个再也不会遇到的陌生人，把所有的心事都一股脑儿地倾诉出去了。如果不堵住陆絮的嘴，她实在不知道陆絮会当着吴缺的面说些什么。

可她手忙脚乱之下做出来的动作，落在吴缺的眼里就变了味儿。他看着她戳陆絮的胳膊叫醒陆絮，看着她伸手捂陆絮的嘴巴，如果不是她脚上还戴着笨重的理疗仪器，看着这个架势，她半个身子几乎都要扑到陆絮身上去了！

吴缺觉得自己的脸色可能是已经绿了，但他还是站在原地，看着陆絮慢腾腾地从沙发上站起来。他不知道自己怎么想的，在陆絮站起来后，他就一屁股坐在了沙发上。

看着吴缺脸色铁青地挤开了陆絮，程秒秒更加肯定自己心里的猜测——这个沙发对于吴缺来说确实比较特别，她还从来没见过吴缺因为一件东西而给人甩脸色。可是她越是道歉不该不经过他的同意就让陆絮坐了沙发，吴缺的脸色就越不好。

“最近你的脚伤好点儿了吗？”吴缺这样问程秒秒，可是他的语气听着有点吓人。

程秒秒看着沙发扶手在他手中被捏得几乎要变形，说话时也不禁带着一丝怯意：“好……好多了，谢谢师兄。”

陆絮也跟着在一旁附和，他一脸星星眼地看着吴缺说：“我听秒秒说，给她治疗的医生是你从国外请来的，你可真厉害啊……”

从进门开始就一直紧绷着脸的吴缺在听见陆絮这样说以后，捏住沙发的手也略有放松。他再次打量起陆絮，这小孩儿夸人的时候脸上倒是很真诚，他稚嫩的样子看起来也不够二十岁，或许……这小孩儿是程秒秒的表弟之类的也不一定？

吴缺这样想着，便准备隐晦地打探一下对方的身份。可他话还没开口，刚刚松下来的拳头又因为陆絮接下来的话而捏紧了。

陆絮收起崇拜的表情，低头轻轻叹了一口气：“没想到秒秒随便一个师兄都这么厉害，不像我，从来都只会给秒秒姐姐添麻烦……”说着，陆絮抬眸含情脉脉地看向程秒秒，“上次秒秒姐姐为了救我，奋不顾身地跳进冰冷的河里，我现在想起来都后怕，真不知道秒秒姐姐为什么要救我，比起师兄这么厉害的人，我明明那么一无是处……”

程秒秒知道陆絮容易因为自己身体有病的事情多愁善感，加上她不希望陆絮总是把她救了他的事情挂在嘴边，便开口安慰道：“你不要这样想，你也是很厉害唱歌很好听的鹿小仙呀，我都想不到你会有那么多粉丝……”

吴缺猛地从沙发上站起来，笨重的真皮沙发因为他突然的动作在地上擦出一声异响，陆絮和程秒秒都停住说话看了过去。

“师兄，你……你怎么了？”程秒秒结结巴巴道。

因背对着窗户，吴缺的脸色看上去更暗沉了。

陆絮也眨巴着眼睛关心道：“你看起来好像有点不舒服，需要叫医生吗？”

两个深呼吸过后，吴缺对陆絮挤出一抹瘆人的笑容：“不用，谢谢你了。”

吴缺拿出一张 A4 纸放到程秒秒面前：“我过来就是顺便通知你一下，你被我录用了。”

“什么？”程秒秒狐疑地拿起那张纸，是一份简单的报名表，上面还贴着她的一寸照片。仔细看过以后，程秒秒终于想起来，这应该就是前段时间小桃说帮她报名的 Beast 的兼职，可是……

程秒秒瞪大了眼睛：“可是我都没有来参加面试，这个报名表不是应该作废了吗？”

“可是你就是被录用了。”吴缺言之凿凿，“财务说这个月工资都已经预付到你的账户了。”

程秒秒总算是知道吴缺为什么和凌枫能够成为好朋友，这两人我行我素起来简直如出一辙。无论程秒秒怎么解释，吴缺都以他不管人事为由，不同意解除这段莫名其妙的“雇佣关系”。

“那我就要赖，我不认账，反正……反正我们也没有签过合同……”程秒秒也耍赖，但因为确实不太了解这方面的法律，说起狠话来也不够理直气壮的。

吴缺一脸的无所谓：“随便你，反正……你被录用的岗位也不需要做什么事情，重要的是……我会对你做什么。”

吴缺的语速放慢，让程秒秒突然有种不寒而栗的感觉，她小心翼翼地问：“到底是什么岗位？”

“解压专员。”

“什么东西？”程秒秒皱起眉头。

吴缺重新在沙发上坐下来，他慢条斯理地将平板电脑在膝头打开，说：“我最近工作压力比较大，需要一个人来解压。”

吴缺伸手从程秒秒手中拿走那张报名表，上面的寸照大约是程秒秒刚上大学的时候拍的，和她饭卡上那张照片一样，脸比现在看上去稍圆一些，大概是在摄影师按快门时还没准备好，她两只眼睛懵懂又透露着小鹿似的慌张。吴缺的目光落在照片上，说道：“可能人事那边看你一副比较好欺负的样子，就选了你。”

解压？好欺负？程秒秒听着吴缺的措辞，莫名想到那种软绵绵的解压玩具，各种造型的海绵，还有史莱姆在需要释放压力的人手中被任意搓圆捏扁。

程秒秒的脑袋里出现了诡异的画面：她变成一个拳头大的小人儿落入吴缺的手掌心，任由吴缺骨节分明的手指在她身体的各个部位肆意揉捏，被他拍圆捏扁。

“不行！”程秒秒险些拍案而起。

吴缺似乎对她的反应很满意，他从进门开始就板着的脸上终于浮现出一丝笑意，他敛起目光注视着程秒秒的眼睛：“你脸红什么？”

“我没有……”程秒秒双手抚上有些发烫的脸，努力把脑海里那些奇怪的画面赶走。

吴缺无视程秒秒无力的反驳，挑了挑眉说：“你可不要想太多哦，解压就是在我觉得累的时候，你就出现在我的视线之内……”

“就这样啊？”程秒秒觉得奇怪，不是感慨这份工作如此简单，而是她对自己是否有这样的“解压功效”存疑，明明两个月前吴缺还因为不想见到她而把她一个人晾在冰冷的江边，让她等了一夜。

吴缺也感觉到程秒秒的眼神里突然浮现的落寞，他喉头微动，正要开口说点什么，旁边的烦人精很会挑时候地凑了上来。

陆絮笑得纯真，他矮身夹到吴缺和程秒秒中间，对吴缺龇牙一笑：“还有这种好事儿？哥哥你看我行不行，秒秒不愿意，我倒是可以过来帮忙。”见吴缺又绷起了脸，陆絮说得更起劲，“我每天倒是闲得很，随叫随到，而且娇羞软萌易推倒。”

说完，陆絮还不忘附上他的招牌动作，妩媚地对吴缺眨了一下眼。程秒秒扶额，她倒是已经习惯了陆絮这调皮的模样，但吴缺显然有些招架不住，他皱着眉头起身后退了一步。说起来，这还是程秒秒第一次看见吴缺在同为男性的人面前露怯，有点儿新鲜，程秒秒看着吴缺慌张的表情，憋着没敢笑出声。

“停。”在陆絮还要往前凑的时候，吴缺长臂一伸将他拦住，他另一只手扶额，只觉得眉头都在突突地跳。他不禁想，下次见到凌枫一定要质问他一下，他到底是从哪儿把这小孩儿带来的！

陆絮委屈巴巴地说：“是我哪里不够好吗？哥哥你看起来好像很讨厌我？可是秒秒姐姐明明说过我很好，我那些粉丝也都说听我的翻唱很解压……”陆絮眼中闪过一丝狡黠的笑，他找出自己的小视频主页递到吴缺面前，“哥哥，要不要试听一下我唱的歌。”

陆絮这样说着，手指却滑向了程秒秒录的那个学猫叫的视频。

程秒秒背对着陆絮，看不见陆絮的手机屏幕，却看得见吴缺乌云密布的脸，程秒秒只当他是被陆絮缠得忍无可忍了。她憋笑憋得很难受，不禁腹诽，若是陆絮每天都这样黏着吴缺，解压不解压她不知道，但吴缺的血压肯定是控制不住了……

“喵喵喵——”

软萌的声音通过扬声器放出来，程秒秒愣了一会儿才反应过来那是自己的声音。

“陆絮！你刚刚不是答应把我的视频删掉吗？”程秒秒质问道。

陆絮双手一摊，把手机递给程秒秒看：“上传上去的真的已经删掉了，这是草稿箱里面缓存的……”接着，陆絮又对吴缺吐吐舌头，笑着说，“不好意思啊哥哥，我手滑点错了，本来想给你听我的翻唱，不小心把秒秒卖萌的视频点出来了，她好像都害羞了。”

深呼吸也快压制不住吴缺心中的怒意了，他甚至开始觉得自己被眼前这样一个小屁孩儿弄崩心态是一件极其丢人的事儿。所以，在看了陆絮身后的程秒秒一眼后，吴缺硬生生地克制住自己想要找人把陆絮丢出去的冲动，冷冷地说道：“不要叫我哥哥。”

陆絮看似乖巧，眨着眼说：“好的，哥哥。”

吴缺也不再纠结他的称呼问题，他阴恻恻地一笑：“天快黑了，要不要哥哥找人送你回家？”他自然知道陆絮不肯走，所以还没等陆絮答话，他又转头对程秒秒说，“如果你对你这份兼职存疑不想干的话，等会儿我们可以聊聊，不过虽然是一件小事儿，但因涉及公司劳务问题，我不想有一个小屁孩儿在场。”

程秒秒本来就对这份莫名其妙的工作疑问颇多，既然吴缺主动提出来可以谈谈，程秒秒自然不想放过机会，她立刻开始劝说陆絮回家：“你跟着我也没什么意思，早点回家，你粉丝不是催你更新吗？你回家还能好好录一首歌……”

程秒秒还没说完，陆絮的脸就耷拉下来，他指着吴缺说：“这个哥哥摆明了是要骗你，我怎么可以走开？”

“他能骗我什么呢？”程秒秒哭笑不得。吴缺是站在山巅操纵海浪的人，他伸伸手，想要什么没有，用不着骗她。反而是她自己，对于每一次和吴缺的相遇都小心翼翼，仅仅只是为了不再被吴缺讨厌，她隐藏自己还喜欢他的心，一直在骗人的，明明是她。

“你早点回家，我也放心一些。”对于陆絮一直想要跟着她的行为，程秒秒也觉得有些不知所措。她一直对陆絮说不用太在意她救过他，可是陆絮好像就是一根筋地想要给她当跟班“报答”她。而陆絮本身年纪小，健康又存在隐患，程秒秒也担心他整天不着家会出什么意外，她感觉自己苦口婆心的样子像极了一个老妈子。

“可是……”陆絮看了吴缺一眼，幽怨地说道，“我就不能在外面等着你吗？让他送你回家，我不放心。”

吴缺立刻在一旁冷冷地道：“还以为秒秒这个弟弟有多听她的话呢，没想到这么倔。”说着，吴缺还摇着头向程秒秒投去一个“我同情你”的表情。

陆絮终于被吴缺这个表情给激到，每次他的父母同别人说起他的病情，别人就会对他们露出这样怜悯的表情，他们都摇着头，用这样的眼神同情地看着他的父母，通常还伴随着一声叹息。

小时候陆絮并不知道这种表情的含义，直到后来父母有了弟弟，那样的表情也出现在了他们的脸上，这个时候陆絮才明白其中的含义：如果这孩子没存在过就好了。

“知道了。”陆絮的脸突然冷下来，他卷曲的短发下面那双永远笑着的眼睛也降了温。程秒秒只看了一眼就立刻回想起那天夜里，陆絮刚刚被她从滁江里救出来的样子，那双顶漂亮的眼睛里盛满了绝望，毫无生机。

“你……怎么了？”程秒秒察觉到陆絮周身的低气压，轻声问道。

陆絮只微微抬起头露出一个苍白的笑——他嘴角咧开，但眼睛里的悲伤还是源源不断地溢出来，这样的笑容绽放在陆絮这样一张脸上，像是会刺痛人的心脏。他的声音有些喑哑：“没什么，我走了。”

陆絮说完转身就走出了门。程秒秒甚至来不及问他怎么回事，她探头见陆絮的背影迅速消失在了门外，只得和吴缺面面相觑。

吴缺不知道陆絮经历过什么，只当陆絮是年纪还小沉不住气，但程秒秒多少知道一点陆絮的性子，他那天夜里从桥上纵身跃下的画面还历历在目，回想起陆絮离开时的那个眼神，程秒秒有些担心。

程秒秒看着自己还放在理疗仪器里的脚，向吴缺投去求助的眼神：“师兄，你能不能帮我追上去看看？”

“我？帮你追他？”吴缺像是听见了什么好笑的事情。他笑过几声之后，微微俯下身子，认真地看着程秒秒，“你是真不知道那小孩儿坚持要留在你身边的目的吗？”

“我救过他……”除了这个，程秒秒想不到其他的理由。

“程秒秒，你说过你喜欢我。”

吴缺突然靠近，一股淡淡的薄荷香气让程秒秒的鼻尖痒痒的，有种想要打喷嚏的冲动，她微微往后靠了一些。吴缺却没有拉开距离的意思，他的眼神丝毫不打算放过程秒秒，就像是在逼着她要一个答案。

程秒秒不知道吴缺为什么突然这么说，她一时间只想摇头否认。

看着程秒秒不敢动弹，连摇头的幅度都极小，吴缺喉头微动，往后移了半寸，给程秒秒留出呼吸的空间，他再次开口问道：“不喜欢了，是因为我约你去滁江边然后又失约的事儿？”

程秒秒想不到吴缺会主动提起这件事儿，他警示过她一次还不够，难道还要当面对她“处刑”？她明明已经摇头否认喜欢他了，明明没有故意在他面前刷存在感……

程秒秒委屈，但不想让自己哭出来，她咬住嘴唇不说话。

吴缺很少看到程秒秒如此倔强的时候，大多数时候她出现在他面前的样子，都是像被蒙着眼睛的小鹿，到处乱撞，撞到别人了就红着脸躲起来。而现在的她，咬着嘴唇也抑制不住眼里泛起的泪花，吴缺看着这样一双眼睛，只得微微叹了口气，收起自己的气焰。

“那次失约，我不是故意的。”吴缺一直在想这件事儿该怎么在不经意之间让程秒秒知道，现在他主动说起也是下下策。毕竟凌湘知道他的手机密码也算是他的错——这是吴缺匿名到女生扎堆的论坛上询问数遍的结果。吴缺无奈道，“那次是凌湘……”

“我都知道！你不要说了。”听见“凌湘”的名字从吴缺口中说出来，程秒秒再也忍不住，她不想听见吴缺向她解释他因为凌湘撒个娇就让她一个人在滁江边等到半夜，这比吴缺单纯的讨厌她更让她难受。

“好，我不说，我不说……”看着程秒秒的眼泪流出来，吴缺顿时手忙脚乱，他拿过床头的纸巾想要替她擦眼泪，可是他从没做过这种事，又怕自己不知轻重弄疼了她。不知是不是因为成天泡在泳池里，程秒秒的皮肤又白又光滑，像精美的陶瓷，眼泪流过的地方还泛着光泽，更让人不敢随便触碰。

吴缺犹豫了一下，把纸巾递到程秒秒手中，却看着她随意地将纸巾摁到脸上，胡乱擦了两下。吴缺想出言制止，但见她一脸伤心的模样，便重新抽出一张纸巾，轻轻触碰上程秒秒的脸。

“你脸好小。”吴缺小心翼翼地说。他第一次知道，原来她的脸还没有他的手掌大，她小巧的下巴上方圆润的嘴唇因为倔强而微微翘起，吴缺看了一眼，脑海里又回荡起她学猫叫的声音，顿时觉得心里有猫爪在挠似的。

程秒秒没有放任自己在吴缺面前哭个不停，渐渐止住了眼泪，只是还忍不住抽噎，便没有开口说话。

吴缺不知道她为什么哭，也不敢贸然再继续解释，只是看着程秒秒泛红的眼圈和鼻头，他还是忍不住开口问："程秒秒，你还喜欢我对吗？"

"嗯……"因为哭到鼻塞，程秒秒被吴缺的问题吓得发出一声含糊不清的声音。她很想继续否认下去，可是看着吴缺近在咫尺的脸，感受着他的手指隐隐约约碰到她脸颊的温度，那个"不"字也噎在了喉咙里。

吴缺没有得到明确的答案，并不打算就这么放弃，特别是在看到了程秒秒躲闪的目光之后。

"你不回答我的话……"

吴缺想到凌枫说过的一个办法，虽然凌枫嘴里说出的大部分话都不靠谱，但有了刚刚莫名其妙就惹哭了程秒秒的经历以后，吴缺觉得或许在哄女孩子这方面，还是凌枫更厉害一些。

只是想了一下，吴缺的心已经开始加速狂跳，手心也出了汗，他忙把为程秒秒擦过眼泪的纸巾攥进手里，手指微动，轻轻钳住了程秒秒的下巴，然后在程秒秒错愕的眼神中慢慢靠近。

凌枫说，直接亲上去是检验口是心非最好的办法，可是，他的吻在下一秒落了空。

第九章

奶酪陷阱

【1】仍是天上星

“你是天上星，是林间月，是我的甜梦，我想把你捧在手心，你却触不可及，假如有一天你就在我面前，我的眼里只看得见你的眼，我的鼻尖只呼吸得到你的气息，假如我们如此近在咫尺，我一定会毫不犹豫地吻上去，并在此之前告诉你，我喜欢你，很喜欢你。”

这是几年前程秒秒写的日记里的一段文字。即使程秒秒现在读到这里也会起一身的鸡皮疙瘩，但她从来没有怀疑过这种心情的真实性，直到她真的和吴缺近在咫尺，直到吴缺真的闭上眼睛要吻她，她却退缩了。

因为她在吴缺靠近的这一瞬间，突然发现自己并没有想象中那么无私又无畏，她不仅仅是一个暗恋者，她还是一个贪心鬼，她想要吴缺一个吻，也不仅仅想要一个吻。

吴缺来吻她，仅仅是出于对她是否还喜欢他的试探，这不是吻，是天神于凡人的垂怜，是贵妇对乞儿的施舍。

程秒秒不想当乞讨者。

“是不是吓到你了？不要太介意，我以为……以为你不会拒绝。”

程秒秒回到宿舍还在回想吴缺说的话，他口气轻松，甚至让程秒秒觉得他是否对每一个喜欢他的女孩儿都这样说过。

可怜的自尊心让程秒秒开始后悔，后悔向吴缺告白，后悔被他知晓她的心思，她一开始并没有意识到他们之间的差距有多大，否则她早就该懂得，有些人就该一直是天上星，不然哪怕眼看他从头顶降落，她也不敢确认这是否只是一颗短暂的流星。

程秒秒把几年来写的日记又翻看了一遍，稚嫩的、清醒的、懵懂的、难过的、欣喜的……所有的文字都写满暗恋者的矛盾：自卑又自尊。

休息半月有余，程秒秒的生活也终于回归正轨，和小桃并排走在校园里的时候，她甚至开始怀疑和吴缺这次短暂的重逢是否只是一场梦。

“秒秒，你是不是早就知道凌枫和木子关系暧昧？昨天木子跟我们说她和凌枫在一起了，你怎么一点也不惊讶？”

“嗯。”程秒秒把上次遇见木子和凌枫在一辆车上的事情说给小桃听，“不过我也只听吴缺师兄说过他们认识，他们这么快就确定了关系我还是挺惊讶的，毕竟……”

“毕竟他们俩看上去就像两个世界的人。”小桃也感叹道，“我还以为凌枫那种花花公子是木子最讨厌的男人类型呢，不过他们是小时候认识的，有过前缘，也就稍微能说得通了。”

两天前，小桃在商业街撞见木子和凌枫手牵手从一家游戏厅里走出来，木子这才坦白她和凌枫在谈恋爱。小桃对这个消息实在有些难以消化，连着几天的聊天话题都是这件事儿。

据木子说，她小学时期，每年暑假都会被送到北方乡下的外婆家住两个月，有一年夏天，村子里来了个叫“小风”的小胖子。木子的外婆说这个小风是在城里吃多了垃圾食品，所以才被送到村里来锻炼减肥。

小风随身携带的新奇小玩意儿很多，他时常拿这些东西和村里的小朋友换吃的，他出手大方爽快，小朋友们也乐意跟他玩，但由于过胖的体形，小风还是会招来一些嘲笑和捉弄。有一回，他被几个小孩儿撺掇着来摘木子家院里的杏子，小风单纯又贪吃，还真爬上了杏子树，但那结着果子的树枝哪里禁得住小风的体重，他刚伸出手去摘杏，就连人带树枝掉了下来，不偏不倚砸到了刚过来制止的木子头上。

那个暑假，木子是和小风一起在县医院度过的。后来，外婆过世，木子也再没回过那个院子，也再没见过小风，这段儿时经历只给她留下了额头上一个小疤痕。直到她在凌枫的钥匙扣上看见了一串绳结——她和小风住院时一起编的绳结，才想起了那段往事。

“这该死的爱情竟如此甜美！”小桃挽着程秒秒的手，做憧憬状，“青梅竹马的故事真是怎么听都听不腻啊，我怎么就没有这样的竹马呢？哦，我小时候净顾着跟那些男孩子打架摔跤了，估计也没有谁敢对我这类型的女孩子有什么想法……”

程秒秒被小桃逗笑了：“你还不知足，你和姜达达的故事够神奇了。”

说起姜达达，小桃一脸甜蜜，她冲程秒秒吐吐舌头：“说起来，你和那个骆学霸才是青梅竹马里的顶配，俊男美女两小无猜，一个脑子好使，一个体育冠军，天哪……程秒秒，基于这优秀的基因，如果你和你的学霸竹马成了，你们的后代还不得逆天？”

“你别瞎说了……”见小桃越说越离谱，程秒秒忙说，“我和骆星辰之间就是纯到不能再纯的纯友谊。”

“切。”小桃继续打趣，她翻了个白眼说，“男女之间哪儿有纯洁的友谊，你们俩之间不过是缺少那么一点火花而已，你一直被吴缺蒙着心，哪里还看得见别人……”

“吴缺”这两个字从程秒秒耳边掠过的那一刻，她似乎又闻到了淡淡的薄荷香味，凉凉的，她微微一怔，打了个喷嚏。

“怎么了？”见程秒秒愣了神，小桃也停住了步伐。

“我……”程秒秒抬手碰了碰自己的鼻尖，这两天那股淡淡的薄荷味总是时不时地出现，就像是一根悬在她面前的胡萝卜，不断地引诱逗弄着她。

程秒秒还在犹豫要不要把她和吴缺之间发生的事儿一五一十地说给小桃听，一阵手机铃声就突然响起来。

“呀，我忘了今天和姜达达约好发视频的。”小桃拿出铃声大作的手机，却不急着接通，而是拍了拍脑袋急道，“现在可不行，我现在没化妆。”

小桃把手机原样放回包里，对程秒秒挥挥手：“我要先回宿舍去化妆了。”说完还不忘回头叮嘱程秒秒，“你脚伤刚好，慢慢走回来就好。”

看着小桃背着书包往宿舍冲刺的背影，程秒秒哑然失笑，她还记得刚到这个宿舍的时候，就只有她天天嚷着要追男神，木子和小桃还总是给她出谋划策，没想到现在除了她，木子和小桃都意外地谈起了恋爱，只有她，绕了十万八千里，那颗天上星已经越来越远。

天气渐渐冷起来，学校里各种树叶落得到处都是，扫也扫不净，程秒秒想着要保养脚踝，走得很慢。她看着地上被风吹得你追我赶的两片树叶，忽然想起来高中的时候，骆星辰给她补习物理时的一段对话。

“在宇宙无重力的环境里，无外力作用的时候，你可以轻轻推开一直朝你撞来的大象。”

“真的吗？不过大象为什么要撞我？而且我推开它，它就不会再次朝我撞来吗？”

那时候程秒秒一心贪玩，总问些与题目无关的问题，但骆星辰还是有板有眼地回答：“大象为什么撞你我不知道，不过只要你推开它，它就会一直沿着你给它的力的方向运动，永远不会再回来了，除非你还有强大的引力……”

骆星辰具体怎么解释的，程秒秒早已经记不清了，但她现在大概明白了骆星辰为什么常说科学规律都是普适性的，吴缺就是那只被她推走的大象，他无缘无故地闯进她的世界，无缘无故地靠近，从她躲开的那一刻起，他就会像那只大象一样永远不会再回来了……

手机振动了好一会儿，程秒秒才回过神来，她看着骆星辰的来电，有些意外。

“怎么刚好这个时候打电话了？”

电话那边似乎等了太久，回答有些延迟：“这个时候怎么了？不方便？”

这个声音和程秒秒回忆里那个给她读物理公式的声音重叠起来，程秒秒有点恍惚，临时决定不把刚刚正想起他的事儿说出来，便说：“没有，就是……这会儿你那边不还是晚上吗？”

“我回国了，刚下飞机。”骆星辰的声音仍然清亮，听不出丝毫疲惫，“我的导师在澄海有个项目出了点小问题，临时让我和他一起来了，还没来得及告诉你。”

“你回澄海了？那这次能待多久呀？上次我回家的时候听你爸说他可想你了呢！”

骆星辰声音里难掩喜悦：“说不准，这次要和导师一起观测一组长期的数据，怎么也要一个多月吧。”说完，他又问程秒秒，“你最近一直在学校吗？过几天我有空了去找你。”

“找我做什么？”自从上次在B市天文馆里，和骆星辰共同感受过奇怪的氛围后，程秒秒就莫名有些害怕和骆星辰有过多接触，骆星辰的那种眼里只有她的眼神，是真的会让她慌张。假如他再说些奇怪的话，她是真的不知道该如何应对。程秒秒故作轻松道：“骆星辰，难不成你还惦记着上回没请你喝的咖啡？我最近手头紧，要不就请你喝我们食堂五块钱一杯的速溶咖啡吧……”

“我这次回来给你带了特别酷的东西，想着有时间给你送过去，你就这么敷衍我？”骆星辰没有细说是什么，只道，“我现在有点忙，下次要过去找你之前再联系你，知道你最近在学校就好，怕你去别的地方比赛了，听我妈说你最近可是十分出息哦……”

听了骆星辰的揶揄，程秒秒本想再贫上几句嘴，骆星辰却已经匆匆挂了电话，程秒秒组织好的几句呛人的话便没能说出口。看着暗下去的手机屏幕，程秒秒忽地记起每次骆星辰打来电话，最先挂断的都是她，而骆星辰会把她所有没营养的话都听完——这种事儿，程秒秒以前从没察觉过，这一次他率先挂了电话，倒突然让她记了起来。

【2】日光、月光、你的目光

“不可能！没道理啊！”凌枫一脚蹬地，将椅子滑到那张红木办公桌前。他脑袋一探，看着电脑显示器后面的吴缺，皱眉说道，“依我看，小熊玩偶学妹不可能会突然不喜欢你的……虽然你这个人确实没什么情调，也不懂哄女孩子开心，脸也特别臭……”

“哗——”

回应凌枫的是一沓废纸朝他砸过来，凌枫矮身一躲，脸上还是露着有些讨打的笑容，随手又拿起了吴缺桌上的圆珠笔，不断地按出聒噪的声响，话也不停：“你是不是做了什么事情吓到人家小熊玩偶学妹了？”

察觉到吴缺脸上的表情有了变化，凌枫坏笑道：“你这家伙到底干什么了？强吻？还是……”

凌枫接下来的话被吴缺凶神恶煞般的眼神堵住了，他轻咳两声，拿起那杯秘书刚给吴缺送进来的咖啡喝了一口，用关爱儿童般颇为慈祥的眼神看着吴缺，说道："不会真被我说中了吧？强吻这种路数，连偶像剧都不用了，现在讲究互相尊重……"

"还不是你说的……"一直不说话的吴缺终于阴恻恻地说出这几个字。

"什么？"凌枫终于憋不住笑出了声，"我什么时候说过要强吻？不是……你真的要强吻小熊玩偶学妹，被她拒绝了，然后她就不理你了？"

"胡说什么？"吴缺根本看不进去屏幕上那一行行的数据，索性把鼠标扔下，靠到椅背上，"我是说，都怪你说的那个外号，你总是叫她'小熊玩偶学妹'，她听着肯定不高兴。"

凌枫笑得更大声了："吴缺，你甩锅也不能这么甩吧，这干我什么事？明明是你自己出师不利，我特意来给你分析情况，你还不虚心学习。行吧，看样子你对小熊玩偶学妹也不是很感兴趣，那下周我请木子她们宿舍几个女孩子一起出来玩儿，就不叫你了。"

凌枫起身就要出去。他刚走出去几步，身后就传来吴缺的声音："下周什么时候？"

在姜达达远程扫码付款请310宿舍全体三人吃了顿火锅以后，凌枫也大方地表示要请小桃和程秒秒一起出来玩儿，地点定在澄海海洋馆的水下餐厅，原本程秒秒碍于凌枫和吴缺的关系，想要推托有事，但架不住小桃的软磨硬泡。

"这样的宿舍关系多好，秒秒你以后有男朋友了，不管你和吴缺在一块儿了，还是和你的青梅竹马骆学霸修成正果，都一定要将310宿舍这个优良传统保持下去……"前去赴约的路上，小桃还在这样念叨。

程秒秒不想让自己听见吴缺的名字后表情过于异样，便选择性地忽视，只对小桃说："我和骆星辰肯定不可能，你别瞎想啦！"

"知道啦，不过我是站队青梅竹马的啦，木子，你站哪个？骆星辰还是吴……吴缺师兄，你、你怎么来了？"

路边等着的是凌枫那辆喷满涂鸦的车，打开车门的却是吴缺。也不知他对小桃的话听见了多少，只见他微微对走在前面的木子点了点头："凌枫有惊喜送给你，在餐厅准备呢，怕你们等不及，就让我先来接你们。”

“好，谢谢你了，之前凌枫也没通知我。”木子走在前面，向吴缺道谢。

小桃则故意放慢了脚步落在后面，她撇了撇嘴，贴近程秒秒小声咬道：“什么人嘛，木子的男朋友给木子准备惊喜，他倒好，直接就给人家抖出来了，还叫什么惊喜，真是猪队友！”

程秒秒知道自从上次她把滁江边等吴缺到半夜的事儿告诉小桃以后，小桃就变成了坚定的“吴缺黑”。程秒秒听习惯了各种夸吴缺的话，每次听到小桃从各种刁钻的角度说吴缺坏话的时候，都忍不住和她一起偷笑。只是她刚一抬头，就撞上了一道灼热的视线。

“大坏人的耳朵这么灵的吗？”小桃吐着舌头小声嘟囔。

程秒秒已经被吴缺的目光钉在了原地。

吴缺的刘海儿似乎长长了些，程秒秒看见他发梢下微微皱着的眉和亮闪闪的眼睛，大脑里突然像警车撞见劫匪时那样，疯狂拉响了警报，警告的画面是程秒秒一直想忘记的，那天他突然凑上来的那个未完成的亲吻。

“你的脚踝停止治疗后没再出现什么问题吧？”

程秒秒只看见吴缺的嘴唇在动，他的说话声是延迟了几秒才传进她耳朵里的。程秒秒慌里慌张地摇了摇头：“没有了。”

“那就好，你是托马斯在我这儿的第一个病例，可不能出问题。”

吴缺一边说，一边让大家上了车。程秒秒看不出他的表情和动作有一丁点的不自然，看样子，他那个让她困扰至今的举动，确实只是他的一时兴起而已。

对他的不以为意和她的警铃大作加以对比，程秒秒心里有点苦涩，但她终于长舒了一口气——她躲开的决定是对的。

澄海海洋馆算是国内较为有名的景点，程秒秒也来过两次，只是一直都没机会来这里的水下餐厅。听说颇多情侣都喜欢在这里共进晚餐。从透明的楼梯一路向下，颜色鲜艳的鱼群贴着通透的玻璃墙壁游过，真的有种误入海底世界的感觉。

“这么浪漫的地方，好像更适合你们俩单独约会，我和小桃不会打扰你们吧？”程秒秒假装不经意地说。从上车的时候开始，她就已经在想该怎么提早从这次聚会中离场。

只是小桃和木子都不懂她的意思，都直呼没关系，程秒秒只得另寻他法。她心不在焉地琢磨着，并没有注意到有双眼睛一直看着她，默默地把她说的话记在了心里。

水下餐厅的面积并不大，但餐桌上装点着玫瑰和水晶烛台，灯光映照下，鱼群游过时的光影让这里看起来像水下宫殿一样，只是角落里几个人的争论声破坏了气氛。

“两位小姐，这里是私人订制的场地，要清场的，请你们赶快离开。”说话的是一个女服务员，看起来年纪不大，显然对于处理这种情况不太熟练，一张脸涨得红红的。

她旁边的两个女孩儿就像是没听见她的话一样，正举着手机，凑在玫瑰花前自拍。

“不要大惊小怪，什么私人订制，是不是刚才出去那个人订的？他是凌枫，我们认识的，我是他女伴。你们清场连顾客的朋友都要赶吗？”拿着手机的那个女孩儿轻蔑地瞥了女服务员一眼，继续和她的朋友摆出各种动作拍照。

“什么情况？”小桃与木子面面相觑。

吴缺显然也不知道会出现这种情况，他微微皱眉，走到那两个女生面前。

“哎，是你，吴……吴缺，我们上次见过的，在你朋友凌枫组的局上。”刚才还一脸不屑的女孩儿看见吴缺以后，脸上立马堆起了笑，还越靠越近，几乎要贴到吴缺身上。

吴缺皱眉后退，不着痕迹地把手挡在了身前：“你认识我就好办，我来清场总有发言权了吧？”

“你说笑了不是，大家都是朋友……”

“我不认识你。”吴缺语气淡淡地说道。

“怎么会不认识呢，就是上次……”女生极力解释着，忽然她看着入口的方向睁大了眼睛。

程秒秒还不太清楚目前的状况，她顺着这个女生的眼神望过去，是凌枫进来了。他倒是游刃有余，径直走到木子身边："你们来得这么快呀！"

木子微微后退，躲开了凌枫想要帮她拨弄发丝的手。

"怎么了？"

"还能怎么了？那边那个女的说是你朋友，在这儿赖着不走呢。"小桃白了凌枫一眼。

"凌枫哥，你快跟你的朋友们介绍一下我，不然他们还真以为我是来蹭吃蹭喝的，要赶我走呢。"那个女生见凌枫进来，气焰立刻又起来不少，在场的除了凌枫和吴缺，都被她的白眼扫视了一遍。

"哦，是你啊……"凌枫拖长了音调，"什么……梦？"

"孟舒舒。"女孩儿自报家门，言语中竟为凌枫还记得她名字的一个读音而窃喜。

"孟叔叔……好，我记得了，你可以出去了，我和我女朋友要在这里请客，今天是我们重逢一百二十三天的纪念日。"说着，凌枫拉过木子的手。

"女朋友？上次你不还跟我说三十岁前不谈恋爱？我还打算等你到三十岁呢……"孟舒舒说着泫然欲泣。她一脸难以置信地看着木子，又露出一抹轻蔑的笑，"凌枫哥，你在逗我玩吧，她也太土了，怎么配得上你？"说着，孟舒舒和她一旁的女生都捂着嘴笑起来。

木子的脸色有些发白，黑框眼镜下长长的睫毛微微颤动，程秒秒也不由得为她紧张起来。

凌枫揉了揉太阳穴，那双带着玩世不恭意味的桃花眼忽然变得凛冽起来，他瞥了孟舒舒一眼："怎么说话的？道歉！"见孟舒舒置若罔闻，他的声音又沉了几分，"我说给我女朋友道歉，没听懂吗？"

见凌枫动了真格，孟舒舒也怵了，立刻唯唯诺诺地说了句："对、对不起。"

"行了，叫保安来把这两位请走吧。"木子开了口，语气一如往常平静。她看着孟舒舒推了推眼镜，"有机会再见。"

或许孟舒舒也没想到木子并不像看上去那样好欺负，一时吃了瘪，只得咬咬牙挤出一个笑容，跺了跺脚叫上她的小姐妹：“我们走。”

就在程秒秒以为这件事儿就此告一段落的时候，孟舒舒刚走出一步，就突然整个人往前扑了出去，伴随着一声尖叫她直直地摔到了地上。

突如其来的状况让所有人都吃了一惊，虽然这孟舒舒不怎么讨人喜欢，但离她最近的木子还是第一时间上前去帮忙把人扶起来。就在所有人的注意力都在孟舒舒这边的时候，程秒秒突然感觉有一滴水落到了自己的额头上。她正要仰头看，手腕突然落入一个温暖的手掌中，她整个人被用力带着撞上一个结实的胸膛，被紧紧护住，紧接着就是一阵玻璃破碎的声音传来。

“怎么了？”

“秒秒你没事儿吧？”是小桃和木子的声音。

过了好一会儿，程秒秒感觉到护在自己头顶的那只手终于放开，她得以抬头，便看见吴缺将她拥在怀里，低头看着她，闪动的眼眸里只映着她的脸。

“没事儿吧？”吴缺这才松开程秒秒，“我看你头顶的花瓶翻倒了，一时情急才抱了你。”

地上确实是四处溅落的水渍和玻璃碎片，还有几枝香槟色的玫瑰，是现场悬挂在上方的水培玫瑰翻倒了。原来是刚才孟舒舒摔倒的时候高跟鞋勾到了工作人员还没来得及钉起来的装饰藤蔓上，这才导致了程秒秒头顶上方的花瓶掉落。若不是吴缺眼疾手快将她拽开，恐怕她现在已经成了落汤鸡了。

“吴缺师兄，谢谢你又救了我一次。”程秒秒微微鞠躬，不敢抬头让吴缺看见她脸上慌张的表情。她的心正扑通扑通地乱跳，不是因为刚刚躲过的一劫，而是因为周身包裹着的吴缺的气息迟迟还未散去。

小桃后怕地摸摸程秒秒的脸说：“刚才我只顾着看那孟舒舒去了，根本没注意头顶的动静，还好躲开了。”接着，小桃又放低了声音在程秒秒耳边说，“这是不是说明吴缺的注意力一直在你身上？”

仅仅因这微小的可能性，程秒秒的耳根又红了半截。

发生这么大的动静，餐厅的经理立刻赶来赔礼道歉和善后，不过好在没有人受伤，摔倒的孟舒舒也没有大碍，只是很不忿地带着她的朋友走了。

凌枫急着向木子撇清和孟舒舒的关系："木子，你要相信我，虽然我过往的恋爱经历确实有些丰富，但是这个孟舒舒，我是真的和她没什么关系！好像就是上回一起玩桌游的时候，人不够，我一个朋友随便介绍来的，当时她还是坐在吴缺旁边，我也不知道她怎么盯上我了……"

"什么坐在我旁边的？我不认识，不要乱说。"吴缺突然打断凌枫的讲述。

"好、好……"凌枫瞥了程秒秒一眼，对吴缺双手合十赔罪道，"我记错了，哥，没人能坐在你旁边……"

程秒秒和小桃都笑吟吟地看着凌枫为自己辩白。这时，刚才那个被孟舒舒刁难的服务员走过来对凌枫说了句什么，凌枫点了点头。不一会儿就有人迎面推着一辆小推车走来，上面是一束，不，不能说是一束，因为这些粉色玫瑰有"一树"那么大。

"哇……"程秒秒和小桃都目瞪口呆，"这……这得有多少朵？"

"九百九十九朵。"看到玫瑰已经被推到木子身边，凌枫说，"祝我们重逢一百二十三天纪念日快乐。"

木子忍俊不禁："哪来的这种纪念日啊？"不过虽然嘴上这样说，她眼底的惊喜还是藏不住，那张永远冷静的脸上此刻也有些动容。

程秒秒和小桃自不必说，已经开始拿出手机拍照了。

"原来以为这都什么年代了，还用这么老土的招数。没想到真正的九百九十九朵玫瑰这么好看啊……"小桃直白地发出感叹。

程秒秒也笑着附和道："我也是第一次看见，还粉嫩粉嫩的，真的好漂亮啊，怪不得女孩子们都喜欢呢，我看着都心动……"

程秒秒惊羡的眼神被吴缺尽收眼底，凌枫说女孩子都喜欢花喜欢浪漫，吴缺还不以为然地说程秒秒不会喜欢这么土的手段。为此，凌枫临时弄了这样一出。看见程秒秒起立拍照的时候，他冲吴缺挑了挑眉：你看吧！

吴缺看着睁大了眼睛拍照的程秒秒，若有所思。从刚才见到她开始，貌似只有这一刻，她的眼睛里才露出了毫无防备的笑意。

他记得以前每回程秒秒看见他的时候，眼睛都亮亮的，像小鹿一样，但今天，除了把她箍在怀里的那几秒钟，她似乎还没有正正经经地瞧过他，难道那天他莽撞的举动真的吓到她了，他吴缺现在连一束花都比不过了吗？！

正想着，程秒秒的手机铃声响了起来。

“我接个电话。”程秒秒转身走出去几步。吴缺忙移开了自己的视线。

吴缺听不见程秒秒和电话那头的人在说什么，但能看见她连说几句话都是带笑的。不过通话倒是简短，不到两分钟，程秒秒回到餐桌旁，她带着歉意朝木子一笑说：“木子，不好意思，我朋友突然有急事儿找我，我得提前走了。”

“谁呀？”小桃顺口问道。

“骆星辰，他明天要和他导师去那鸟不拉屎的山里观测什么东西，说是有东西给我，让我带给他爸妈。”骆星辰的这通电话来得及时，程秒秒本来就正愁坐在吴缺的旁边不知所措，因为她总是忍不住想起被吴缺拉进怀里的画面，感觉自己半边身子都要被烫坏了似的，与其心不在焉地吃完这顿饭，不如提前离场。

“什么朋友？方便的话把他也叫过来，咱们多个人一起吃还热闹些……”凌枫瞄了一眼吴缺的神色，连忙说道。

程秒秒有些为难，正犹豫着不知作何回答，一旁的吴缺突然从椅子上站了起来，他语气淡淡的：“那我送你出去吧。”

程秒秒不知道吴缺为什么突然提出这样的要求，而吴缺也不多做解释，一路上都紧紧抿着唇，锁着眉头。程秒秒和他一前一后走在窄窄的玻璃楼梯上时，感觉自己像是在被吴缺押送的犯人一样，喘不过气。

骆星辰就等在海洋馆门外，见到程秒秒，他不禁露出笑容。几个月不见，骆星辰似乎晒黑了点，一笑起来，牙齿显得特别白。

“这位师兄，又见面了。”骆星辰也注意到了吴缺。

吴缺紧锁的眉头也在见到骆星辰后松开了，两人互相问候了几句。程秒秒疑惑地看着眼前的这个场景，忽然想起来上次在机场吴缺和骆星辰一见如故交谈甚欢的样子，不由得开始猜想：吴缺莫名提出要来送她，莫非就是为了见骆星辰一面？

骆星辰和吴缺一番寒暄过后，这才对程秒秒说："其实也没什么，就是我妈让我帮忙买的保健品，本来想着休假的时候给她送回去，没想到还没来得及送回去，又要和导师一起去一个新观测点了。"

"嗯，东西呢？我下周末回家，刚好帮你带回去。"程秒秒见骆星辰两手空空，问道。

骆星辰笑着指了指街对面的一个咖啡店，说道："放那里了，我在那里点了两杯喝的，等你去结账呢。"

"好啊你，原来就等着坑我呢！"

"那当然，你承诺我的咖啡可不能不兑现。"

"咯咯……"程秒秒还想说点什么，就被一声轻咳打断了。她看向吴缺的脸，他又恢复了皱眉的模样，难不成他是在不满她和骆星辰说太多话？程秒秒一时又有些凌乱。

"师兄，你要不要一起去喝一杯，我请。"骆星辰问吴缺，脸上带着温和的笑。

程秒秒有些好奇吴缺会怎么回应，便抬头看向他。

这时，一声引擎声猛地从街角传过，一辆摩托车径直朝他们飞驰而来。

"小心！"吴缺和骆星辰同时脱口而出，还不约而同地对程秒秒伸出了手。

程秒秒被两股力气同时拉得向前打了个趔趄，轰鸣的摩托车从她背后不到二十厘米的地方飞驰而过。

惊魂未定中，程秒秒的手被吴缺和骆星辰一左一右地拉着，没有多想，她下意识地就松开了吴缺那边，紧张地抚着胸口说："吓死我了，我今天怎么这么倒霉，差点儿两次血光之灾了。"

程秒秒又向骆星辰描述了刚才在水下餐厅差点儿被花瓶砸到的事儿。她叽叽喳喳地自说自话，只是为了显示对刚才再次不小心拉了吴缺的手表现得不甚在意，却没注意到吴缺的目光一直停留在她还未来得及和骆星辰松开的左手上。

吴缺看着程秒秒笑嘻嘻地和骆星辰讲述自己遇到的危险，只觉得手里和心里都空落落的。被她注视了好几年，她的目光早已经像日光和月光一样，无法与这世间万物割离，现在，她亮亮的眼睛真的只注视别人了吗……

吴缺慢慢攥紧手心，移开视线，看向刚刚那辆摩托车消失的街角，这里是人行道，那辆摩托车刚才来势汹汹，根本不像是意外……

【3】繁星予你

吴缺最终还是拒绝了骆星辰的邀请。

程秒秒和骆星辰来到海洋馆对面的咖啡厅，选了靠窗的位置坐下。骆星辰坐在程秒秒对面，说着他和导师将要去观测的某种天文现象。程秒秒对这些没有太大的兴趣，她一边喝着杯中的拿铁咖啡，一边不自觉地透过玻璃窗朝海洋馆的方向望去。

如果她知道吴缺会来，今天她说什么都不会过来的。

回想起刚才在海洋馆里被吴缺拉进怀里，以及在马路边被吴缺拉住手的情景，程秒秒的心脏又猛跳一下。

“这些是要你帮我妈带回去的。”

程秒秒的思绪被骆星辰的声音拉回来。桌上放了两个纸袋子，里面是一些零零散散的小包装盒，程秒秒看了一眼：“就这么点东西吗？我还以为很多呢。”

骆星辰笑着回道：“就这么多，其实这些东西在国内也买得到，我妈非得让我人肉帮她带回来……”

程秒秒点点头：“刚好我下周末打算回家一趟，到时候给你妈送去就行。”

“谢谢你啦。”骆星辰把刚上的甜点往程秒秒前面推了推，说，“原本我要自己回家一趟，但下午的时候导师才临时通知我，晚上就要出发去琴县，所以，只好拜托你了。”

琴县是澄海市的一个偏远小县城，也是骆星辰之前所说的一个什么重要观测点，程秒秒随意地问道：“这么着急，是有流星雨吗？”

骆星辰听她这么问，轻声笑起来。他知道程秒秒除了流星雨，也理解不了其他需要观测的复杂参数。他瞥见程秒秒嘴角残留的一点白色奶泡，又不自然地移开视线，轻声问：“你想看流星吗？”

“当然，我还从来没好好看过呢。”程秒秒放下咖啡杯，抬起头，惊喜地问，“真有流星雨吗？”

程秒秒嘴角的奶泡还没被擦掉，她充满好奇的眼眸亮晶晶的，在这个阴天的午后，在咖啡店里暖黄的灯光下，她的睫毛似乎也闪着光。

对于骆星辰来说，流星雨不过是一堆小行星的碎屑与大气层摩擦而辐射出的光线，于他而言，他最想看到的星光不过就是眼前的这一刻——程秒秒的眼眸比那些光年之外的光线更加美丽。

“怎么了？我……我脸上有东西吗？”

程秒秒迟迟没有得到回应，而骆星辰目不转睛地看着她的眼神让她感到陌生和隐隐的不安。

骆星辰听到她出言提醒，也忙收回了自己的视线。

原本骆星辰在看到程秒秒和吴缺一起从海洋馆出来时，心里还有些失落，但在那辆摩托车飞驰而过，程秒秒松开了吴缺的手而没有松开他的手时，让他庆幸自己今天来对了。

“你嘴角沾了奶泡。”骆星辰对程秒秒伸出手。

“哪里？”程秒秒偏过头，对着玻璃窗抬手擦了擦，“你早都发现了，不早说……”

骆星辰悻悻地收回手，低头思索片刻说：“今年年底有一场双子座流星雨，在北半球的观测效果应该不错，想看吗？”

“今年年底？”程秒秒转转眼珠子，问，“你怎么知道的？”

“每年天文学杂志都会在年初发布一整年的流星雨预报，我记得杂志上说今年观测效果比较好的两场流星雨就是八月的英仙座流星雨和年末的双子座流星雨……”

听骆星辰这样说，程秒秒立刻表现出浓浓的兴趣：“准不准啊？”

“当然准，你想看的话，到时候我陪你。”骆星辰笃定地看向程秒秒。

“好啊。”程秒秒随口应道，她低头吃了一口小蛋糕，并没有注意到骆星辰灼灼的眼神。等她再抬起头，骆星辰已经从包里拿出一个扁扁的黑色盒子推到程秒秒面前。

“这是什么？”程秒秒拿起来打量了一下，“也是要帮你带回家的东西吗？”

“不是，”骆星辰摇摇头，“这个是给你的。”

“给我的？”程秒秒思索了一下，笑道，“不会也是保健药吧，我暂时还用不上，留着四十岁时再吃。”

骆星辰被她逗笑了：“你拆开看看。”

看着骆星辰神秘兮兮的表情，程秒秒也好奇起来，盒子虽然不大，却很有分量。程秒秒一边拆一边打趣道：“你不会给我背了一块美国的石头回来吧。”

话音刚落，骆星辰就哈哈笑了起来：“还真被你猜对了，就是石头，不过这个石头你肯定没见过。”

“呵，还真是石头啊，你还不如给我带点好吃的呢……”程秒秒的吐槽说到一半就没了声，不由得发出了一声惊叹，“这是什么？”

盒子里的东西是一个全玻璃的相框，相框里框住的东西却像是漫天的银河。

骆星辰似乎很满意程秒秒的反应，有点得意地说：“这是由不同颜色的陨石颗粒拼起来的。”

“哇……”程秒秒还没停止惊叹，她将相框拿起来凑近看了看，果然看见一粒一粒的颗粒痕迹，每个颗粒都比米粒还要小，闪着各自的光芒，拼在一起后就格外绚烂。

她看过一遍后，问骆星辰：“这不会是你自己手动拼起来的吧？”

“不然呢？”骆星辰仰起头。

程秒秒小心翼翼地放下相框，想了想，才说：“这么珍贵的东西你就这么送给我了？不会是你本来要送给暗恋的女神，结果被拒绝了，然后秉着不浪费的原则才送给我的吧？”

刚说完，程秒秒的脑门儿就被狠狠地弹了一下，骆星辰佯装生气地说：“程秒秒你这个没良心的，上次给你寄的生日明信片不是被你弄丢了吗？这个是补给你的。”

明信片……程秒秒思索了几秒才终于记起，几个月前她找吴缺告白并出了大糗的那天，骆星辰寄给她的明信片和她送给吴缺的礼物都被她一并弄丢了。说到这个，程秒秒有些心虚，那张明信片她连看都还没看过。

骆星辰继续说道："这些陨石碎颗粒拼出来的图案就是那张明信片的图案，你生日那天的星云，你看像不像两条鱼？"

听骆星辰这样说，程秒秒又拿起相框端详起来。骆星辰也凑近，他修长的手指在相框上指了指："这边是红巨星，这边是白矮星……"

骆星辰从小说话就吐字清晰，和两岁还把"饺子"说成"咬子"的程秒秒形成了鲜明对比。虽然骆星辰现在的声音早已脱去了稚气，但他说话时的清亮倒是延续到了现在。此时他几乎半个身子都靠了过来，他的声音在程秒秒头顶响起时就像是冰块在陶瓷杯子里叮咚碰撞，还带着些许咖啡的香气。

程秒秒松开手，不着痕迹地往后退了几寸。这时她注意到黑色盒子里还放着一个条形的丝绒小盒子，便借机与骆星辰拉开了更大的距离，她拿起小盒子，问道："这是什么？"

骆星辰见程秒秒拿起这个小盒子，脸上的表情有些不自然，他直起身往座椅上靠了靠，说："这个也是送你的。"

盒子里面是一条项链，程秒秒打开盒子看到那个闪亮的小蝴蝶结吊坠，忙说："送我的？你知道我很少戴这些的……"

骆星辰没有理会程秒秒的话，他继续说："我们认识这么多年，还没送过你像样的礼物呢。"

说起来也是，他们明明做了这么多年的朋友，但好像总是互相蹭吃蹭喝比较多，还真没有互相送过什么正经的礼物。不过程秒秒现在将这个项链盒子拿在手里总觉得怪怪的，思忖片刻，她还是将项链放在盒子里装好，半开玩笑地说道："今天我就先收下这个你辛辛苦苦做的陨石星云，但这个项链你先收起来，反正我也不爱戴这种东西，送给我太浪费了……"

程秒秒拒绝的意思很明显，骆星辰看着她一本正经想理由的样子，心里突然酸酸的，他很想现在就让她知道，自己想把最好看的繁星都给她。

程秒秒回到宿舍时天已经黑了，原本小桃还打电话叫她和骆星辰见完面再回海洋馆的，但程秒秒随意找借口先回了学校。吴缺在哪里，哪里就是她的陷阱，她学不会怎样不陷进去，但总觉得不能自投罗网。

百无聊赖地看了一集电视剧以后，程秒秒本打算上床睡觉，刚洗漱完就接到了小桃的电话。

“我们快回来了，宿管阿姨还没关楼下的门吧？”小桃的声音总是带着一种紧迫感。

程秒秒看了一眼时间，答道：“应该还没有，我下楼去跟阿姨说一下。”

“好，那你顺便下楼到后门接我们一下，凌枫给李木子好些大包小包的东西，还有一个超大的蛋糕，我们两个拿不住，后门保安亭的叔叔也不让凌枫他们俩进来……”

听了小桃的描述，程秒秒已经可以想象得到她和木子手里有多少东西。凌枫那么浮夸的一个人，送礼肯定也是怎么浮夸怎么来……想着只是下楼帮忙拿东西，也不会与吴缺他们打照面，程秒秒在睡衣外面披了件长外套就出了门。

刚到楼下，小桃就打电话催了，程秒秒接起电话，手刚抬起来，还没来得及开口，身后突然伸过来一只大手，粗暴地将她的嘴捂了起来。

“嗯……”程秒秒下意识想要挣脱，但在鼻腔里涌进一股刺激的气味以后，她很快就失去了知觉。

第十章

半糖恋情

【1】迷雾浓浓

吴缺很少这么慌张，无论是在球场上还是现在的商场，他的原则之一就是遇事必须冷静。但最近半年来，因为同一个人，他已经好几次坏了自己的规矩。

知道程秒秒不见了的时候，他正开着凌枫的车。凌枫喝了点儿酒，接到木子的电话时，又絮絮叨叨地朝吴缺炫耀道："你看，刚分开，我女朋友就想我了。"

原本听着音乐把凌枫吵闹的声音屏蔽在外，但在听见那句"程秒秒不见了"的时候，吴缺手上的方向盘差点儿没把住，他的身体甚至比他的大脑反应还快了一步，立马掉了头。

程秒秒的手机遗落在她们宿舍楼通往后门口的路上，最后一通电话是小桃打过来的。

"当时我刚说一句话，她就挂了电话，我还以为她已经到了。"小桃十分自责不该叫程秒秒下楼来接她们。

吴缺看见程秒秒手机上的小熊挂件已经沾满泥土，心也提到了嗓子眼，不过通过刚才小桃和她通过电话来看，人应该刚走丢不久。

吴缺下意识不想用"失踪"这个字眼。他接过小桃手中程秒秒的手机，清理小熊挂件上的泥土时，才发觉自己的手心里已经全是汗水，他强迫自己镇定，让凌枫报了警。

程秒秒是被冻醒的，她觉得自己的脚脖子完全露在冷风中，澄海的天气已经很久没有这么冷了，是降温了吗？她睡得很不舒服，想要伸手扯扯裤脚，这才发现自己的手脚都被束缚着，完全动不了。

她冻得哆哆嗦嗦地醒过来，才听见旁边有一个微弱的声音在叫她。

"教练姐姐……"

"许粒！"程秒秒一开口才发现自己的嗓子又干又哑。她勉强咽了一口口水，下意识地问道，"我们这是在哪里？"

"我不知道。"许粒的声音也是沙哑的，带着哭腔。

程秒秒动了动痛得快要炸裂的头，回想起自己昏睡之前发生的事——有人从她身后捂住了她的嘴。

是被绑架了吗？！

程秒秒的大脑一时有些反应不过来，她借着微弱的月光勉强分辨出了他们所在的地方——周围全是钢筋混凝土，对面还有一个超大的落地窗。不过这道“窗”是看不到任何风景也没有玻璃的半成品，“窗”对面也是一栋一模一样的光秃秃的灰色房子。

是烂尾楼群吗？这样的地方澄海多得很，程秒秒心里还是没有头绪，她又问许粒：“你知道我们为什么会被绑到这里来吗？”

许粒被绑的水泥柱子离程秒秒有几步远，她对许粒带着哭腔的长句子听不太真切，只看见他一直在摇头。

程秒秒自己的双手也一直在颤抖，但看着不远处也一样被绑起来动弹不得的许粒，她只好说服自己必须冷静下来。

程秒秒还想继续问许粒，但还没开口，一阵玻璃瓶倒地的声音蓦地从她身后传来，这“叮叮哐哐”的声音在冷风里让她更加觉得毛骨悚然，紧接着就是一个人歪歪扭扭地从她侧方一个柱子后面绕了出来，手里还拿着一个酒瓶。

程秒秒见他脚步趔趄，应该是喝醉了。随着这个男人的靠近，程秒秒不由得瑟缩起来，身上也抖得更厉害。

“你们都醒了……”男人的声音含含糊糊，说的话却让人不寒而栗，他看看程秒秒又看看许粒说，“刚好，天一亮就能送你们上路了。”

怎么回事，怎么不按照常理出牌？一般绑架不都是要钱吗？怎么到她这儿就要直接送她上路了？程秒秒实在接受不了自己很快就要被杀掉的现实，她壮着胆子试着和那人对话：“为……为什么要送我们上路？”

那人拿着空酒瓶踉跄着在满是沙砾的地面上坐了下来，听见程秒秒的话以后，他鼻腔里发出一声嗤笑：“为什么？许穆清没和你们说过吗？”

“许穆清？”程秒秒早该在看见许粒时就猜到这件事儿和许穆清有关。她继续追问：“总不会是许穆清派你来的吧？”

那人却像是没有听见程秒秒的话，他自顾自地拿起酒瓶对着嘴又喝了一大口，然后窸窸窣窣地从包里拿出了一个塑料袋。待他点燃打火机，程秒秒才看清楚他拿出来的是几沓纸钱。那些纸钱被点燃以后随着寒风在空荡荡的楼层里翻飞，有火星飘到程秒秒裸露在外的脚踝和脸颊上，痛得她“咝”了一声。

“这是烧给我老婆和女儿的，你们也是她们的祭品。”那人神神道道地说了这样一句话后，就阴恻恻地看着程秒秒和许粒。

程秒秒只觉头皮发麻，她颤抖着声音问：“为……为什么是我们？”

“因为你们是许穆清的人。”那人的音调突然高亢起来，他声音尖厉，像是嗓子已经被扯破了一样，“一年前，我老婆、女儿无辜被人杀害，我一心只想让歹徒得到应有的报应，可许穆清那个黑心的律师，竟然为那种人辩护！最后那个人只被判了五年，才五年！我那可怜的老婆、女儿却永远不会回来了……我要让许穆清也尝尝这种滋味！”

程秒秒不了解许穆清工作上的事儿，但好歹知道了这个人绑她的原因。程秒秒清清嗓子，忙说道：“你如果要复仇，那你绑错人了，我不是许穆清的老婆，他也不是许穆清的孩子……”

程秒秒试图说服那个癫狂的复仇者，但他油盐不进，全然不相信程秒秒所说的话，只扔出来一张照片。借着火光，程秒秒模模糊糊分辨出那是上次他们一起参加亲子活动时留下的合影。

“我和许穆清真不是……”程秒秒还想解释。那个人却突然站起来朝程秒秒走来，程秒秒立刻被吓得噤了声，但那个人没有停下来的意思，他径直走过来用一截胶带封住了程秒秒的嘴。

程秒秒的心里只有绝望，因为她在那个人的眼神里看不到一点生机，或许她和许粒是不是许穆清的老婆、儿子对他来说已经不重要了，他只想发泄自己的愤怒……

“你们都给我安静点！”那人把许粒的嘴也封了起来，自言自语似的说，“天一亮，就是我老婆和女儿的忌日，你们最好乖乖地下去陪她们……”

冷风狠狠地灌了进来，程秒秒瑟缩着身体也不见暖和一丁点儿，许粒的呜咽声也越来越小，程秒秒感觉自己也快要支撑不住了。她把被绑在背后的手用力按在一个小石子上，用痛觉来让自己保持清醒，想了无数种行不通的办法以后，程秒秒只能一边在水泥柱的边缘悄悄磨手上束缚着的绳子，一边寄希望于这个疯子酒醒了以后会发现自己所作所为的荒唐……

吴缺找到这片偏远的烂尾楼时，已经接近凌晨，天上飘起了小雨，远处的房子和近处的杂草丛都被雾气所笼罩。

程秒秒浑身软绵绵地被人推进一辆面包车的监控画面，在吴缺的脑海里不断重演，随着时间的推移，他也愈加心急如焚。警方通过监控发现那辆面包车被遗弃在路口，程秒秒却仍然不知所终，他们只能通过大概的方位分头寻找。

吴缺不想在这种时候影响自己的思路，却仍然忍不住在看着手表指针转了一圈又一圈的时候骂了自己一句，二十多年来，他第一次这样无助，第一次觉得自己太无能。

雾气越来越浓，烂尾楼在一片灰色的死寂中若隐若现，这附近鲜少有人烟，四处杂草丛生。吴缺在雾气中分不清哪里才是道路，只能放慢车速，却还是在接近楼区的时候突然感到失重，半截车子坠进了一个大坑中。

吴缺下车，低声发出一声咒骂，不过寂静的天地间，似乎除了他，还有别的声音……

程秒秒想到天一亮自己就要小命不保，咬咬牙忍下恐惧，拿出自己全部的意志对付手上束缚着的绳子，没想到手上的绳结真的在几个小时后被她在水泥柱上磨断了一处，当然她的手也被磨到痛得失去知觉。

顾不上手心时不时传来的钻心疼痛，程秒秒集中注意力寻找逃跑的机会。接近凌晨的时候，那个不停喝酒的疯子终于靠在了一处墙壁上没了动静。她观察了一会儿确认他是真的睡着了，这才蹑手蹑脚地去解开许粒手脚处的绳索。

许粒也知道事情的严重性，不敢发出一丁点儿声音，待两人终于轻手轻脚地摸着黑顺着未完工的楼梯爬到楼下时，程秒秒才终于松了一口气。她不敢回头望，可当两人刚往草丛里走出去几步，头顶就忽地砸下来一个白酒瓶，“哐当”一声几乎是贴着程秒秒的头掉到了地上。

程秒秒一抬头就看见了几层楼之上，那个疯子气急败坏的脸。

“不好，他醒了！”程秒秒拉着许粒加快了脚步，但她一回头就能顺着未完工的大楼看见那个疯子也在快速地冲下楼。

“来不及了……”程秒秒喃喃道。她蹲下身子快速对许粒说，“你人小，先到那边的杂草丛里躲起来，我引开他以后你就找机会逃跑，往河道那边跑。”

浓密的杂草有半人高，许粒躲在里面不会被发现，而程秒秒的目标太大，目前只能先想办法拖住绑匪了……

许粒圆圆的眼眶里充满了眼泪，他咬了咬嘴唇，当即便按照程秒秒指的方向慢慢爬行。程秒秒见许粒比她想象中要坚强许多，心里也少了些担忧。眼看那个疯子就要追过来了，她忙装作慌不择路的样子，奋力往相反方向跑。草丛在她的大动作下发出沙沙的声音，但程秒秒只能听见自己的心跳和呼吸……

程秒秒尽自己所能迈出最大的步子，哪怕半人高的杂草割在她脸上，她也不为所动。原本她还抱着侥幸的心理，以为她和许粒或许就这样逃出生天，但没跑出多远，那个疯子就追了上来。

“贱东西，还敢跑！”疯子的声音中还带着醉醺醺的酒气，但他手上的力气丝毫不减，程秒秒的头发被他从身后一把抓住，连带着她整个人都打了一个趔趄。

“那小孩儿呢？”疯子又结实地拽了程秒秒一下，气急败坏地问道。

程秒秒没有理会，而是趁他四处查看的时候，看准时机一口咬上了他的手臂。她用了仅剩的气力死死地咬住，直到嘴里有血腥味儿蔓延开来，那人吃痛，终于放开了她。

但一时的反击换来了他更暴戾的报复，当程秒秒再一次被追上的时候，那人的脸上只剩下愤怒。他不由分说地掐住了程秒秒的脖子，脸上的表情都扭曲了：“让你跑，反正现在天也亮了，我这就送你下地府。”

远处的天果然露了白，程秒秒被死死掐住根本喘不上气，她只觉得自己的意识在一点一点地抽离身体，直到瞥见最后一丝天光前，程秒秒幻觉般地看见了一张熟悉的脸。

【2】抱紧我

“以后再也见不到了，可是我真的好喜欢你……我还没有追到你，怎么可以死掉……”程秒秒以为能看到吴缺的脸，是她弥留之际的幻觉，之前忍住没流下的眼泪这个时候怎么都忍不住了，然而她隐隐听见有声音回应她……

“追到了，其实我很好追的……”熟悉的声音让程秒秒挣扎着睁开眼睛。泪眼蒙眬中，她渐渐看清楚了吴缺的脸。

“我还没死？”感觉到自己的手正被吴缺紧紧地攥在手心里，程秒秒这才渐渐有了活过来的感觉。只是她还没来得及思考自己刚才的胡言乱语被吴缺听去了多少，眼睛瞬间因吴缺身后的危险而瞪大，她大喊：“小心！”

吴缺身后的歹徒摇摇晃晃地站起身子，他拾起一个大石块朝吴缺头顶砸去。

虽然程秒秒提醒在前，吴缺却避让不及，大石块砸上吴缺的后脑，瞬间就有殷红的血顺着吴缺的耳后流下来……

“吴缺！”程秒秒叫喊出声，声音却虚弱得可怜。

受了伤的吴缺并没有顺势倒下，而是迅速地回转了身体，借着力气踢向了对方的要害。虽然吴缺的反击很有力，但程秒秒看着他衣领处蔓延的血迹，她的心也提到了嗓子眼儿。眼看吴缺快体力不支了，而对方还是像一只疯狗一样不断地扑上来，程秒秒挣扎着站起了身摸了过去，然后用尽力气拿起地上的石头，朝那疯子的后背砸了过去。

这一下毫无防备的重创，终于让那个打了鸡血一样的疯子倒下了，程秒秒终于得以喘息。她看着耳后已经满是血迹的吴缺，柔声问：“师兄，你没事儿吧？”

吴缺没有多说什么，只是看着地上没了动静的那个人，抬手擦了擦自己嘴角的鲜血，他拉过程秒秒的手，说：“快走。”

“嗯。”程秒秒点点头，她也知道不宜在这里逗留太久，只是……程秒秒猛然想起还有许粒，忙叫住吴缺，“许粒还在这里！”

“是那个小男孩儿吗？”吴缺脚下步子不停，手上也不忘帮程秒秒拨开那些割人的杂草叶子，说，“我刚才找过来的时候看到他了，就是他给我指了你的方位，我已经把手机给他让他打求救电话了。现在他应该能自保，我们不能再返回去找人了……”

之前，程秒秒不知道吴缺已经和许粒打过照面，听吴缺这样说，她稍微放下心来。而且身后被砸晕的歹徒也不知什么时候会醒过来，她知道那个疯子有多难缠，当下也点头同意不再返回。

然而她不知道的是，吴缺之所以坚持说不能返回，是因为他身上的体力正在随着往外流的血而一点点地消散……吴缺知道自己撑不了多久，他要保证在尽量短的时间里把程秒秒带到安全的地方。

吴缺的脚步很快，但程秒秒还是察觉到他脚下的虚浮和声音的虚弱，她心急如焚地说："吴缺师兄，你一直在流血……"

“我没事儿。”

吴缺带着程秒秒找到他的车，可因为车的大半截都掉进了坑里，凌枫这辆车的底盘又低，发动了好一会儿也不见车子挪动半分，程秒秒第一次听到吴缺爆了粗口。

两人只好先下车，程秒秒见吴缺的外套已经被鲜血浸透，这触目惊心的颜色让程秒秒害怕，比她自己被绑起来无法动弹时还要害怕。她恳求吴缺先停一下："师兄，先给你简单包扎一下吧，你这样，我……"

带着哭腔的话还没说完，下一秒程秒秒已经被吴缺转过身来紧紧抱住，这个突如其来的拥抱带着浓重的血腥味儿。程秒秒愣了一下，只听见吴缺喃喃道："你不能有事儿，你没事儿就好，你知道吗？"

吴缺是不是失血过多都有些糊涂了？她小心翼翼地抬起头，吴缺一双眼睛正坚定地看着自己，他的脸上血迹斑斑，但他那时常皱起来的眉头此时却是舒展的。程秒秒看着他嘴角浅浅的笑，一时有些失神。在吴缺再一次重复他的话时，程秒秒只愣愣地点了点头。

吴缺在河道旁边看见一辆废弃的共享单车，虽然锈迹斑斑，但勉强能骑。

他砸掉锁头，笑道：“你回去了可不许跟别人说我偷车。”

这个时候的玩笑话让程秒秒觉得异常温暖，虽然此时他们都满身血污，虽然他们正亡命天涯。

“抱紧我。”吴缺的声音比平时任何时候都要温柔，程秒秒依言坐上自行车的后座，紧紧地搂住了吴缺的腰。

前方是一条笔直的公路，清晨的雾让这条路看起来像是没有尽头一样，程秒秒抱紧吴缺，好像天地之间只剩下他们两个人。她能听见吴缺的心跳和他沉重的呼吸，不过她却没有多余的心思想别的，看着吴缺头上的伤，她心疼得说不出话。

程秒秒想去查看一下他的伤口，可她的手刚一松开，吴缺的声音就又传过来：“你抱紧我就好，我害怕我把你弄丢了……”

程秒秒的手停了下来，她攥紧手心，似乎是想要把这一刻温柔的时光攥在手里不让它溜走……

吴缺一直在卖力地蹬自行车，他表现出来的轻松姿态，以及不停地出言安慰她的语气让程秒秒误以为他真的没事儿。直到全速前进的自行车突然失去了动力和方向，连人带车摔在地上时，她才知道吴缺并不像表现出来的那样安然无恙。

“吴缺师兄！”

程秒秒此时才看见他苍白的嘴唇和白纸一样的脸色，他闷哼一声双手撑地，还试图要站起来继续骑车。程秒秒看着他气若游丝的样子，已经泪流满面，她忙扶起吴缺，顺手就脱下了自己披在身上的外套，简单地撕扯掉两条袖子，打算给吴缺做个临时包扎，至少先把血止住再说。

程秒秒一边给吴缺包扎，一边观察吴缺的状态，他看上去像是精疲力竭了，他的睫毛一直在颤动，像是连睁开眼睛的力气都没有了。程秒秒自责没有早点发现吴缺是在强忍，后悔没有早点让吴缺停下来给他止血。

忽然，一阵冰凉的触感贴上程秒秒的脸颊，是吴缺的手。程秒秒回想起前几次和他的触碰，他的手心原本应该是温暖又干燥的，可是现在，他的指尖比这初冬的晨风都要冰冷。

程秒秒感觉到他的手指在她的脸颊上轻轻蹭了一下，继而吴缺嘴唇翕动，他虚弱的声音传出来："你不要哭。"

听清楚这几个字，程秒秒的眼泪像断了线的珠子一样往下掉，急得吴缺的手也微微颤抖。程秒秒忙背过身，胡乱地擦干脸上的眼泪，又吸了吸鼻子："好，我听你的，不哭。"

天光大亮，吴缺后脑处的伤势也看得更加清楚，程秒秒看着不断往外流的鲜血染红了一层又一层布料，她的手也抖得厉害，她从来没有见过吴缺这样安静的样子。

吴缺明明就在她的怀里，可是她就要永远失去他的感觉比以往任何一次被他拒绝的时候都要强烈，以至于这一次她的心头涌起了比以往任何一次都要强烈的冲动。她抱紧了吴缺，一字一句道："吴缺，你要好好的，因为我喜欢你，我比你以为的更要喜欢你，比我说的更要喜欢你，比你听到的更要喜欢你……"

程秒秒不记得这天自己跟吴缺说了多少遍喜欢他，也不记得自己是怎么搀扶着吴缺等到了警察等救援人员，她只记得自己一路上对吴缺说了所有她以前想说却不敢说的话。

他们到医院的时候，程秒秒已经精疲力竭，可当医生询问有没有人能为失血过多的吴缺输血的时候，程秒秒回答得比谁都快："输我的，我和他血型是一样的。"

她晓得吴缺的血型和星座，清楚他不悦时是什么表情，记得他微笑时嘴角的弧度，了解他喜欢的球星，还知道他讨厌吃萝卜……

她好像知道他所有事情，也对他有过表白，可是直到今天，她好像才学会怎么不顾一切地去拥抱他。从前她总觉得自己已经够勇敢、够主动，可是直到今天，她才发现自己还有那么那么多想说的话没有对吴缺说过。

昏迷中的吴缺好像很痛苦，他的眉头皱得比以往更深，疼得满脸是汗。程秒秒坐在一旁不停地用纸巾帮他擦汗，她第一次抚上他的眉心，做了她一直想做却不敢做的事，轻轻地将他眉心的褶皱抚平。虽然抚平后没过多久他就又会皱起眉来，但程秒秒就像是在安慰自己一样，一次又一次帮他抚平，让他看起来没有那么难过……

不知道抚过了多少次，吴缺的眉头终于放松下来，额头上的汗也终于止住，连呼吸都慢慢平静下来。程秒秒将下巴靠在床沿，听着他均匀沉稳的呼吸，也渐渐睡了过去。

【3】喜欢你

这一觉似乎睡了很久，吴缺安稳的梦境是被一个熟悉的声音唤醒的，声音不大，软软糯糯的，却带着哭腔："吴缺……"

脑海里的美梦立刻被一幕恐怖的画面代替，程秒秒在他面前被人掐住脖子慢慢失去了生机……吴缺惊醒过来，紧随着全身疼痛涌上来的，是他的手被人紧紧攥着的热度，温暖而柔软的触感。

或许程秒秒也做了和他一样的噩梦，她紧紧地攥着他的手，隐隐颤抖的睫毛说明她睡得极不安稳。

吴缺想伸手帮她拨开贴到脸颊上的发丝，却瞥见程秒秒被包扎过的双手，因为她用力捏着自己的手，纱布上已经隐隐透出血的颜色。他想起在那烂尾楼外面刚找到程秒秒的时候，她的手上全是模糊的血，手心几乎都被磨破了……那是比噩梦里还让人心疼的画面。

吴缺不敢多想，伸出手放到程秒秒的头顶上，顺着她的头发轻轻抚摸，试图赶走她正在经历的梦魇，让她安定下来。他的动作很轻，但程秒秒还是蓦地醒了过来。

见到吴缺醒过来，程秒秒不知怎的就鼻子一酸，两行眼泪顺着脸颊滑落下来。

"怎么哭了？"

回应吴缺的是程秒秒扑到他身上的拥抱，她的力道让吴缺肩上一疼，但他只是不动声色地抬起手放在程秒秒的头顶，不让她撞到那里的吊瓶架子。

"你没事儿真的太好了，太好太好了……"程秒秒原本声音就软软糯糯的，在她边哭鼻子边说话时声音更加甜糯了，像一颗甜甜的果冻。

吴缺的喉结动了动，答道：“你没事儿，也很好。”

就这样过了好久，程秒秒见吴缺也没有松开她的意思，便索性趁现在她看不见吴缺的脸，说出了她从昨晚开始就很想告诉他的话：“吴缺，我好喜欢你。”

虽然这样的话她已经说过很多次，但她不太确定当时濒临昏迷的吴缺到底听进去了多少。而现在她凑在吴缺的耳边一字一句地说出这句告白，好像是主动打开了闸门，她积攒了这么多年的少女心事儿如洪流一般淌了出来。

这次程秒秒本没想过要任何回应，她安静地抱了吴缺好一阵子，等心情平复好后正准备松开的时候，却被一双手臂紧紧地箍了回去。

吴缺问：“那你还追我吗？”

程秒秒破涕为笑，说：“追！我要继续努力，追你一百年……”紧接着吴缺的手托住了她的后颈，两个人的距离也离得更近，吴缺的声音慢慢钻进程秒秒的耳朵，他说：“不需要那么久。”

程秒秒这时才猛地想起吴缺在公路上倒下时对她说的话，“追到了，其实我很好追的……”

这句话不停地在程秒秒的梦里出现，导致程秒秒此刻有些记不清是否真的听到过吴缺说这句话，然而她现在又听吴缺说不需要追他太久，心里有个声音已经呼之欲出了。

程秒秒松开环抱着吴缺的手臂，鼓起勇气看向吴缺的眼睛：“你……”可惜她还没问出口，病房门突然被人推开了。

推门而入的小桃看样子也不知道他们已经醒过来有段时间了，因她开门的动作过快，在她身后的木子和凌枫都将病房内的情形尽收眼底。

程秒秒忙直起身子，还极为不自然地冲吴缺轻咳了一声，但吴缺似乎并没有接收到她的提醒，还依然维持着刚刚的姿势。他抬起眼皮瞥了一眼门口的几个人，重新将视线落到程秒秒身上，旁若无人地问道：“你刚才想说什么？”

程秒秒看了一眼门口进也不是，退也不是的几个人，只好闪烁其词道：“没……没什么，就是问你伤口疼得厉害不厉害。”

“哟，看来我们进来得不是时候呀！”凌枫满脸坏笑地走进来，饶有兴致地说道，“是不是打扰你们互诉衷肠了？”

“没有。”程秒秒下意识想要反驳。

凌枫却丝毫不理会，笑得更加夸张地说：“怎么样？你们这对亡命鸳鸯，竟然弄得跟电影里一样死里逃生了一回，没弄坏哪里吧？特别是吴缺，本来就缺根筋，脑子别再被打坏了。”

吴缺无奈地躺回病床上说：“吵死了。”

“得，看来没毛病。”凌枫拍拍手，“不过我们来也不只是担心你一个人，小熊玩偶……秒秒学妹自己受了伤还非要给你输血，也不知道你这头牛吸了人家多少血……”

“你？！”吴缺看向程秒秒。

程秒秒忙摆摆手，解释道：“没有抽多少……”

“再少也是血啊……”小桃双手托起程秒秒的下巴，“看你这小脸都煞白煞白的了，对了……”小桃拿出手机道，“骆星辰一直担心你怎么样了，你给他回个电话吧。”

“他也知道了？”程秒秒转念又想起，昨天被绑架前最后见到的人确实是骆星辰，想来小桃找不到自己，应该是最先问过骆星辰了。

程秒秒想起骆星辰有时候过于谨慎的性格，怕是已经把这件事儿告诉她家里所有人了。于是她便快速接过手机说：“是得赶紧告诉他我现在没事儿了，不然他肯定瞎操心……”

程秒秒急着打电话报平安，没有注意到病床上吴缺的脸转向了墙壁，微微撇起了嘴。

意料之外的是，骆星辰的电话没有打通，小桃这才拍拍脑袋，想起什么似的解释说：“哦，骆星辰说他现在待的那个什么地方，信号不太好……”

小桃刚说完，病房门又“吱呀”一声被人打开了。

“许粒！”见到许粒全身干干净净地跑进来，程秒秒十分惊喜，“太好了，你也没事儿。”

“这次，真的谢谢你。”程秒秒抬头，原来许穆清也来了。他垂了垂眸，目光落在程秒秒手上缠着的纱布上，愧疚地说，“这次的事儿全因我而起，对不起。”

程秒秒想起那个绑匪说的犯罪理由，心里也有点气不打一处来，不过现在再去追根究底也没什么意义，她叹了口气说：“还好我们都没出什么大事儿。”

许穆清拿了两个果篮还有一大束鲜花，他往桌上放的时候，凌枫阴阳怪气地说道：“要是真出什么大事儿了，恐怕送花圈都来不及了……”

程秒秒这才知道她和吴缺睡着的时间，他们已经把事情的来龙去脉都了解得清清楚楚，包括程秒秒为什么会被绑架。或许是感觉到一屋子人对他的敌意，许穆清也没有多停留，只是在出病房之前又把一个白色纸袋放到了程秒秒病床的床头柜上，说：“听说你手机丢了，先用这个吧。”

许穆清走后，小桃立刻翻了个白眼，嘀咕道：“没想到这大叔还是个高危人物。”

这时，吴缺的声音也幽幽地传了过来：“大龄社会闲散人员，专骗涉世未深女大学生……”

程秒秒看向吴缺，他也只是一脸无辜地举起手机解释道：“我在浏览器上看到的新闻标题，没有含沙射影的意思。”

程秒秒无言以对，凌枫却乐了，他冲程秒秒挑挑眉说：“学妹，提醒你一下，吴缺现在也算大龄社会人，你这个涉世未深的女大学生可要警惕一些。”

说说笑笑几句过后，几人又聊起那个绑匪的后续情况，程秒秒听说他已经被警方顺利抓捕后也彻底放下了心。只是他们七嘴八舌议论的时候，谁也没有注意到，病房外有个身影伫立在窗边很久很久。

第十一章

生巧时差

【1】异木棉

吴缺因为头部受了伤，需要住院观察几天，而程秒秒全身伤得最重的也就是手上少许皮外伤，本来无须住院，却也被吴缺拘在了这儿。

程秒秒是没想到，吴缺竟然又拿她已经应聘到他公司来说事，提醒道："程秒秒，你工资都收了两个月的了，人怎么还没上岗？"

"那刚好，我玩忽职守，你把我辞退了吧。"程秒秒说得理直气壮，她也不知道吴缺葫芦里卖的什么药，她才不要当什么"解压专员"，听着就是个受气包岗位。之前她以为是吴缺在闹着玩儿故意消遣她，不承想，她查看银行账户的时候发现，这两个月来竟然真的有一个账户以发工资的名义每个月往她卡里打钱。

如果是前段日子，她肯定毫不犹豫地把这些钱退给吴缺，但经历了莫名其妙的绑架事件后，程秒秒觉得自己脸皮厚了许多，反正该说的不该说的话都已经说给吴缺听了。她为自己留下来照顾吴缺，想个好听点的理由也不是不可以。于是程秒秒跟吴缺讨价还价说："解压专员我当不了，不过你最近身体不方便，我可以考虑当你的小助理，帮你打打杂。"

吴缺的脸从书后面露出来，他倒是答应得爽快："行啊，那小助理，你现在帮我读一下这本书。"说罢，吴缺就靠坐到病床上，好整以暇地看着她。

程秒秒没想到吴缺真会立刻使唤她，虽然让她来念书多少有些大材小用，但此刻骑虎难下，于是她拿过来书问："你刚看到哪里了？"

"这儿……"吴缺的手指随意地往书页上一指。

"企业为何需要空降兵……"程秒秒有板有眼地读起来。读完一页，翻书的时候，她注意到了吴缺的目光。

"你……你看着我干什么？"程秒秒咽了下口水说，"这样我语气……语气会不自然的……"话还没说完，吴缺的手突然抬起来伸向了她的脖颈。

"你干什么？"

"别动。"

温热的空调房里，吴缺的指尖并没有很冰，程秒秒的皮肤被他触碰到时没有想象中的酥麻，她只觉得自己的嗓子有点儿干痒。

“你这里的瘀青怎么还没好？”吴缺触碰她像是在触碰一件精美的瓷器，手在她的脖子上又轻又慢地滑动着。那里粉白的皮肤上暗青色的瘀伤格外明显，吴缺生怕弄疼了她。

程秒秒微微仰着脖子不敢乱动，她突然燥得很想干咳，只得压低了声音说：“没事儿的，我好像就是这种体质，磕了碰了很容易有瘀青，消得也慢。”她说罢，吴缺才将手收了回去。

程秒秒觉得胸口以上都有些热，她不敢看吴缺，只好装作要继续读书，一低头却发现刚才乱了方寸时已经不小心将书合上。

“刚才……刚才读到哪里了……”程秒秒轻咳两声，望向吴缺。

吴缺却没有回应她关于书的事，他望着程秒秒，突然没头没尾地说：“这周末，我们一起回十六中一趟吧。”

“十六中？澄海十六中？”

程秒秒不记得自己是什么时候对吴缺说过，她和他是同一所高中的。吴缺此时突然提起，程秒秒有些兴奋，她没多想便答应下来：“好啊，不过……突然要回十六中去，是有什么事儿吗？”

程秒秒刚问完，吴缺却突然望向窗外皱起了眉头，顺着他的目光望过去，窗外明明什么都没有，她不禁问：“怎么了？”

吴缺皱着眉缓缓收回视线：“这两天总感觉有人盯着我们病房，可能是眼花了吧。”

“不会是头上的伤，影响到眼睛了吧？”程秒秒紧张得立刻就要凑近去看。

吴缺笑着躲开说：“怎么可能，如果有问题医生早都检查出来了，或许只是这两天一直在病房里看书，眼睛有些疲劳。”

吴缺这样说，明显是在催她给他念书嘛……程秒秒努努嘴，翻开书页，小声嘀咕道：“你倒是很会现学现卖，刚给你读了怎么管理员工，就来用语言艺术管理我了？”

“你现在倒很伶牙俐齿了嘛……也是从书上学的？”吴缺不甘示弱地回应。

从前，程秒秒总觉得自己与吴缺之间好像隔着一层看不见摸不着的纱，可是这两天，那层纱貌似就快被吴缺掀开了。这种微妙的变化难以察觉，程秒秒只觉得或许是因为他们共患难过，她与吴缺互呛起来也开始理直气壮了……

“对了，你刚刚说回去十六中一趟，是学校有什么活动吗？还是你要回去演讲？”程秒秒又找回话题，从前她读高中的时候，经常有已经毕业的优秀学姐、学长回学校做做演讲或者整些考前动员什么的。

“不是。”吴缺摇头，他倒不是回去演讲，但也确实是有话要说。

有些话，好像过了特定的时间，就需要在特定的场合才说得出口，而吴缺想了很久，觉得这里最为合适。他说：“冬天到了，学校操场后面那一片异木棉，应该已经开得很漂亮了。”

程秒秒怀疑吴缺是否真的有赏花这种爱好。不过说起异木棉，她的思绪也飘到了别处，十六中确实满校园都是异木棉，每天冬天都开得红彤彤的，尤其是操场后面那一片开得尤其漂亮。她之所以记得这么清楚，都是因为她为了看吴缺练球，包揽了几乎一整年的操场清洁工作。有时候那些花落到地上一片，她就能慢慢扫，借此慢慢看……

程秒秒走了神，念书也没落下，不过究竟读的什么她自己是一个字也没往心里去。等她抬起头，吴缺已经靠在床头合上了眼睛。

程秒秒不知道他是什么时候睡着的，她轻轻地合上书，正准备起身时，吴缺的声音却悠悠地传来：“怎么不念了？”

“你没睡啊？”想到吴缺刚才说他眼花的事儿，程秒秒又说，“那你闭目养神吧，我继续。”

“那就不念了。”吴缺又改了主意，他调低床位，说道，“反正我也困了，你下午不是有课吗？几点去学校？”

程秒秒看看时间：“还有一会儿呢……”

“嗯。”吴缺沉默了几秒，又说，“你去把床头那个盒子拿过来，你的手机是被我弄丢的，那个是赔你的。”

“新手机？我现在不是有手机用吗？”之前许穆清以道歉的名义给她的手机，她正用着。

吴缺瞥了程秒秒手中的手机一眼，不耐烦地说：“你这个手机和我的一模一样，我不喜欢有人和我用同款……”

“真的吗？”全世界明明有那么多人用这款手机……程秒秒拆开盒子，明明还是同一个型号的手机，只是颜色不同，是新出的绿色款。程秒秒狐疑道，“你不喜欢撞款为什么还要用最多人用的白色，要不你用这个绿色吧，不容易和别人撞色……”

“不行。”他斩钉截铁地拒绝。

吴缺的伤其实不算严重，只是在程秒秒的软磨硬泡下，他还是在医院做完了全身检查以后才办理了出院手续。他们约好这天一起去十六中看异木棉，程秒秒特意起了个大早，让小桃帮她化了妆。

“果然，你只有为了吴缺的时候才会欢腾起来。”小桃自知道吴缺故意放程秒秒鸽子的“罪行”以后，就对他颇有微词。

程秒秒借这个机会还了吴缺的清白：“其实上次那件事儿，我们都误会他了。”吴缺已经跟程秒秒解释过，那条约她出来的短信并不是他发的。

小桃却摇摇头，继续说：“那我希望吴缺这个身在福中不知福的家伙早日觉醒，他今天约你出去最好守时，最好讲点有用的话，更好的是让我们秒秒满意归来……”

其实说起上次的事儿，程秒秒也有些忐忑，但她只要一想到马上能看见盛开的异木棉，回想起从前偷偷躲在花丛后数着吴缺又投进了几个球的日子，她就又格外期待。而吴缺特意说起那一片异木棉，是不是表示他也记得那个时候躲在角落里的她呢？

程秒秒没有让吴缺来接她，而是选择了坐公交车。真没想到多年以后，她还能和吴缺在高中学校操场的异木棉旁相见，这也算是意外地满足了她当年的一个少女梦。

只是澄海体育大学离十六中的距离不算近，程秒秒换乘了好几条路线后突然有点后悔，自己为什么要为这种莫名其妙的仪式感买单？她拿出小镜子检查自己的妆容有没有花掉，却意外地从镜子里看到了一张熟悉的面孔。

程秒秒回头看了几眼，才确认真的是陆絮，隔着两排座位的陆絮也注意到了她，喜出望外地朝她挥了挥手。陆絮戴了黑色的渔夫帽，把他本就瘦削的脸遮住了一半，如果程秒秒不是在镜子里看见了他的脸，恐怕还真认不出来他。

周末的公交车上人并不少，陆絮起身从一众乘客身边穿过，来到程秒秒的座位旁边。程秒秒这才注意到，陆絮好像比夏天那会儿更瘦了，厚重的外套更显出他的单薄。

“你最近身体还好吗？”程秒秒寒暄道。

陆絮的眼睛虽然因为瘦而凹了下去，但他只要笑起来仍然让人感觉到暖暖的。他轻松地笑答道：“刚住完一个月的院，现在是返修过的，应该还算可以吧……”说着，他提起手上的塑料袋晃了晃，“这不，还能自己出来买奶茶喝，还很幸运遇到买一送一。”

他将其中一杯奶茶递给了程秒秒，说：“这杯给你喝，我记得你喜欢加芋泥的。”

程秒秒起得早，因为忙着化妆挑衣服，也没来得及吃早餐，这会儿几趟公交车坐下来，胃里确实有点难受。程秒秒不客气地接过来说：“谢谢啦，我这会儿刚好有点饿了。”

程秒秒和陆絮有一搭没一搭地聊了一会儿。陆絮也没有问她要去哪里，待程秒秒想起来问陆絮要在哪一站下车的时候，她忽然感觉到一阵天旋地转。

【2】悬崖

程秒秒怎么也想不到自己会在短短十天之内被绑架了两次，更让程秒秒想不到的是，陆絮竟然会对她做出这种事儿。她不知道陆絮在那杯奶茶了放了什么，但待程秒秒转醒，她身下坐的早已经不是公交车上的座椅，而是一把木头椅子。她的双手被分别绑在了椅子两侧的扶手上，身上还被人披上了一条厚厚的毛毯，以至于在这个海风肆虐的海滩上她也没有感觉到寒冷。

程秒秒一睁开眼就看见了蹲在她身前的陆絮。

“醒了？”陆絮的嘴唇不知是不是因为天气冷，有点泛着青紫色，更加衬得他皮肤有些惨白。

程秒秒看着他的样子，有些后怕地说：“你带我来这里干什么？而且……为什么要绑着我？”

这是一处荒无人烟的海滩，到处是光秃秃的礁石，海浪偶尔扑上来的小水花让冬季的海风显得更加冷冽，阴天的阳光也是冰冷的，这种空旷肃穆的感觉也让程秒秒内心更加忐忑。

她看向乌云里隐隐的太阳光，距离她晕过去大概已经过去好几个小时了。

“秒秒……”陆絮抬起手，冰凉的指尖抚上了程秒秒的脸颊。他没有回答程秒秒的两个问题，而是像自言自语一样慢慢说道，“秒秒，我说过，我的命是你的，我是你的人。”

陆絮半蹲在地上的动作和他的话语让他看上去像是一个忠诚的侍卫，但他的语气和眼神都让程秒秒不寒而栗。这个人再也不是那个笑起来像阳光一样温暖的鹿小仙，他身上散发出来的气息只有无尽的偏执和冰冷。

“你不是谁的谁，你只是你自己，你是陆絮，是鹿小仙……”程秒秒尝试和陆絮沟通，但她的话还没说完就被陆絮打断了。他偏执地继续说：“可是从那以后，我就是为你而活着的，你怎么可以不要我？”

看着陆絮有点病态的眼神，程秒秒竟然生出一丝怜悯。她试探着问道：“我说过，你不要因为我救过你，就把我当成救命恩人。不过如果你真的遇到什么困难，我可以尽我所能帮你……”

“帮我？”陆絮嗤笑一声，久久没有说话。

程秒秒不知道，正是这个“帮”字刺痛了陆絮，他生来有残缺，最大的愿望就是不被人怜悯，但是不管他做什么，在别人眼里好像都是在祈求这种他最痛恨的怜悯。

“从前，我或许需要你帮我，但是现在……没有什么意义了，我只想按照我自己的意愿活一次，可是我现在的愿望好像就是你……”

陆絮的眼睛隐在帽子遮蔽的阴影中，程秒秒看不清他的情绪，但下一秒，陆絮突然拿出了一把刀，利刃闪着寒光。

“你要做什么？”程秒秒说话的声音都颤抖了，她是真的怕了。

“审判。”陆絮冷冷地说出两个字。他依旧蹲在程秒秒面前，像是一个还未长大的绅士一样，双手帮程秒秒拢了拢身上的毛毯，接着他缓缓地抬起眸子看向程秒秒，“我说过，我想为你而活。所以，该你来审判我了。”

程秒秒还是不懂陆絮到底要做什么。他说完以后，就像好友之间的聊天一样突然跟程秒秒说起了吴缺，他问：“你是不是很喜欢那个叫吴缺的？”

程秒秒犹豫了一会儿，还是点了点头。

陆絮接着说：“我在医院的时候，经常到你们的病房外面看你，你和那个吴缺，已经是情侣了吗？”听到这里，程秒秒有些心惊，原来之前吴缺说经常觉得病房外有人是真的有。她愣了一瞬间，摇了摇头。

“我知道，你今天是要去见吴缺的，对吧？”陆絮继续说。

程秒秒有些震惊，不过转念一想就知道，那杯迷晕她的奶茶肯定是陆絮早有准备的，他自然也对她的行踪了如指掌，她也没有否认陆絮的提问。

陆絮把玩着手里的刀，过了好一阵子才又开口说：“如果我告诉你，今天我的目的只有一个，就是要得到你、独占你、让你和我在一起，直到我死你都不能和吴缺再见面，你能做到吗？”

陆絮几乎是面无表情，他冷静的声音和他稚嫩柔美的音色形成了强烈的反差，这些话也让程秒秒不知该作何回应。

“陆絮，你理智一点……”

“你不用劝我理智。”陆絮打断程秒秒的话，“你只用回答我能还是不能？”

陆絮不是没有想过要理智，但是他看着别人能和程秒秒有说有笑，而他只能躺在病床上等死的时候，他看着程秒秒因为别人的一句话一个表情就能高兴一整天，而他得到的只能是怜悯和同情的时候……他就嫉妒得发疯。他也不管在程梦秒眼里他是个疯子还是个傻子，都无所谓，他不想理智了，也没有时间理智了。

陆絮把刀搁在程秒秒的手背上，冰凉的刀刃让程秒秒打了个冷战，她实在不知道该怎么回答陆絮的问题。“不能”两个字几乎就要脱口而出了，可她又怕陆絮一时激动真的做出什么出格的事儿。

程秒秒犹豫着未答。陆絮显然并不像她想象中那么有耐心，他双手用力地捏住程秒秒的下巴，令她不得不正面看着他问道：“你看着我说，到底能还是不能？”

狂风夹杂着细小的水珠，让人分不清是海浪打上来的水花还是已经开始下起了小雨，陆絮瘦到近乎皮包骨的手腕上青筋暴起，随着他的动作，他头上的帽子被风吹得掉落到一旁……程秒秒终于得以看清他全部的表情，意外的是，他的双眼中似乎噙着泪。

似乎是不想被程秒秒看见，刚才还强迫程秒秒看着他的陆絮，此时又松开了程秒秒的下巴，也不再继续逼问她，而是慢慢地站起了身。程秒秒还以为陆絮终于放弃了，没想到接下来，他却对她挥下了刀子。

程秒秒被绑在椅子上动弹不得，她慌乱之中闭上眼睛，但想象中的疼痛并没有出现。程秒秒颤抖着睁开眼睛，只看见被陆絮切断的绳子被强劲的风吹出去好远。

“你要放我走？”程秒秒很是意外。

陆絮的表情平静，他没有看程秒秒，只是说：“我已经知道你的答案了，留你在这里也没什么意思了。”说着，他就迈开步子，向悬崖走去。

程秒秒惊呼：“陆絮，你想干吗？”

陆絮没有回应，他单薄的身影正一点一点地接近那边海浪翻涌的悬崖。

“陆絮，你停下来！”程秒秒手忙脚乱地扯开还缠绕在自己身上的绳子，可她不知道是不是因为陆絮给她喝的那杯奶茶有问题，她想起身去追陆絮时，双腿却软得使不上力气，根本走不快。

眼看陆絮已经到了礁石边缘，她忙喊道：“陆絮，你等等，我现在回答你刚才的问题。”海边的乱石自然地形成了一个笔直的好几米高的悬崖，越靠近越觉得心惊胆战，程秒秒心想，不管怎么样，绝对不能眼睁睁地看着陆絮在她面前从这里跳下去！

见陆絮因为她的话有了停顿和犹豫，程秒秒快走了几步，想先去将陆絮拉回来。不想一脚踩上了旁边一块松动的石头，因为她双腿恢复的气力有限，眼看着自己向悬崖边缘跌落，程秒秒却拿不出一点儿力气自救，之后看见陆絮也惊慌地朝她跑来，可是已经来不及了。

程秒秒醒来的时候头很痛，她的病床旁边围了好几个人，小桃、木子、骆星辰，还有……一个陌生的男人。

最让她奇怪的是，这个陌生男人对她的态度。看见她醒过来，他和骆星辰一同凑了上来，程秒秒还以为他是骆星辰的朋友，便不着痕迹地靠向了骆星辰的那一边，问道：“骆星辰，他是谁啊？”

“谁？”骆星辰一脸的疑惑。

“他是你的朋友吗？还是小桃的？我怎么没见过？”程秒秒微微朝那个陌生男人挤出一个略带歉意的笑容，可那个陌生男人回应她的却是一脸的震惊。

短暂的沉默过后，小桃小心翼翼地扶起程秒秒：“秒秒，你不要和我们开玩笑，吴缺他今天一直守在你旁边啊！”

【3】星动时差

吴缺从来没有想过有一天程秒秒会把他忘掉，还是格式化的那种彻底清空的忘掉。

医生的解释是，程秒秒被撞到了头，有一块硬币大小的瘀血压迫到了部分神经，才引起选择性失忆。吴缺想不明白，为什么偏偏选择性地忘记了与他有关的记忆。

“你们是男女朋友？经常吵架吗？感情不和？”戴眼镜的女医生打量了吴缺几眼，问道。

“没有，我们……”吴缺想了一会儿，回答道，“我们还没有确定关系。”

“那或许是你之前做过什么让她感觉很痛苦的事情导致的吧。”女医生说，“人都是趋利避害的，有时候，身体会逼迫本人忘记一些委屈、痛苦、害怕这种有关负面情绪的回忆……”

负面回忆？吴缺只记得自己第一次注意到程秒秒就是在十六中的操场上，他不知道她犯了什么事儿，每天都戴着学生会的红袖章来打扫卫生，有时候天黑了还没走，直到他都习惯了有一个身影远远地陪着他练球。

后来她又出现在他的大学校园，即使他从来没有打听过她叫什么，她的名字和面孔却一次次闯进他的生活。再后来他听见了她的告白，她说她喜欢他很久很久……难道喜欢他，真的只是程秒秒的负面回忆吗？

程秒秒不太懂“吴缺”这个名字在她生活里的重量，她说不记得他了以后，木子和小桃用了好几天的时间来消化这个令人难以置信的信息，都仍旧对这件事保持怀疑的态度。

“秒秒，你悄悄告诉我，你该不是在欲擒故纵吧？你没看见你说不记得吴缺后，他那个慌张的样子？”出院以后，小桃在宿舍里这样问程秒秒。

“什么欲擒故纵？”程秒秒睁大了眼睛。这几天她其实也很好奇自己和这个吴缺到底是什么关系，现在看来，他的确是长得很帅，她反问，“难不成我以前很喜欢他？”

“你真忘了？你以前何止是很喜欢他啊！”小桃压低声音说，“你连考来这个学校都是因为吴缺，不过后来……”

“后来怎么了？”程秒秒实在是一点儿也想不起来。

“后来不知道你和吴缺之间发生了什么，你就很少在我们面前提起吴缺了，直到那次你被绑架。”

“绑架？”见程秒秒真的什么都不记得了，小桃仔细地与程秒秒说起来。提到她被绑架的原因，小桃拍拍脑袋说：“哦，我忘了，你连许穆清也不记得了。”

程秒秒点点头，她拿出手机找到一张照片递给小桃：“不过这个叫许穆清的昨天到医院去看我了，知道我不记得他了以后，他给了我这样一张照片，说是……说是我以前和他走得很近。”

照片是许粒“过生日”的时候，他们在餐厅照的，当时许粒撒娇要给程秒秒和许穆清照一张合影，他们二人并排坐在玫瑰花布景的餐厅里，郎才女貌，看着还真的挺像那么回事儿。

“秒秒，你别听这个大叔胡诌，虽然我不知道你们之间的关系是什么样子的，但是你说过你不喜欢大叔这一类型的。”小桃急得把程秒秒的手机扣在桌面上。

她原本以为程秒秒忘记了吴缺只记得骆星辰是一件好事儿，但现在看到有人竟然想乘人之危来哄骗程秒秒，小桃就气不打一处来。尤其上次程秒秒因为这个许穆清差点儿丢了小命，小桃对他的印象可不怎么样。

“那这个人呢？你认识吗？”程秒秒又从手机里找到一个短视频，是一个叫“鹿小仙”的几个月前发的视频，里面有她出镜，但是她也想不起来任何关于这个人的记忆。

“鹿小仙啊，这是个翻唱网红，我记得你们是朋友，上次你还帮我要了一张签名。”小桃说着。又想起来什么似的，她对程秒秒说，“这次你掉进海里，就是鹿小仙把你送到医院的。你说你没事到那么危险的地方去做什么？”

去做什么呢，程秒秒只记得自己那天好像是要去见什么人，有人约了她在海边见面吗？是这个叫“鹿小仙”的吗？程秒秒只觉得头痛欲裂，看着桌上这几天她找来的一些线索，她慢慢拼凑着失忆之前她生活的样子。

据说是她很喜欢的吴缺，好像跟她关系还不错的许穆清，还有疑似约她去海边的“鹿小仙”，关于这几个人的记忆从她的脑海里消失了，程秒秒其他的记忆都一切如常，为什么呢？医生说会被选择性失忆的内容，可能都是让她有过困扰的记忆，难道……

程秒秒翻看着手机里的内容：她和吴缺的聊天记录，她和许穆清的合照，她和“鹿小仙”一起合拍的小视频……她小心翼翼地问小桃：“小桃，你跟我说实话，我以前是不是个女‘海王’啊？四处骗人感情的那种。”

“噗——”小桃呛了水，咳嗽了好一会儿才停下来，正要跟程秒秒说些什么，程秒秒的手机响了起来。

是骆星辰打来的电话。

她快速接起电话。丢失了一部分记忆的程秒秒有时候会觉得，自己就像是孤身一人漂浮在海上，但由于她记得所有关于骆星辰的事儿，所以每次看见他的名字都会格外安心。

“还没睡吧？”骆星辰的声音轻快，听起来心情不错。

“没呢。”程秒秒和骆星辰说话时，目光也飘到了自己书架上摆放着的那个闪闪发光的相框上，那是骆星辰送她的“银河”。

骆星辰的声音带着暖意，他说：“你上次说想去看流星雨，还记得吗？”

“嗯，想得起来。”程秒秒点了点头。

“现在想出来看流星雨吗？”

“现在？”程秒秒下意识地看向阳台的方向，窗外是静谧的夜色，天空中隐约有几颗星子，哪儿来的流星雨？

“对，现在。”骆星辰回答，“我就在你宿舍楼下等你，你下来就可以看见流星雨了，不骗你。”她走到阳台上，俯身果然看到楼下草坪旁边站着一个人，在昏黄的路灯底下拉出一个长长的影子。

“你怎么来了？”程秒秒有些惊喜。虽然她不知道骆星辰说的流星雨是真是假，但看见骆星辰，程秒秒就有种熟悉的安全感。她记得所有和骆星辰的回忆，看见他，她就完全抛却了那种莫名恐惧的情绪。

程秒秒一边下楼，一边持续和骆星辰的通话。骆星辰的声音对她有奇特的镇定作用，他说：“你刚出院，我怕你不习惯。趁我这几天放假，有时间就过去陪陪你，说不定还能让你想起一些什么。”

骆星辰这样说着，却在心里有些不齿自己的虚伪，其实自从知道程秒秒忘掉了吴缺，却记得所有关于他的事情时，他心里甚至有些庆幸，这是他的机会，难得的、夺回主场的机会。

澄海入冬总是很突然，程秒秒一下楼就感觉到外面又比前几天冷了一些，路灯下站着的骆星辰也围上了厚厚的围巾。他看到程秒秒下来，忙取下自己的围巾往程秒秒肩上一搭："怎么穿这么少？"

"都怪你，说是有流星雨，我才急急忙忙下来的……"程秒秒故意这样说，埋怨道，"这黑漆漆的哪里来的流星雨？"

骆星辰帮程秒秒拢紧围巾，才从包里拿出一个东西，神秘地说："流星雨在这里。"

程秒秒借着灯光看去，恍然大悟："VR 眼镜？"

程秒秒记得去年暑假的时候，骆星辰花大价钱买了一套 VR 游戏装备，他下载了好多恐怖游戏，然后故意叫程秒秒去体验，还骗她说那是《超级玛丽》，结果游戏一开始，满屏的丧尸把程秒秒吓得够呛。

程秒秒想起当时被吓的悲惨经历，她狐疑地看了骆星辰一眼："你不会又搞什么吓人的把戏吧？"

"这次绝对没有！"骆星辰举手做发誓状。而后他拿出手机在一个页面上操作一番后，冲程秒秒轻轻招了招手："你过来一点，低下头。"程秒秒照做，骆星辰把 VR 眼镜套到了程秒秒的头上。

"等一下……"骆星辰又理了理程秒秒散落在脸颊上的发丝说，"准备好了没有？"

"嗯。"程秒秒点点头。戴上略显笨重的眼镜以后，程秒秒眼前一片漆黑，她自然而然地伸手扶住了骆星辰的肩膀。

骆星辰看了一眼自己衣袖上被程秒秒抓起的褶皱，嘴角浮现出笑意："我要开始播放了哦。"他的话音刚落，程秒秒戴着的耳机里就传来一阵空灵的风铃声，紧接着她便置身于一片星空之下。

初中时，程秒秒和爸妈一起去过一趟内蒙古，是程爸单位组织的旅游活动。当时骆星辰也跟着他爸去了，大人在蒙古包里喝酒的时候，程秒秒和骆星辰就溜出来躺在草地上看星星。

虽然蚊子多到令人崩溃，但那片星空是程秒秒看到过的最为纯净的星空。那时的骆星辰就已经懂得颇多，他指着天上的星星给程秒秒科普哪里是猎户座，哪里是仙女座，程秒秒那时候听得倒是认真，现在却也一个都认不得了……

现在出现在眼前的星空，让程秒秒似乎又回到了那个蚊虫围绕的夏夜。

“流星雨要来了——你抬头看。”骆星辰的声音很轻。

程秒秒循着声音望过去，本应该看不见骆星辰的VR景象里却出现了一个颇为粗糙的方块人，程秒秒被这个造型奇特的小人逗得扑哧一笑，问：“这是你吗？”

“嗯，说好陪你看流星雨的。”骆星辰没有否认。他解释道，“制作时间紧，我来不及建模了，不过你知道我本人很帅就好了。”

“少自恋了！”

两人说话的时间，“夜空”中已经划过两颗流星，程秒秒已经被美妙的流星惊得合不拢嘴，绚烂的苍穹上有暗云涌动，一颗又一颗的流星从天际降落，拖出长长的尾迹。

“好美啊！”程秒秒像小时候那样，习惯性地问骆星辰，“我记得听你说过流星雨分好几种，什么双子座什么金牛座的，我现在看的是什么呀？”

程秒秒沉浸其中，戴着VR眼镜的她像个天真烂漫的小孩儿，在路灯底下仰着头看“流星”。骆星辰看着她露在眼镜外的小半张脸，微笑着说：“这是程秒秒座流星雨。”

闻言，程秒秒果然笑起来，露出两颗尖尖的虎牙，她眼前的美景似乎有些目不暇接，她左看右看，又问骆星辰：“那程秒秒座流星雨可以许愿吗？”

“当然，你想许什么愿？”

程秒秒站在浩瀚的星空底下，一时间脑海里却突然空荡荡的，她不由得抚上自己的心口，总感觉那里好像缺了一块儿。

“呲——”突然一阵风从前面吹来，冷风从程秒秒的毛衣外钻进去，冷得她吸了吸鼻子，同时她的头也“嗡”的一声像是短路了一瞬间。

“怎么了？”听见程秒秒发出不适的声音，骆星辰关切地问道。

“没什么，就是突然觉得头有点儿晕。”程秒秒不知道为什么，刚才那一阵冷风吹过，就像是有电流一样的东西进入程秒秒的脑海中。她忽然想起一个画面：她坐在自行车的后座上紧紧靠着前面宽厚的肩膀，天气很冷，风很大，但是整个画面是暖色调的……

与此同时，吴缺突然打了一个喷嚏，他一旁的凌枫还在笑，颇有幸灾乐祸的意味。

“你到底想好对策没有？”凌枫看了一眼眉头紧蹙的吴缺，拨弄着桌上的绿植说，“要不要我帮你订一束花，就上次我送木子的那种？那个时候我看小熊玩偶学妹也挺喜欢的，女孩子嘛，都喜欢这种东西。”

吴缺瞥了他一眼：“你看我缺的是花吗？”

“不是不是，你能缺啥……就是缺心眼儿呗！你要是之前不那么缺心眼儿，现在怎么会有这种事儿？”凌枫笑得越发肆意。他看到吴缺一脸的郁闷，还不忘在他的伤口上撒盐：“绑架、失忆这种偶像剧里的低概率事件全被你们遇上了，真是浪漫啊！”

吴缺白了凌枫一眼，起身走出办公室。

“你干什么去？”

“实施对策。”

程秒秒在睡前收到了吴缺的信息：“身体好些了没？能回来上班了吗？”

上班？程秒秒一下子从床上坐起来，她不记得自己还有工作，正蒙着，吴缺的第二条信息又跳进来。

“你上次说要给我当助理，这个位置我没考虑别人，最近你不来，我有点心累。”

紧接着就是一条视频发了过来：红木办公桌上，各类文件夹堆满了，吴缺坐在桌前，艰难地挪出键盘和鼠标的位置。

程秒秒回道：“就不能临时找个人收拾一下吗？”

程秒秒根本不记得当初自己是为什么要给吴缺打工，不过想来大概是因为她喜欢他，想要拉近距离吧。不过如果当初自己都做到这种份儿上了，吴缺还没有被她拿下，那原因肯定只有一个：吴缺对她压根儿就没兴趣。

一通分析过后，程秒秒心中感叹自己如今的聪明伶俐，还暗暗摇头：真是当局者迷，旁观者清啊！接着她就颇为大义凛然地又给吴缺回了一条信息：“我最近可能需要花时间适应生活，没时间去兼职了，能不能麻烦你把我开除了？”

发完这段话，程秒秒得意地拍拍手，既然之前她注定苦苦单恋，那她现在失忆了就是老天在帮她呀！完全可以无痛断掉这段没有回音的暗恋。

况且，程秒秒又有些头大地想起手机里，那些她是“女海王”的证据——她好像不止吴缺这一个目标？这都是什么乱七八糟的关系，程秒秒决定断舍离一下。毕竟教练也找她谈过话，问她身体状况是否影响训练和比赛，明年想要送她去冲刺世锦赛。

而且过段时间还要去澳洲训练，她可没时间处理这种复杂的男女关系了。

消息发过去好久，吴缺那边才回复：“实不相瞒，最近公司周转困难，实在没有多余的资金另请一个小助理了，看在我们高中、大学都是校友的分上，你干完这个月再走呗？”

程秒秒看到这里，心生同情，她看到小桃还没睡，便小声八卦道：“你知道吴缺开的什么公司吗？好像快倒闭了。”

第十二章

心动圆舞

【1】你是我唯一坐标

程秒秒一走进吴缺的办公室，就嗅到一股清甜的花香，接着一眼就看见了正对着门口的小茶几上放着的一大束粉色玫瑰花。那玫瑰花的体量比茶几还要大，让人感觉头重脚轻。

“漂亮吗？”吴缺察觉到程秒秒看玫瑰花的表情有瞬间的呆愣，便装作不经意地问道，“如果你喜欢，以后办公室可以常订这种玫瑰花来装上，我不太喜欢这些，以后颜色都由你来决定吧……”

“是挺漂亮的。”程秒秒点点头，但表情有些勉强，这都什么喜好啊？用来会客的茶几上摆了这么大一束喧宾夺主的花，而且看品相应该也不便宜，唉，愁人！她喃喃道：“公司资金紧张，也不是没有道理啊……”

程秒秒应吴缺的要求整理他桌上的文件，发现这些文件都没有翻阅过，但都凌乱地摆放在桌子上，而她整理的时候，吴缺就百无聊赖地坐在椅子上目不转睛地盯着她。

程秒秒看着吴缺这副无所事事的样子，又直摇头，感叹道：“难怪公司快倒闭了，你这工作态度也有问题啊……”

“你说什么？”

“没、没什么。”程秒秒扬着手中两个文件夹问道，“这两份月度报告放在哪里？”

“嗯——放那儿吧。”

吴缺抬手指向柜子最高处的一个格子，可是那里明明放着一个大象造型的装饰摆件。但程秒秒这个小小助理肯定是没有资格质疑老板的决定的。她环顾四周，犹豫了片刻，对吴缺说：“老板，你……能不能起来一下？”

“怎么？你够不着？”吴缺抿了抿唇，掩饰自己不禁翘起来的嘴角。见程秒秒像只仓鼠一样点了点头，吴缺这才慢吞吞地从椅子上起身，他明明在笑，语气却颇为不满似的，“以后需要我帮忙就直说。”

吴缺转身走到柜架旁边，正当他要抬手将最上面那个大象摆件拿下来的时候，身后又传来程秒秒的声音：“老板，你快让一让。”

只见程秒秒“吭哧吭哧”地将他刚才坐的那把椅子搬了过来，她让吴缺让开，然后颇为吃力地将椅子放在柜架下方：“这椅子怎么这么重？！”

程秒秒踩着椅子把摆件拿下来再把文件放上去，可当她从椅子上下来，就见吴缺皱着眉一脸难以置信地看着她。

她忙将椅子上的脚印擦掉：“不好意思啊老板，我忘记脱鞋了……”说着，程秒秒又作势要把椅子搬回去。

吴缺扶额：“不用了，就放那儿吧，你跟我出去一趟。”

“去哪儿啊？”程秒秒为难道，“这里不是还没有收拾好吗？”

“我约了人，比较重要，这里回来再收拾吧。”吴缺看着这椅子就有些头大。

约了比较重要的人，程秒秒立刻想到电视剧里那种隆重的商业酒会。她看了一眼自己身上的卫衣，问吴缺：“我也要一起吗？我穿成这样是不是不太合适啊？”

“不会，很合适。你当然要一起去，我需要一个小助理帮我……”吴缺目光环顾四周，“帮我拿一下东西。”

程秒秒提上他指着的那个轻飘飘的购物袋跟在吴缺后面时，觉得吴缺有些小题大做了。可当吴缺开车来到澄海体育大学的篮球馆时，程秒秒更觉得吴缺这个老板的公司不倒闭都有些说不过去。

吴缺并不知道程秒秒此刻的想法，他今天找来了以前大学时经常一起打球的朋友，还约了程秒秒的两个室友，听医生说，还原患者从前的记忆，就有可能让失忆的患者想起来从前的一些事情。

说起来也可笑，自从被程秒秒彻底忘记以后，吴缺才发现，在那几个环绕在程秒秒身边的护花使者中，他最大的优势竟然只是程秒秒的记忆，而现在程秒秒偏偏忘了他。

从前他以为即使是程秒秒误会他，不喜欢他了，他都有办法让程秒秒的眼神回到他的身上。可真到了这一刻，他竟然有些束手无策，想出来的唯一靠谱的办法竟然是努力让程秒秒恢复记忆。

程秒秒看到小桃和木子也出现在篮球馆的时候，颇为意外。木子只说："凌枫今天非要回学校打球，我过来看看。"小桃也笑着说她只是陪木子来的，可即使这样，程秒秒也觉得有些奇怪。

"来，坐这里……"木子拉着程秒秒坐到了靠近前排的地方，笑道，"这个地方应该是风水宝地。"

这个时候，十来个打篮球的男生也都换好了球衣，吴缺也走上球场。不知怎的，程秒秒一眼扫过去，她的目光就自动停留在了那个穿17号球衣的人身上，她定睛一看才发现那个人就是吴缺。

他举着篮球，远远地冲她挥了挥手。

程秒秒莫名觉得有些不自在。球场上的人穿的球衣明明配色相同，可是程秒秒的目光老是会不由自主地锁定到吴缺身上。她想了一会儿，把原因归结为吴缺上场之前特意提醒过，要她给他拍照。

程秒秒不太会用单反，在小桃这个摄影师家属的指教下，她把眼睛贴近取景框，眼前逐渐清晰的画面却格外大。

小桃在一旁指导道："你手指不要碰到镜头了。"

程秒秒手忙脚乱，摇摇晃晃间，一张熟悉的脸闯进了镜头，放大的焦距下，吴缺的脸在镜头里格外清晰。在摇晃的镜头下，他的脸很快就不见了，但这样短暂的一瞥，这张原本对现在的她来说应该十分陌生的脸，却突然让她心中涌上一股熟悉感。就像是相隔很多年回到了故居，虽然陌生，却好像记得这里的一草一木，虽然不认得，却好像能叫得上名字。

程秒秒忙把相机塞给小桃说："我不太会用，你帮我拍些照片吧，拍……拍吴缺的……"不知为何，程秒秒突然觉得这个名字再说出口时有点不自然。

"不行，你的老板必须得由你来拍……我来教你。"如果是平时，小桃一定会帮程秒秒来拍，可谁让她现在受人之托呢？想到吴缺平时一脸高冷范儿，也会五次三番变着花样来求她，配合着来做这样一件小事儿，小桃就不由得替程秒秒高兴。她让程秒秒握住相机，手把手教导说："你看，如果要拍吴缺呢，你就要把注意力集中到他身上，多抓拍一些他比较帅的动作。"

程秒秒举着相机，原本同她还有些距离的吴缺就变得近在咫尺，被她捧在手里，她像小桃要求的那样，镜头一直跟着吴缺，将他的动作尽收镜头之内。

小桃帮她调整好了参数，她拍起来倒是简单，只用按快门就好了。只是让程秒秒十分煎熬的是，吴缺的每一个动作她似乎都熟悉。

程秒秒多少懂一点篮球的，她知道每一个球员都有其自成一派的风格，就算是同样的后仰跳投，不同的球员滞空的时间、后仰的角度等都多少会有些不同。而吴缺的动作像是已经被刻在了程秒秒的脑海里，她不由得心想，自己之前到底看过多少场吴缺的比赛？她真的有这么喜欢他吗？可明明吴缺对她一点儿回应都没有啊！

正想着，吴缺又进了一个三分球，场上的队友们正一一和他击掌庆祝。程秒秒也回过神来专心拍照，吴缺此时正和凌枫击掌，她刚要按下快门将这一幕拍下来，镜头里的吴缺却突然向她看了过来。

程秒秒很确定他正在看她，不知为何，她就是很笃定吴缺打球时是面无表情的，顶多会在进了精彩的球后稍微舒展一下眉头。可是现在，他正看向她的方向，脸上是灿烂的笑。

吴缺笑起来很好看，程秒秒在还不知作何回应的情况下，先按下了快门。

程秒秒察觉到自己的心似乎跳得很快，这算什么？暗恋过吴缺的后遗症吗？她有些动摇，从前吴缺对她的喜欢从没有过回应，所以她决定趁着这次失忆放弃这份喜欢，可现在她的心跳明明在跟她唱反调。

这样的心情让程秒秒走了神，她没有注意到一只篮球正向她飞过来……

“秒秒！”一旁的小桃发出一声惊呼。

“怎么了？啊——”程秒秒一抬头，就被飞过来的篮球不偏不倚地砸中了脑门。“嗡”的一声，程秒秒眼前像是电路跳闸一样瞬间暗了下去。

好在这种感觉只持续了不到半分钟，程秒秒眼前的画面就清明起来，她目光聚焦的第一个画面便是吴缺正从球场上往这边跑过来。

“没事吧，秒秒？”小桃的声音似乎延迟了好几秒才传进程秒秒的耳朵。她猛然回过神来，发觉自己不知什么时候已经把砸过来的篮球抱在了怀里，大约见她愣住了好一会儿，所有人都正担心地望着她，吴缺更是已经来到了观众席下。

见状，程秒秒忙把篮球扔了下去。不想，吴缺并没有接住程秒秒扔下去的篮球，他三步并作两步走进观众席。

“你没事儿吧？”吴缺顾不得许多，他撩起程秒秒额前的碎发左右端详。刚才看见队友的球飞向观众席时，他担心有人被砸到，便下意识地伸手去挡了一下，没想到正是他的这个阻挡动作导致篮球砸中了程秒秒。

吴缺确认程秒秒光洁的额头没有被砸伤后，微微松了一口气。程秒秒上次受伤后就直接忘记了他，吴缺可不想再看见她磕着碰着。

“吴缺师兄，我真没事儿。你赶紧继续比赛吧，大家都等着你呢。”见吴缺这么紧张，程秒秒比他还要紧张。

吴缺的手很大，可以稳稳地抓住一个篮球，他双手捧着程秒秒的脑袋时，程秒秒感觉自己特别像一条任人摆弄的胖头鱼。而吴缺偏偏又离她这么近，程秒秒觉得自己的心脏差点儿就要当场跳出来。

“好……没事儿就好。”吴缺愣了一瞬，才放开了程秒秒。她刚才叫他什么？吴缺师兄？

吴缺回到球场上的时候脸上还挂着笑，程秒秒终于不再一板一眼地叫他“老板”了。

“今天谢谢你帮我找来弟兄们组球局。”吴缺拍拍凌枫的肩膀说道。

看着吴缺一脸笑意，凌枫不用琢磨也知道他为什么突然给自己道谢，他调侃道：“哟，能得到你的一句谢谢可不容易啊！真该让那些成天想尽办法巴结你的人来看看，讨好小熊玩偶学妹不就是妥妥的捷径嘛，还费那些有的没的心思做什么？”凌枫说完，却注意到吴缺的脸色有点儿不对劲，他忙问，“缺儿，你怎么了？”

看了一眼吴缺半蹲下来的姿势，凌枫立马想起来什么，他的表情立刻严肃起来：“你不会是旧伤发作了吧？要不要先停下？”

又不是什么正经的重要比赛，凌枫说完就打算让人暂停，却被吴缺一只手挡了下来，他直起身道："没事儿，继续！"

不知道是不是吴缺的错觉，他觉得刚才程秒秒不仅仅对他的称呼有变化，就连看他的眼神也有了变化。她失忆以后看他时眼神总是那么波澜不惊，一看就是对他不太感兴趣的样子，可是刚刚吴缺分明在程秒秒的眼睛里看到了那种他熟悉的带着躲闪的光芒。那只对他充满好奇的小鹿好像要回来了，他怎么可以停下他的诱惑？！

程秒秒则完全没有注意到吴缺前后的变化，小桃拉着她说了好久关于这个莫名砸过来的篮球。

"秒秒，你这是踏破铁鞋无觅处，得来全不费工夫啊！想当初……"小桃把上次程秒秒策划的"被吴缺砸中"的表白方案花里胡哨地对程秒秒叙述了一遍，又说，"看来当初我们选的这个位置是没有错的……"

程秒秒却没有听进去小桃的话，她的目光定格在"17号"身上，若有所思。

【2】直觉告诉我要亲你

程秒秒是在几天以后才知道吴缺的旧伤复发了，几天以来，吴缺都只是告诉她，他有事儿不来上班，所以程秒秒这个小助理自然不用到岗。这天遇见凌枫来学校接木子时，程秒秒才从凌枫口中得知吴缺没有去公司的原因。

"你还不知道？"凌枫装作不经意间透露，"好像就是因为上次你被篮球砸了，他一时情急想去看你有没有被砸到，爬观众席楼梯的时候不小心就引发了旧伤。"

"怎么会这样？"程秒秒回想起吴缺那天着急看她额头的样子。

"哎，吴缺的旧伤本来就一直没好利索，这下好了，一复发就只能卧床休息，太惨了。"凌枫把该说的都说得差不多了以后，猛然一拍脑袋，挽着木子的手说，"完蛋了，今天吴缺还等着我给他送吃的去呢！我们约会之后再去给他送应该不会太晚吧？！"

听凌枫这么一说，程秒秒隐隐有些担心，她犹豫了一会儿，对凌枫说："要不我代你去吧。”怕被凌枫嘲讽，程秒秒又补充道，“老板他平时待我也不错，他病了我总不能没有任何表示吧？”

就这样，程秒秒拿到了吴缺家的地址。她一路忐忑不安地来到吴缺家门口。程秒秒深呼了一口气，小心翼翼地敲了敲门。

隔了几秒钟，屋里传来了动静。开门的是吴缺，却是程秒秒从来没有见过的样子——头发凌乱，衣服随意地套在身上，趿拉着拖鞋。程秒秒睁大了眼睛，吴缺显然也是一脸的意外。

“怎么是你？！”两人面面相觑一秒钟后，吴缺神色震惊地关上了门，留下程秒秒独自一人面对着冰冷的防盗门。

“你稍微等我一下。”屋里又传来吴缺的声音。

过了十来分钟，吴缺才重新打开门，只是此刻他已经整饬一新——刚才他头顶上那放荡不羁的发丝，此刻已经服服帖帖地垂在他的额角，连外套的拉链都整整齐齐地拉到了锁骨上方。

“刚才我还以为是送外卖的。”吴缺让程秒秒在沙发上坐下来，他自己反倒有些局促地在一旁站着。

程秒秒联想到刚刚的十分钟里吴缺慌慌张张梳头换衣服的样子，莫名觉得有些好笑。她把买来的东西放到茶几上，说：“今天凌枫和木子有事，我就来替他们给你送点吃的。”

“凌枫？”这小子可从来没有给他送过吃的，吴缺转念便想明白了这又是凌枫搞的鬼，他明明不想让程秒秒知道他受伤的事情。

这时，吴缺注意到程秒秒的眼神落在电视柜上，他心中顿时警铃大作，忙不着痕迹地走过去挡住了电视柜上的东西。不想，程秒秒只是看见了躲在角落里的猫。

“你家里有猫？我能摸摸看吗？”程秒秒的眼里满是期待。

“当然可以，喵喵它不咬人。”说着，吴缺趁程秒秒的注意力在猫身上，迅速将那几样东西藏于身后。他轻咳了两声意图掩饰自己不自然的动作说：“我还有一只猫，在房间里睡觉，我去抱出来。”

“好啊。”

这只叫“喵喵”的小猫并不排斥程秒秒，不仅让程秒秒摸，还主动在程秒秒脚下打起了滚儿。程秒秒又惊又喜，压根儿没注意到吴缺藏了几样东西在身后，然后直接拿去了房间。

吴缺再出来的时候，怀里果然抱着一只雪白的毛茸茸的小团子。程秒秒认识这种长毛猫，品种好像叫金吉拉，它浑身毛色雪白，尾巴蓬松得像一团雪。

不过，它好像不太喜欢睡觉的时候被打扰，颇为不耐烦地在吴缺怀里翻了个身，将脑袋钻到吴缺的臂弯里，露出它身上穿着的一件粉色小衣服，衣服上还有两只可爱的长耳朵。程秒秒莫名觉得似曾相识。

“这只叫什么名字呀？”程秒秒想不到吴缺会养猫，而且还是两只。

听见程秒秒询问猫的名字，吴缺的脸上闪过一丝不自然的神色，却很快又恢复如常。他手上摸着猫，眼睛却看着程秒秒，慢吞吞地说：“这只叫兔子，是我前段时间刚养的，脾气古怪得很。”

他说话间，本来睡得好好的“兔子”突然在吴缺怀里扬起了头，嘴巴一张就轻轻地咬住了吴缺的手指。

“你看，我不能说它坏话。”吴缺无奈地道。

“好可爱……”程秒秒喜欢得很，她忍不住起身凑到吴缺身边去看“兔子”。

不知怎的，程秒秒一靠近，“兔子”立马就“喵”的一声从吴缺的怀里起了身，一下子跳到程秒秒身上。程秒秒受宠若惊地抱住它，“兔子”也立马撒娇似的在她怀里蹭来蹭去。

吴缺也笑了：“它倒是喜欢你……”

因为妈妈有鼻炎，程秒秒长这么大唯一养过的宠物是只小乌龟，她从小就羡慕能在家里养猫狗的小朋友。现在她左右各有一只可爱的小猫咪，程秒秒立刻感觉陷入了温柔乡，玩了好一阵子。直到看见吴缺走路时的动作略微吃力，她才想起来此行的真正目的。

她从带过来的塑料袋里拿出几样食材，自告奋勇道：“吴缺师兄，我给你做饭吃吧。”

“怎么？撸猫不好玩儿？”

“不是。”程秒秒略带歉意道，“毕竟你的旧伤是因为我才复发的，我不来照顾你一下，感觉有些过意不去。”

“没关系，我点了外卖，等会儿一起吃。”吴缺让程秒秒把那些食材放下，她好不容易来，吴缺不想让她忙来忙去，她只坐在那里逗逗两只猫就很好。

这边两人还没商量出来一个结果，那边一个“小偷”偷偷地从吴缺刚放下的那堆食材中叼走了一根火腿肠。

“兔子！不许偷吃！”吴缺眼尖，喝住想要带着赃物躲起来的“兔子”。程秒秒这才发现兔子已经叼着一根火腿肠，鬼鬼祟祟地溜到了窗帘后面。

“兔子就是贪吃。”吴缺蹲下身子，从柜子里拿出一盒罐头敲了敲，引诱道，“兔子，快出来，给你吃罐头，咱们不吃火腿。”

但是“兔子”不为所动，眼看软招不行，吴缺只好来硬的，把火腿肠从“兔子”的口中夺了下来，还好言好语地劝道：“乖，你只是一只小猫，不能吃火腿肠，对身体不好！”

说着，吴缺还打开了一盒罐头放在餐盘里作为“补偿”，但“兔子”属实有脾气，它冲餐盘里嗅了嗅，一张可爱的脸蛋立马耷拉下来，一个转身就把屁股对准了吴缺，那模样好像是在说：“不给吃拉倒。”

看着“兔子”和吴缺赌气，独自躲进房间里，吴缺在外面怎么叫它它都不出来，程秒秒有些哭笑不得。

吴缺束手无策地对程秒秒说：“连它都跟我倔。”

吴缺的头发不知是不是因为刚才没来得及梳好，一缕头发翘了起来，配合他无奈生气的表情，程秒秒看着忍不住嗤笑出声。

“怎么了？”

程秒秒只说了一半：“我从来没见过你这样，很好玩儿……”

好玩儿？虽然这个词听起来不太像是在夸人，但吴缺看到程秒秒笑得眼睛都亮亮的，他也虚心接受下来，追问道：“也不知道你说的没见过，是以前一直没有见过，还是最近没见过呢？”

吴缺只是想表达自己不希望，在程秒秒心里更多是好玩儿这种听起来有点傻的形象，但在程秒秒听来，这句话有些别的意味。

程秒秒眼神躲闪地说：“就……就最近没见过呀，怎、怎么了？”

原本一句普通的话，程秒秒回答得结结巴巴。吴缺倒怀疑起来：“你怎么这么紧张？”

“没、没有吧。”程秒秒不敢看吴缺的眼睛，她的眼神飘向别处，却恰好看见“兔子”从房间跑出来，嘴里还叼着一只棕色的小熊玩偶。

“这……这不是我的吗？怎么会在你这里？”程秒秒震惊之下脱口而出。可刚说出口，她就意识到自己犯了一个严重的错误，忙双手捂住嘴巴。但吴缺已经听见她的话，也注意到“兔子”叼出来的那个小熊玩偶。

那个小熊玩偶是程秒秒当时准备送给他未送出，结果是他自己从地上捡来的——程秒秒告白失败当天让她出糗的那个小熊玩偶。

吴缺捡回来那个小熊玩偶，除了他自己和家里两只猫以外，没有任何人知道，这也是吴缺一开始想要把小熊玩偶藏起来不让程秒秒看见的原因。但现在，程秒秒脱口而出的那句话，让吴缺把自尊和面子的问题也抛到了脑后，他一步步靠近程秒秒：“你还记得这个小熊玩偶？！”

“我……我的意思是……我以前有一个一模一样的……对！我以前有一个一模一样的！”程秒秒顾左右而言他，并开始嘴硬。

触及程秒秒闪烁的目光，吴缺嘴角的弧度越发向上，他左右拦着程秒秒的眼神，不让她躲开，迅速发问：“你的小熊也是会唱土味歌曲，能录音，里面录有某人的告白吗？”

吴缺的语速很快，根本不给程秒秒反应的时间。程秒秒的眼珠子左转右转也没想好怎么说，但吴缺不给她机会，得意地笑着说：“两秒钟内不回答，我就当你默认哦！你是不是没有失忆？”

“不是！”程秒秒急得直摆手。

“回答得很快，这关过了。”但吴缺没有要放过她的意思，他继续问，“你是不是已经恢复记忆了，关于我的？”

“我……”

“两秒钟到，算你默认。”吴缺没有停顿，他的眼神捉住程秒秒的目光，让她无处可以躲藏，问题像连珠炮一样一个个蹦出来，“你是什么时候恢复记忆的，在医院的时候？来我办公室打工的时候？去体大篮球馆打球那天？被篮球砸中以后……”

程秒秒在他这种密集的高强度提问下，紧张到无以复加，她本就不擅长说谎，听见吴缺说“被篮球砸中以后”，她难以避免地捏紧了手心。

她细微的动作没有逃过吴缺的眼睛，吴缺难以置信地问道：“你真是在被篮球砸中以后恢复记忆的？”

程秒秒眼见自己本打算隐瞒下来的秘密被吴缺三言两语诈出来，只得一步步往后退缩，但吴缺也一步步向她逼近。

吴缺的脸上带着笑，他看着程秒秒躲闪的眼神，一字一句地问：“你已经恢复了记忆，却不告诉我，还一个人跑到我这里来，你呀你，安的什么心呢？”

程秒秒的确是早恢复了记忆，那天篮球冲着她砸过来的瞬间，大量回忆的画面浮现在她的脑海，特别是有关吴缺的事儿。她想起来如何跟他告白，又是如何被他拒绝，又是如何在生死边缘被吴缺救走……

她心里的那些空白在一瞬间被填满，当然，她也想起自己是有多喜欢吴缺，喜欢到被陆絮拿着刀逼迫她也不愿意否认。

但程秒秒只用了几秒钟的时间就做出了隐瞒的决定，不为别的，只为稍稍过一把瘾。从前都是她花心思去“偶遇”吴缺，在他面前刷存在感，没想到一朝失忆，吴缺竟然也会为了让她记起他而费尽心机。

只是程秒秒没有想到自己的小心思这么快就被识破了，她躲开吴缺灼灼的目光，但已经无路可退，她整个人跌坐到身后的沙发上。

“现在变得这么胆小了？骗人的时候倒是胆子蛮大的嘛。”吴缺一只手撑着沙发的边缘，上半身前倾着，距离程秒秒也不过只有一个巴掌的距离，他看见程秒秒写满慌张的脸，心中更加确定：他的“兔子小姐”回来了。

“喵呜——”“兔子”这时也咬着那个小熊玩偶跳上沙发，它把小熊扔到程秒秒的膝盖上，还一直冲程秒秒“喵喵”叫个不停，就像是在控诉什么。

“它这是在向你告状呢。”吴缺对程秒秒说，“肯定是因为刚刚我没给它吃火腿肠，它就伺机把我藏起来的东西故意拿出来给你看。”由于现在程秒秒犯的错误更值得探讨，吴缺说起自己藏东西的事儿倒是理直气壮了。

“兔子”自然是不知道它的行为非但没有报复到吴缺，反而还帮了吴缺一个大忙，它“喵喵喵”地叫了一阵子就跑开了。吴缺拿起小熊玩偶在程秒秒面前晃了晃：“你不诚实的话，小熊就替你说真话了哦……”

说着，吴缺熟稔地打开了小熊玩偶背后的开关，程秒秒的声音便一句句传出来。

“吴缺，其实我喜欢你，从五年前就很喜欢很喜欢你，虽然你不认识我。哦，对了，我叫程秒秒，是你高中母校的学妹……”

录音里的声音青涩中带着羞怯，却充满了勇气。这段不算长的告白，程秒秒当时反反复复录了好多遍，这些措辞和语气的停顿就像是小时候背下来的古诗，程秒秒早已烂熟于心，她情不自禁地跟着录音将这些话默默重复了一遍。

她对吴缺的喜欢一直以来都是一对一的箭和靶，无论重复多少次，总有那么一瞬间，喜欢就正中了靶心。程秒秒像是从来没有忘记一样，终于抬起头看向吴缺。

“小熊说的话还算数吧？！”吴缺将一直重复着这段话的小熊塞进程秒秒的手里，挑了挑眉问道。

程秒秒没有立刻回答，只是在吴缺收回手之前用力回握住了他的手。

“小熊说的话不算数了。”程秒秒在吴缺意外的表情下站起身圈住他的脖子，笃定地说道，“因为我比那个时候更喜欢你了。”

程秒秒曾经在脑海里想过很多次，她终于亲上吴缺的时候，会是什么样的场景，一定要是浪漫的，一定要是提前做好准备的……但程秒秒从来没想过，这回是她主动的。

生涩的动作进行下去全凭程秒秒的直觉，然而吴缺好像被她突如其来的主动吓到了。在程秒秒还没有得到预期的回应后，她终于小心翼翼地睁开眼睛，然后便看见吴缺正笑盈盈地看着她。

程秒秒结结巴巴道："你……你眼睛睁这么大做什么？被亲不都应该是……是闭上眼睛的吗？"

"是吗？那你闭上眼睛。"吴缺笑着说。程秒秒的后背就被人轻轻一拥，她和吴缺之间本就不大的空间便被使劲压缩。吴缺将她耳边的头发轻轻拨开，俯身靠了过来。

这个吻很浅，但两人的呼吸都很重，程秒秒甚至能感觉到吴缺胸口的起伏。

程秒秒从前不明白为什么接吻的时候要闭上眼睛，原来双眼闭上时，全身的触觉似乎都被放大了许多，脚边两只猫在绕来绕去，正蹭着她的脚踝。胸口因为距离吴缺太近，程秒秒连呼吸都不敢太过用力，而鼻息间全是吴缺的气息……这所有的感觉都让她心头痒痒的，手上的小熊玩偶也掉到了地上。

"我喜欢你……很喜欢很喜欢你……"小熊玩偶的声音却没有停止，在摔了一下之后，它却突然变了频道，程秒秒的录音戛然而止，取而代之的是程秒秒这辈子都不想再听到的声音——

"如果让你重新来过，你会不会爱我？"土味神曲自带喇叭和混响大声播放起来，让这个吻也不得不戛然而止。

"什么小破熊。"程秒秒捡起小熊玩偶，麻利地把小熊玩偶背后的电池抠了出来。

"秒秒……"吴缺哭笑不得。他重新捧起程秒秒的脸说："这说明，告白还是要好好地一个字一个字地从自己的嘴里说出来，就像我现在这样，程秒秒，你不要再追我了，我感觉……在你面前，我已经跑不动了。"

吴缺从来没想过这样的话有一天会从自己的嘴巴里说出来，但是好像就和接吻一样，她这样红着耳朵站在自己面前的时候，所有的温柔和浪漫便再也藏不住了。

【3】要陪你旋转不停

程秒秒要去墨尔本参加训练，是元旦前定下来的事。几个月后的世锦赛于她而言是一次挑战，更是一次机会，如果能够在世锦赛取得好成绩，就能拿到国家队的入场券，所以很多国内将要参赛的选手都会选择参加这次外训。

程秒秒还没有出过国，而这次去大洋洲参加特训，不出意外的话，连今年的春节都要在异国他乡度过了。所以出发前，程秒秒特地回家住了半个月，碰巧骆星辰也刚刚结束了琴县的观测项目，这几天也回到了家里。

骆星辰大部分时间都在外求学，程秒秒也即将要去异国完成长达几个月的训练，两家人便干脆在一家私房菜馆张罗了一桌饭菜。

骆父和程秒秒她爸原本就是同事，在一起吃饭的时候难免又开始专业互捧。程秒秒她爸妈一直说骆星辰学业有成，骆星辰爸妈也只夸程秒秒有出息想来要进国家队了。

一顿饭过后，四个大人自然而然地开始了聚会传统节目——打麻将。程秒秒和骆星辰在饭店待着无聊，便决定出去逛逛，结果不知不觉就走到了他们住过的老家属院附近。

这里好多老房子都已经拆迁了，但程秒秒还是看到一个熟悉的事物，她兴奋地指着一棵大榕树。对骆星辰说："你看，这棵老树还在啊！"

十多年前，程秒秒还在上小学的时候，这棵树就已经很粗了，如今榕树周围的房子和马路都变了样，这棵树除了变粗了一些，其他部分好像还是老样子。

程秒秒回忆了一大堆儿时的趣事，骆星辰却是一副兴致缺缺的样子，偶尔应上一两句话。程秒秒察觉到了骆星辰的反常，便渐渐安静下来。两人绕着大榕树走了好几圈，骆星辰终于开了口："程秒秒，你和吴缺真的在一起了？"

听到吴缺的名字，程秒秒忍不住嘴角上扬，她有些羞怯地点了点头。昨天她和吴缺商量好发了一条精心编辑过的"官宣"朋友圈，骆星辰应该是看到了。不过程秒秒的朋友圈屏蔽了爸妈，这会儿她便朝骆星辰做了一个"嘘"的手势，小声说："你先不要跟我爸妈他们说，我暂时还没想跟他们坦白呢。"

骆星辰没有回应，他低着头，手揣在外套口袋里，将路边的一个易拉罐踢进了草丛。过了好一阵子，程秒秒才听见他问："秒秒，你真的认定吴缺了吗？"

其实说"认定"有点过了，程秒秒还有些不太自信真的能和吴缺天长地久。

不过和吴缺在一起的这短短的十几天里，程秒秒每天一醒来都觉得很幸福，甚至觉得假如她从前所有的坏运气都是为了和吴缺在一起的铺垫，她也愿意再经历一遍。

程秒秒缓缓摇头："我不知道，不过我真的很开心。"

"那你怎么确定和其他人在一起就不会这么开心呢？"骆星辰的语气有些急促。

程秒秒悻悻地笑了笑，又摇头答道："我没想过。"她的情窦似乎是为了吴缺才开，细细想来，她对吴缺的那种感觉从来没有出现在别人身上。

程秒秒绕着大树缓缓而行，冬日的阳光透过树顶洒下来格外好看，待她又绕了一圈，看见骆星辰还停留在原处。他站在树荫下，影影绰绰的光斑落在他身上。仔细看，程秒秒发现他的睫毛边缘有一圈琥珀色的光芒，而他的眼睛盯着她看，带着和景色不相称的忧伤。

"你难道真的就从来没有想过我吗？"骆星辰说得很平静，像是在讲一个故事，"你小时候总喜欢跟别人说，我是你最好最好最好的朋友，还说……你以后会和我一起穿婚纱和礼服，还拉着我玩拜堂成亲的游戏。小时候可以，为什么现在就不可以了？你和我在一起难道就不会开心了吗？"

这样的一段话，是程秒秒最害怕听见骆星辰说出口的，即使迟钝如程秒秒，也知道友情和爱情是有区别的，动心时候的心跳声不会骗人，她和骆星辰相处这么久都没有动心，她从来没有爱过他，也不会爱上他。

骆星辰说出这样一段话，是在逼她在友情和爱情里做出抉择。

程秒秒站在原地许久，不吭声。见她不肯答话，骆星辰又说："秒秒，你知道吗？我愿意尽我所能让你做全世界最开心的女孩儿，为什么不能是我呢？就因为我们只是朋友？"

"不是的。"程秒秒不敢直视骆星辰。她抬头看着婆娑树影，说："骆星辰，你得向前看，这里所有东西都变了，我们也长大了，只有这棵老树没变，但是人不是树，骆星辰……"

这是程秒秒鲜少用得恰当的比喻。骆星辰没有再说话，他只是笑，笑程秒秒不懂。她不懂，有些人注定会成为一棵树，他扎根在一个地方，无论周围怎么变化，都不会再移动半分。

而他，是自愿当这棵树的。

程秒秒在出发去墨尔本的前一天，接到了一个陌生号码打来的电话，彼时她正和吴缺坐在学校对面的奶茶店里。

奶茶店里的暖气开得很足，程秒秒的脸热得发红。只因为今天澄海降温，吴缺来找她的时候给她带了一顶兔子造型的帽子，只试戴了一会儿，她就热得不行了，说："澄海再怎么降温都用不上这些啦。"

说着，程秒秒摘下帽子。

吴缺的表情似乎有些遗憾，他说："那就带到墨尔本去。"

程秒秒哭笑不得："墨尔本现在是夏天。"

"哦，差点儿忘了。"吴缺叹了口气，"我挑了很久才挑到这么适合你的帽子……"

过了一会儿，吴缺又说："要不等你外训结束，我们去瑞士看雪吧……"

程秒秒正想答帽子放着明年戴不就好了，手机铃声就响了起来。

陌生的号码，陌生的女声有些小心翼翼："请问是程秒秒吗？"

"是，你是？"

"我是陆絮的妈妈。"

听见陆絮的名字，程秒秒有一瞬间的紧张，恢复记忆以后，她自然也想起来陆絮对她做过的事儿，不过她并不想追究。没想到，陆絮的家人会主动联系她。本以为陆絮妈妈是找她"兴师问罪"的，可她接下来的话让程秒秒愣住了。

她语带疲惫地说："陆絮前天走了，他没什么遗愿，只是有个东西，让我们转交给你。"

"遗……遗愿？"

程秒秒把陆絮妈妈转交的东西拿到手里时，还是难以将陆絮那张稚嫩漂亮的脸和遗物这个词联系在一起。

而陆絮的妈妈来见她时，脸上没有什么表情，也没说什么多余的话，她匆匆把这个小盒子交给程秒秒，甚至没有问程秒秒和陆絮是什么关系就走了。这样略显仓促的场面，让程秒秒颇感酸楚。

她一回到家就打开那个盒子，里面只有几张纸和一张照片，还有一个小小的优盘。

照片是程秒秒戴着猫咪耳朵的特效图片，看得出来是从上次那个小视频里截图截下来的。几张纸大多画的是五线谱，有一张涂鸦，是一个卡通女孩儿，但程秒秒不太能确认画的是谁。

优盘里则只有一个音频文件，程秒秒一点开，陆絮风铃般清新的声音就传出来："喀……第一百零一次录制，《孤岛与鲸》，开始！"

陆絮独具破碎感的声音让这首歌听起来雾蒙蒙的，就像是过不完的冬天和从来没有晴朗过的屋檐。三分钟的歌听完，程秒秒的眼泪"吧嗒吧嗒"地掉了下来。她这才后知后觉被动地接受了唱歌的人已经不在人世的事实，生命的短暂和脆弱让她心酸。

墨尔本的夏天比澄海还晒，在露天泳池里连着训练一个星期后，程秒秒的手臂已经被晒伤了一片。有时候，太阳光太强，程秒秒什么都看不见，只管往前游。训练期间，甚至发生了一天之内抽筋两次的情况，但程秒秒都咬咬牙坚持了下来，短暂地拉拉腿就又跳进泳池。

不为别的，她的想法只有一个：吴缺送她来墨尔本前叫了她一声"冠军女友"，程秒秒不想让吴缺白叫。

在外教的魔鬼训练下，程秒秒每天都在挑战自己的身体极限，所以训练的效果颇令人满意，连老张都一个劲儿地对程秒秒说："这样训练下去，应该可以稳进了，很好。"

程秒秒打电话和吴缺分享内心的喜悦，可没说两句话，她就累得睡着了。

听着电话那头浅浅的呼吸声，吴缺没有挂电话，他把手机放在床头，指尖在屏幕上勾勒着程秒秒的脸，轻声道："看来真是累坏了，连要过春节了都不知道。"

队里紧张的训练气氛和墨尔本的天气都让程秒秒忘记了还有春节这回事儿。除夕当天中午教练宣布放一天假的时候，程秒秒先是愣了一会儿才反应过来是什么日子，所有来参加集训的队员似乎都和她一样，对突如其来的幸福有些措手不及。

大家平时根本没有想过要怎么安排跨年，所以他们在同一个队伍训练的人就在教练的提议下约好一起吃个年夜饭。

炎炎夏日，节日氛围并不浓郁，但在这来之不易的假期里，大家纷纷给家里人打视频电话互道祝福。程秒秒也给家里人打视频电话聊了好一阵子，连宿舍群里也开了一个视频小会。然而她打给吴缺的时候，连着几通电话都没有打通，程秒秒心里有点失落。

直到傍晚，教练通知他们到酒店餐厅一起吃预订的年夜饭，吴缺的电话才打了进来。

“喂？”程秒秒假装兴致不高，作为对吴缺刚才不接电话的惩罚。

“冠军女友怎么不开心了？是太热了吗？墨尔本怎么比澄海还热？”吴缺依然是平日里逗弄程秒秒时的语气。他“啧啧”两声说：“你们住的酒店这么小，年夜饭能吃饱吗？这里的厨师也不知道会不会做中餐……”

程秒秒听着越来越感觉不对劲儿，吴缺的声音在电话里越来越小，却又好像在她耳边变成了三维立体环绕的声音，她猛地一回头，就看见吴缺在离她几步远的地方望着她笑。

“吴缺！”程秒秒惊喜万分地跑过去。激动之下，她一下子跳到了吴缺身上，吴缺稳稳地将她接住，搂住了她的腰。

程秒秒紧紧地抱住吴缺的脖子，把脸埋在吴缺的颈窝处。

“我们的小兔子冠军怎么了？”吴缺往上托了托程秒秒，歪着头看过去，“不会是感动得哭了吧？”

“才没有！”她的声音明明有些哽咽。

吴缺一下下摸着程秒秒的头：“我知道你训练太辛苦了，所以给你带了钵仔糕哦，也不知道坏了没有，不下来看看吗？”

平时听见钵仔糕，程秒秒肯定早跳下来了，但她现在还是赖在吴缺身上埋着头不肯下来。

“怎么了？不要哭了，我千里迢迢过来，是想让你笑的，秒秒。”吴缺轻声细语地安慰道。

但程秒秒还是不为所动，只发出了不太情愿的声音，委屈巴巴地说：“我晒黑了，怕你笑话我。”

吴缺哭笑不得：“这有什么，大不了就是小白兔变成小黑兔嘛，怕什么？”

吴缺的话逗得程秒秒破涕为笑，她从吴缺身上跳下来，问：“钵仔糕在哪儿呢？”

“就知道钵仔糕，”吴缺装作很受伤的样子，撇撇嘴，“就不多看两眼你亲亲的男朋友吗？”

程秒秒闻言，眼看四处没人，便踮起脚在吴缺脸上啄了一下：“亲亲我的男朋友。”

吴缺从行李箱里给程秒秒拿钵仔糕的时候，顺便拿出一个精美的小盒子，说：“这是我妈给你挑的新年礼物。”

“你妈？！”程秒秒惊叹之下发现自己这样说话有些不太礼貌，便轻咳两声，“你妈妈……知道我？”

“当然。”吴缺笑着说，“如果不是来陪我的冠军女朋友，我妈才不会同意我大过年飞来墨尔本呢。”

程秒秒想起来自己还没有跟爸妈坦白过她在谈恋爱的事儿，想着得跟吴缺讨教一下如何坦白。在打开小盒子看见里面那条精致的手链时，程秒秒又想到了其他的事儿，她拍拍脑袋：“其实我也有礼物要送给你。”

程秒秒提前并不知道吴缺要来，并没有特意为他准备过年的礼物，但是前些天她和队友去当地的超市，看见了两块特别可爱的乐高手表，便买了下来——一块是神奇女侠、一块是蝙蝠侠。现在吴缺过来了，她便兴冲冲地拿出来，将神奇女侠的那块给自己戴上，蝙蝠侠的那块给了吴缺。

但在看到吴缺手腕上本身戴着的熠熠生辉的腕表时，程秒秒瞬间又后悔了，她把手表收回来，说："我重新给你准备一个礼物吧，这个像儿童玩具，也太不正式了！"

吴缺却麻利地将自己的腕表取下来，将手腕伸到程秒秒面前："不行，你给我戴上，我觉得这个蝙蝠侠和我今天穿的黑色 T 恤还挺搭的。"

程秒秒去逛超市都能想到给他买东西——吴缺觉得这个礼物的意义让他心里暖暖的。听吴缺这样说，程秒秒也只好妥协了，她把手表给吴缺戴上："那这个就先送给你。"

教练打电话催程秒秒去大厅聚会吃年夜饭，程秒秒看着眼前的吴缺有些为难。吴缺为了她来到异国他乡，她总不能丢下他一个人，但队里的年夜饭又不能不去……程秒秒犹豫再三，决定带着吴缺参加队里的年夜饭聚会。她为了给自己壮胆，还对吴缺说："反正我们张教练也认识你，他还特别喜欢你，应该不会说我什么的。"

吴缺自然知道程秒秒的良苦用心，便乖乖地听从程秒秒的安排跟着她去了聚会现场。

但教练的态度倒是让程秒秒很是意外，老张见到吴缺后笑着走过来拍了拍吴缺的肩膀："我早就耳闻你们两个有点事儿，没想到秒秒这丫头瞒我瞒得这么紧。"

张教练平日里虽然严格，但也确实把自己的徒弟都当作儿女来看，看着老张热泪盈眶像是要嫁女儿一样，程秒秒觉得好笑又感动。

吴缺倒是懂事，他左右逢源，丝毫没有因为他的贸然到来而让饭桌上有一丝尴尬。

席间，一个从 B 市来的师兄给程秒秒倒饮料，说："秒秒，我其实看过你好多场比赛，你真的很强，我觉得你以后肯定前途无量，师兄祝你以后的比赛都顺顺利利。"

因为是过年，大家各自给对方送上祝福也很正常，程秒秒便拿起饮料，也回了几句吉祥话："我也祝师兄万事顺心，你的泳姿很漂亮的，我们私下里都说你游泳的时候像海豚一样优雅呢！"

程秒秒和队友们说说笑笑，根本没有注意到吴缺脸上渐浓的醋意。

“学妹的手表好可爱。”

说着说着，他们就互相把能夸的都夸起来，程秒秒倒是不甚在意。只是没想到一旁的吴缺突然咳了两声，然后颇为可疑地把自己戴着手表的左手放到桌面上，还夸张地将手伸出去老远，舍近求远地抽了一张纸巾。

他手腕上的手表在这一系列动作下自然被众人看到了，那个师兄悻悻地笑笑说：“原来是情侣表呀——”

吃完年夜饭，大家都要回去休息，毕竟休息时间来之不易。

吴缺预订的房间也在他们下榻的酒店，程秒秒饭后自然就来了吴缺的套房，他们说好要一起跨年的。

程秒秒跟吴缺说起自己在泳池里练到抽筋的事儿，吴缺便要给她按摩小腿，她乐得自在，趴在沙发上享受吴缺的免费服务。电视机里播放着讲述海洋的纪录片，程秒秒听不懂英文，也懒得看，只是觉得这样的背景音乐听着舒服，让她昏昏欲睡。

可正当她昏昏欲睡的时候，吴缺突然语气不善地问她：“你刚刚说你那个师兄像海豚是什么意思，你训练的时候还有空欣赏别的男队员的泳姿啊？”

程秒秒睁开眼睛，电视里正放着海豚遨游的画面，她一下子懂了吴缺的心思，坏笑道：“你跟海豚较什么劲儿啊？”

但吴缺不依不饶，他故意加大手上的力度，说：“想到你站在泳池边上，吹着口哨、流着口水看着别的只穿着泳裤的男人，我就心里不爽。”

“啊——”程秒秒被他突然加大的力道捏得小腿一阵酸痛，笑道，“我哪儿有你说的那么猥琐啊？”

程秒秒抬头又看见电视机的画面上出现了鲨鱼，她灵机一动，对吴缺说：“消消气，别的男人是海豚的话，你就是鲨鱼，怎么样，霸气吧？”

吴缺对程秒秒这个解释稍微有些满意，他嘴角微微翘起：“这还差不多。”

可是他话音刚落，电视机里就传来主持人的旁白：“鲨鱼的大脑只有海豚的六分之一哦。”

程秒秒看着字幕，顿时觉得不妙，果然吴缺刚被哄笑的脸又耷拉了下来。

程秒秒表现出很强的求生欲，忙解释：“我真不是这个意思，就我这文化水平，这种冷知识我以前也不知道啊？你是海豚行了吧，别人都是鲨鱼！哦，不！别人在我眼里都是小虾米，我看不见，除了你，我谁都看不见。”

程秒秒用自己仅有的知识努力辩解，但吴缺还是一脸委屈地俯身含住了她的唇：“哄不好了，要亲亲。”

浅浅的吻在一呼一吸之间变得热烈，直到海滨燃起了盛大的烟花。

“零点了？”此起彼伏的烟花声让程秒秒从缠绵的吻中醒来，她红着耳朵推开吴缺，“都怪你，我们错过跨年了！”

程秒秒带着怦怦的心跳从吴缺的怀里逃开，光着脚跑到了落地窗边，刚好看得到海滨的景色，站在这里看烟花视角绝佳，但程秒秒有些心猿意马。

很快，她又被吴缺从背后拥住，借着身高差，他的下巴抵住她的头顶，他嘴唇翕动：“秒秒，新年快乐，你有什么愿望吗？”

窗外的烟花绚烂，吴缺的怀抱温暖，程秒秒看着玻璃上倒映着的他们拥抱的模样，心想，她最大的愿望好像已经实现了。不过，如果非要许愿，她希望余生的每一个新年，他们都能一起听钟声响起……